GUANFU
DUDU

观复嘟嘟

上

马未都 著

人民出版社

———————————— 文明一定趋同

文化必须求异 ————————————

目录

开 始 嘟 嘟 ——————

国　礼

　　习大大出访英国，英国女王请他在白金汉宫吃了一顿午宴，然后带他去看中国政府过去送给英国的国礼，这事儿很有意思。200 多年以来英国政府接受的中国政府送的国礼，首先是英国当年的特使马戛尔尼带回去的春寿盒，还有乾隆时期印刷的乾隆画像，光绪皇帝送给英国女王的白玉如意，李鸿章送的玉花瓶，再有就是当年清政府驻英大使送给女王的青花樽。建国以后的国礼一般情况下都是工艺品，当年陕西省省长还送过一个跪俑。

　　17 世纪末，距今约 330 年，英国资产阶级革命成功，我们原来讲过这次资产阶级革命成功有很多标志，比如英国是世界上第一个颁布专利法的国家，它颁布专利法是什么时候呢？是我们的明朝末年。通过将近一百年的发展，到了 18 世纪，大概雍正时期，英国就开始向清王朝示好。雍正哪知道他呀，我们今天知道英国在哪，英国怎么回事。当时的人一扒地图一看，说您在哪呢？这英伦三岛在那么一个见不着太阳的地方，所以清王朝根本就不把这个小国看在眼里。到了清朝康乾盛世的后期，第一个抵达中国的英国外交使团就是马戛尔尼率领的使团，当时马戛尔尼是全权大使，这是中西关系史上非常重大的一个事件。我们今天只要说中英关系，这件事就是撇不开的，所以英国女王拿出来的礼品中，第一件就是这个时期的东西。

英国工业革命成功以后，英国商人特别想把他们的工业产品弄到中国来换银子。当时中国人拿什么东西到欧洲去换钱呢？是拿我们三大主打商品，丝绸、瓷器、茶叶。我们这三大主打商品全是本小利大的，你想赚人家钱，一定要本小利大，不能本大利小，那上哪赚钱去。英国人到中国来的时候，就想把我们挣他们的钱再挣回去，他们脑子里一门心思地想怎么扩大这个贸易。当时中国人享受了很长一段时间康乾盛世的荣光，中国历史上的盛世，40 年是个坎，绝大部分都跨不过 40 年这个坎就夭折了，比如我们知道文景之治 39 年，开元盛世前前后后满打满算 44 年。康乾盛世持续了大概 115 年。所以，那时候的康熙、雍正、乾隆，尤其乾隆皇帝非常自满自足，乾隆晚年享受了康乾盛世最后的时光。

　　乾隆推行的一个非常重要的政策就是海禁，那外国人能不能来经商呢？可以经商，在哪经商呢？广州，所以今天广州人还有经商的传统，就是几百年形成的这样一个传统。英国人跑到中国来经商不方便，你大老远到这儿跟中国人做生意，那中国人赚了绝大部分钱。你的生意完了你回去了，中国人直接往内陆去卖。我们的海岸线也比较长，如果沿着广州走，那起码是福建、浙江、江苏甚至天津都有港口。英国人就很想通过这些港口，把生意做到中国的腹地去，皇上不同意，不开关。当时的英国国王乔治三世受商人的蛊惑，商人天天提要求，说能不能国家派使节出使中国，和中国签订贸易协定。

　　18 世纪后期，英国通过至少 150 年的发展，已经变得非常强大了，那时候它超过了中国，而中国人一点儿不知，认为我们是天朝，没必要知道别人的东西。马戛尔尼在那时候被任命为出使中国的全权大使，什么叫全权大使，就是你代表国家行使一切权力，你出去就是代表国家。马戛尔尼音译的，过去的翻译"格"就写成"戛"，所以我们现在还按照它英文的发音叫马戛（gé）尔尼。为什么派他到中国来？是因为他本身有这个资质，马戛尔尼是个非常有身份的贵族，也是一个非常善于处理外交事务的资深的外交家，他做过英国驻俄的公使，跟沙皇俄国打交道，积累了丰富的外交经验。所以英国人就对派马戛尔尼寄予厚望，认为他出使中国一定能够马到成功。

马戛尔尼当年率了700多人，700多人是一个很庞大的团队，我们今天国家领导人出使都派不了700多人，这个使团吃喝拉撒睡全是问题。这么多人跑到中国来就是向乾隆皇帝庆祝80大寿。什么时候启的程呢？乾隆五十七年，1792年9月份，从英国本土一个港口坐船出发，这时候我们乾隆爷都82岁了，您说您来庆祝80大寿，太晚了。走了多长时间呢？走了九个多月，第二年7月份在舟山登陆。那时候给人祝个寿真不容易，在海上漂泊了将近十个月。

中国人有意思，知道英国特使来了，但又知道他不会中文，所以等他们一上岸，中国官员们就冲上去很热情地迎接人家，不由分说地往人家身上插彩旗。你看过唱戏没有，唱京剧后面全是各种彩旗，其实这彩旗不是插他身上，他身上没地儿插，就是往他这些队伍里给了好多彩旗。彩旗上写着五个字叫"英吉利贡使"，英吉利就是英国，贡使是什么呢？不是大使，不是特使，是贡使，就是您给我们上贡来了，外交辞令是一个字一个字地抠。中国人写上一个贡使，就欺负英国人不认识这个字，那不光在彩旗上，在礼品清单上中国人都把"礼物"这两字改成"贡物"。乾隆皇帝还是很大度，因为乾隆皇帝得到的禀报，是英吉利贡使不是大使，所以乾隆皇帝就回复两广总督，说特别批准英国使团从天津登陆，为什么从天津登陆呀？因为你从舟山到天津坐船很快就来了，如果你在舟山上了陆路，然后从陆路走，这一路辛苦，车马劳顿的受不了，所以恩赐你从天津登陆。

1793 年 7 月，英国人就北上天津，前往觐见乾隆皇帝，乾隆皇帝还不踏踏实实在紫禁城等着，当时 7 月正是最热的时候，皇上热得没辙的时候只能找一凉快的地儿，我们皇上上哪去了呢？去了热河。热河就是承德避暑山庄，到他的行宫里避暑去了。这皇上就派人护送这个使团，由北京去到承德的避暑山庄去拜见他。我们今天一脚油门，从北京五个小时就到了，那时候得走一个多月。英国使团抵达热河住下了，就踏踏实实等着见皇上了。

按英国人的记载很有意思，中国人真能折腾人。我们这皇上有一特点，早起早睡，皇上从 5 岁就早起读书，天一黑就睡觉，天一亮鸡一打鸣就起来。皇上起来了，所以要求英国使团凌晨三点睡得正香的时候，起来换上衣服向皇宫进发。英国人就在一片漆黑中，打个灯笼，摸黑走了一个钟头，走了八里地。

清政府就说说您这国家来人，您不是贡使吗，您见我们皇上有规矩的，您见皇上不是跟那儿打招呼握握手就行了，您得三跪九拜，这是我们的礼节，我们每个人见皇上都这样。那英国人说不行，我是全权大使我代表英国，我不是来给你上贡的，你这明明是对我的羞辱，就坚决不干。后来英国人就说我妥协一下，实在不行我单腿下跪，我们英国人可以单腿下跪，但不能给你磕头。清王朝那么多人围着，鸡一嘴鸭一嘴就说，你要不三跪九拜，没关系，对不起，您那东西留下，您坐船回您的英吉利去。这马戛尔尼是身负众望，走了一年多，离皇上就差一墙之隔，见不着多难过呀，想了半天，妥协。所以，和珅和大人的奏折上说，英国使臣就向乾隆皇帝行了三跪九拜之礼。但英国人记载得完全不一样，英国人说当时就是单腿下跪，没有三跪九拜。你现在很难知道真相，所以我老说历史没有真相，只残存一个道理。和珅这折子是写给皇上的，至于马戛尔尼有没有三跪九拜，那皇上看得清清楚楚，皇上如果没看见，你敢写这折子吗？你不敢写，你等于欺君之罪，所以我倒是觉得和珅这奏折可信度更高一点，你想如果清王朝的这些官员围着马戛尔尼说，您不三跪九拜您就见不着皇上，那我估计马戛尔尼一定妥协。为什么呢？他是全权大使，他可以当时决定所有的事情，如果他回去了这事不是很丢人嘛，所以他有可能就妥协了。我们现在经常爱说的一个字是"妥"，这事就妥了呗！所以可能就磕了这不愿意磕的头。不管这头是磕了还是没磕，这个礼仪之争对中英首次通使来往都造成了巨大的负面影响。

英国使团 700 多人里有没有人懂中文的？有，谁懂中文呢？副史有一个儿子叫托马斯。这托马斯学过半年中文，我觉得半年的中文，尤其还是古中文，估计够那英国人一呛，除非他是一天才，我们今天要突击半年英文，也都是稀里马虎的英文。但乾隆对他很有兴趣，乾隆一看，好，这黄头发的英国小伙子能结结巴巴说两句中文，就说来来来，到我身边来，然后皇上想了想，身上一摸，从自个儿裤腰带上解下一个黄色的荷包。黄色的荷包都是皇上用的，一般人都用的是其他颜色，红色的、绿色的、蓝色的，什么色都行，就不敢使黄色的。乾隆转手就把这荷包给了托马斯，托马斯拿一荷包傻了，不知道这东西干嘛用的。荷包在过去也就里头搁点香料，也有人在荷包里搁钱，有一种说法是荷包就是钱包。甭管是干嘛用的，这托马斯根本就不明白中国皇上赐他这东西的重要性，如果他知道，他一定要收藏起来，写一段文字记载，这东西如果再给了大英博物馆，今天会是一个非常非常重要的文物。

觐见结束以后，福康安就陪着使团，参观我们的热河行宫，跟他解释什么叫行宫，什么叫禁宫，禁宫是很牛的地方，行宫是次一等的地方，是皇上出来玩的地方。英国人在院子里转来转去，进屋一看愣了，这西洋的玩具，大钟、地球仪什么都有，自个儿有点扫兴，为什么看到自己的东西扫兴呢？他们觉着自己带来的东西都挺好的，没想到皇上的西洋玩意儿什么都有，还特高级，显得他们送来的东西不够档次。为什么在这行宫里有这么多西洋的东西？因为当时的清朝政府有钱，派人上欧洲偷偷地买，所以我们今天故宫里很多东西并不是外国人送的礼物，而是我们自己去买的，当时买了很多钟。近些年中国人蜂拥到欧洲，见什么贵买什么，我们在200多年前就这么干过。

马戛尔尼参观完以后，想谈点条件，清朝的官员就说，条件咱甭谈了，没什么可谈的，您进贡这点事都完了，也算你祝寿了，你就回国吧。所以没谈成什么事，他们就全回国了。马戛尔尼一行，从北京出发了，没有从天津港再坐船走，从陆路走的。由军机大臣松筠伴送，踏上了归程，坐一段船，上一段岸，走了三个月。这三个月从中国腹地贯穿，一直走到广州。回国以后，马戛尔尼就急切地要求跟中国人谈判，他跟清政府提出了六项要求，很简单，就是要你国门打开，开放口岸，让他们来做生意，还要免税。清政府简单了，一概拒绝。

马戛尔尼在三个月中，收集了中国所有的可见的情报，我们今天不出国，也可以知道国外很多事情，因为有各种现代化的通信，当时没有，他们全是亲眼看到的。他们看到中国的军队扛着那种烂枪，人家已经有非常好的洋枪了，我们还是土造；看到中国到处都是衰败的景象，所以他们心底就暗暗打定主意，这个国家可以跟它干。

英国人回去了，但是海关这个问题没有解决，这是由来已久的问题。康熙二十四年，1685 年，我们开了四个海关，粤、闽、浙、江，粤就是广州关，闽就是厦门关，浙就是宁波关，江就是上海关。乾隆二十二年，1757 年，不到 100 年关了三个关，就留下广州关。

当时有一幅非常著名的画《广州十三行》，记录了当时的景象。所谓十三行就是商行，当时跟中国人进行贸易的西方商船，抵达广州关以后，光排队有时候要排好几个月，卸不下货来。过去运货，海上漂泊一年，到了港口还得排好几个月的队，所以他们非常地着急，希望我们国家把沿海的所有关口都打开。他跟我们做生意，要赚我们的钱，我们不希望让他把钱赚走，所以矛盾就越积越深。

马戛尔尼第一次来的时候带走两件重要的礼物，一个是春寿盒，另外一个是印刷的乾隆皇帝像。我们一般人会想，印刷的这个东西不值钱，一定是画的值钱，古代恰恰不是这样。《清明上河图》是我们的国宝，如果你能找到一个宋代印刷的《清明上河图》，那是国之重宝，比现代画的还有价值。因为那时候没有这么好的印刷技术，我们由早期的雕版印刷，到活字印刷，到后来的铅版印刷，到照相印刷，到无胶片印刷，印刷一直都在进步。所以印刷是人类文明进步非常重要的一个标志。乾隆皇帝确实有资格来鄙视英国。

1840 年鸦片战争，1860 年英法联军打入北京，1900 年八国联军打入北京，我们所受的痛苦，只有我们自己知道。我们今天有机会去欧洲的时候，你能看到大量的中国文物，那都是一二百年前流走的，购买的也有，通过其他途径获得的也有。西方人在那个年月里，非常愿意接受我们的东方文化，但我们今天对西方的影响和输出又能有多少呢？

观 复 秀

我们在上海也开了一个观复博物馆，里头有一个馆叫东西馆，就是东西方文化碰撞的一个馆，那里任何一件文物都必须具备两个特性，一个是东方的，一个是西方的。

比如一件瓷器是中国景德镇烧的，但它画的是西洋图案；比如一件家具，它是英国的式样，但是由中国工匠用黄花梨制造的，这些都是东西方文化碰撞的证物。

剔彩双龙纹"春"字捧盒
清·乾隆

图中是春寿盒，跟习大大在白金汉宫看到的春寿盒一模一样，是当时一批生产的。春寿盒是乾隆时期的典型器物，祝寿用的。这件东西底部图案的构成特别有意思，中间春加一个寿，两条龙左右护着这个寿，表明地位；再往下是聚宝盆，里面有杂宝，过去的好东西都在上头，金钱、银锭、珊瑚、火珠、盘长，全在这聚宝盆里，这盆都装不下了，都溢出来了。

它是一件剔红的工艺品，严格来说是剔彩，除了红色以外，还有绿色、黄色，或者可以说它是以剔红为主，间或剔彩的漆器作品。剔是漆器工艺上一个很专业的词汇，硬碰硬为雕，软碰硬为刻，硬碰软为剔，比如生活中经常说剔肉，是把骨头上那软的剔下来，比如说剔牙。

剔红先要刷漆，一道一道刷上漆，刷一道，不干透再刷一道，反复几十道以后，它形成了厚的漆膜，像牛皮糖，用刀把它剔出来。剔出来以后，等它干透再继续打磨，最后成型，成为一种独特的中国工艺品。除剔红外还有剔绿、剔黑、剔彩。

乾隆皇帝送这件东西是有寓意的，在中国老百姓的语言里叫聚宝盆，我大清王朝好东西太多了，聚宝盆都装不下，我们不需要跟你开放口岸。但是乾隆不知道鸦片战争后西方用武力打开中国的大门，让我们国家损失了多少。乾隆皇帝给了马戛尔尼春寿盒以后，200多年以后的事情我们知道了，是英女王请习近平主席专门去观看这个礼品；但是乾隆死后的100年的事，他是不知道的，那100年是我们不堪回首的100年。

北　漂

　　"北漂"是一个极为特殊的词汇，北漂这个词儿，就在北京产生。我们一般说北上广深，四大城市里都有漂泊的人，为什么没有沪漂呢，也没有广漂，也没有深漂，唯独就有北漂呢？

　　北漂很有意思，最初的出现并不是跟这城市有关，而仅跟这个城市中的一个电影制片厂有关，这个电影制片厂就叫北京电影制片厂，现在都已经拆了，改成房地产项目了，非常可惜，那个地方应该可以成为一个旅游景点。厂区里有很多景儿，拍过很多有名的电影、电视剧，当时有很多人想学表演当演员，这些人无论刮风下雨，无论酷暑严寒，都会在北影厂门口，等待每天早晨的偶然的机会，被招去演电影，当群众演员，有时候是背景演员。

我有一回去探班，为什么去探班呢？因为拍的电视剧，跟古董多少有点关系，是邹静之写的剧本，叫《五月槐花香》，到门口时间还早，正赶上不知哪个剧组的导演，其实也不是导演，剧组有一个导演，有一堆副导演，有个副导演就专门管群众演员，到门口喊，今儿要三十个人，排队排队，哗，本来是毫无秩序散着的一大堆人，迅速地就排成一条队，他就数一二三四五六七八九十，一直数到三十，一切，后面不要了。后面人说："哎呀你多招两个吧！""不要，多招谁给钱哪，就要30。走，排队进去。"给多少钱呢？他在招的时候就喊："今天一人20。"那是好多年前了，一进门一人就剩19了，门口收一块钱票。那时候的北影厂见人就宰一刀，不管你进来是拍戏还是看人家拍戏，进来就一块钱，全当您是参观，所以20块钱一进门就变19了。

这些人到那以后，该化妆的化妆，该换衣服的换衣服，说你演什么呢，您就坐在门口要饭的，您就在这门口，您就是一氓流，来回走着就行了，每个人都没什么重的任务。这帮人进去化妆换衣服的工夫，就突然听见那个管道具的破口大骂，说谁把我这大葱给吃了，我早上上菜市场买的，一会儿拍戏还用呢，我正纳闷儿谁吃葱啊？原来是有一群众演员，饿了两天没吃饭了，一进去什么都没得吃，一看这有根大白葱，山东大葱又长又好，两根大葱一会儿全咽肚子里去了。你想这人得饿成什么样，群众演员不容易。

我正在那看，突然有个副导演冲出来就说，哎，这有一角色，挨俩耳刮子，谁愿意来加30，轰，一大堆人就冲上去了，我们平时谁打你一下你干吗？你得跟人玩命儿，可这拍戏就另说了，俩耳刮子一天30，拍一天戏才给20，这俩耳刮子给30，很多人愿意干。我原来以为，这俩耳刮子15块钱一个，后来我才明白，这耳刮子值多少钱另说，他说俩耳刮子是指剧本里的俩耳刮子，拍戏要是一条过，您就俩耳刮子，要是十条过您是二十个耳刮子，您得挨着啊，所以挣这30，非常不容易。

那为什么都愿意去呢？因为里头有一人成了，这人叫王宝强。王宝强就是典型的北漂，当年被冯小刚一眼看中，演了《天下无贼》，那就是草鸡变凤凰，顿时就抖起来了。其实他在这之前演过一个片子，叫《盲井》，只不过没引起大家的注意，他真正成名，就是《天下无贼》。所以王宝强就变成了所有北漂人的一个典范，大家都觉得自个儿不定哪天能成。你说王宝强，长得也不成，嗓子也不成，那嗓子老跟踩一脚似的。这嗓子就是有特点，要没这种捏着的嗓子，还就真不成了。王宝强一出声跟赵忠祥似的，就成不了了，所以大家就觉得，王宝强就这点儿条件都能成，我怎么就不能成呢，所以就漂在那儿。

跟北漂相对应的还有一个词儿，叫"横漂"。我们都知道全中国最大的影视剧制作基地——浙江横店，横店有一大堆群众演员漂着。

我这些年基本上也没去探班儿，原来觉得探班挺好玩，因为剧组里经常有漂亮女孩儿，所以大部分人探班儿都是奔着她们去的，只是心里不爱说。我探过一班儿，这戏没法儿看，为什么没法儿看，什么人都抹得脏了吧唧，这戏大概是《龙须沟》。我专门跑到天津去看，去看的时候人家开始拍，我就不能聊天了，我就撤出来在一边待着，那边有一破窝棚，里头有一堆男男女女的，都穿得跟叫花子一样。我看女孩都眉清目秀挺好看的，抹得脸脏脏的，干嘛呢？做背景演员。什么叫背景演员？就是脸根本就看不见，摄像机全部在河那边拍戏呢，她们在河这边走柳儿，北京话走柳儿就是来回走，导演不喊停您就来回走，从这头走那头再来回走，走一天挣不了多少钱。

我就跟她们聊，我说您弄这事儿干吗？第一这出不了名，您是一背景，脸都照不着，远远的一小点儿，连个特务甲匪兵乙都当不上。那女孩儿跟我说，就是喜欢。

这女孩穿得跟叫花子似的吧，她走道像那台上的小姐，拿着步还挨骂，那副导演说，怎么走的怎么走的，说你走那姿势不行，你看着像要饭的吗？

所以背景演员也没那么好当，但是有人总能出来，有人就做这背景演员，突然有一天就做了群众演员，什么叫群众演员呢？就是你站那镜头扫过去，你有一脸，这就算群众演员了。突然有一天，导演说这有一角色，有两句台词，你行不行啊，说行，来试试，试试上去一说还真行。你只要行有人就能记住你，下回说那台词说得好那人呢，把他叫来，今儿有一台词，明儿有两句，慢慢慢慢就演个小角色，这小角色就备不住哪天成为大角色，就看你能不能够演戏。但有人不行，有人给你个机会，这台词一遍两遍三遍四遍，过不了这导演就烦了，说你下去吧，就赶紧换一人，你这辈子机会就丢了。每个人不管你做什么，你一定要准确地判断自己的能力，能不能胜任这份儿工作。

北漂这个概念外延后来慢慢扩大，变成了在北京异地打工者的一种代称。异地打工者我想应该有两大类，第一类首推农民工，我们改革开放四十年以来，全国各地城市的主要建设，就是靠他们，我们有很多农民兄弟，从土地中走来，走入城市，帮你建楼，干最苦的活儿。

我记得奥运会前，2005 年、2006 年那时候，为奥运会紧锣密鼓盖鸟巢的时候，有记者去采访，扛着摄像机对着一个民工说，这么大建筑，你在老家盖过吗？那个民工就说没盖过。您在老家盖过什么呀？那个民工说得特有意思，他说垒过猪圈，前面是垒猪圈的，后来就给我们盖鸟巢。猪圈跟鸟巢说起来还算比较对仗的。我们漂的概念，其实还真的不包括农民工，实际上他们也是漂着的，但是大家把他们单独地划为一类，叫农民工，什么时候我们没这个词汇了，那我们农民工的地位就提高了。

那我们真正北漂的，大概有这么几类，第一类是最普遍的，我们每个人都接触过的服务行业。第二类是科技人才，第三类是文化行业。

服务行业有一个特点，第一是低学历低年龄，高中就算高的了，初中的小学的，甚至还有文盲，但是他们有优点，优点是什么都愿意干，没有更多的文化障碍。我们文化学多了有很多障碍，你不要以为你有文化就是个好事，文化多了以后很多事你干不成，你心理承受力非常地弱，只有他们有极强的心理承受能力，所以构成了这个城市非常重要的组成部分。

我这里说的不仅仅是北漂，是我们今天中国所有的城市，包括县城，每个县城都有外来的人，我有时候出差，到哪个县城，吃饭干什么都跟人聊天，就爱问问哪来的？都不是本地人，都是外来的，主要有餐饮行业、销售行业、按摩行业、快递行业，都是靠这些年轻肯干的，漂在城市里的人。

我们以北京为例，北京各种服务类行业形成一种"帮派"，比如做早点的十有八九是安徽人，保姆早年都是安徽无为的，现在哪的都有。装修的尽是江苏的，江苏人手艺好啊。保洁四川人多，四川人保洁做得好。按摩师大部分都是河南来的。北京卖肉的江西的为多，北京的澡堂子，都是东北人开的，东北冷啊，一年有七八个月都冷，没事儿就泡热澡堂子里，东北的澡堂子一进去都看不见人，那水蒸气跟雾一样。这些人他有老乡概念，就会把老乡之间的这种技能互相传递，帮助这座城市运转。每年春节前后，大量的外地人都探亲回家了，这城市就开始不怎么转动，好多事儿就会变得不怎么方便，这就是漂在北京，漂在城市里的人的作用。

第二类北漂是科技人才。有一词儿特有意思，码农，就是编码的农民。他们的特点是高学历，跟服务行业低学历完全不一样，不用问都是大学毕业，有的还是特别好的大学毕业生。这就是 IT 民工，中国教育的生态，扎堆儿，这些年大家学金融的多，学计算机的多。一说中关村，当年说要跟美国那硅谷去媲美，美国那硅谷我去过，安静得跟乡村一样，非常的漂亮，没像我们那叽叽喳喳，满街都是卖假货的，中国的硅谷今天啥也没了，创业者也没了，变成非常冷清的一条街，又回到村了。

第三类是文化行业，比如时尚业，新闻出版包括媒体，北京的时尚圈很多都是外地的，在北京租一房子，工资看着挺高，前些年微博里流行一个段子，说这帮时尚杂志的编辑们，一群月薪8000块的编辑，告诉一群月薪3000块的读者，月收入 3 万块的人怎么花钱。这事儿就是互相不搭着，拿 3 万块钱收入的人做榜样，让 3000 块钱的人去花钱，这不就成了一个非常虚假的风光了吗？所以这些人有一个特征，叫高收入零存款，你别听他挣钱多，但是他没钱存着，1 月份工资买双鞋，2 月份买个包，3 月份买条裤子，4 月份买件上衣，5 月份买一大衣，夏天来了穿不上了。所以半年都吃方便面，那生活的风光只是表面风光。

为什么我们会有这种漂的概念呢，你不是这个城市的人，你就有漂的概念，这个漂的概念只有我们有，其他国家的人都没有，因为中国有一种制度叫户籍制度。

美国人就没有漂的概念，他一生登记两次，一次出生，一次死亡。我们有一个户口登记，比如我，北京人，我生在北京，户口是北京的，但 1969 年我离开北京去东北黑龙江了，去了两年，把户口都迁去了，1971 年回来了，所以我那户口本上很诡异地写着，1971 年由黑龙江省迁入北京，前面那段看不见，那么如果我回不到北京的话，那我今儿就一口东北话，我就是弄二人转的。

北京有很多人，户口迁出去就没有机会再迁回来。

我们中国户籍制度是历史上就有的，西周时期就有很原始的户籍登记方法了，春秋战国因为要打仗，人口就变成重要的资源，所以就建立了比较严格的户籍制度。秦汉以后中国的社会制度开始逐渐成熟，户籍制度就非常完善。

我们这个国家经常处于分裂状态，比如魏晋南北朝时期，国家就分了，分了以后户籍制度就比较混乱，隋唐统一以后，又开始把户籍制度重新实施起来。隋唐的时候把人分为四种，第一种叫小，4 岁到 15 岁。第二种叫中，16 岁到 20 岁，相当于我们中学生和大学早年，就是中。到了你成人了，不叫大，小中大，那是咱们的思路，过去叫丁，比如过去有个电影叫《抓壮丁》，丁是指 21 岁到 60 岁，60 岁以后就称之为老了，跟我们现在退休的概念是一样的。丁有壮丁，壮丁是指二三十岁的青年。所以过去我们有一个说法是，你们家两丁抽一，意思都是成年人了，必须有一个人要出去干活。

宋元以后一直到明清，我们户籍制度都是沿袭的。户籍制度是你登记，登记给你个东西叫户口本，古代认为户，就是你们一家子叫户，口是你们家有几口人，户口是指你家庭的基本状态。

我们填表的时候老填一个东西叫籍贯，还有的表上写原籍，原籍就很容易填，比如我要看这表上写原籍，我就肯定写一山东，我祖上山东人，我爹就生在山东，虽然我生在北京。可写籍贯的时候呢，我有时候填山东，有时候就填北京，我觉得我生在这了，我就可以算是北京人了，我们没有出生地这个概念，美国人是有出生地概念的，你生在哪，这就是你的籍贯。因为全世界各地的各种人都云集到美国，所以籍贯对他不重要，对我们来说很重要。

现在的户籍制度一共有两种，一种是农业户口，一种是非农业户口，一般说起来就是城市和农村两种户口，过去城市户口是发粮票的，农民不发，你自己种地嘛，凭什么发你粮票啊，农民就很羡慕城里人有粮票，可以通过粮票去买粮食。

我们今天户籍制度一直在改革，户籍存在一定是有利有弊的，如果全是弊端，一定不保留这个制度，历史上它有过很多积极的意义，但是与今天的现代社会有很多地方脱节，比如今天的人，如果户口不在本地，你就有漂的感觉。这就是为什么一到春节，所有人到这会儿都要奔家去，因为我的户口在哪，我的根就在哪，给我这样一种文化概念。我们每个人都希望自己脚踏实地，不希望自己有漂的感觉，如果有一天户籍制度终结了以后，漂这个感觉就没了，我们的社会就显得更公平。

观 复 秀

下图中盘子上画的是四只芦雁，这四只芦雁不一个姿态，这花是水芙蓉，画得超大，上面有很多蝴蝶，一幅欣欣向荣的景色。这画的是一个社会，看着欣欣向荣，蝴蝶飞舞。这四只芦雁，飞鸣食宿，象征人类的四种状态，飞是技能，你要想在这个社会活得好，必须有一门技能。技能是生存的第一标准。或者说你要有了技能才能生活得更好。

粉彩飞鸣食宿纹盘　清·雍正

　　鸣是叫，沟通。你需要跟别人沟通，是一种情感宣泄，我们每个人都有情感问题，你如果说你没问题，那你就快出问题了，每个人情感都有问题，你要跟人学会沟通。郁闷的时候，需要有一个对象去宣泄。

　　食是吃，维持生命的基本机能。

　　宿是休息，只有休息好了第二天才能继续干活。

　　所以古人把人类生活的基本状态，用四只芦雁来代表，你看芦雁的颜色、样子画得很细腻，花卉画得为什么那么热烈呢？还有菊花蝴蝶，就是要反映社会对你的诱惑，我们今天社会有很多很多诱惑，跟这些花枝招展的花似的，大朵儿的花冲你摇曳生姿。所以这样一个盘子，它代表了很多的社会内容。

　　这盘子是雍正时候的，距今大概二百八九十年，盘子背面什么都没画，这种方式还是受康熙的影响，这盘子不排除原来是个素盘子，先是康熙年间烧好的，到了雍正时候才画的，品种叫粉彩，当时由于是从西方引进的，也叫洋彩。

信不信由你

　　现在漂亮的女演员特别多，各具风骚，"风骚"原本是个好词，我们这里也当一个好词使用。比如有一位漂亮的女演员，跑着跑着突然就红了。这一红，事儿就来了，先是被英俊的美男娶了，婚礼非常奢华，于是嫉妒声就起来了。就是说她长得漂亮归漂亮，但不是天生的，是整容整出来的，于是这女演员就非常愤怒，就说我没有整，不信咱问大夫。她还真就去了医院找了大夫，我那天在上网的时候，正好就看见这一段，她居然让大夫捏了半天脸，这大夫说还真没有整容。

　　还有一位大明星演戏演了很多年，现在出场费非常贵，所以钱很多，又嫁给了一个有钱的人。你知道演员一般结婚都晚，就是挑来挑去，感情生活历程都不一般，她最后找到一有钱人嫁了，她希望过一种太平日子，可是这太平日子怎么过呢？跟富翁在一起，有时候这钱来得就更容易，炒股票，突然这股票就因为一个什么合并的消息暴涨，人家就说她有内部消息。大众是这个心态，看得了你演电视剧、电影，但看不了你这么容易地赚钱，所以她只好自个儿站出来说我没有内部交易，就是碰巧了。那这事就有点怪了，只能这么解释叫"无巧不成书"。

还有一个剧组，过去是在小剧场苦哈哈地演戏。小剧场有一个好处，是能摸索跟观众之间的关系，你在台上讲什么演什么，观众是否有兴趣就直接反应，你可以调整。比如你觉得这个桥段非常有意思，你上去演，可底下都没有反应，你下回就不说这个段子了，所以剧场是个很锻炼人的地方。这剧组把这些经验积累起来，小成本弄一电影，这电影弄得好，典型的逆袭成功。一开始在票房排片率很低，结果口碑很好，票房大卖，没多久迅速就突破 10 亿。

这时候就有人添堵，中国人就这本事大，准给你添堵，说你这电影好归好，但是抄来的，抄一外国片。剧组人还没高兴完呢，就被堵了一下，所以立马就站出来说我没有抄袭，如有雷同纯属巧合，你这么污蔑我，我跟你死磕。所有的创作者，最害怕别人说他抄袭，所以从剧组的角度上来说，他觉得自个儿特冤枉。

经济界也有一个大土豪多年在中国大陆到处无声无息地赚钱，一个项目圈几个亿都不叫赚钱，一圈就圈几十个亿，乃至几百个亿。这些年这钱确实好赚，为什么好赚呢？因为他曾经被市场历练过，大陆这块市场是处女地，所以他来了以后，就很容易赚到钱。但是风水轮流转，大陆很快也有很多富商崛起，就把这个利润空间越挤越小。这大佬有本事，一看苗头不好华丽转身，所有财产彻底售光，脚底下抹油溜了，马上就有人站出来说别让他跑了，赚了这么多钱撒腿就跑。这土豪很安静地说，我见的事多了，确实没有这事，你们都看错了。

我们生活中也是这样，有很多朋友经常说我没有，比如说月底银行给寄来账单，一打开看怎么这么长，我没有花这么多钱，我确实没花，怎么就没了呢，你说哪个银行的账单能给他瞎记？确实有花这么多钱，但是他感觉没有。我们生活中否定的事比肯定的事多，而对公众来说，说你有你就得有，没有也有。我们的信任在今天的社会中一点点丢掉，对于一个人、一个公司、一个国家，信任是最有价值的东西，但它是无形的。

我们的信任是怎么丢掉的呢？首先是食品，食品跟我们每个百姓都有关系。食品一旦出了问题，信任就迅速地被丢掉。改革开放初期的时候，我们最初的信任问题是缺斤短两。我记得那时候，从农贸市场回来，买东西老不够数，或者心里觉得不够数，后来农贸市场口上都设一东西叫公平秤。你买了五斤鸡蛋，到公斤秤上一约，一看五斤，哎！行，这小贩不错，给得我够数。上秤一约四斤半，拎着就气冲冲地找人家去了。所以，过去农贸市场出现的问题，基本上都是这类缺斤短两。后来就不一样了，高手出现了，开始出现掺假，以次充好。

瘦肉精这东西咱都没见过，不知道啥样，咱可见过瘦肉和肥肉。过去穷的时候去买肉，老希望多切点肥的，为什么呢？肚里缺油，肥肉吃着香。日子一天一天好起来以后，买肉就希望买瘦肉。这猪也真给劲，就长得一天比一天瘦，过去那瘦猪身上有瘦肉，今天这胖猪身上全是瘦肉，奇了怪了。

过去我们在农村，说知青那猪养得肥，切的肉全是大肥膘子，瘦肉很少。现在那猪，从后颈间一刀切下来，皮直接贴在瘦肉上，中间一点脂肪没有，没有白肉。我去菜市场看着这肉都犯愣，一开始我就不明白，卖肉的解释是新品种猪，不长赘肉。后来才知道，这是吃了瘦肉精的猪，那瘦肉精对人有什么危害呢？我不是专家，我不去说，但是它肯定有危害。如果你买来了带有瘦肉精的猪肉，心里就想，过去那注水肉都算是好人了，无非就让你增加点分量，但是那肉还是好肉。

我在农村养过猪，一年养了两头猪，有一头猪三百多斤，另一头猪二百七八十斤。那时候卖猪和今天卖猪不同，就是专门要把猪赶到公社，他们哪天收猪，你就哪天把猪卖给他。那猪怎么卖呢？活猪上秤，有专人来评价你这猪，摸摸这猪看看样子，说你这猪多少钱一斤，当时便宜的两毛多钱一斤，贵的三毛多钱一斤，听着很便宜，我告诉你那年月猪肉才卖八九毛钱一斤，你想想活猪它肚子里还有屎呢。猪临终前都会吃一顿好的，我们给它熬的棒子面粥，在那个年月里棒子面一毛一斤，一斤棒子面，至少得熬出三五斤粥。所以熬一大锅棒子面粥，早上起来喂这猪，这猪吃第一口就香得不行，心说这什么好日子到了，不知道死期已近，拼了命地吃，那肚子吃得溜圆，吃得那猪都哼哼，估计这一顿吃进几十斤，你算算这几十斤全是钱。然后高高兴兴赶着这猪往公社走，结果这猪吃得多拉得多，这一路上它又撒又拉，让你心疼得呀，拉出来的在我们眼中那全是钱，我们掺点假也基本全拉出去了。

现在全是科技掺假，中国人化学学得不好，使用得倒很好。比如我们大家熟知的苏丹红掺在鸭蛋里，鸭蛋黄越来越黄变成红的了。还有三聚氰胺掺到奶粉里，是提高什么蛋白质。另一类掺假更恶心，皮鞋掺在酸奶里，我现在都不怎么吃酸奶，一吃酸奶就先想起自个儿这皮鞋了。地沟油，台湾叫馊水油，我觉得台湾叫得准。现在地沟油经过反复提炼，拿去检验都检验不出来有什么指标不一样，但是心里过不去。在战争期间，美军研究一种装备，无论多脏的水，经过这个装备都可以喝，你撒泡尿进去，出来都可以喝，但是我们平常时期，谁也不会撒泡尿经过它去喝。你心里也该有个接受过程，这就叫文化。我们的食品把我们每一个人的信任，一点一点地给挤出去了。现在还有多少人相信包装上写的保质期，有些商品，我吃的时候生产期还没到。中国人对这些东西法律意识淡薄，我们今天去菜市场买菜，只要这东西没有问题，回来缺斤短两，都不再计较。

我们今天的社会骗子太多，我想没有一个人没接到过诈骗短信、诈骗电话，诈骗电话五花八门。过去的诈骗电话，都是尽可能打你手机，现在有很多诈骗电话专门打固话，因为固定电话经常是老年人在家接。我妈就接过不止一次，差一丁点儿上当，要不是银行的人负责，我妈那就上当了。一旦我妈上了当，那我就得想办法解决它，我得装作这案子已经破了，钱已经追回来了，要不然老年人受不了，所以骗子十分可恶。专门有针对老年人的诈骗团伙，这帮人有一套说辞，叫得比儿女还亲，过去都是叔叔大爷，大妈大婶的叫，现在直接就喊爹妈，让你心里放松警惕。这些老年人也不是不知道，天天听子女说，电视台也天天说这事，看电视的观众老年人多，打开电视就告诉你千万别上当啊。我看到一个院里，有一帮老年人去听课，人家来一大车接，去的时候都在大门口喊，说我们都别带钱，互相嘱咐着别带钱，防止上当，咱们就去听听课，完了就回来。去了以后中午在人那吃一顿饭，每个人免费招待一个盒饭，下午两点钟打车回来了，一下来各奔自个家，一会又集中起来，干嘛呢？取钱。

骗子非常厉害，他有一套完整的心理学教程，他完全按照那个教程去走，让老年人一步一步地跌进他这个坑。比如我岳父都作古了，现在说他有点不厚道，但是他这个例子很生动不说不成。他当年闲着，被别人骗到一个专门治高血压的地方，说我们有一个神效治高血压的裤衩，穿上血压就下来了。什么样的裤衩？呢子的，让我看都是毡子的，又厚又扎人。要多少钱呢？这裤衩贵，因为治病就是高科技，4000块一裤衩，穿上能治高血压。你听着都是一滑稽的事，人家那骗子能把这事说圆了。那你买这个裤衩你就问，这裤衩能洗吗？说能洗。那这一宿也干不了，我是不是都得买俩，那骗子拿得住说，对不起我们卖不了两个，缺货，只能卖您老一个，您穿这一个就管用，但是不能脱不能洗。你想想呢子裤衩你穿身上，那血压只能往上走，不能往下走，老头一想不行啊，说这不成你怎么也得卖我俩，我总得洗，这一天都干不了，所以拼了命得买俩，一个4000两个就8000了，8000买俩呢子裤衩。骗子就是有招，你穿上去扎得睡不着觉浑身都难受，你肯定忍不住就脱了。你脱了这血压没治下来，不是我的问题，是你没穿，你如果坚持穿一个月，那血压绝对就下来了，骗子就这么一步一步把老人给骗了。

年轻人的好处是信息来得快，信息量获取大，岁数大的人是经验足，知道得多，可是很多事并不是全知道。比如我有一回逛一小店，这小店里卖精油，有一种精油叫沉香精油，筷子那么粗的一小瓶，比我手指头细多了，大概千把块钱。我一想还挺贵的，我拧开闻了闻，还真是沉香味，挺油的，他说您抹点，我就点了一点一抹，还挺香。买了一瓶，回来我就越想越不对劲，尽管这沉香里头有油质物，但是这得多少沉香才能出这点油呢，凭我的感觉，估计得几十个手串才能出这一点油来，你想想手串卖多少钱，这沉香油卖多少钱，显然不合适。巧了，让我碰见一个香料大王，这人从小就钻研这事，搞了一个香料公司上市了，特有钱。他跟我说那东西全是配的，他说所有的味道，我全能配出来，只要你给我样本，一周之内保证给你配出来。我问他可能吗，他说可能，说我的公司都上市了。大部分这种香喷喷的东西都不是原始的状态，都是他们配的。后来他给我看一个大天珠，他说："您看这天珠怎么样？"我说天珠还可以，他说我买贵了，我说多少钱，他说一千多万，他说您觉得值吗？我说贵了不值，他说我也觉得不值，但我当时不懂，让人家给骗了。他用他的科技产品去赚钱，人家用传统产品赚他的钱，我不知道谁卖给他的，也不知道怎么忽悠的，但是我知道互相之间，在买卖当中失去了信任。

我有时候在网上看节目回帖跟网友沟通，回帖上有人告诉我，他最近去上海一家叫"都嘟文化公司"面试去了，他问人家您这公司跟马未都有什么关系？他说马未都是我的合伙人。所以这人就信了，花了也不知是几百块钱，弄了个什么卡。我现在告诉大家，我不跟任何人合作开公司，我不可能开这种什么都嘟文化公司，网上也不可能跟任何公司去鉴定，我们唯一的鉴定是在博物馆内进行，博物馆以外我不搞任何鉴定，所以网上大面积的广告，全都跟我本人无关，我也删不掉。

过去陌生人之间都是可以相信的，但是今天熟人都不敢轻易相信，因为我们这个社会已经把信任彻底丢掉了，我们今天生活在这个"有"的环境中，就什么事都可能发生，但是永远听见"没有"的一种诉说，就是你说他有，他准说没有。信息时代把这种现象放大了，传播得非常远。公众在今天的生活重压下，只愿意相信自己的判断，他没办法去探究真相。从某种角度上讲，真相对他们来说不重要，重要的是他希望未来的社会是一个有信用的社会，是一个信用有无限价值的社会。

观　复　秀

大雁在中国的文化含义中非常明确，春天雁北归，冬天雁南飞，到点儿它就飞，所以古人认为这是一只有信用的鸟。过去结婚，第一个礼仪，上你们家第一个来敲门的人，就抱着一个大雁，表示有信。古汉语中"雁书"，就表示大雁是送信的使者，唐代诗人王勃有诗："今日龙山外，当忆雁书归"，就是说大雁把信给我带来了。

唐代有一个诗人，非常有名，他以一首诗著称，今天《全唐诗》里存他的诗不过就是十首，但最有名就是这首，叫《次北固山下》："客路青山外，行舟绿水前。潮平两岸阔，风正一帆悬。海日生残夜，江春入旧年。乡书何处达，归雁洛阳边。"说的是归雁，乡书就是书信，"潮平两岸阔，风正一帆悬"，这句诗大量地被引用。这个诗人叫王湾，一般人都不会知道他的名字。

青白玉雕芦雁纹佩　金元

图中玉器就是一只大雁，古人为什么会做这种大雁的佩呢？就是表明自己的一种信誉。这件东西玉质不够白，有一道明显的绺儿。这种玉质往往都是金元时期的，为什么做成现在的样子？是因为这块玉是片下来的，当时是要做一个器皿，切这一块的时候因为这个地方有一道绺裂，这道绺裂如果过长的话，这个玉就废了，可能就从这儿完全断开，但是这个绺裂只延续了2/3的长度，所以后面的雁尾部分还比较完整。这雁的动势，长颈高昂。你知道人的脖子很重要，你看模特都是脖子长，脖子长就精神，脖子长越往后仰着点，感觉就好，大雁的脖子也是往后仰着的，如果短脖就像一鸟了，顿时形态就不好了，所以大雁的长颈给人一种非常美的感觉。

这时期雕工刀下或画家笔下的雁，经常会衔一根水草飞，生活中是看不到大雁衔草而飞的，这种状态是文人的一个想象，文人的想象并不是来源于生活而是在生活中拔高它。金元时期，游牧民族对大雁的感情非常深，因为它依水择水而居，水边经常可以看到大雁，大雁每年秋去春来，都会告知他们春天的讯息。所以做成这样一个小小的玉件，随身佩戴，会给人生活带来无尽的遐想。

古人发财记

我们提到古人发财，就必须先提一个人，范蠡，准确的读音应该读范蠡（lǐ），他是春秋时期的人，距今有 2500 年。范蠡是河南人，河南人历史上有经商的传统，古书上对他的评价，说他是个政治家、军事家、经济学家。为什么说他是政治家呢？他曾经献策辅助过越王勾践，越王勾践复国后他就隐退了，所以世人就称赞他忠以卫国、智以保身、商以致富、成名天下。

作为臣子，忠是非常重要的一个品质。今天生活中，朋友之间最容易出问题的，就是互相不信任，互相之间不忠诚，所以古人把忠放在前面，叫忠以卫国。

什么叫智以保身呢？就是范蠡非常聪明，他不居功自傲，当他有成就的时候，他能够自己想清楚进退，得以保身，很多人为什么后来不能保身呢？就是因为不够聪明，没有这个智慧。

商以致富，在古代很少有人给这种评价，中国古代有名的人不是政治家就是文人，很少有人知道商人，少数能提得起来的商人就包括范蠡。古书上记载，说他活得时间很长，几近百岁，无疾而终。无疾而终是中国古人追求的五福之一，一个人如果能活到一定的寿数，无疾而终，是天下最幸福的事。范蠡被中国商人拜为祖师爷。

传说范蠡有一段跟西施的爱情故事。西施是中国古代四大美人之一，西施的家乡我去过，浙江诸暨，我到了那就问，听说西施的家乡在你们这儿啊？那边领导就拉着我说，我带你去看她的遗迹。到水边看一大石头，他说当年西施就是在这儿浣纱。我就踩上那块石头，我也想沾沾美人的光嘛，我上去一踩那石头，石头咕咚还晃了一下，我心里想这石头，说不定是什么时候刚搬来的。近些年我们中国历史上名人的家乡开始发生争夺战，西施也不例外，有学者就说西施的家乡不在诸暨，在萧山，不知道这个学者是不是萧山人。

公元前494年，越国开始攻打吴国，有点儿不自量力，打人家没打过，最后被迫向吴国求和请降。你表示臣服得有个态度啊，越王勾践就跟范蠡一块儿奔赴吴国，卧薪尝胆三年，最后得到吴王夫差的信任。卧薪尝胆的故事我们都很熟了，这胆我是从来没尝过，据说巨苦。范蠡和勾践回到了越国以后开始发展经济，然后试图训练军队，增强国力。

这是一方面，另一方面就想点儿邪招歪招，他们在吴国看到夫差喜欢美女，在一个偶然的情况下，他们就看到了中国历史上非常有名的美女西施，同时还有一个人叫郑旦，也是个美女。勾践就送给了夫差，夫差一看还是他们对我好啊，给我进献美女，当时伍子胥还提醒吴王，说这个事一定要小心，但是夫差不听。

后来的事我们大家都比较清楚了，范蠡立有大功，被封为上将军。我们大部分人在这会儿都不会激流勇退，在中国历史上能够全身而退的人都知道激流勇退。后来范蠡就跟西施西湖上泛舟去了，过着浪漫的生活，当然西施的结局版本很多，有说她自杀、被杀、隐居，其实哪一个版本都不准，我说过历史没有真相。也有学者研究，说西施跟范蠡根本就没机会见面，一河南人一浙江人上哪儿见面，年轻的时候就没出过自个儿那个领地。这些东西我们不去考证，我们还是宁愿相信有一段爱情故事。我小时候看过一副对联，印象特别深。为什么印象深呢？是我看不懂。对联是"天地庄周马，江湖范蠡船"，什么叫天地庄周马，好久都弄不懂，纠结了得有 20 年以上，后来慢慢明白了。"天地庄周马"是说天地如此之大，庄子也能像驾驭马一样可以驾驭它；"江湖范蠡船"说的是范蠡拿得起放得下，功成名就以后依然可以全身隐退，说的是他的胸襟开阔。

关于范蠡最初是怎么发的财，古籍上这样记载，说他勠力耕作，兼营副业。耕作是一种非常本分的方式，我们是一个农业国，以农耕为主，过去耕作是发财的一个必然途径。兼营副业，主要是捕鱼、晒盐，副业很容易改善你的生活，如果你就是种粮食，很难发大财。盐商历史上都非常有钱，按今天的话说，范蠡掘了第一桶金。后来他把家财散尽，这人能发财就能把财散尽，仗义疏财在中国古代是极高的一种社会荣誉。再后来范蠡又去了山东，山东位置当时特别好，所谓居天下之中，好处是可以经商，就是所有人都要从你这个地方通过。他经商的原则，叫"人弃我取，人取我予，顺其自然，待机而动"，就是人家不要的我要，人家要的我就给予你，我不跟你争，顺其自然，等待时机，那么这又发了大财。

在中国史书上，很少有商人出现，从春秋到战国到秦汉到隋、唐、宋、辽、金、元，你翻史书上都找不到有商人，商人没有地位，很少有人记载。过去乃至今天，中国人对人的评价，说这个人是个商人，过去是极强的贬义，今天依然含有贬义，但没那么重了。我们文学怎么表达呢？白居易的诗说："商人重利轻别离，前月浮梁买茶去"，商人没有感情的，就专门喜欢钱，所以中国古代文学上，对商人的描述评价非常的低。

中国古代的商人还有谁呢？大商人沈万三，这人基本上应该算元朝晚期的人，他入明朝没几年就去世了。我们如果有机会上江南水乡去周庄，一下车，先看到都是卖猪蹄髈的，叫万三蹄，走一路卖一路，不管走到大街小巷，全是卖猪蹄髈的。万三蹄非常有名，有一个民间传说，说朱元璋有点儿记恨沈万三，记恨他干什么，就因为他有钱，有钱就要想办法找他一毛病。朱元璋就到沈万三家去做客，皇上到你这儿做客是给你脸，所以沈万三就炖了猪蹄子来招待他，这猪蹄子怎么上来啊，整个的，今天到周庄去买万三蹄，都是整个的。这整个的搁那儿没有切开，如果你当着皇上动刀，就可以治罪，因为这是动凶。沈万三很贼，蹄髈中除了那根大骨头，旁边还有一个侧的小骨头，他把那个小骨头一抽出来，就以骨剔肉，就把这肉给切开了，皇上吃得还挺美，沈万三就保住了小命。朱元璋就说，这东西还挺好吃啊，说说这道菜叫什么名？沈万三一机灵，想这不能说错话，不能说这叫猪蹄髈，因为皇上姓朱，所以一拍自个儿的大腿说，这叫万三蹄，所以万三蹄因此得名。

　　沈万三富甲一方，他怎么发的财呢？主要是靠贸易，贸易是利用货物的价差，利用信息不对等。发了财以后呢，他最大的本事是把发来的财，进行二次盘活，买一些不动产，租给别人，开辟田宅，利用土地发财。周庄那个地区就是水路交通发达，当时是商业贸易流通的一个基地，过去想发财必须临水，不临水发不了财，跟今天说想致富先修路，道理是一样的。古代修路用处没那么大，因为当时车的行进速度过于缓慢，跟船没法比，船是高速高效的运输工具，所以历史上发财的人，一定想办法通过水路。沈万三虽然发了财，最后还是得罪了朱元璋，充军云南了，我们今天说的茶马古道，他去了照样发财，山高皇帝远，更有本事发财，没人管了，更能发挥他的特长。

辛亥革命以后有一个人叫黄奕住，这人是中国清朝末年的一个首富，富到什么程度呢？我们不用说他有多少钱，说他两件事。一个是他母亲过寿，扎大彩棚，路的四个把角搁四个大木桶，里头放上红颜色的水，水里撒满银元，每个路过的人就算随喜，每人捞一个走。一枚银元值多少钱呢？我算了算，按同等消费能力大概值 3000 块钱。不像我们今天举行婚礼都是敛财，来的人都得随份子，两套路子。今天我们所有的富翁，在黄奕住门下什么都不是。现在有些大富翁有钱就是买点儿银行的股票，成为银行的股东，到头了就这样。黄奕住家有银行，有人说民国时候这银行本身就多，那有什么新鲜的。但银行和银行不一样，有发钞权的银行，那才叫真正的大银行，我们今天中国大陆有发钞权的银行只有一家，叫中国人民银行。

香港有三家银行可以发钞，汇丰银行、渣打银行、中国银行，所以你拿一千块钱的港币，版别不一样，因为是三个银行发的。在中华民国史上，有三家银行是可以发钞的，第一是中国银行，老牌儿；第二，交通银行，老牌儿；还有一个是中南银行，中南银行 70% 的股份，是黄奕住的，他们家有发钞权，你想想他有多少钱，今天的人没谁跟他比得了。

中国历史上人发财都是靠贸易，你老老实实地干活，肯定发不了财，你种那点儿地，没有机械化的时候，你有天大的能力，你再勤劳也就过个衣食无忧的日子，还得赶上风调雨顺。但贸易可能让你变得非常的富有，因为过去个人出门的费用很高，每个人需要的物品不一样，运输费用高昂，个人为自己的事儿，跑来跑去的不划算，所以就有很多人通过贸易来致富。

改革开放刚一开始的时候，所有发财的人都有一个称号叫倒爷，就是来回倒腾就发财，但你首先要吃得了苦，做倒爷很辛苦，当年的国际倒爷们都是在火车上，过去那火车连个座位都没有，都坐地上，躺地上，你得豁得出去。在历史上很多人经商做贸易的时候，包括我们的古丝绸之路都非常危险，甚至有可能丢命的。

工业革命以后，主要是靠技术发财，技术可以非常大地提高效率，可惜中国人没赶上，英国人赶上了。有个人叫阿尔弗莱德，典型的富二代，他是英国纺织业大王的儿子。我们今天的富二代拿着爹妈的钱除了消费以外很大程度上会去投资，阿尔弗莱德生下来的任务就是花钱，把家里的钱想办法花光，老花不完。

1860 年，英法联军打入北京以后，圆明园遭劫。有很多东西在 1861 年到 1863 年，通过海运到了英国，船一靠岸，这阿尔弗莱德就说，这一船都拉我们家去吧，所以他们家跟博物馆一样。前些年"非典"过后，卖过他们家的东西，你今天看那时候卖的东西都便宜得要死，可现在很多瓷器一卖就上了亿。

中国有没有通过技术革命发财的呢？也有，我们就晚了 100 年，比如同治光绪时期，有一个人叫张謇，纺织业大王，他靠实业发财。1905 年，他开了中国第一家博物馆，叫南通博物苑，故宫在它之后 20 年才开成博物馆。张謇在纺织业投入巨资，所以今天你到南通去，那个地方纺织业发达，就是张謇先生一百多年前打下的基础。当时他喜欢苏绣，他养了一个绣娘叫沈寿，现在叫沈绣，其实就是苏绣的一个精致版。

民国时期各种大王很多，比如有一个人叫刘鸿生，他是煤炭大王、毛纺大王、水泥大王、火柴大王，四大天王。做火柴怎么发财呢？过去取火是个很麻烦的事，在火柴发明之前，中国人取火都是用火镰，火镰怎么取呢？我试过，太难了，拿那个棉絮跟火石敲打，要没有技术半天都打不着，连打带吹，抽根烟急死自个儿，有了火柴以后一划这火就来了，所以做火柴生意当时就能发大财。

还有一个人叫赵春勇，肥皂大王。肥皂也能发财，洗涤是我们生活中很重要的一件事，在肥皂出现之前，我们洗衣服非常困难，都是用天然材料，比如草木灰、皂角。肥皂出现以后，使清洁这个事儿变得简单。肥皂真正退出我们生活中，是没几年的事情，我们年轻的时候，在农村，洗衣、洗脸、洗头都用这一块肥皂。

还有船运大王卢作孚，是个重庆人，这人就非常有钱，他是非常有名的爱国实业家，当时白手起家做航运。运输是一个能发大财的手段，因为它能够做贸易，改变各地的商业环境。

毛泽东曾对黄炎培说过这样的话，中国近代史上有四个人，我们万万不可忘记，就是张之洞、张謇、卢作孚、范旭东。张之洞修铁路，张謇纺织大王，卢作孚船运大王，范旭东化学工业之父，这些人都是利用自己的技术实现了自己的人生价值。

在年轻的时候，只要不违反法律和道德，趋利是人生应该建立的第一个目标，人要让自己有尊严地活着。我们今天有一个很时髦的词叫财富自由，什么叫财富自由呢？就是花钱不带打嗑巴儿，还信用卡的钱不犯愁。我们每个时代都有不同的一个道理，只要跟时代的道理能够吻合，你发不了大财也能发小财。不管你发什么财，有一个前提，你做事一定要兢兢业业。

观 复 秀

关于善财童子的记载有很多种，《西游记》四十回有这样一段记载，唐僧师徒四人去西天取经路过一个叫六百里钻头号山的地方，唐僧不慎被一妖怪抓了去，这妖怪是牛魔王和罗刹女铁扇公主的儿子，乳名叫红孩儿。为什么叫红孩儿？估计是烧的，在火焰山修行了 300 年，练成了三昧真火，神通广大。孙悟空拿他没招，就去南海请观音菩萨帮忙，观音就用法力把他降住了，降住了以后就问这红孩儿受不受戒，这红孩儿被降住了没招了，流着眼泪，点头答应说，只要你饶了我性命，我就愿意受戒。观音就说，你入我门，红孩儿就说我入你门。观音拿出了一个金剃刀，替他剃了一个泰山压顶式的发型，留了三个尖儿，从此以后他就侍奉观音，所以他是观音的侍从，也叫胁侍，后来就慢慢被称为善财童子。家里要摆这么一个善财童子能发财。

青铜善财童子立像 南宋

　　比较正经的一种说法是在《华严经》里，《华严经》记载，善财童子为文殊菩萨曾经住过的福城中长者、五百童子之一，他出生时家中多了很多金银财宝，取名善财，但是他看破红尘，觉得财产如粪土，发誓修行，要成就道业。善财童子前往请教菩萨，文殊菩萨就告诉他怎么修，然后他就参访了53位善知识，在普贤菩萨道场，证入无生法界，创造了佛经中的善财童子。

　　这个善财童子，大概是南宋时期的，它这个姿势，手里还应该有一个东西，面相非常凝重，脚面有点儿隆起抓地，衣服飘起来。这尊像是铜的，实心，很重，但是衣纹似被风吹起来。古人有很大的本事，以铜这样坚硬的材料表现衣纹被风吹拂的这种感觉，这是一绝，今天很难做到。它还有很多细节，神态、手势、衣纹、发式，还有肚子隆起的那种圆润感。这样一个艺术品，它包含了很多内容，有些内容并不是我们能够说出来的。比如"善财"这个词就很世俗。我们确实都生活在一个世俗的社会里，每个人都希望自己挣到一笔像样的钱，过好于别人的日子，但是我们无论发多大的财，都有一个东西约束我们，它就是道德。

发 小 财

一般人都发不了大财，所以这一节我们讲发小财。我有一个朋友，他的老丈人活过百岁。我那朋友也算一有钱人，每天奔来跑去天天忙活，这老丈人就说他，大钱是命，小钱是挣，就说你发大财要看你有没有这命，跟你的本事不一定有必然的关系，发小财就要靠自己的努力去挣来的。

发小财有个定义，先说最下限的小财，是根据你自己的能力，能够在单位时间内，一个月或者一年，或者三五年，得到的钱。比如你去给别人打工，你的能力给别人打工挣得多一些，这就叫发小财。我在单位就能挣五六千块钱，但我做个事儿，一个月能挣 1 万块钱，就算发一个小财。每个人都希望自己的利益最大化，付出的最少，得到的最多，这很难。你得到的越多，风险就越大，你可能失去财产的机会就会增多，有可能欲速则不达，你想非常快地发财，但你可能连最基本的钱都挣不来。尽管今天是号召全社会都创业，但是创业的成功率非常低。

发小财还有一个标准叫财务自由，财务自由本身也有高限和低限。我们先说低限，目标不要定得太大，你过普通人的生活，出去买个东西不太介意价钱，比如你到餐馆点菜，你注重左边比注重右边多，这基本上就财务自由了。我过去跟几个上市公司的老板聊天，说你成了富翁发了大财，生活有什么改变吗？想了半天跟我说，唯一的改变就是进餐馆点菜不再看右边价格，只看想吃哪个菜，想吃就点。不再看价钱决定吃不吃，这就是财务自由的最低标准。

最高标准是什么呢？其实没有最高标准，按网上说，你有 1 亿人民币就算财务自由了，那我也见过有 1 亿人民币很快就变成穷得要死的人，想做得更大，把钱拿去投资，最后这钱就没了。一个人挣到像样的钱以后，能让你把钱丢掉的，只有两个途径：第一个途径是赌博，你有多少钱都可能输在赌场上；第二个途径就是投资，投资是另外一种赌博，其他方式你可能都花不掉。

我们一般人发小财的思路，都只限于开小商店之类，但这是一种传统的生活方式，也是我们一般人的一个朴素想法。今天在国内，创业的人都不想发小财，都想发大财，跟国外不一样。比如到欧洲去，到日本去，你会发现有很多小店，一开几百年，不扩张不加桌椅。日本这个现象非常的普遍，比如日本有个居酒屋，我们进去的时候，一看好拥挤，都没有地方坐，然后有人介绍说当年川端康成每天晚上都坐在这张桌子，顿时你就对这居酒屋肃然起敬。可那屋子里能坐不超过 20 个人，这要在国内，早就开连锁了，早就把川端康成坐过的桌椅供起来了，但人家还是维持现状。

　　我到日本最喜欢那种街头小馆，有时候进去就是十几二十平米，两三张桌子，做了几代人。台湾也受日本影响，前些日子去高雄，一下飞机朋友来接，说请我吃顿饭，带我吃个小馆子。这朋友跟我同岁，进门就跟我介绍，说上大学那年就在这吃饭，几乎天天吃，吃 40 多年，这个小餐馆没有扩张，当年是什么样，今天还是什么样，做了两代人，他年轻的时候，吃的是上一代人做的饭菜，岁数大了就吃同代人做的饭菜。最后夫妻俩跟我聊天的时候说，现在子女不愿意干这行，所以他们能做到哪天就算哪天，最后这个小店可能就会关掉。他们本身有机会能发一笔大财，当时生意好的时候，天天都订不上座，为什么不扩张呢？就是安于这个状态。你要注意思路，明白思路你可能就抓住了发小财的机会。

　　我 20 多岁的时候，碰见这样一个人，比一般人有钱，那时候工资都不用问，什么岁数的人，对应的大概挣多少钱，大家都心知肚明。比如我那个时候，就挣个五六十块钱，和我岁数相同的人，大概都这钱，上下不会差 10 块钱。碰到这个人比我们挣得多一点，花钱的时候也显得有钱，我就问他您做什么工作啊？这人跟我们说，没工作。没工作你钱哪来的，捡的。

他说捡钱就是我的工作，本人以捡钱为生。你听着是个笑话吧，怎么可能每天都捡到钱呢？他就有办法，他每天都能捡到钱，他跟我说捡钱是有路数的，比如他每天早上起来就去北京人最多的地方，那时候最好的商业地段就是百货大楼，他每天都进百货大楼捡钱，没有一天不得手。一分钱也捡，一毛钱也捡，不嫌少。咱们看见地上一分钱，咱不捡，你觉得你弯腰那价值就比一分钱大，你不捡他捡，无论大钱小钱都捡。还有哪钱多啊，厕所多。你听着新鲜吧，他还告诉我，女厕所比男厕所多，因为这女人事多，上个厕所老是对着镜子描眉画眼，拿出个钱包来，或者拿出个什么东西，钱包就扔那了，所以到女厕所他就敲门，有人没，一听里面没人，进去往那台上一看，捡一钱包。

所以他的经验告诉我，卖糖果的柜台前经常有零钱，女厕所丢钱包比男厕所丢得多。我说还有哪能捡钱啊？还有一个好地是电影院。

后来为这个事，我做过测试。早期的电影院跟今天不一样，今天电影院小，几十个人的厅都算大的了，有些电影院进去几个人，现在最大的放映厅也就一二百人。我们当年的电影院经常是千人起步，两三千人看一场电影是正常的，散场的时候，"轰"的一下所有人全往外拥，他逆着人流就进去了，干嘛去了，捡钱包。

你知道看电影的时候，钱包特别容易从兜里滑出来，所以当你们走出去的时候，他就一排排的侧视过去，迅速走过，看看有没有掉下来的钱。这个人就靠这个方法活着，从某一个角度上讲，这事儿不算太道德，但是他有一种思维方式，就叫逆向思维。

逆向思维的人我见过很多次。1984年，我去新疆，在阿克苏到阿拉尔的路上，荒无人烟，连树都没有，就两条路通到天边，车开着开着，看前面有一个人徒步，背着一个三合板的盒子，一米长，一打开里面全是眼镜。今天的年轻人看不见了，二三十年前，背着三合板到处卖眼镜的都是浙江人，然后我就跟司机说停车停车，我跟这人说会儿话。我就问你干嘛来了，他说卖眼镜，我当时第一反应，你卖眼镜，这哪有人啊，你卖给谁啊？人那一句话说的就比我高明，正因为没人来卖我才来卖。所以他就把当时质次价高的眼镜，全部卖到新疆去，那地方交通闭塞商业落后，那时候就流行眼角很大的蛤蟆镜，把那蛤蟆镜都卖到新疆去了，舍不得坐车，走着。到那以后进到一个居民点，那一堆眼镜都能卖光，人家思维就跟我们思维不一样，我们思维一定是哪人多上哪去卖，他是哪人少上哪去卖。

我在电视上看过一个节目让我非常受感动。江浙一个小裁缝，所有的家当加起来就一台缝纫机，19岁时只身一人，奔了甘肃武威。到了武威举目无亲，认识一对老头老太太，跟人家商量，我能不能在你们家檐下支一个摊，我给人补衣服。那老头老太太就说，可以啊，你就留下吧。他就开始给人家补衣服，补件衣服收不了多少钱，然后补着补着就开始学着做衣服，给人做裁缝。10年以后，这个小裁缝结婚生子，买下这个城市的第一服装厂，是一家国企，当时维持不下去就卖给他了。采访时就问他，你为什么上这来？他说，第一，这儿经济不发达，发达的地儿他不去，竞争惨烈，这也是逆向思维；第二，这个地方由于经济不发达，对服装的要求一开始就是补，破了补完就完了。后来手艺是在过程中学的，因为那个地方落后，对手艺的要求也没有发达地区那么严格，所以差不离的衣服就能卖，日积月累，最后娶妻生子，买下当地最大的一个服装厂。这些人都跟我们常规的想法不一样，我们今天一想做生意就想哪人多，人少肯定不去，而且别人还有这样一个精神，叫"无谓小"，卖个眼镜能挣多少钱，给人补条裤子能挣多少钱，但集腋成裘、聚沙成塔，最后发展成一个事业。这是一个发小财的方式，叫逆向思维。

还有一种比他高明点，用计谋发财。我看到日本有这么一个案例，二战以后，日本作为战败国面临战争赔款，而且打仗打得国家已经非常穷了，每个人的日子都不好过，有一个人就开始做一个生意，咱听了都不叫生意，卖绳子。他上日本边远地区制造绳子的地方去买，买完了到城市的商场经销商那去卖，他多少钱买就多少钱卖，一分钱都不挣。因为这种做生意的方法，没有人跟他竞争，人家只要加钱就比他卖得贵。所以他就先把所有的市场都占领了，大概两三年以后，他拿出了所有买卖的单据，他给卖绳子的人说，我们做了两三年的生意了，你可以看到我一分钱都不挣，你能不能给我减一成钱，打九折卖给我？供应商一看，这人真是够老实的，辛苦两三年一分钱都不挣，那我以后给你供货，跟别人不一样，我减一成给你打九折。他又翻过头找买绳子的人说，我卖给你两三年了，你看这单子，我是多少钱买多少钱卖，一分钱都不挣，你能不能给我加一成，那买绳子的销售商就说，得啦，你也不容易，干了这么多年不挣钱。这样两边各挤出一成，中间就有20%的利润，这个人是后来的绳子大王，所有的绳子都被他垄断了。这就是有计谋，知道怎么去发这个财。

再跟你讲一个计谋，东京是一个平地抠饼的城市，跟上海非常像。为什么上海叫上海滩呢？就是因为上海是在这个滩涂上抠起来的一个现代化的城市。东京也是这个状态，本身这个地方是一个乡村，连人都没有，当这个城市兴旺发达起来以后，就会有很大的问题要解决，就是城市的垃圾排泄，垃圾还不可怕，可怕的是排泄物，农村拉泡屎让猪吃了，最后变成农家粪直接攘地上了。城市不行，所以一旦城市形成了，排污问题就会变得很大，我们现在是现代化的管道排污，早期城市都没这个，需要有人来掏粪。我小时候北京大量的公共厕所都是人工掏粪，现在还有一些公共厕所，有粪井垃坂，车开过去，"轰"的一下吸走了，那时候连这个都没有，都是人工的。著名的掏粪工人时传祥先生，当时是中国的劳模，受到国家主席、总理的接见，他就是背着一个木桶，特制的一个木头棒，桶有一米多高，上面大下面小，我们小时候都见过。东京当时也专门有人来帮你掏粪，帮你掏粪不能白掏，你得给钱。他把粪掏完了以后再集中起来，卖到乡下去。在化肥工业没有兴起的时候，粮食要增产就得靠农家肥。我在农村的时候，每一年都有积肥任务，把人粪猪粪、各种腐烂的东西堆在一起沤着，最后给粮食增产。

这生意很有意思，我们很多生意都是这头花钱，那头卖钱，他这生意，这头你得给我钱，那头你也得给我钱，两头给钱的生意。所以在三四百年前，东京的首富就这粪霸，当时闹了几次风波，你不给我涨价不给你掏，一礼拜以后你就投降了，那粪没地儿搁呀，味马上就起来了，顿时环境就恶劣了。所以这粪霸当年成为东京地区的首富，他的这个模式好。我们过去讲最好的生意叫流水全是利润，卖多少钱全是赚的，这是最好的生意，你像他这个两头的流水都是利润，你今天能找着这样一个生意，我保你不会是发小财而是发大财。

再有就是另辟蹊径。我觉得另辟蹊径很难，因为人的智慧都是差不多的，谁和谁都没有很大的差异。最近我看到一条新闻很有意思，日本德岛县一个村里，这村偏僻，年轻人都走了，村里就剩下老头和老太，只能办养老院。这个地方由于偏僻没有任何污染。本来日本就没什么污染，你要到日本的乡下，那就更没什么污染，日本是个岛国，比较湿润，所以植物都长得好。突然有一天，老太太们开窍了，要卖树叶，日餐经常会用到各种树叶，漂亮至极，一年四季春夏秋冬的树叶都是不一样的。所以她们就把树叶摘下来收好卖到日本各地，据说日本 80% 的树叶，都来自于这个地方，卖树叶都能发大财，基本上也都是流水全是利润。我们中国历史上流水就是利润的典型商品就是茶叶，茶叶也是从树上摘下来，卖到欧洲去，至少 300 年，欧洲的钱全赚到我们国家。这茶叶就是白长出来的，这叫另辟蹊径。

还有依附别人发小财的，别人发大财，我们就发小财。典型的依附别人生存的案例，就是美国旧金山淘金热的时候，大量的人涌入了加州淘金，淘到黄金就发大财了，黄金在历史上比其他的金属地位高很多。但是淘金有风险，很可能你淘不到什么，所以那里不是每个人都是淘金的，有人是卖铁锹的。你想想别人都在淘金，准备发大财，您就卖铁锹发着小财有意思吗？他就真有意思，为什么？他百分之百能把这铁锹卖出去，所以淘金热下来，少数人发了大财，多数人没发财，而这个卖铁锹的肯定是发了小财。

有一个例子，一个工厂的一台特别大的机器坏了，很多人都修不好，最后请了一个人，看了一眼机器，又听了听，拿粉笔画了一个道，说把这开了就能修好。那给您多少钱啊？他说一万块钱吧。人说你画一道就给一万块钱？他说画一道就值一块钱，但知道在哪画道，值 9999 块钱，这就是知识的价值。

我生活中就碰到过这种事，有个朋友车坏了，打不着了，打电话叫紧急救援，人接了电话说不用救援，你先点一下火让我听听，电话放了个扩音，这么一点火，"轰"一声就没了，人就说我知道什么毛病，你把哪哪哪弄弄，车就修好了。人家就能靠技术发财，知识转化成财富。

我们现在可以靠点子去发财，有这样一个经典的案例，就是很多年以前牙膏都统一大小，牙膏的孔洞都是筷子这么粗，同一个牌子的牙膏销量一直在增长，若干年以后就停止了增长。停止了增长以后就着急啊，怎么能让企业再增长呢？来了一人，我保证让你的牙膏增长 10%，如果做不到我不要你的钱，但我做得到你给我 10 万美金。合同签了，把钱付了，说你把牙膏口扩大一毫米，顿时口就粗了，口一粗牙膏就挤得多了，这多挤出 10% 的牙膏，你是没感觉的。每个人挤牙膏是有不同习惯的，比如有的人仔细，挤黄豆那么大；有的人夸张，挤过来弯一下过去，这往往是挤别人的牙膏。我们那时候在农村，挤别人的牙膏就是这样，自个儿的挤一点就得了，人都是有私心的。牙膏的口大一个毫米，所以不自主的情况下，牙膏就挤多了，你如果使用这个牌子的，你用完了就会去买。所以这个牙膏果不其然，销量就提升了。这人就出了一点子挣了 10 万美金，今天也算是一小财了。

我们讲了很多发财的思路，都很神奇，其实凭着记忆力也能够发财，我年轻的时候凭记忆力就发过财，很多人不相信，我可以给你讲一个例子。

当年改革开放，经济发展起来了以后，大家开始关注这些珠宝古玩，北京有一家大的国有珠宝公司，今天都倒闭了，当年这家公司出的珠宝特别多，都是早几十年收来的，这东西都便宜。

当时有几个海外的珠宝商，跑到北京来，就问我能不能帮忙去找找那珠宝厂，我说可以啊，但也不认得他们，我只是认得路，就带着他们去了。一进门到那厂里，传达室问找谁啊，找业务科，我说大爷您贵姓啊，那大爷说姓张，张大爷，麻烦您啦。进屋了就往里走，一会儿又碰见一个大姐，问业务科怎么走啊？就说往里走然后拐俩弯就到了。大姐您贵姓啊？姓李，记着了。再往前走，一会儿一推门进去了，说师傅您贵姓啊？姓赵，赵师傅。业务科谁负责呀？李科长。进屋跟这个说话，跟那个聊天，挨个问，挨个叫，嘴巴要甜，看了一圈买了点小东西又出来了。半个月后，人东西卖了又回过头来，说这东西好卖，挣钱了，咱们能不能再去一趟，我说能去，我就带着他们又去了。一进门就说，张大爷，然后李大姐、李科长、赵师傅，十几二十个人每一个人都没喊错，全都记得住姓什么。你知道每个人都在社会中，都寻求亲近的感觉，你见过一次的人，你能够记住别人的姓，能够凭记忆力不打磕巴说出来，那别人就会认为你很尊重他，就会替你说话。

怎么发的财呢？就下面这一出。我们看完东西，买家说没看上。李大姐马上说，咱们那柜子打开给人看看。然后有人说那都是搁了多少年的宝贝，拿出来给人看看，赵师傅也说拿出来，每个人都帮你说话。为什么呢？你说出他的姓来，你尊重了他。结果他们就把保险柜打开，把所有的东西拿出来，那时候厂房都比较破，屋里不怎么亮，挪到窗户底下，白布一铺，那翡翠、碧玺，过去都是宫廷的首饰。拿过来一看，翡翠绿得能把你脸照得绿了，碧玺最粉红色的叫双桃红，娃娃脸的珊瑚，全是顶级珠宝，问人卖多少钱。过去跟现在不一样，现在的价钱都是胡喊。那时候就临时定价，眼力不错啊，看上了，800吧，我说800贵了，师傅们全替你说话，说人家也挺不容易的，赶紧给人减200，600就把这宝贝全卖了。出了门这东西就不是这钱了，值多少钱我也不知道，就帮那帮商人发了财。

最后我们总结一下怎么发小财。要有逆向思维，会另辟蹊径，能够持之以恒，不谓生意小，还要比别人多想一层。我们讲完发大财，再讲发小财，好像听着不够提气，但是只有发小财的事，跟你最为贴谱。

观 复 秀

本篇的观复秀是清代中期的白玉鹌鹑，这东西很圆润，这块玉不算白，有点青，鹌鹑在中国文化中就是富贵平安的意思，我们大部分人都认为玉质是第一位的，其实不是，玉器最重要的首先是工艺。今天很多人说你说的那些都没用，现在是材料最值钱，材料再值钱它也不是文化，文化就是把一个玉雕成一个物件。比如这玉特别白，羊脂的籽玉，它就是一个天然的材料，不是什么文化，但它雕成了一个物件，就有最直接的表达。我们都很希望自己平平安安度过一生，没有大的劫，为什么说小富即安

青白玉雕鹌鹑　清·中期

呢？人的财富如果过多，招来的麻烦就会过多，甚至引来杀身之祸。所以这个小鹌鹑，做得非常的圆，代表什么意思呢？就是小富。我们生活中追求小富是非常自然的，追求大富，你就要掂量自己，评估自己。

猴　票

　　这篇我们讲讲猴票，猴票专指 1980 年第一版发行的猴票。

　　我们的生肖是从老鼠算起，但为什么生肖邮票从猴开始呢？是因为从猴年开始发行生肖邮票，发行四轮了。为什么一轮又一轮，发起来没完没了呢？是因为猴票当年发行以后，意外变成一个巨大的财富。发行那年一张猴票 8 分钱，当时在中国跨省市的邮寄信件贴 8 分钱，本埠信比如北京市寄市内 4 分钱，8 分钱邮票是中国邮政中持续时间最长的、价值最固定的一种邮票。当时一版邮票 80 枚，6 块 4，不顶今天一张邮票的价钱，这 8 分钱一枚的邮票，大概今天能值 1 万多，如果是整版的值得还要多。

我们知道有很多靠邮票发财的故事，哪个故事也不抵猴票发财的故事。20世纪80年代，我在单位里面认识一人，这人的一个远房亲戚是邮局的，1980年发行邮票的时候，很多人买邮票就是为了用，那时候没有收藏概念，要知道这东西后来能值钱，当年就抢光了。

邮局还有任务，每个人负责卖一些。这个邮局的人，他朋友托他买10版，10版是64块钱，64块钱当时是这个人一个多月的工资。他就帮着买了，买了以后没有及时给送，隔了一段时间，这朋友一碰上就说我那邮票都买完了。这个邮局的人就是一老好人，就没好意思说我也给你买了，反正这东西也是有价证券，最次也是一枚值8分钱，可以发信用，所以也就没吱声。他没那么多信可发，所以就把这10版邮票夹在一本杂志里，放在他们家书架上了。这一放就放了10多年，儿子在家里乱翻的时候，突然翻到这邮票了，说爸咱家怎么有这个？他爸说，这是我当年帮人买的，没及时给人送去，人家不要了，我就夹在这了。这儿子跟他爸说这东西现在值十几万了，这一版就得值1万多，你等着我去给你卖。那时候邮币卡市场非常的风行，只要管人少要一点钱，这10版猴票立刻就变成现金，儿子觉得特得意，说我爸当时把这邮票，阴错阳差地留到今天，让我赚到十好几万。听着是发财了，但这是一小财，还有一发大财的故事。

湖北武汉邮局有一位先生，当年是因为没完成任务，被迫自购，自己买 15 套，96 块钱。过了十几年，逛市场的时候偶然发现，这东西还真值钱了，值了十来万块钱，就说我就知道这东西有收藏价值，攥住不撒手。又过了 10 年，俩儿子大了先后都要结婚，大儿子要结婚，拿出一版卖了 20 多万，给大儿子买套房子，小儿子要结婚，又拿出一版卖了 30 多万，也买了一套房子。后来零七八碎的又卖了 3 套，这样一共卖出 5 套，手上现在还有 10 套，10 套值多少钱呢？ 2011 年在苏州，邮票专场拍卖上，80 枚大全 120 万成交，换句话说，这 10 版票值 1200 万。这还是五年前的事了。第四轮的猴版邮票新闻发布会把我请去了，让我说说猴，现场把最早的这一版猴票拿去了，我就拎着这版邮票照了张相，心里想这东西怎么不是我的啊。

我们去动物园，猴山那永远挤的人最多。我记得小时候，一进动物园就直奔猴山去了，先看猴。

第一，猴跟人有相像的地方，第二，猴山上猴多，看不过来。猴属于哺乳类动物中的灵长目，与人类非常相似，达尔文说人是猴变的，老百姓就说人没长毛，有毛就是个猴，猴精猴精的。这猴跟我们长得挺相像的，比如说人嘴往前长得稍微突出点叫有猴相，我们的眼睛是长在正前方的，猴的眼睛也是长在正前方。眼睛的距离决定这人是不是萌，或者是决定这人是不是傻，眼距稍微有一点拉开，这人显得非常萌，画漫画的人都喜欢稍微把它拉开一点，如果太远了就傻了。所以人跟猴之间有很多共通的地方，唯独不同的是它有根尾巴我们没有，我们过去是有的，所以有尾巴骨，后来在进化的过程中，这尾巴没有用了。人现在要有条尾巴，那对服装界也是一个挑战，这裤子得多做出一块，或者挖一洞，人要是都有尾巴的话，那我们就是阿凡达了。

猴在中国的文化中含义丰富，我们先说一词，诸侯。前几年海昏侯墓出土了大量文物，海昏侯说白了就是一猴，诸侯怎么来的呢？古代有这么一个说法，说诸侯的侯就是猴子的猴，因为凭高四望属于猴（侯）者。猴子生性聪明警觉，善于识别诱饵，发现食物不会轻易去取，你拿笼子捕猴难着呢，那猴才不相信这笼子的东西能白给，有时候比人还贼，所以这种观望的状态就称之为猴，它有四望观察的意思。那么诸侯都是机敏的人，诸侯王，都是各地占一方为王，伺机可能扩大地盘，所以有一种说法，这种职务就叫诸侯。

文学形象中，在中国妇孺皆知的孙悟空，俗称孙猴、美猴王，我们今天看到的各种猴戏，都是人来模仿猴，模仿最好的就是六小龄童，我们可以从猴身上学到很多。我们小时候看到的猴戏，耍猴的，这猴子拟人化，后足着地，拿着一锣，转着圈"当当当"地敲，把人都给招来，然后开始拿大顶、骑车，一会又骑羊，什么事都干。我们的马戏有时候还被人称为猴戏。近些年在街头你是看不上这一景了，因为多了一个城管队伍，城管不让干这事，所以，全国各地耍猴的艺人在今天生存都很艰辛。我看到一些报道，说耍猴是一门技术，是我们的文化遗产，最迟在中国的唐朝就有耍猴的出现。我估计汉朝就有，汉朝杂耍杂技非常的风靡，起源是我们河南省新野县，今天那依然有一个小小的群体以耍猴为生。有人认为训练猴不人道，其实今天人和动物之间所有的关系都不人道，这是另外一个话题，这里不展开。

过去耍猴有很多方法，比如训练猴的时候，他动之以情晓之以食，让它明白你喜欢吃这个东西，要想获得你就给我好好表演。耍猴最初的时候，它是带有宗教性的表演，因为猴子据说是马的守护神，孙悟空就是一弼马温，就是马的守护神。过去认为马厩里养个猴子，就能留住马，而且使马不受外来的侵扰。比如有人来偷马，猴子警觉，一看见就一顿乱叫，这人就不敢偷这马了。后来因为猴子非常容易取悦百姓，就作为小商小贩招揽顾客的一种手段。我印象中过去有些小商小贩随身就带着一猴，容易招来孩子，招来大人看两眼，顺便做个小生意。一些卖药的、练摊儿搞武术的人都经常带着猴。我小时候看过一次耍猴，那真叫杂耍，那猴穿的衣服特别搞笑，已经被赋予了一种政治色彩，那猴穿着定做的日本军服，扛一日本太阳旗，然后驯猴的人拿一枪，只要枪一响这猴就躺地上死了，每个人看见就开心大笑。

清代有一本书叫《杏林集》记载这样一件事情，说有一个山沟里住着一个老头，早年老伴就去世了，就一个女儿还远嫁他乡了。有个打猎的人看见老头孤寡一人觉得很可怜，就送了他一小猴，说让这猴跟你做伴。当你一个人住在深山老林的时候，有一只猴跟你沟通能排遣很多寂寞，所以这老头就爱猴如子，五年不离不弃。有一天，老头突然去世，这猴就把门关上，撒腿就跑，跑到老头的女儿家，一进门泪如雨下，这女儿就问它，是不是我爹去世了？这猴就点头，然后就带着这女儿回到家里。这女儿进家一看，家徒四壁穷得什么都没有，没法安葬老爹。这猴就痛哭，到山下找乡亲集资，帮她把老爹埋葬了。然后老头的女儿就跟这猴说你跟我一块走吧，这猴说不出话来，就作揖谢之。它仍在那牢守故宅，每天出去摘果实度日，逢五天就哭一回，祭祀它这个养父。有人认为这猴是有时间观念的，养了它五年所以每五天就哭一回，每回哭得都非常悲伤。三个月以后，这猴就卧在老头的坟前死了，周村的人特别可怜它，就把它葬在老头旁边，立一块碑，上面写着"义猴之墓"。这个故事传达了一个"义"字，讲的是猴有情有义。

我们有关猴的成语很多，大家比较熟悉的叫杀鸡儆猴。据说猴子恐惧鲜血，所以就用此来训练它，猴子不配合怎么办呢？拉出一公鸡来，咔嚓就一刀，看这公鸡死了断气了，猴子一看就害怕了，所以猴子就开始配合人训练。

还有一个成语叫沐猴而冠，现在说得不多。沐猴而冠出自《史记·项羽本纪》，说有一个说客来跟项羽说，这关中地区四边都是要塞，易守难攻，而且土地非常肥沃，你可以在这称王称霸。项羽听了这话不以为然，说秦宫已经烧成破烂了，我没心思在这待，我还是想回老家。项羽说我发了财，富贵不归故乡，就如同穿着漂亮的衣服晚上行走，那谁能看得见，所以一定要衣锦还乡。这说客背后就说，人家都说楚人就是个猴戴上帽子，是个土鳖，果不其然他就是个土鳖，这话传到了项羽的耳朵里，项羽说把这人给我油炸了。所以我们不要轻易在背后说人坏话。

还有一个典故叫由基射猴。百发百中和百步穿杨这两个成语，就是从由基射猴演变过来的。观复博物馆的门窗馆有一套十二扇的门窗，这十二扇中间的腰板上是十二生肖。古代人有意思，不是专门把猴、鸡、狗、猪雕在上面，而是把相应的故事雕在上面。其中猴的故事就是由基射猴，这个故事春秋时期就有了，到了东晋时期开始见诸文字。《搜神记》记载，楚王游园看见一猴，就令人拿箭射它，这猴一看特高兴，射来的箭全被它随便扒拉一边去了，这猴犯了它自己生命中的一个错误叫嘚瑟，猴特别爱嘚瑟，这时候楚王就命令养由基射箭。养由基是春秋时期的养国人，此人射箭百发百中，俗称养一箭，一箭就可以制胜。这养由基抚弓，那猴一下就崩溃了，抱着树就哭上了，一想这完了。这就是百发百中、百步穿杨的来历。

还有一个成语叫朝三暮四，也跟猴有关，朝三暮四本身说的是一种诈术。宋国有一个老人养了一群猴，他可以理解猴子的意思，猴子也可以理解老人的心意。养猴的老人宁可减少他与家人的食物也要满足猴子的需求。不久，他家里的粮食缺了，就限定猴子食物的数量。但又怕猴子不同意，就跟猴子说：给你们橡实，早上三颗晚上四颗，够吗？猴子们都站了起来十分恼怒。他又说，早上四颗，晚上三颗够了吧？猴子们非常高兴，然后一个个都趴在地上。后来我们生活中，朝三暮四经常被引申为朝秦暮楚、变化多端、飘忽不定的意思。我在菜市场，就碰见过用这种简单诈术骗人。一个老乡从乡下贩来一车大葱，搁到菜市场，直接堆地上跟小山似的。您这葱多少钱一斤呢，说一块钱一斤，那我包圆了，但是得麻烦您帮我切一刀，葱白和葱叶分开，葱白7毛钱一斤葱叶3毛钱。果然那人一听以为碰见大户了，把这葱全切了，点完钱回家了。回家以后就觉得不对，说我这个葱，我觉着不是这个分量，怎么就少了一半，抽水也不能抽一半，没明白是怎么回事，这就是一个诈术，他把两斤变成了一斤。

我们生活中等不到的事，或者盼不到的事，又或者办不成的事，经常用一个词叫猴年马月，说您这事猴年马月啊，就是说这事根本就办不到，前景未知。猴年大家都知道，马月是农历的五月，你们有什么事情，说到猴年马月就能办到的事，一定不要错过这个难得日子。

观 复 秀

马上封侯，就是马上面骑一个猴，意思是你马上当官，古代当官是包括发财的含义，因为过去古代官员是社会上最上层的人，除了身份上层也有钱，有俸禄，养一家老小没有问题。本节的观复秀一共有两件宝贝，一个民俗的，一个是比较雅的。比较雅的这个是出自明末，300多年。白马上面骑着个黑猴，马做回首状，典型的明末清初的玉雕的功夫。这块玉带有一块黑，所以

黑白玉巧雕马上封侯　明代

马上封侯压石　清代

把这块黑做成黑猴，寓意就是马上封侯。

另外一件压石，上面俩猴，一个骑在马上，一个牵着马，骑着的那猴舒服，底下牵着马的不舒服，牵着马的是弼马温、孙猴。马上封侯在明清两代的文物中比较常见，实际上从某种意义上讲，它是一种喜庆文化的象征。马上封侯的文化含义也不一定是祝你一定当官，也有祝你发财的含义。

这两个有什么不同？马一个站姿一个卧姿，猴呢，一只猴是真骑在马上，比较雅的那只猴是站在马背上；从年代上讲，比较雅的这件比另外一件要早一百年；从玉质上讲，比较雅的这块玉雕，马的玉质非常白，新疆和田玉，这块黑的玉一般叫墨玉，俗称"青花"。这两件东西一明一清，一早一晚，表明了猴文化的一种延续。

拍　卖

　　现在大家对拍卖都比较了解，天天出新闻，屡屡创世界纪录，所以公众对拍卖这种本不熟悉的销售形式逐渐开始了解。我年轻的时候，是没有拍卖的，过去认为这种形式是一种资本主义腐朽的方式。1979 年版的《辞海》是这样解释的：拍卖是资本主义制度的一种买卖方式。改革开放以前，中国根本就没有拍卖这个行业，其实拍卖就是一种商业的销售形式。后来我们的词典改了，说卖方把商品卖给出价最高的人，这个方法叫拍卖。其实也不一定，拍卖有多种形式，我们先从根上了解拍卖的历史。

　　拍卖是西方人的销售方式，跟我们古代的销售方式完全不一样，这种销售方式在文字记载中最早是在古代巴比伦出现的，拍卖新娘。我们今天听着比较刺激，它是把适婚的女子，按照美丽和健康的程度按顺序拍卖，出价最高的男子成为新郎。这是那个时代体现人生价值的一种方式。

我们中国人在人家拍卖新娘的时候，玩的是抛绣球，抛绣球也算一种销售方式，这种方式叫博彩。我们今天买彩票就是这意思，备不住谁哪天就中了彩。拍卖在古代是玩实力，一个绣球抛过来，谁逮着是谁的，是凭幸运的一种方式。古代巴比伦是谁有能力谁去买这个新娘，完全不一样。

后来到了古罗马时期，拍卖内容就不一样了，从拍卖新娘这种高端"商品"向低端发展，低端是拍卖奴隶，这奴隶上去后，有人说各种的溢美之词，比如身体倍棒、吃嘛嘛香、牙口好胃口就好等等，当时古罗马的奴隶拍卖过程，我们在电影里都能看到。今天拍卖有个形式感非常强的东西叫拍卖锤，一落锤这东西就是你的了。在古罗马时期，拍卖不用拍卖锤，用鞭子，要今儿拍艺术品的时候都抢着大鞭子，这现场更刺激。"啪啪啪"抢三大鞭子，这东西就是你的了。

古罗马鼎盛时期开始向海外扩张，确立它的霸权地位以后，拍卖开始空前发展，并保留了拍卖奴隶的传统。那个时候，尤其身体健康的奴隶都是最重要的商品，我们一般的商品买回来并不能给你创造价值，但奴隶能给你创造价值，所以当时拍卖主要的商品还是奴隶。但是在这个基础上又出现了拍卖战利品，拍卖商品，所以古罗马时代的拍卖就变得非常丰富。古罗马时期的拍卖，实际上奠定了近现代拍卖的基础，谁出钱最高，这东西就是谁的。到了欧洲中世纪长时间的黑暗期，拍卖基本上销声匿迹了，经济不好谁还拍卖，能过日子就不错了。

文艺复兴以后，欧洲的经济逐渐回暖，英国率先进行资产阶级革命，商业就开始发展，到了 17 世纪中叶，英国就颁布了专利法，又开始重拾这种销售形式，最早卖还真不是卖新东西，是卖旧东西，为什么拍卖一开始要卖旧东西不卖新东西呢？新东西的价值相对来说比较容易确定，花了多少成本，商业利润是多少，比较清晰。而旧东西的价值不大容易确定，所以拍卖就很好地解决了这个问题。最初拍的旧东西有旧船，一些废的东西，艺术品也是属于这类，艺术品的成本是说不清楚的，所以在 17 世纪后半叶，出现了艺术品拍卖，比如绘画、手稿。

到了 18 世纪，英国首先出现拍卖地，拍卖房子，这些东西的价格也不是非常确定，因为需求不一样，你极想要这房子可能就很贵，你不想要可能房子就是一般的价钱。

从那以后，英国大量的拍卖公司就出现了。我们大家比较熟知的苏富比 1744 年成立，那时候中国是乾隆九年。佳士得公司 1766 年成立的，是乾隆三十一年。再后面还有一个英国老牌的公司，叫邦瀚斯，1793 年成立，是乾隆五十八年。它们都在乾隆时期成立，都是在英国伦敦，资本主义重镇。苏富比、佳士得、邦瀚斯都是人名，都是个人创立的拍卖公司，距今都 200 年以上了。这三家公司能生存下来，绝对不是因为当年就只这三家，据统计当时大大小小也有六十多家。这三家公司为观复博物馆作出过巨大贡献，因为我们有很多东西，都是通过这三家公司买来的，在拍卖公司买东西节省最大的是时间成本，因为有很多东西你找不到，通过拍卖这样一个媒介，东西呈现出来，你心里有个价位，只要不超出你的价位你就可以买，非常方便，有人老说拍卖公司赚我好多钱，他确实赚你钱了，但是他帮你省了时间，从时间成本上讲，通过拍卖公司买东西是非常便宜的。

伦敦六十多家拍卖公司，经过 200 多年的淘汰，今天剩下的就这三家，这三家公司里主要是苏富比和佳士得，这两家公司在历史上被买来买去，比如苏富比先被卖给美国人，之后卖给法国人，后来又卖回美国人了，据说现在中国人还想把它买过来，可能不远的将来，不一定哪家公司，就变成中国人拥有的公司。

1744 年，苏富比举行了第一场拍卖会，拍卖标的是当时某贵族留下的数百本书籍，卖了 876 英镑，今天英镑汇率大约 1 比 10，就是 8 千多块钱，不够土豪们一顿饭钱。当年的一镑不得了，八国联军打进中国的时候，现场拍卖《女史箴图》才卖一个英镑。

1766 年，佳士得也举行了首场拍卖会，拍卖的标的是一个贵族留下的遗产，卖了 176 英镑，没多少钱。但是今天两大拍卖公司，每年几十亿美元的成交，全世界重要的艺术品，都是通过这两大拍卖公司之手卖出去的。

这个时期，欧洲各地的拍卖此起彼伏。荷兰人发明了一种拍卖很有意思，主要拍卖农副产品，荷兰人在欧洲人眼中就是一农民，到今天也是个卖花的。英国人拍的就高级，比如拍卖艺术品，拍卖马匹、羊毛、茶叶，荷兰人就是卖花，今天全世界的鲜花市场，尤其鲜切花市场就是在荷兰，拍卖现场非常壮观。

拍卖其实有很多种类型，第一种就是英式拍卖，就是价高者得，这个很容易理解，第二种拍卖叫荷兰式拍卖，这个拍卖特别紧张，它跟英式拍卖完全不一样，英式拍卖很多人敢出价是因为你觉得前面那人出钱了，那人出100块，你出105块，那人出300块，你出310块，你觉得我就比他多出10块钱，没什么大不了的，所以你敢出。但荷兰式拍卖是由高向低拍，比如1000块、995、990、985、980……往下走，只要有人出价，这东西就是你的。中国人最不适应这种拍卖，中国人去了荷兰拍卖会，基本上都买不了东西，中国人鸡贼，生怕这一口出大了，但是英式拍卖中国人就敢出价，为什么呢？我就比你牛，你出那个钱没什么了不起的，我就比你加一口，所以有人在拍卖场上得一外号叫"加一口"。

还有一种拍卖叫中式拍卖，清代就有了，中式拍卖是怎么个出价方法呢？叫暗标，不明着出，暗着出。比如过去老古玩行，民国初年的时候，有人找到一个杯子，比如我买回来了，先在内部卖一次，什么叫内部卖一次？就是在所有的古玩商中先卖一次，以求善价，然后再走入市场。开标那天，大家就来了，来了以后大家看这个杯子，觉得这杯子不错，懂行的人都开始出价，自己写一价钱扔到一个箱子里，大家说现在开标，有一个主持公道的把箱子一打开，所有在里面出过价钱的人，价高者所得，原则一样，但是没有人争，斗的是心理。心想说张三出多少钱，李四出多少钱，我出多少钱，心里都这么互相算计，既不要出高了，又要赢人一头，这是中国人发明的暗标拍卖法。

中央电视台就用暗标拍卖广告时段，各个企业去填标，都经过精密地计算，曾出现过两种极端的情况。第一种极端的情况有一家公司出了3500万，另一家公司出3501万，1万块钱就骑你脖子上，结果把这个时段给拿走。那很多人喊冤，大家都说那公司是不是出了汉奸了，把我们的商业秘密都告诉对方了，其实没有，只是思路不同而已。比较有经验的出价者都会破整，我们的惯性思维往往都在整数上，比如我出1000万、2000万、3500万，有经验的人不管出多少钱在上面加1万，比如他出1001万，所以往往出整数的人，就折在那个出零数的人身上，并不是知道你的商业秘密，而是他形成这样一个出价方式。还有一种极端就是第二名跟第一名差得特别远，比如有一个时段，一个厂家出了8000多万块钱，但第二名只出3000万，中间差着5000多万的空缺，那5000多万等于白扔了，非常吃亏。这种暗标就讲究对标的物的准确评估，你想拿到这个标书，又要骑人家一头不能多花钱，所以这就讲究技巧。

在国内，我有时候参加一些活动还能看到一种明标拍卖的方式，它是东西摆在那，上面有张纸，有编号名称，然后出价，比如你出 500 块，写 500，签个字张三。然后一会李四过来一看，说我出 550 写个李四，王二麻子一看，我出 600 王二麻子，就这么往上写，写到最后价高者所得。这是一种明标的方式，多给你一些思考时间，这个明标比暗标的好处是所有的价钱都是明确的，大家都看得见，你多出多少心里有数，这种明标拍卖多会在慈善会上。比如在北京，有很多大使馆愿意做这种明标的慈善会，实际上很多人是为了捐善款。

我早年参加过很多国际拍卖，最初我去国外参加拍卖的时候，根本看不见中国人，我去的时候非常不方便，不懂英文。那时候很多拍卖会跟电影上表现的很不一样，电影中往往都弄得很激烈，气氛渲染得很强，但实际上拍卖会上非常斯文，尤其 20 世纪八九十年代，拍卖场上没人拿个大牌子举来举去，轻轻地举手就为数，还有的人我看得清清楚楚，就笔竖着为要，横过来笔在手里就不要，拍卖师都看得清清楚楚，甚至有人用眼神来表示出价，跟拍卖师很熟，所以拍卖师经常说谁谁谁谢谢你，这件东西是你的了。那时候拍卖很有意思，除了我们这种去了比较陌生的人东看西看，其他任何人都不去看别人，也没有人鼓掌叫好，而且有的人很有意思，比如两个人并排坐着，平时还聊两句，但出价的时候可能左边这人出一下，右边那人出一下，来回出，我一开始不明白他们俩这么好，怎么还互相出价呢，其实都是各为其主。国外有钱有身份的人不进拍卖场，都是代理人制，有经纪人。所以，世界级的大收藏家没有一个直接到拍卖场去买东西的。但我们就不行，中国人有一种文化叫身先士卒，你看美国人打仗，都是叼着雪茄，拿着笔很斯文地运筹帷幄，让底下人冲锋陷阵。中国人都是把刀拔出来，把枪拿出来，说兄弟们冲啊。

20世纪90年代以后拍卖被引进中国，各个拍卖场开始出现。我当时去参加了很多拍卖会，比如翰海拍卖公司第一次拍家具，拍了八件，这八件家具当时拍之前征求过我的意见，说这东西能卖吗？我说能卖，因为我就想买。结果这八件家具就上拍了，标得都不算贵。因为当时刚开始有拍卖，很多想买的人很紧张，不知道在拍卖场上怎么伸手，然后在拍卖的时候我就伸手，一伸手"咣当"落锤就是我的，伸一下买一件，没人跟我争，八件我买了五件，剩下的三件流标，没有卖，就是我没伸手，我伸手就是我的。我为什么没有买呢？是因为我觉得如果八件我都买了，大家会认为我是托儿，所以就没买，今天这五件东西都还在观复博物馆里展览。这都过去20年了，后来中国人很快就开始适应了，这有什么了不起的，不就是一伸手这东西就是我的了嘛。

这一适应就过度了，就不斯文了，在20世纪90年代，很多发了财的人冲进来。比如有一年我在那拍卖，其中一个东西有一个人一伸手，我就知道这个人必买无疑了，为什么呢？必买无疑是他一个风格，他不管这东西值多少钱，只要有人跟他争他就跟人拼命。所以他刚举了两下，我就跟我身边那人说，他一会再举一下他就站起来了，果不其然他举了一下以后，他站起来举。我说他再举两下以后他会走过来，结果让我言中了，他走到通道上，边走边举。所有人都给他鼓掌叫好，跟着他起哄，反正也知道他下不来了，所以不想买的也伸一手，逼着他多出钱，把一个当时值几十万的东西拍了几百万。

这就是我们过度适应，实际上过度适应也是一种不适应。中国人的消费心理是一种捡便宜的心理，尽管拍卖是价高者所得，但是我们也希望捡便宜，就是我一定要想办法买得最低，或者想办法让别人不跟我争。

前些年英国乡下有一个小拍卖行，出现了一个瓶子，这拍卖行里就爷俩，总经理是爹，副总经理是儿子，卖了一辈子也没卖过超过五千块钱的东西。突然有个乡下人送来一个乾隆瓶子，洋彩镂空，这瓶子有多好呢？北京故宫都没有，台北故宫有一个跟它类似的，现在拍卖图录要印这种名品，都是印一本书来表现它，它印得跟邮票那么小一图片，都看不清楚。很多人跟我说，你赶紧去买吧，便宜。我说所有人都知道了就没便宜了。

拍卖那天现场有人给我打电话，说现场一百多人，几乎看不见外国人，全是中国人，鸡贼，全都去了，谁都问你买吗？不买不买，都去看看。人家跟这拍卖公司的老板说这东西怎么也值个100万英镑，这老板想那我就80万起价，一起价满场没一个人伸手，因为除了荷兰式拍卖是一伸手就是你的，英国式拍卖你伸手白伸手，所以谁也不伸手，结果特别冷场。那怎么办呢？临时改荷兰式往下卖，70万，没人要，60万也没人要，50万也没人要，

40 万、30 万，到了 20 万有个人扛不住了，羞羞答答地举了一手，从此硝烟就起来了。然后一顿搏杀拍了半个多钟头，这东西最后拍了 5000 多万英镑，当时合人民币 5.5 亿，创了中国艺术品的世界纪录。

送货的人是兄妹俩，这东西 1930 年进的他们家，之前的事一概不知，爹妈都已经去世，这两个人在上面那观摩室看得都倒不上气来，太紧张了，你想想祖上留下这么一瓶子，值这么大价钱，搁谁也得消化一阵子。

西方拍卖必须遵循一个原则，就是事先拟定好所有规矩，到时候一定就这么卖。比如我去美国的时候，就发现有人专门去拍卖行买便宜东西，买罚没拍卖。美国政府有很多罚没拍卖必须是零起价，不能设定预先的价格，因为设定了预先价格有可能卖不出去，那么这个拍卖会的费用谁出呢？你让纳税人出吗？所以，所有的东西都定为无底价，到点就拍，绝对不会拖延。

中国人是这样，定的某年某月某日上午 10 点准时开拍，到上午 10 点一看人不多，先不拍了，说咱们今儿人不多，要不然再等会儿。得把人等足了才开始卖。美国的制度是到点就得拍，你不拍我可以告你欺诈，有人就专门挑这种罚没拍卖，专门等这种恶劣的天气。

有一年美国下大雪，我一个朋友一看下大雪，说没膝的大雪他高兴死了，为什么？他要参加拍卖，谁都出不去门了。他天没亮就爬起来，奔了拍卖场，他想今天竞争一定很少。果不其然，拍卖师站在台上拍卖一所房子，他坐在底下，全场就他一个人，拍卖师说现在开始拍卖，某某房子开始出价，然后他自个儿厚颜无耻地说：one dollar。拍卖师一落锤是你的了，一块钱买一栋房子，这就叫规矩。

在拍卖会上，中国人非常讲人情，国外是不讲的，各为其主，两人可以聊着天互相为自己的主子去举，就是你能出多少出多少，你不出到时候你的委托人会说，我给你的价钱明显地超过他，你为什么不举啊？你说我旁边有我一个朋友，我不好意思跟人争，那人家以后就不用你了。

在中国就有人情，我碰到过很多次。有一次我特别想买一东西，我坐在前面，大概离拍卖师有四五排的样子，我出价，就觉得我后面有个人不停地在出价，我出一口他出一口，其他方向都没有人出价，只有一个人跟我死扛着。出到一定程度我就忍不住回头看看到底是谁，我回头一看，我一朋友指着他身边的人，跟我使劲地摆手。我一想完了，我就不该看这一眼，他想说的应该是这个您就别买了，照顾一下我这朋友，我就放牌了。结果我那朋友买走了。散场的时候我碰见他了，我说你的朋友买得不错啊，我放他一马，他说什么我的朋友，我说你不是说是你的朋友吗？他说他的意思不是我买是他买，我不认得他。这人情还没讲成，所以从那以后，我在拍卖场上任何人都不看。

拍卖是一种西方的销售形式，中国人从某种角度上讲，不适应。中国人是一个非常爱面子的民族，很多人是为面子多花钱，所以参加拍卖只要中国人一多，那东西一定严重地超值。苏富比那场安思远的专场拍卖，满场爆满的中国人，东西卖的全是行情价 10 倍以上。大家都要面子，都不冷静，我们把西方这种销售方式引进来的时候，不知道有这样一个后果。过去卖牲口，在牲口市场上，两个人甩甩袖子，摸摸手指头就买走了。我们过去都是袖来袖去，甩着大袖子手在里头摸，你根本不知道我们俩怎么达成的交易，我们是在那样保密形式下的一种买卖。所以中国人不适应西方这种公开竞争，包括我们生活中工作中的竞争，都不习惯于公开地竞争。但我们今天，加入了世界的大环境，在这样的一个环境中，一定要学会冷静。

观 复 秀

这是南宋时期的龙泉窑青釉琮（cóng）式瓶，只要念琮（zōng）式瓶的全是外行。琮最早是玉作为礼器的一种制式，苍璧礼天，黄琮礼地，过去它就是礼地的。

南宋比较流行这种琮式瓶，北宋跟南宋之间有两种趋势，第一个是琮式瓶越来越高，跟它粗细差不多，但是没它高的瓶子，往往是北宋的；第二个趋势是琮式瓶越来越方，南宋时期的琮式瓶大多是里方外方，它是有模子的，要不然出现不了琮式的这个棱。但是北宋时期的琮式瓶是外方里圆，它是个圆桶状，它做的工艺跟这个琮式瓶完全不一样，要先拉一个圆桶，然后做四个三

龙泉窑仿官窑琮式瓶　南宋

角粘在后面，形成外方内圆。

琮式瓶在古代的时候，更多的功能是陈设，发思古之幽情。"黄琮礼地"是中国人在古代定下的一个规矩，所以它是一种带有祭祀色彩的瓷器，摆在那是为了祭祀。南宋时期由于经济刚开始发展，财力不足，经常以瓷器来替代金属器，所以南宋用瓷器做的琮式瓶比较多，尤其供奉的瓷器都是金属造型，或者是玉器造型。这件东西从颜色上讲，是南宋典型的颜色，比较油润，不像北宋时期颜色那么绿，也不像后来元代的那种绿。龙泉窑有很多种，这种属于胎比较白的，这种白胎相对来说都比较高级。

你知道瓷器方比圆难做，跟家具正好相反，家具是圆比方难做。实际上方和圆是一种规矩，圆是用圆规画出来的，方是用尺子画出来的，没有规矩不成方圆。

海 昏 侯

海昏侯曾出现在新闻里，大家多少对这个"昏"字有点不适应，因为昏在今天的词汇组合中，大多都是贬义，比如说这人昏庸、昏聩。其实海昏侯这个名字没什么太多的含义，它就是个地名，在今天南昌市的西北面，跟它的性质没一点关联。古代对很多字不像我们今天这么避讳，尤其汉代以前，比如人的姓名中，汉代大将霍去病，尽管这个病去了，但是今天在名字里，很难有一个"病"字。汉宣帝刘病已，你想想这已是过去的意思，这个病已经过去了。再比如宋朝诗人辛弃疾，把这疾病给去了。古代人对于疾病的态度跟我们今天不一样，古代的人寿命都比较短，经常死于疾病，三四十岁就死去的人很多。海昏侯 33 岁就去世了，肯定是得病去世的。过去在农村，为了养活孩子，经常起一些难听的名字，比如栓柱、狗剩，这些姥姥不疼、舅舅不爱的名字，说是为了好养活，名字起太大不行。

海昏侯墓的出土，这件事当时是挺大的一个新闻，因为已经有很多年没有出现这种汉代的大墓了。建国以后有三个，1968 年出了一个河北满城汉墓，1972 年又出了一个长沙马王堆汉墓，后来 20 世纪 80 年代初，又出了一个南越王墓，从那以后到现在 30 多年，我们再也没有碰到汉代诸侯以上未被盗掘过的大墓。只要历史上这个墓被人家盗过，那墓里的损失一定非常惨重，重要文物都不会存在。海昏侯的墓是 2011 年被发现的，当时是在文物市场上出现一个纯金金龙，由于太珍贵没人敢买，然后线人把这事通知了公安局，公安局就介入了，抓到了持有金龙的盗贼。我觉得这个事只是一个说法，以我们对文物市场的了解，越珍贵越有人买，哪有越珍贵越没人买的道理。至于汉代有没有金龙？有，但汉代的金龙未必是一个立体的，龙形跟我们今天比较接近，都是元代以后的事了，汉唐以前的龙更接近于兽，而宋元以后的龙才接近于龙。唐代的龙是走兽，四个爪，汉代的龙就更像兽了。所以我认为市场上出现的汉代金龙，也许是一个兽形的，比如叫兽形龙也有可能。

据这个盗贼交代金龙的来源是在南昌西北的新建区，抓住他的时候，问这个东西哪儿来的？说那边的墩墩山。汉代墓封土以后，一开始都应该是比较立体的，跟金字塔似的，但是慢慢就会变成缓坡，这种缓坡往往都叫墩儿，北方话，墩给我们的感觉是比较肉、比较柔和的一个土包。然后考古队就去了，大概勘察了100万平方米，最后确定海昏侯夫人的墓完全被盗。我们一般人会认为，说夫人墓盗就盗了呗，反正主墓还在。这事你还真不能这么看，因为汉代妇女地位比较高，汉代太后掌权的事很多，比如吕后、窦太后。

河北满城汉墓，当年先发现的是刘胜的墓，据说郭沫若去了，说再往北边挖，那边应该还有一个墓是他夫人的墓，为什么是他夫人的墓？汉代早期的墓葬不同穴，就是夫妻俩根本不在一个地儿葬，后来夫妻才往一个地儿葬。有钱的人讲究，就是说俩人要分房居住，如果地位低一点也得分床。刘胜夫人窦绾的墓找到以后，发现里头的规制比刘胜还大，为什么大？她死得晚，有机会建得更大，著名的长信宫灯就是窦绾墓出的。所以海昏侯夫人的墓葬被盗了，损失惨重，里头可能有很多文物是海昏侯没有的，或者是比他更高档的。

刘贺是什么人？他是汉武大帝刘彻的孙子，他爹叫刘髆，汉武帝有六个儿子，刘髆排第五。我们过去说左膀右臂，所以备不住当年汉武帝很看重这老五，就封他为昌邑王。可惜这个刘髆走得早，刘贺5岁的时候，他爹就去世了，5岁的刘贺就当了第二代的昌邑王。汉昭帝驾崩以后，昭帝无子，刘贺就在19岁的时候，被拥立为帝。这皇上有意思，当的时间不到一个月，在位

27 天。历史上在位时间短的皇帝，比如明朝的泰昌帝在位就 29
天，但人家是夭折死了，刘贺是在位 27 天就被废了。古书上是
这么记载，说他荒淫无度，社稷不保。我就想他 27 天，他能怎
么着荒淫无度，他 27 天啥事都不干，他就干这一个事，他也算
不得荒淫无度。再说，刘贺当上皇帝的时候，赶紧制造点子孙也
没什么不得了，所以史籍对他的评价，你得分析着去看。

　　刘贺被废了以后，就回到他的老家昌邑，还当他的昌邑王，
但是被软禁了 11 年，他毕竟是做过皇上的人，所以待遇还算很
高。他的 16 个妻妾，在这 11 年里面给他生了 11 个儿子、11 个
女儿，一年俩，你算每年都是一男一女，生这么多孩子的人，一
定没火气。山阳太守张敞就跟皇上上书，说咱们就别多虑了，他
肯定不行了，咱们就干脆也别死看着他了，还费神，干脆废王降
侯。他为什么是海昏侯？就是这会儿把他的身份又降了，直接发
配。昌邑王原本是在山东菏泽，然后直接就发到了今天的江西南
昌。汉唐时期政权都在北方，往南方都算降一等，过去北方人都
受不了南方的湿气，也叫瘴气。要再往岭南发配，那基本上就是
酷刑了。

　　三年以后，海昏侯刘贺就去世了。班固的《汉书》中这么
记载，"受玺以来二十七日，使者旁午，持节诏诸官署征发，凡
千一百二十七事。"就是说刘贺受玺以来 27 天，受玺就是拿着皇
上的玉玺，使者旁午，"旁午"这个词非常费解，它是指纵横交
错、杂乱的意思，就是说各种使者全来了，到处搜罗去，今儿给

我要点这个，明儿给我要点那个，凡1127事。所以到民间就传成了刘贺做皇上27天，共做了1127件坏事。我当时拿着手机就算1127除27，再除24个小时，他差不多半个小时干一件坏事，您觉得这事可能吗？

海昏侯的墓葬，你别看他由王进帝，由帝降侯，文物不少出，跟河北满城汉墓差不多，一万多件，汉墓厚葬，里头什么都有。对老百姓来说，觉得最精彩的是什么？金饼。这金饼有多少？目前为止清理出来的是187枚（后又出土60枚），还有麟趾金、马蹄金，都是那时候最有价值的东西。这个金饼拿着特重，特别压手，每个金饼都是一斤，汉代一斤大约250克。我过去称过那个金饼，最小的也240多克，大的有将近260克，都差不多，因为那时候每一个都是铸出来的，没那么准，但肯定是250克左右。另外还出土了十多吨200万枚以上的铜钱，这个钱出来了证明了一件事，我们过去贯的概念就是一贯钱，腰缠万贯就是这个意思，过去有一个戏剧叫《十五贯》，也是这个意思。一贯钱到底是多少？是一千枚，一千枚钱串在一起叫一贯，过去认为这都是隋唐以后的事，现在可以证明汉代就有这个概念，但是汉代叫不叫一贯另说。汉代的时候都是一千个作为一捆，这么一提溜，所以叫一贯。我们知道秦始皇统一货币，一个很重要的概念是计重制，所以秦朝的钱叫秦半两，到汉代叫五铢钱，铢是重量单位，我们有一个成语，叫锱铢必较，就是这个人很计较。那么锱是多少？汉代一两等于四锱，一锱等于六铢，一两等于二十四铢。今天铢这个单位我们不用了，我们叫元，但是我们的邻国泰国，到今天还叫泰铢，显然还是受我们古代的影响。

大家都认为金饼价值太大了，187 枚，有人算过值多少钱，都是一通乱算，但是在汉代的时候，这堆金饼顶不上那堆铜钱，当时是这么记载的，一个金饼值一万枚铜钱，那么这 187 枚金饼，相当于 187 万枚铜钱，出土这铜钱大概有 200 万枚以上，这一大堆十多吨的钱，显然当年的价值远高于这堆金饼。货币有两种形式，一种是常用通型货币，就是五铢，计重的；另一种是金饼，就是浓缩的货币。生活在古代有个问题，你有钱的时候，你未必有力量，1 万枚钱你扛不动，出门扛 1 万枚铜钱背在身上，您跟一个脚夫似的那受不了，所以就想办法浓缩，如果你拿这么一个金饼，你就能把 1 万枚钱浓缩了。但浓缩有一个问题，我左兜揣 1 块，右兜揣 1 块，但我有钱了花不出去，你拿一个金饼买一个火烧，我怎么找你钱？我找你 9999 枚铜钱吗？所以很不方便。不像今天我们的货币，最大的 100 块。我年轻的时候最大的 10 块钱，吃饭的时候几毛钱，今天几毛钱吃不了饭，所以就变成有 100 块钱一张的货币，但相对来说比较容易，实在不行有手机支付，有多少钱都花出去了，但古代不行。

这次出土的文物中，还有一件东西——火锅，引起大家特别大的兴趣，我仔细看了看图片，可以肯定它一定不是火锅。我们今天所说的火锅必须具备一个基本条件，就是它能直接加热。比如早期的碳火锅中间有一个跟烟囱似的，底下有个炉膛，碳搁进去把周圈的水烧热了开始涮。严格说还是锅，但不是火锅。我觉得那个应该是一个温器之类的东西。还有一个简单的知识，就是火锅并不是我们汉族发明的，是蒙古人教我们使用的。有一种说法，说火锅是忽必烈发明的，不管是不是他发明的，火锅这种吃饭的方式，过去在农耕民族看，是一种非常野蛮的吃饭方法。缺一道工序，叫烹饪，您直接把东西切成片，水里一涮，蘸点盐就搁嘴里吃了，这太野蛮。所以过去汉人很长时间，不接受这种吃饭的方式，汉人过去吃饭讲究，觉得这种涮的方法太原始，所以海昏侯墓里那东西应该不是火锅。

文物很容易引起大家关注的，一定是你今天生活中碰不到的。比如这次出土的有一对雁鱼灯，大雁嘴巴衔着一条鱼，鱼下面有一个铜的灯罩。灯身大概有四块，第一块是雁的身子，第二块是雁脖子加鱼，第三块是鱼下面的灯罩，第四块是底下那个托盘，能拆开，为什么灯罩这块儿能拆开？是因为这个灯随时可能拿着托盘，比如上个厕所，拿着这个灯就去了，为什么要做成这样？是因为这个灯是环保的，这个鱼身子上面，跟大雁脖子接着是一条烟道。有一种说法，蜡烛是汉代发明的，那时候蜡烛里杂质特别多，杂质一多就冒黑烟，这烟在屋子里很难受，就进入了它设计的这个烟道，进入烟道以后遇水则凉，一凉这灰尘就下来了，雾霾就没了，这大雁的脖子就是一个除霾系统。

很多新闻记者都用海昏侯的墓跟长沙马王堆汉墓去比较，为什么拿马王堆跟它比较？因为这两个墓葬都是侯级的墓，而且都是比较完整的，我们也做一个简单的比较。马王堆汉墓现在只发现了墓穴，墓园没有保护下来，马王堆汉墓实际上是女主人的墓，男主人丞相利苍的墓在唐代就被盗了。海昏侯的墓是男主人的墓保留下来，女主人的墓被盗了，正好相反。海昏侯的墓室没有经过盗扰，就是万幸了，我们今天能看到这么多东西，包括里面有大量的简牍，那简牍是国之重宝，盗墓贼一般都对这不感兴趣，那东西在底下埋个 2000 多年，再见氧气很快就毁掉了，所以海昏侯墓的遗址保存得很好。目前附近还发现有海昏侯国的都城，以及一些城址，这在未来的考古中，包括变成一个旅游景点，都是非常可能的。再有看数量，马王堆汉墓文物出土的数量，在汉代比较完整的墓里，它算比较少的，有 3000 多件，但它有很多很重要的文物。从数量上讲，它大概不足海昏侯墓的 1/3。文物有时候很难比较，比如马王堆汉墓中出土的纱衣，薄如蝉翼，专业术语叫素纱禅衣，只有 49 克，叠起来搁到一个火柴盒里。这东西保存下来太珍贵了，你知道所有的蚕吐的丝做成的衣服都很容易腐烂，因为蚕吐出来的丝是生的，所以容易腐烂。由于马王堆汉墓的封闭极为严密，所以它保留下来了。其他的汉墓里很难发现丝织品，但是马王堆汉墓发现了很多，包括有些国画，一般的汉墓肯定拿都拿不起来。比如北京老山汉墓，出土的漆器都贴在地上，抠都抠不起来，就粘在泥土上了。这件纱衣表明了 2000 年前汉代丝织业的发达，从文物角度上讲是国之重宝。

马王堆汉墓里其实最重要的文物是辛追夫人的遗体，这对很多人来说很难以理解，我们大部分老百姓都会认为那不就是一个尸体吗，怎么能变成文物呢？其实它是非常重要的文物，大博物馆里都有木乃伊，木乃伊只不过是干尸硬尸，我们这是鞣尸软尸，软尸很难保存下来，它容易腐烂。能保存2000多年主要源于墓葬的密封，不仅仅是密封，可能当时还有一些技术来处理，我们今天没法破解是什么技术。辛追夫人刚出土以后，马上就做了解剖，她胃里还有香瓜籽，证明她可能是得疾病死的，大约在死前几个小时还吃过香瓜。她的尸体能够完整地、一点不腐烂地保存下来，这简直是个奇迹。

马王堆汉墓的规制主要是按楚制下葬的。什么叫楚制？简单地说，就是楚文化，楚文化最大的代表就是曾侯乙墓。屈原就是那个地方的人，一看《离骚》，他说的那话跟你有距离感，楚国文化出土的器物上的人物和兽都是吐着大舌头，眼珠子都瞪着，不是常态。所以马王堆汉墓还是受楚文化的影响多，海昏侯墓是典型的汉制。海昏侯墓考古领队杨军先生说，从考古价值和文物珍贵程度上看，这两个墓葬其实无法进行比较，我觉得这是一个非常专业的态度。

观 复 秀

下页图是西汉时期错金熊摆件。熊在汉代的文物中表现特别

铜错金银嵌松石熊摆件一对（双眼嵌黑玛瑙）　汉代

多，孔武有力，汉代的文物经常带有熊足。汉代对熊特别尊重，所以熊是艺术表现中很重要的一个对象。汉代的熊有独立的，有作为顶灯的，有扛炉的，凡是使劲儿的活都由它来干。汉代独立存在的熊少，一般都是席镇，个儿比较大，一般四个，压着四个角。

这两个熊是作为一个摆设，可见当时熊在汉代的艺术中已经上升到一个陈设的作用，而不仅仅是一个功能性的东西。它们身上还嵌有松石，这松石有几个丢失了很可惜，眼睛是黑玛瑙，按照东北话说贼亮，它这神态很有意思，摆在一起能拍出部电视剧来。它的工艺是错金银的，错金银的艺术品在战国时期非常流行。到了汉代，尤其西汉的时候，有很多艺术品是巅峰之作，比如我们讲到河北满城汉墓，出土的错金银的豹，那真是叹为观止，眼睛都是红玛瑙的，看着豹都是杀红了眼的豹。还有著名的博山炉也是错金银的。

今天我们想做错金银的艺术品，相对来说都很难，而且成本也太高，第一是物质成本，要使用大量的黄金；第二是人工成本，你想铸造出来这么一个熊，修完胎以后，把身上所有的纹理都抠出来，镶进黄金，还要镶进松石、玛瑙，做成两个小艺术品。这件文物跟海昏侯是一个时期的。艺术之间是可以沟通的，那么当时汉朝人为什么要做这个东西？是因为它有某种精神需求。

老 炮 儿（上）

　　"老炮儿"是个北京词儿，《老炮儿》电影上映之前，很多人根本不知道老炮儿是什么含义，老炮儿近些年都不用了。语言跟所有的文化一样，可以生成也会消亡，很多口头语言生成的时间很短，然后很快就会消亡，语言的生命力在于应用。老炮儿这个词，曾经在我年轻的时候，是非常风行的一个词。老炮儿的"pào"，一开始很多人纠结，到底是哪个"pào"，电影打出三个大字——"老炮儿"，写的是炮火连天的"炮"，可实际上在北京话中，这个"pào"最初是三点水那个"泡"，与它相匹配的词叫"泡妞"，泡妞就是说想办法跟女孩谈恋爱，或起腻，起腻也是一个北京词儿。老泡儿的泡，什么时候改成了炮火连天的"炮"呢？我也不知道哪天改的，反正电影出来的时候，就是这个"老炮儿"。北京话中儿化也很严重，比如典型的一句北京话，演员训练台词时经常用，"丁儿是丁儿，卯儿是卯儿"，这对外地人来说非常难。我记得当时有很多从南方考进中戏、北电的学生，练这句台词的时候就很难。最初三点水这个"泡"儿，是可以儿化的，而炮火连天的"炮"是不能儿化的，所以这"老炮儿"应该念成"老炮"，按照传统的说法，应该是大音。老泡儿的"泡"过去是指在某一个领域中浸泡多年的人，深知这个领域中的很多奥秘，在这个领域混成"精"的人，称之为"老泡儿"。

　　"老泡儿"这个词儿，第一不能自称，不能自个儿称自个儿老泡儿，这个没有任何可炫耀的，说起来是一个贬低的词。第二不能相称，不能说老泡儿来啦，不然别人就跟你翻脸了，只能背后说某某人是个老泡儿。所以注意看电影从头到尾没有人解释"老炮儿"这个词，也没有人在背后说过张学军是个老炮儿。很多人发了文章，说老炮儿的这个"炮"字，原来是指北京的炮局胡同，过去是北京市公安局的拘留所，拘留就是抓进去的人，常常是拘个十天八天就给放了。所以经常去炮局，被公安局调理过的人，这种人称之为"老炮儿"。其实从某种角度上，都是以讹传讹。有人问这老泡儿是不是对的？我也不敢肯定百分之百就说是对的，但是按照我们的语言习惯，按照当年泡妞儿的这条思路，这老"pào"一定是泡妞的"泡"。

北京土话很多，比如前些年非常流行的，也改编成电影的叫"顽主"，其实是"玩儿主"，把这个"玩"儿化了。玩儿主最多的，比如古玩店行，说这老爷子是个玩儿主，就是这个行业玩得特"精"。"玩儿主"这词可以相称，比如说张学军来了，张爷是个玩儿主，这话还有点恭维的意思，但老炮儿没有任何恭维的意思。

我们还有个词叫"大腕儿"，这个词流行，比老炮儿和玩儿主流行得早，也是因为冯小刚的贺岁片里李成儒演的那一段：我只求最贵不求最好，那就是一大腕儿。"大腕儿"这个词汇怎么来的呢，腕儿本身是一个口语，应该写蔓草的蔓，凡是能长出螺丝状的东西，比如黄瓜、豆角，这种东西土话都叫蔓儿。武侠小说提及"万儿"特别多，金庸的《射雕英雄传》《笑傲江湖》，梁羽生的《侠骨丹心》《瀚海雄风》等等，书上有时候写"万"，儿化"万儿"，为什么书中写这个"万儿"，不写那个"蔓儿"呢？是因为那个"蔓儿"是有谐音的，它有三个音，第一个音读"màn"，比如说蔓草。第二个音就读"wàn"，一个口语化的发音，第三个音几乎不用，叫"mán"，蔓菁，蔓菁就是北方人俗称的芥菜疙瘩，一个字有仁音，读起来非常困难。小说中怕你不懂北方人这种口语干脆写成"万儿"，与之相关联的词，就是"扬名立万"。在江湖上你要扬名立万，是武侠小说中经常使用的词汇。中国人是行不更名坐不改姓，所以双方不认识的人，一定先报个姓名来，黑话就说你亮个万儿。

民国初的时候，这是句非常流行的口语，不仅小说中流行，在生活中也非常流行。比如说，这位先生您上来亮个万儿，就说您姓什么啊？他说喇叭万儿，什么意思呢？他实际上姓崔，"崔"和"吹"东北人说都是一个声，比如东北人说"吹"牛和"崔"牛是一个音，所以他说喇叭万儿，就是我姓崔。再比如说这位兄弟亮个万儿，他说西北风万儿，什么意思？西北风一刮，在北方非常的冷，所以这哥们儿姓冷。比如人家让我亮个万儿，我就说千里万儿，什么意思？姓马，千里马一日千里，所以这都是黑话。

我们这一代人了解得比较多的黑话，就是《智取威虎山》的样板戏中，保留了一小部分最文明的黑话。比如大家都知道的"天王盖地虎，宝塔镇河妖"，"么哈么哈正晌午时说话，谁也不当家"，"脸红什么？精神焕发。怎么又黄啦？防冷涂的蜡"。这种黑话在社会动荡的时候非常流行，为什么呢？第一强调自己的地位，我跟你不一样，说话你听不懂；第二这种话显得这人有力量。

我插队的时候，认识好几个佛爷，什么叫佛爷？就是小偷。他从来不说我偷了个什么，他说我顺手佛了一萝卜，就是偷了人家一萝卜。这个"fó"是不是阿弥陀佛的"佛"不敢说，它在清末就流行这样一个音，严格说叫"fú"。

还有一句流行的土话，这话基本能听懂，叫"拍婆子"，就是今天大家能理解的"泡妞"。拍婆子跟泡妞还不一样，泡妞是指熟人之间花时间跟她恋爱，拍婆子是生人之间，比如马路上跟陌生女孩搭讪。

年轻的时候，我认识的人多，有一朋友就特擅长拍婆子，我们这些人是被教育过的，有文化制约，这个文化制约叫脸皮薄，不好意思跟陌生女孩搭讪。这朋友会搭讪，而且长得英俊，所以他底气就足。那时候大家都差不多，第一社会地位差不多，文化也差不多，什么都差不多，唯一差得多的就是长相，按照现在的话说，颜值高就占便宜。他上街上去看谁好看，过去跟人搭讪。我记得有一次跟他聊天打赌，他说哪个女孩都能搭讪，我们大家赌一瓶酒，你要敢跟路边那女孩搭讪，说请你喝一瓶酒。女孩站在马路边一电线杆旁边等人，我们那个年月等人跟今天不一样，今天都拿着个手机沟通方便，那时候站那就是死等。所以那女孩一看就是等人，这男孩直接就过去了，从那女孩的身上，把那书包"啪"就摘下来了，挂自个儿肩上。我记得特清楚，那女孩回头看了看，把他身上那包拿下来，又挎到自个儿身上，然后他又摘下来又套到自己身上，女孩又摘下来又套回自己身上，来回弄了几下，他们俩开始说话。你知道当时的社会风气有多好了吧，没有人打劫，搁今天你摘人家包，当场就喊打劫，那时候没有。具体说什么我们听不见，远远看着觉得特可笑，回来以后说成了吧，请我喝酒吧。

那时候除了这些，还有很多蔑视女性的词，流氓，这是一个男女通用的词，女流氓叫"圈子"，今儿不流行这词了，也备不住谁哪天拍一电影就流行了。更难听的话叫"大喇"，按照我们那个年月的说法，大喇是属于作风不好的人，今天没有作风不好的这个事了，大家都作风不太好，这个社会作风就不好。我们那年轻的时候，社会作风好，所以这女孩子但凡找几个男朋友，就成了圈子，再找几个就成了大喇了。

还有一词叫"犯照"。那时候很多年轻的孩子，就因为犯照这件事，打了无数次架，由小架变成大架，本来是两个人的事，后来两拨人各召集一拨人，最后形成大规模的打群架。起因很简单，就为张三看了李四一眼，黑话叫犯照，犯照什么感觉呢？不是说迅速地瞭过去，而是要在你身上停留一秒以上，盯你一眼，用眼神挑衅。

我有一朋友，喜欢打架，手黑。当年北京有三个西餐厅，比如大家都很熟的莫斯科餐厅，俗称"老莫"，再有一个就是和平餐厅，还一个就是新侨饭店。新侨饭店在北京的南城崇文门那个地方，也是各种大腕儿，各种老泡儿，各种小流氓云集的地方。他们去新侨饭店吃饭，店里本身坐着一桌子人，其中有一个人吃饭的时候，就犯了一下照，看了他一眼，结果他就生气了，他自个儿坐在那生闷气，说他跟我犯照了。这饭吃到一半，他就拎着一瓶红酒过去了，过去的红酒跟今天的红酒不一样，今天的红酒糖度特低，所以这个酒不黏，不那么红，我们小时候喝那红酒跟糖水似的，所以它糖度特别高又黏，特别像血液。他拎着一瓶没启封的红酒过去了，他就照着人家后脑勺一瓶子下去，这一瓶酒也碎了再加上脑袋出血，这人就没法看了。我这朋友撒腿就跑，从新侨饭店一口气儿往北跑，一直跑到北新桥，我估计跑出十里路。

比犯照还强烈一点的一个动作，或者说一个行为，北京土话叫递葛，说那人跟我"递葛"来着，什么叫递葛？递葛就是有一个动作挑衅，它跟犯照不一样，犯照说得很清楚，就用眼神挑衅，递葛是各种动作。假设两个人眼神对上了，我拿着这杯子不停地这么敲，跟你挑衅，这就叫递葛，这个动作不是个常规动作，所以一递葛立刻就会茬架。"茬架"也是一句北京土话，找茬打架就叫茬架。我年轻的时候，碰到打架一点都不害怕，小时候各种架没少打，想起来也不是什么好孩子，好孩子的标准首先不打人，其次不打架。我们这一代人从小受的教育不多，文化影响最多的是《七侠五义》，所以年轻时候打架根本不害怕。从十几岁就跟人动手打架，打多了就习以为常，脑袋上开一口子，去医院包扎一下，回来还是一光荣，大家都没觉得这算一什么事儿，所以不害怕。中国文化是这样，打架的时候都是勇者胜，不在乎人多少。

我记得有一年出门，我们五个人，我最矮，我一米七八，剩下的人都在一米八零以上，五个人出去跟半火车车厢的人干仗。其实人多打架打不过人少的，你不要以为人多势众，人少的时候，如果人齐心，一定打过人多的，为什么呢？因为中国文化的因素，人越多越不团结。当时我们五个人，三个人冲前，两个人冲后，背靠背，五个人之间非常的信任，如果背后的人突然溜了，你背后就暴露给人家了。当时我们这种精诚团结，对方大概是几十个人，别人就不敢动手了，最后以我们胜利告终。所以后来提起这事儿，多少年都在吹牛，为什么吹这个牛呢？没文化，精神空虚。

我们插队的时候，是一生中精神最为空虚的时期，你逮着书了还能看，逮不着书就吹牛打架，所以经常跟邻村的人打架，那时候人也禁打。我们住的小院里有八个知青，其中一个知青到外村挑衅，把人给打了，打完以后就回来了，人家拿菜刀来报仇。电影里老炮儿拿的是日本刀，那时候能拿得着日本刀，能拿得起芬兰匕首的人是很少的，大部分人出门都揣一菜刀。那时候背一军挎包，包里搁一菜刀，到晚上四五点钟了，没事赶紧回家，家里还得拿菜刀做饭呢。这还算有钱的，没钱的家里根本就不允许你把这菜刀背出去，那就背一砖头，讲究点的拿一毛巾裹着，不讲究的拿一报纸一裹，揣在书包里，天天背着，时刻准备跟人家打架。

我记得那是冬天的一个晚上，人家哐啷哐啷拍着院门，我们还不知道怎么回事儿，他就冲出去了，一开门还想跟人打，结果那帮人进来以后抡圆了菜刀就乱劈，那人戴着棉帽子脑袋全砍废了。我过去一看，当时我认为这人活不了，农村也没那么好的条件，就卸一块门板，几个人抬着，一直往公社卫生院跑。到了公社卫生院，又守一宿，他们就问我，伤得怎么样，我说缝了二两多线，没事死不了。第二天早上醒过来他第一句话就问，什么时候报仇啊？那时候没有人怕这事儿，醒来想的就是这事儿。就是空虚闹的。

我们插队的地方有一千多名知青，各个学校都有，各个出身不同的人，攒在一起非常容易引发矛盾。我们村有一个人就是喜欢打架，天天书包里背啤酒瓶子。我们今天喝啤酒，拿一起子"嘣"就打开了，他们没这么喝的，拿一改锥撬这瓶盖，一点一点转着圈的撬，把它撬松了，拿手一掰，嘣当开了，把酒喝了，喝完以后把这瓶子里灌满了水，把盖扣在上面，拿一个圆的圈使劲一錾，嘣当又錾紧了，这盖就下不来了。这瓶子假酒，天天揣身上准备跟人打架。

有一次，他跟离着我们那村八里地的三个人一语不合，拎出这个酒瓶子，就把一人给碎了瓢了。这一酒瓶子上去，"哗"的一下，血就全下来了，他撒腿就跑。人家就要来报仇，把他从屋里拎出去到棉花地里，拿那半块砖头抡圆了，不是一下碎他脑袋上，是拿着不撒手地拍，他抱着头屏着气让人拍，那手都打坏了，最后人家扔给他两块钱，说上公社看病去吧。三人拿砖头拍他半个钟头，这脸都拍肿了，手由于护头也全拍烂了，两只手包得跟阿拉伯人那头似的，包得两大疙瘩。这人都肿得认不得了，眼睛肿得睁不开，我们去看他，他就用两个没有手指头包着两大包的手，掰开看谁来了。医生给他开了十片索密痛，索密痛就是当时最土的、一分钱一片的止痛片，十片是三天的量，他一口全吃了。等好了以后，依然想去打架。这就是当时的社会现象。

《老炮儿》这个电影为什么能成为现象级呢？是因为社会诚信的缺失。我们今天的社会没有诚信，过去最重要的是兄弟情，不管什么事儿，兄弟们一起做的事，一起担当一起走到最后，我们今天缺的是这种兄弟情。二三十年前，香港很多电影比如《英雄本色》中，表现的就是男人之间的兄弟情。我们今天特别喜欢的是男女情，只要一有男女之间的各种八卦，点击量就高，兄弟情大家都不爱看，看兄弟情也得看兄弟的"基情"。我们商场上也是这样，不管多少人一块创业，到最后一定是分开的。比如三驾马车，最后都是分道扬镳。在我们今天的官场上、商场上、各种场上，这些人甭管脸上挂着多少微笑，甭管语言有多么套近乎，脚底下都爱使绊子，背后都不定说你什么。我们今天的社会，缺少过去形成的这种规矩，所以老炮儿现象的出现，不是一个偶然。我们今天很难信任一个陌生人，熟人之间也很难信任，无论做什么事，我们都开始怀疑一切。

观 复 秀

十八般武器中刀排在前面，因为刀最顺手，刀比剑顺手，剑只有一个动作是刺，刀既可以刺又可以砍杀。本篇观复秀中的这把刀有点像电影里老炮儿拎的那把日本刀，比那刀短，叫戚家刀，戚继光抗倭时候用的。我们最常见的古刀，大约都是明清时候的刀，这个戚家刀比较典型，跟我们的传统的刀不一样，它的刀苗子窄、细、弯，像日本刀。世界三大名刀，第一大马士革刀，第二马来刀，第三日本刀。大马士革刀，今天很多人津津乐道它美妙的花纹，主要是中东地区使用，比如阿拉伯地区、伊朗；马来刀多是南亚，比如菲律宾、印尼，马来刀弯度大；再有就是日本刀，从我们唐朝传过去的，唐刀是直的，弯刀是日本人的一个革新。

　　当年戚继光抗倭的时候，日本倭寇渡海一上来，跟我们一通打，咱打不过人家，中了倭寇的埋伏，死伤无数。戚继光还算不错，能够把军队保全下来，并且学了很多，比如武器的改良。据说戚继光研究日本刀和我们的刀有什么不同，日本人讲究轻刀快马，我们讲究重刀、朴刀，轻刀的出刀速度比重刀要快，所以这

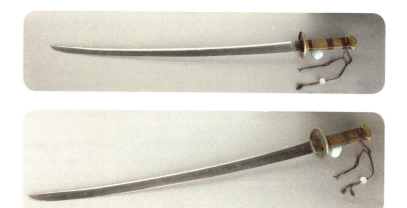

戚家刀　明代

时候我们吃亏。

　　至于这刀为什么叫戚家刀，它是戚继光使用的抗倭名刀，这刀上面有水波纹，刀刃依旧很锋利，刀鞘不知哪年丢了，刀格也松了，格是护手的，一旦别人砍上来，砍到刀格为止，所以一定要有刀格。没有格的刀是水军用的，刀一入水就有问题，刀格会形成强大的阻力，所以水刀减少刀格，一定有道理。关于戚家刀，我们典籍上记载并不明确，都是口头相传，由于戚继光抗倭的一个伟大功绩，后来人把这种带有日本刀特征的中国刀，统称为戚家刀。图中这把戚家刀是观复博物馆收藏的兵器中的一件，400 多年过去了，这刀依旧寒光闪闪。

老 炮 儿（下）

　　《老炮儿》这电影我看了，我觉得看完电影最受感动的年龄层，可能是 40 岁左右的人，而对于我们这样岁数有过老炮儿体验的人，可能觉得这电影还差一层。老炮儿，我这个岁数的人都是听来的，编剧们都是听我们这样的人说的，所以隔着一层。

　　对老炮儿最了解的人，我觉得应该是 1953 年左右出生的人，就是 1966 年上初一，再有一个年龄段是 1950 年，就是所谓的老高一，老炮儿都是建国前生的人，而我们都是建国后，俗称"长在红旗下"的一代。看电影的时候，各年龄层的反应是不一样的，电影院的构成年龄层丰富，不像有的电影一进去，全是一帮年轻孩子，岁数大的一个都看不见。这个电影，从年轻的到中年甚至老年人全都有，手拉手的老头儿老太太还去看呢，老太太可能多少年不进电影院了，也想回忆一下自己的青春往事。我看完电影以后，发现电影中的老炮儿形象，跟我们过去脑子里建立的形象差距非常大，所以我必须得把过去的什么人被称为老炮儿这事儿说清楚，才能去阐述这个电影。

最近流行的很多文章中都描写了各种老炮儿的形象，其中有一篇非常准确地描述了老炮儿的基本状态。牛街有一个人姓施，身上永远带着一把折叠刀，那时候带把折叠刀都是很牛的。有些小炮儿，就是类似电影中的小鲜肉，其实那时候还真不是小鲜肉，那小炮儿也糙着呢，听说有姓施的这么一有名的老炮儿，就来挑衅，拦道截他，侮辱他。施某人脸上好像有点难色，就掏出了这折叠刀在手上玩儿，这也叫"递葛"。

这些小炮儿们见了以后，就大笑不已，说你这叫什么呀，就更加地侮辱他，这个施某人就说我老了玩不过你们，但给你们赔个不是总行吧，就把这裤腿挽到膝盖以上，在自己的大腿上慢慢地割开一口子，长二寸，鲜血淋漓，起身以后面不改色。所有小炮儿们就愣了，说这都什么路子啊。然后他自个儿又撩起另外一条腿，就说怎么还不行么，那我就再来一刀，然后弯腰自个儿给这条腿上又是一刀，然后就问，说你们谁有盐，匀我些，北京土话，"匀我些"就是给我些。这些小炮儿们一看，这老炮儿厉害，转身就一哄而散，不敢再挑衅了。于是这施老炮儿名声大震四九城，无人敢跟他犯葛。这大概是 1960 年的事，那时候这老炮儿才 30 岁，1930 年生人，那才是真正的老炮儿。

电影中的老炮儿跟这个是有差距的，这老炮儿多少有点老流氓那种意思，但电影中的老炮儿，有点像北京大爷。所以有人跟我说，这电影叫《老炮儿》，不如叫《北京大爷》，要不然就叫《北京老大爷》。我说你这票房就没了，就得叫《老炮儿》。

电影本身情怀很好，为什么说情怀很好？过去拍电影，第一要素就是得有情怀，我们这些年很多电影儿，糜烂得没有情怀了，所以这电影首先赢在情怀上，这么多观众去看，起码证明我们现在的观众还是有情怀的。我觉得这个片子在演员的选择上很有意思，让冯小刚出演，我们都知道冯小刚是导演，拍贺岁片出名儿。按理说过去很多导演都能自编自导自演，冯小刚是别人编的他来演，出演男一号，我觉得对他来说是个挑战，演得确实好。以专业的眼光去看，我认为他有不足的地方，但绝没有过火的地方，这是最难的，演员表演很容易过火。大部分演员一上场就绷着那劲儿，所以大部分演员在表演中，都会或多或少的过火。冯小刚毕竟拍了那么多电影，知道表演的玄妙在哪儿，所以他在任何地方的表演都没有过火，只有不足，不足也比过了强。曲艺演员表演最容易过，因为戏剧是要夸张，在舞台上你不夸张人看不见你啊！电影镜头直接推上去，你那脸占着那么大一银幕，稍微有一点过火，就让人看得清清楚楚。我觉得冯小刚的表演在这方面没得说，所以得了金马奖。金马奖对华人来说，已经是一个很高的荣誉了，冯小刚打岔说头一回演男主角得了金马奖，就没有进步的空间了，我跟他说到奥斯卡最佳男演员还有一丁点儿空间，看你能不能争取到。

再有一个电影的女主角也很重要，这回请了我们北京的大妞许晴，到这岁数你说她北京大妞，她挺高兴的，年轻的时候你说她北京大妞，她未必高兴。我看到有人评论她，说她身上有一股子贵族气，说实在话你是真不了解这北京大妞，北京大妞身上这贵族气也是一股土气。北京从清朝灭了以后，这贵族就逐渐退出了历史舞台。

许晴在《老炮儿》电影中饰演霞姨，是老炮儿张学军的相好，所以前面有一段描写他们之间的关系，在酒吧里张学军迫不及待地搂着霞姨来那么一段儿，最后走了神了，它为什么描述这么一段走神了呢？你知道年轻的时候，走天大的神儿也得把事办完，也不能办不成，就是人老了，在电影中给你描述了人老的一个具体状态。我觉得许晴演得还可以再洒脱一点，因为许晴天生丽质，她的长相很容易获得中年以上男性的喜欢，现在年轻人喜欢的都是五花八门。但许晴这种长相过去都是普通男人喜欢的路子，我一说男人喜欢许晴可能小姑娘们不服气，说那有什么可喜欢的，现在漂亮女孩多了。她是那种比较圆润的，所以按照过去的审美，这种女人最容易得到男人的喜欢。涵予有一段演得非常好，可惜电影中没有，给剪了，就是他替人代驾的那一段，非常能反映他这个人的办事风格。涵予浑身腱子肉，脑子简单，脑子简单也是过去行侠仗义的一个标准，所以在电影中你可以看到，他处处想动手，处处犯浑，这就是他这个形象的塑造，跟他其他的很多电影中的那种英雄，比如杨子荣的塑造，是有差异的。

为什么今天老炮儿这么受社会关注呢？就是一个老词重新流行于社会，叫仗义，今天社会没了诚信就没了仗义。电影一开始，我们看到很精彩的一幕，就是老炮儿张学军走出来，为灯罩摆平他那件事，灯罩出来卖煎饼，把人家城管的车给砸了，城管跟他死掐，还扇了他一个耳光。北京人过去特爱管闲事，什么叫爱管闲事？就是行侠仗义。我过去就爱管闲事，街上有小偷，我顿时就蹿起来，还没看见小偷在哪呢，就想去抓去，这就叫行侠仗义，今天你再喊抓小偷，所有人都躲开，闪开一条路让他赶紧跑，这就是今天跟过去的不同。张学军这位北京大爷，就用他的方法把这事给摆平了。

过去社会上发生的各种冲突，都有人出面调停，街上一打架，邻里一打架，立刻就有很多人出来劝架拉架，摆平这个事，说谁对谁不对，民间的官司就完啦。过去没有打官司这事儿，没有人说我到法院里告你，准有一个声望高的人出来说，这事你做得不对，这事就这样过去了，以后不许再纠结了。比如我小时候发现一跳楼的，人都围着看，所有人都喊别跳啊。今天什么路子？电影中有描述：你跳不跳啊，赶紧跳啊，别在这耗着了，全是说片儿汤话。

今天人的社会态度，跟我们那一代人年轻的时候，已经不一样了，所以这个电影让人有耳目一新的感觉。但这个电影我觉得有点问题，因为我是从那个年代过来的人。首先我认为，这个故事之间隔着一层，冯小刚演的张学军跟李易峰演的他那儿子之间的关系距离太远，他自个儿说我都奔 60 的人，儿子不可能那么小，跟那帮小鲜肉一块混，中间年龄差跟不上。所以，我觉得这个故事比较牵强，导致这个电影的出发点弱化了。老炮儿张学军为他的儿子摆平这件事，为自己儿子出气天经地义，如果张学军不是为自个儿的儿子，比如他为许晴的儿子，或者为灯罩的儿子出面，我觉得后面所有的力量都会更加强，而且所有弱化的地方都会规避。

电影有一幕是比较尴尬的，张学军跟儿子演一场对手戏，张学军多次把儿子呛他的话，全吞下去了，为什么要吞呢？他不吞不成，不吞这戏演不下去，所以他被迫吞下去，这就显得不自然。按照老炮儿张学军那性格，早大耳刮子扇上去了，他为什么不能扇呢？因为电影没法扇。如果我们换一个身份，这儿子不是他的，是灯罩的儿子，或者是霞姨的儿子，那他不扇就顺理成章。

我们这一代人都认为，打自个儿儿子是天经地义的事，你跟我犯照，你跟我瞪眼，上去就一巴掌。我小时候犯了错，我爹一个巴掌就跟我沟通完毕，我自个儿就明白我错在哪儿了。

老炮儿和吴亦凡演的小飞之间有一场戏，就是闯到了他们改装车的工棚里，呼啦就围了一大帮人，吴亦凡演的富二代染着发，脸上一股阴气，老炮儿被围在里头，那帮孩子又侮辱他又扇他，在这种情况下，要依着老炮儿过去的经历，跟他们死磕了。别看有二三十个小炮儿，根本就不经打，只要能打中一个，所有人就不敢再上，这是过去打架形成的经验。在这段描述中，我觉得编剧是没有办法的办法，让老炮儿在第一次受辱败下阵来，埋下了他后面找回颜面的一个伏笔，很多人很欣赏。

电影最后一个部分，在颐和园的野湖上。北京人在1966年到1970年间，最愿意约架的地方，一个是约在颐和园后面的野湖，一个是约在颐和园正门前，北宫门前头那块广场上，最大的约架将近上千人，一边来几百人，乌压压一片黑，最后警察都要拼命才能制止这种血腥的打架。最后这一段张学军穿着军大衣，现在俗称叫"将校衣"。1955年，第一批将军一级的授衔以后发过完全不一样的军衣，比如冬季的帽子，上面的毛是水獭毛，是真正的兽皮，而到了校官一级，军帽上就是人造毛。将军的大衣非常少，因为人少，校官就多了，校官发过两次军大衣，一次是黄呢子，大概是1956年发的，后来跟俄国人学又发过一次马裤衣，里头带很厚的一个衬，那大衣得有20斤重。过去说不重不暖和，不像我们现在的观念，轻羽绒，一攥一把，一打开特大个，穿上特别暖和，那时候军装就是最时髦的服装了，所以军队的服装很受社会人的青睐。

再有就是刀，过去很多军人是从抗战中走过来的，有些是缴获的日本军刀，因为中国刀的质量不如日本刀，家里留一把日本刀，表示是自己的战利品，象征自己过去的荣誉。所以曾经在一段时间，日本刀对于很多中国军人来说是一个光荣。

电影中张学军也穿着军队的将校衣，拿着日本刀，就走向野湖跟人家死磕，这场戏导演是用了极大的篇幅来渲染情绪，很多人被那个音乐感动得痛哭流涕，这时候他心脏病犯了，伴随着他的心跳走向对岸，一个人为自己的光荣而战。我们今天看这个电影能够感受到，它在提倡一种行侠仗义的精神，因为我们今天社会上处处是背信弃义，处处是骗子，我们缺乏这种精神，所以这种精神就变成了今天社会怀念的一种人文情怀。

观 复 秀

"刀枪剑戟斧钺钩叉，镗棍槊棒鞭锏锤抓"，刀在最前面，锤在比较后面，兵器分利钝，刀剑有刃的、见血的叫利兵器，锤属于钝兵器，钝兵器靠击打力度。这锤跟大家印象中的锤尺寸差距太大，印象中的锤都是岳云的锤，看京剧《八大锤》，那一个个锤比我脑袋还大，金属的锤如果做成篮球那么大，也抡不起来。这个锤的击打力度有多大呢？一个正常的人抡起来，锤打到对方身上的任何一点，这人立刻就没有战斗力，打脑袋上不用说，一命呜呼，打后背上直接就喷血，打在胳膊腿上就断了，打手指头脚趾头上就成肉酱了。锤是以力伤人，靠力量获得它的价值。比如摆一刀摆一锤，两个人要动手要起来，外行人一定伸手拿刀，

八棱亮金锤　清·早期

内行人一定伸手拿锤，人在杀红了眼的时候，有时候身上带有刀伤也还有战斗力，可是这一锤打下去，就一丁点儿战斗力都没有了。

这种瓜棱形的锤，俗称"金瓜锤"。它是铁锤，头是方的，四棱的，竹节状，大部分锤都是圆的，为什么它是方的？如果方的锤在棱状的地方打中你，也可以皮开肉绽。棱状跟圆状的东西打在身上，是完全不一样的。如果我们有机会去山东淄博，看齐国车马坑，几十匹马躺在墓地里，每个马的脑袋正中都有一个塌陷，这个塌陷就是当年一锤下去这马"哐啷"就躺地下了，直接毙命，击打力度可想而知。所以，在利兵器和钝兵器之间，钝兵器会占上风，如果老炮儿张学军，拎着这一锤，我估计对面一定闻风丧胆。

行走在西藏

　　去西藏是我年轻时候的梦想，多少次都擦肩而过，岁数大了觉得再不去就晚了，所以我 57 岁那年去了西藏，为了找到年轻时候的感觉，我们这一路开车上去的。唐代以前青藏高原的各种部族多家分立，说不清楚，因为文字记载非常少，而且在高原，大部分平原地区的人是很难生存的。所以在大唐建立之前，我们对青藏高原的了解非常少，汉以前的各种版图都绕开青藏高原。我们国家的国土很神奇，由西向东一步一步走低。在大唐建立的同时，西藏山南地区的松赞干布率领部下，征服了所有的部族，建立了青藏高原历史上第一个统一政权——吐蕃王朝。

唐太宗是一个非常有远见的人，在中国历史上的所有帝王里，他可以说排前五，你只要列出中国五个最伟大的帝王，一定有唐太宗，我估计列仨也有唐太宗。他把文成公主嫁给了松赞干布，松赞干布有俩媳妇儿，一个是山那边尼泊尔媳妇儿，一个是山这边咱中国媳妇儿。当年松赞干布派特使，专门到长安迎娶文成公主，文成公主就一路西行，去了吐蕃王朝。我们今天去布达拉宫的时候，还能看到它最初的状态，松赞干布的左右，一个是尼泊尔的尺尊公主，一个是大唐的文成公主。

我去过一趟福建的莆田，他们跟我说嫁到西藏的文成公主是他们那儿的人。我一听就一愣，我说跟你们有啥关系，他说我们有证据呀，西藏话大家知道得最多的一句叫扎西德勒，即吉祥如意。当年文成公主一路走一路问，说这是哪儿啊？这个翻译不给译，怕迎接公主的特使不高兴，特使问，文成公主说什么了？那翻译就说，她祝你们吉祥如意。莆田话"这是哪"的发音就是扎西德勒。中国的语言非常神奇，有机会到福建的时候要听听，扎西德勒怎么发的音。这可能是一个笑话，我们不去追究。

在唐朝，吐蕃还是一个独立的政权，一直延续到南宋末年，几百年就延续下来了，当时藏传佛教萨迦派的贡噶坚赞，他是萨迦派的第四代祖师，在藏族享有极高声望。当时在蒙古统治者眼中，吐蕃与蒙古中央之间有一个关键人物，就是贡噶坚赞。南宋末年，贡噶坚赞应阔端的邀请，到达凉州，就是今天的甘肃武威，他们俩就共同商定，吐蕃归于蒙古汗国中央政权。于是第二年，就颁布了《萨迦班智达致蕃人书》，这是一个非常重要的法律文本，从此奠定了蒙元对吐蕃进行行政管理的一个基础，西藏就纳入了中国的版图，从元朝开始，西藏就开始归中央管理。西藏这个名字实际上是从清朝才开始的，西是地域，它在西边，之前叫乌斯藏，藏是藏族，西藏是一个很简单的称谓。

我们今天行政区划得非常清楚，哪儿是青海，哪儿是西藏，但是地域上它就是一块整体，是我们国家乃至世界上最高的一块高原，所以有"世界屋脊"之称。青藏高原对我们国家有多重要呢？《美国国家地理》做过一个总结，我们两大母亲河长江、黄河都发源于青藏高原，青藏高原的水养育了地球 1/3 的人口。第一就是我们中国，现在有 13 亿多；第二就是印度，印度人口逼近我们，加起来 20 多个亿，世界上现有 70 亿人口。世界最高峰喜马拉雅的主峰，珠穆朗玛峰就在这里。过去说的是 8848 米，2005 年最新的测定大概是 8844.43 米。雅鲁藏布江是西藏地区最大的江，是前藏后藏的一个界线。高原的水养育了中华民族，还养育了印度，你看地图会发现，我们的国土从青藏高原是逐级下降的，而印度，尼泊尔过后是断崖式的，直接就切下去了，水往那边流得更多，所以印度人的生存比我们容易，我们的人就要更勤奋。

西藏面积大概有 123 万平方公里，占中国大约 1/8。高原的感受跟平地是完全不同的，我觉得每个人只要身体允许都应该去一趟。进藏有四条线，青藏线，从青海走；川藏线，从成都走；

新藏线，从新疆叶城走；滇藏线，从昆明走。这四条线里最危险的、最长的、海拔最高的肯定是新藏线。我选择了川藏线，当时很多人劝我，说你这么大岁数了，去的话就坐飞机直接飞拉萨，下了飞机不行了就飞回来，我说那不成，我非得沿途看一看。我们做了充分的准备，从成都开车，开了七天半，露宿七天。第一天住在四川的丹巴县城，这个地方最有名的就是大渡河，我们在大渡河的铁索桥上来回走了好几遍，很多人不敢走，腿软，我不怎么腿软，还用连拍的相机转圈儿拍了很多照片。第二天住炉霍，第三天就到了甘孜县城，到了甘孜县城再往前走，就真正的进藏了。

在进藏前的关卡那，我看到一个藏族女孩儿，顿时惊为天人，人长得漂亮到你不大好意思看她，车都开过好远了，我都想让车开回去，再看她一眼，你就想这人长得有多么漂亮，人有一种雕塑感。第四天我们住在德格，德格有个印经院，里头都印着经书，那所有的经板都几百年了。在德格赶上他们转经，很多藏族的男女老少转经，我们跟着转了几圈腿就软了，据说人家一转几百圈，乃至上千圈，还有的人天天在那转。我看到一个藏族妇女戴的头饰非常漂亮，一个是琥珀的暖黄色，一个是松石的翠蓝色，满头都是，还有很多人梦寐以求的天珠，然后我就追着人家看，追着人家拍。第五天住在昌都，第六天就是波密，第七天林芝。这七天只有林芝能睡一个好觉，为什么呢？第一，林芝地势低，大约海拔只有 2000 米；第二，林芝森林茂密，氧气充足；第三，我们经过七天的颠簸，所以睡得特别沉。如果不是经常在西藏，你在那感觉就是睡不实，永远睡不实，其实你睡着了，你就感觉没睡着，有人还做梦。第八天下午才到的拉萨。

我们去的时候还是有人有经验的。第一车不能满打满坐。如果你去多少人，就开几辆车，万一有一个车出故障，你不好意思扔它，大家都得在那等着，有时候一个故障会等几天，所以我们就四加一，只需要四辆车，但开了五辆车，有一辆是空车，万一出了问题，那辆空车就补上了。去的时候是一辆奔驰加四辆丰田，他们照顾我，说我一定要坐奔驰，我说我坐丰田就挺好，他们说不行，你要坐奔驰，你赶紧的，我就坐在了奔驰上。这奔驰开到 3700 米海拔的时候，"轰"的一下就空了，当时不知怎么回事，就听司机拿着步话机喊，说没动力了，再打火试试，一打又着了，又往前走，走了 200 米，"轰"的又没动力了，当时不知道什么原因，只有一个办法，换车，然后我们就下来了，让这车原地掉头往回开，我们就继续前行。据说那车一路都没熄火，完全有动力，直接下山回了成都，回了成都才知道什么毛病，就是海拔高了，氧气不足。可那丰田车特皮实，啥事没有。

我当时跟他们要求安排一个藏族司机，他们说你沟通起来不方便，我们给你从驾校请了个教练，我说驾校的教练全是中看不中用，教学生行，但是上西藏不行，你就给我找西藏的同胞，他们对生死的认知跟我们不一样，所以我一定要让他开车。这个西藏师傅给我开车，他跟我有时候也聊几句，一般情况下不怎么说话。我就坐在副座上，我不喜欢坐在后面，因为副座可以看到外面，可以看到侧面。有人很恐高，山路这边是悬崖的时候，很多人往下一看就晕了，有人血压立刻就 180 了，我不怎么害怕。

结果有一天，从车上下来的时候，这司机跟我说，马老师，刚才很危险。我问有多危险？说一个车轱辘在悬崖外。我们全在车上都不知道，我说咱们不是都已经下来了吗？这就是命，真的就是命。我们过了通麦大桥没多久，大概一两个月，CCTV 一条新闻说通麦大桥断了，桥上的所有车一股脑就掉进河里头没了影，没有人可以活下来。可我们就是从这通麦大桥开过来的。通麦大桥很窄，是悬浮的，那个悬索，就是这边放行一部分，卡住了，那边再放行一部分，来回这么开。所以到西藏去，你首先对生命得有一个认知。

我们沿途不停地往高走，我当时就想，西藏是我们国家最为神奇的一片国土。平地就三四千米的海拔，翻过几个山头就 5000 米的海拔。我们在北京、上海、广州，城市边儿上如果有一个 5000 米的高峰，你想想得有多雄伟。当年文成公主也是真不容易，肩负民族重任去和亲。古代就和亲这招特灵，你对我不放心，我把我女儿嫁出去，你就放心了吧，文成公主一步一步地由大唐长安向西南走过去。我曾写过关于文成公主的文章，"一路美丽，一路苍茫，一路柔情似水，一路荡气回肠，一路洒下悲辛的泪水，一路拽着时紧时松的马缰。"我当时就想看看这种景色，你不走四川的山路，你真不知道什么叫蜀道难，难于上青天，经常是悬崖峭壁，夹着一江激流，有的地儿很危险，一到雨季到处都是塌方。

我们是 5 月 30 日出发，是走川藏线最好的时候，据说到了七八月份几乎就不能走了。我们车上备有救急设备，比如睡袋、医疗用品、干粮，做好了几天没地儿待的准备。我们去的路上有两次要路过海拔 5000 米的山口，一次看见杜鹃在悬崖峭壁上盛开，天空中 6 月飞雪，特漂亮。我就忘记那是 5000 米的高空，拿着相机去照相，还跑了几步，然后一下这气儿就上不来了，当时我还纳闷儿，怎么会突然喘不上气来，就是海拔太高，氧气不足。高原反应很有意思，西藏高原大约少 30% 的氧气，就是您吸三四口气儿，有一口气儿没有氧气，你想想得有多难受，就是老觉得不够使，你也说不清楚。高原反应每个人不一样，跟你的身体好坏没关系，有的身体非常健壮，比如运动员上去，高原反应非常重，但有的人反而不是那么很严重，我就属于不是很严重，从头到尾没吸过一次氧。高原反应的时候，跑肯定不行的，一跑马上就头重脚轻，氧气跟不上，走还可以。

我在那儿碰见一位藏民，很有意思的一个人，卖一串鹰骨的珠串儿，非常漂亮，玩了不知多少年了，锃亮，把那骨头玩得跟玉石似的。当时是要几千块钱，然后我就说掏钱，赶紧给人家。所有人都觉得我很大方，说怎么不砍价啊，我说不砍价，他有价钱我就买，也没有超出我们的支付能力嘛。我买完了以后他们就埋怨我，说你肯定能砍下钱来，我说你们不懂这个道理，谁在

5000 米海拔的高原上跟你做生意啊，你怎么能有机会在这种高原上，跟一个生人做一单生意，这是一个难得的缘分。在那种情况下，我觉得人和人相遇本身就是一种缘分，他能有机会卖你一个东西，你就得珍惜这个东西。后来很多人说，那你匀给我吧，我说我不能匀给你，到今天这串珠子还在家里挂着，就是一个纪念。你想想等你回到北京的时候，回到家中，掏出这串珠子的时候，你会想这串珠子是在海拔 5000 米的高原上一个藏族同胞卖给我的，你心里是什么感受，那时候钱就变得根本不重要。

　　一路走来最让我震惊的是虔诚的磕长头者，这在我们常人看来很不可思议。有一天早晨，汽车拐过一道山梁，湿润的空气中，远处两个人，一前一后，非常虔诚地磕着长头，那动作都要做到位，一点儿都不能糊弄，就是多一点儿都不会迈过去，他的手的位置到这儿，他的脚一定在这个位置，再量下一个长度，迈步、合十、举手、匍匐、五体投地，一次一次地往前走着。磕长头一天能磕多少里地呢？天气好，路途比较平坦的情况下，每天磕五公里。

　　磕头这事儿还真不是藏族人发明的，是咱汉族人发明的，是中国过去古代社会中一个非常重要的礼仪，三叩九拜。藏族人学会了磕头以后，用在拜佛之中就非常虔诚地磕长头，一路磕过去，一定是忘我的境界。他们前胸有一块皮革，不磕的时候就摘下来了。我们跟人家聊，说你出来多久了？他说出来三个多月了，你要磕哪去啊？说要磕到拉萨去，磕多长时间呢？说大概要磕一年半。2500 公里的路程，每天 5 公里，早晨就开始磕，晚上停止，风餐露宿，走到哪住到哪，支一小帐篷，那帐篷能凑合进去一个人，一块羊毛皮子往里头一铺，都是湿的。

我们出门都带着血压计、血氧仪，不停地检查身体，怕出问题。比如血氧低到 85 以下，就要吸氧，要不然会出问题，可能会产生昏迷，结果把我们工作人员叫来给那人量血压，标准血压是高压 120，低压 80。量血氧，人家那血氧几乎百分之百标准，我们都不好意思看自个儿那血氧。其中有一个人感冒了，我们就给他点药，他收了药，我们给他钱，他不要，后来他留下 100 块说我够用了，其他都还给你，你再给他就算对他不敬了，所以我们也就遵守他的原则。我们又从车上拿来方便面，他也是说已经够用了。他们觉得这一路上所有遇到的事情，都是他的人生中必须遇到的，比如疾病和苦难。

我们遇到疾病和苦难，第一反应就是我怎么那么倒霉啊，我怎么今儿感冒了，这么难受。他们遇到什么就是什么，给他感冒药他就留了一袋，如果身体不舒服的时候可以吃，可是人家身体真好，笑的时候一口大白牙。我们小时候受的教育，在西藏人面前是不大起作用，早晚要刷牙，牙齿怎么保护，要没有牙医，今天大部分人的牙都长不好。有一天我们在一个地方开篝火晚会，藏族女孩载歌载舞，这一乐，月光篝火，那白牙穿过黑暗，我们大家都不好意思张嘴。

我跟带队的人说，尽量去一些从来没有人去的，所以我们拐弯走了很多人迹罕至的地方。我们路过一个寺院，这个寺院不大，我们正在拍照的时候，就听见那边野地里有一女孩唱歌，我觉得所有的晚会都是瞎掰，那才叫天籁之声呢，尤其在西藏高原上，一个女孩在那干活中，边干边唱的那个声音、那种感动，绝对不是任何晚会可以给你的。摄像跑过来就对她说给她拍照，让她重唱，那女孩就不唱了，人不好意思了。

有个女孩拿着一个天珠，那天珠按照今天世俗的标准叫至纯，就是最纯的天珠，奶白色的，漂亮至极。然后大家攥在手里把玩，第一个人就说错话了，怎么说的呢？说这在北京二环边上能买个二居室啊。在人家宗教信仰面前说这么世俗的话，然后我就瞪了他一眼，旁边那个人说得更世俗，说我觉得能买一个三居室。我们没好意思说你卖给我，觉得再说这话就等于侮辱对方。当时他们正在修坛城，当着我们所有人的面，那女孩拿着这天珠，直接就扔进去了，那个坛城就封了，里头各种珠宝。当时我们看得直愣啊，那坛城一封就多少年打不开。

在西藏，藏民的宗教信仰是把他一生中的财富全部捐给寺院。比如我在布达拉宫的时候，看到那个纯金的坛城，上面全部是宝石。我当时很希望自己在天珠认知上能够前进一步，所以特别注重对天珠使用方面的观察，做了大量的笔记影像。我发现天珠不管是在宗教造像中，还是宗教的器物中，它永远不在最重要的位置上，可见藏民对它的认知没有我们这么世俗，最重要的位置，比如佛像帽子中间的那个位置，比如坛城中间的位置，往往是大块的琥珀或松石。

我们开车一路走，临近拉萨的时候有甘丹寺，它就在拉萨的郊区县，海拔大概 3800 米。甘丹寺在旺波日山上，旺波日山像一个卧象，山势比较缓慢。甘丹寺是黄教重要的一个寺院，它是 15 世纪的时候宗喀巴亲自筹建的，也是格鲁教派的主寺。车到一定程度就开不上去了，就得走上去。寺院修的那种大台阶都比较高，建筑上的台阶一般不会超过 13 公分，15 公分迈着就开始有点吃力了，20 公分就非常吃力。寺院那一节台阶，我估计至少 25 公分到 30 公分，所以每上一步都倒气。我们上去的时候跟着那个大喇嘛，就我一个人能跟上，后面的人全都落下了，最后都坐在路边倒气。我走上去以后在里头看了寺院的环境，很多是你不身临其境就不能感受的，比如他们在里头吹那种号子，声音低沉，震撼人心。他们的建筑都比较随意，不像我们有很多设计，你认为不可能有建筑存在的犄角旮旯的地方，它都有一个建筑。

从甘丹寺出来没多久就进了拉萨，每个到拉萨的游客必去的两个地方，一个大昭寺，一个布达拉宫。布达拉宫也是台阶巨高，没有充沛的体力，走下来会非常辛苦。大昭寺排着巨长的队伍，门口全都是磕长头的。在释迦牟尼等身佛前，不管你信不信佛，你走到那一定会磕头，因为每个人都磕，你不磕你都不好意思过去，每个人磕头的时候都会敬献一个哈达，所以在释迦牟尼等身佛跟前的哈达堆积如山，那佛像就剩了一个脸。我们同行的有一个人很有意思，非常喜欢天珠，此行是为天珠而来，并不是为了西藏而来，他在我前头，给释迦牟尼佛五体投地磕一大头。这个位置非常靠前，只允许一个人磕，磕完赶紧走，下一个人磕，据他说他磕完头一睁眼，眼前很大一颗天珠，他一下就愣在那了，第一反应是想拿起来，第二反应是要遭天谴。没敢拿，说这是佛祖考验我呢，起身以后脸煞白，哆里哆嗦的就走出去了。当时没跟我说，出了门跟我说，我看见天珠了，说佛祖考验我，我经得住考验，我说你那小脸儿都弄得煞白了，经得住哪门子考验啊，那个天珠一定是一个藏民放在那的。我们是有财产观的，比如二居室、三居室，藏民没这个感觉，一生虔诚，巨大的财富一定要献在佛祖面前，就搁在地上，宗教的力量这时候就起作用了，你心里再想拿，在那个环境中你也不敢拿。

我们这一路有很多见闻，我也写了一些文章，西藏是中国最重要的一块国土，它有着与汉地完全不同的文化。我觉得去西藏这一路上就是一个净化心灵的过程，如果一个人有时间、有精力、身体允许，又有愿望的话，每个人一生中都应该去一趟西藏。

观 复 秀

下页图是一枚明代铜鎏金镂空印章，镂空的部分是植物纹，它不是一个简单的平面镂空，是有层次的。底部有印文，是个图案，一般人都不认得，它有一个专业术语，叫朗久旺丹。朗

铜鎏金镂空植物纹朗久旺丹印　明代

久旺丹是藏语，翻译成汉语是十相自在，就是十个状态都非常自在。它是极具神秘力量的一种图符，由七个梵文文字，加上日、月、圆圈十个图案组成。这个图符的关系非常复杂，哲学家说它有辩证关系，十相自在分为身、智、空、风、火、水、地、器、清、天界十个部分，它们之间有一个非常复杂的宇宙辩论系统。

简单地说，十相自在，第一是寿命自在，寿命自在不是说让你想活多长活多长，是你活着的时候能活得非常好。还有心自在，按照藏族人的解释叫生死不染，就是我活的时候和我死去的时候，不跟世俗的这些乱七八糟的东西搅和在一起。

第三个自在是愿自在。我们每个人都有很多愿望，现在有时候讲愿景，能随愿而成就是愿自在。再有就是业自在，这是一个佛教中的术语，是摆脱业力的自在。还有就是受生自在，能够想往哪生就往哪生。

第六是资具自在，就是随意获得所需。再有胜解自在，能够随欲变化。还有神力自在，这个不是常人能够理解的，再有就是法力自在，最后一个是智自在。

十相自在这个图符，我原来想拿纸盖一些看看，一直没舍得盖，这文物的印章盖一次少一次，盖的时间长了它就开始模糊，字口磨损得厉害。印章是中国的传统文化之一，藏族文化中也有这种印章意识，表明自己的存在。这件东西是我在西藏偶然碰到的，非常喜欢，以当时价格买的还挺贵。我觉得如果你感觉它贵，就是你进入了世俗的一个通道，如果你只是考虑它买得起和买不起，那么从某种意义上讲，你比较超脱，我当时没有超脱，第一反应就是东西很贵，所以一个人想在生活中做到超脱，是非常难的一件事情。

新疆游记（上）

　　旅行是一种生活态度，我年轻的时候有一种梦，叫旅行梦，不能叫旅游梦，今天都叫旅游梦，到处游玩，我当时没有游玩儿的心，只是希望自己一生能走遍全国。今天说走遍全国是个简单的事儿，有人骑自行车就能走遍全国了。我们那时候出门的机会比较少，所以年轻的时候就说，我这一生，要把全国所有的省市都走一遍，任何一个省，我都要去过。我到今天可以说完成了这个愿望，中国所有的省、自治区、直辖市我都去过。

　　我年轻的时候在家里搁一地图，然后拿笔在地图上画，标自己去过的点，我沿着公路走的，我就沿着公路标，我沿着铁路走的，我就沿着铁路标，我坐飞机走就画两个点，用尺子画一条直线，表明我飞过去的，那个地图非常有意思，标满了我去过的地儿，可惜搬家不知道那地图搁哪去了，今天标记路线非常方便，有手机地图软件，你走到哪，你那个手机就可以帮你记录下来，我们那时候是没有手机的，走到哪顶多给家里写封家信，邮筒里一扔，你还没回来，信就回来了，如果你出差的时间短，你回来了，那信还没回来。

现在有句话叫"世界那么大，我想去看看"。国家那么大，我觉得我至少应该到祖国的东西南北的各个极点看看，想起来容易做起来有点难，为什么呢？比如我们南边的极点是哪儿呢？是曾母暗沙，这曾母暗沙我确实去不了。但是我去过永兴岛，西沙群岛我也去过，还去过著名的鸟岛，就是西沙群岛的东岛，当年去西沙群岛的东岛都非常难上去，因为那个岛上没有居民，只有一个班的战士住在上面，得经过特殊批准才能登岛。祖国的最西边，叫红其拉甫山口，最西边的重镇城市，就是喀什市，这我都去过，那北边不用多说了，我在黑龙江都住过两年。最东边在乌苏里江和黑龙江的交界处，就是我们俗称的大公鸡鸡嘴的那尖上。

1984 年，我做了充分的准备，只身前往新疆。8 月 20 日，最好的日子启程。9 月 30 日，国庆节前回来，整整 40 天。我去的时候已经跟人问清楚，秋天是新疆最美的时候，气候最舒适，过了国庆节就会冷了，我去之前拿张纸，把自个儿的日程，想走的路，大概了解的情况，写成一张表，扔给家里，说我是按照这个路程去走，为什么留给家里呢？当时信息没有现在沟通这么方便，随走随发信息，我到哪了，怎么回事儿哈，发个图还秀一下子，当时不可能，离开家音讯全无，有急事儿打电报，都没有打电话这么一说，我就这样踏上了去新疆的路程。

新疆这个名字很有意思，新疆，顾名思义，就是新的疆域，在中国古代的时候，有很多部落和民族，就在西域聚居，汉代就开始有非常明确的记录了，当时主要民族有什么呢？大月氏、乌孙、羌、匈奴，包括我们汉人。匈奴我们都比较了解，很多诗歌等文学作品里都有描述，大概是在公元前121年前后的时候，匈奴人入侵，汉武帝就出兵。我们过去跟匈奴打仗是打不赢他们的，为什么打不赢他们呢？说起来，农耕民族相对都比较温和，跟游牧民族比较起来，我们生存状况比他们安逸，越安逸人就越温和。所以在公元前121年汉武帝出兵大胜匈奴是历史上对匈奴第一次大的胜利。这次战后就先后置了四郡，这四郡非常有名就叫河西四郡，第一是武威，第二是张掖，第三是酒泉，第四是敦煌。我过去就讲过河西走廊是个非常富庶的地方，有山有水，到了公元前60年，汉朝就在乌垒城设了西域都护府，西域，也就是今天的新疆，从此成为中国领土的一部分。我们都知道中国的历史分分合合，分的时候，西域这种地方争夺比较激烈，中央政府有时就失去了控制，比如南北朝时期。到了唐朝呢？又把它收回来。到了宋朝的时候又顾不上了，元朝又把它收回来，明朝又不行了，到了清乾隆二十二年（1757 年），清军就打败了漠西蒙古各部，统一了西域，乾隆皇帝非常地高兴，就命名为新疆，为什么叫新疆呢？它取一个意思叫"故土新归"。到了清朝末年的时候，新疆就开始省治，我们今天叫自治区，过去就叫省治。新疆这块儿国土有多大呢？占今天中华人民共和国领土的 1/6，非常大的一块国土，历史上就是我们国家不可分割的一部分，绝不能丢。

我当年去新疆很有意思，那时候坐飞机是个奢侈的事儿，单位不让坐飞机，谁也不给报销，但我又想坐啊，那时候从北京坐火车到乌鲁木齐，得坐四天。我就跟领导说，我为了提高效率，我坐飞机，但我不会空手而归，你只要让我坐飞机，我回来给你拉一广告，挣点钱，就把这个损失弥补了，行不行？领导同意了，所以我第一站就坐飞机飞到乌鲁木齐。过去小时候以为乌鲁木齐是一大草原呢，敢情一下来就是一城市。

从乌鲁木齐，我就不想再坐飞机飞到喀什，为什么不想坐飞机呢？因为坐飞机虽然快倒快了，但是问题是沿途的风土人情什么都感受不到，所以我就自找苦吃，坐车。当时的长途汽车从乌鲁木齐开到喀什，需要 6 天，你们想过这六天的滋味儿吗？那时候的长途汽车白天开，晚上睡觉，究竟在哪儿睡觉，由司机说了算，票上没有告诉你在哪儿住宿，什么都没有，你坐上他那车，不定开到哪儿了，司机一脚刹车，说停，今儿就住这儿了，您就得住这儿，前不着村后不着店，我都住过。从乌鲁木齐开车到喀什距离是 1400 多公里，俩人在高速上倒着开昼夜不停一天就到了。但是过去不是小车，是公共汽车，那种破公共汽车，坐起来全是晃的，嘎啦嘎啦乱响，开 40 公里就快散架了。

从乌鲁木齐出去以后，第一个有印象的地方就叫达坂城，达坂城给我们的印象太好了，为什么好呢？过去有一首歌叫《达坂城的姑娘》，"达坂城的姑娘辫子长啊，两个眼睛真漂亮"，过去小时候我们认为女人最漂亮的是辫子，今天最土的就是这辫子，但眼睛的标准是一样的，眼睛要漂亮。到了达坂城才知道，达坂城这鬼地方寸草不长，我印象很深，通过达坂城的时候，暴土狼烟，跟末日要到了似的，一个姑娘没看见。过了达坂城，第一个重镇是库尔勒。库尔勒今天离乌鲁木齐有 400 多公里，当时要开两天，这 1500 公里开六天，平均一天 250 公里，那车速顶多三四十公里。库尔勒最有名的是香梨，传说中这香梨从树上一掉下来，落地就没了，为什么？水分太大，落地就化了。我们在库尔勒住下了，因为刚刚离开城市，还新鲜，所以我记得我们住在一个小镇，我住下后就出来跟当地居民聊天，有汉族人，有维吾尔族人，比例上差不多。第二天起来了，这发车时间没有规定，司机告诉你是什么时候，你到点儿就得来，你不来他就一脚油门儿走了，因为你票都买完了，爱坐不坐，所以就继续往西行。又看见一个重镇，这就得三四天了，叫阿克苏。

阿克苏这地方给我印象深刻，我曾经写过一篇小文，叫《两毛钱一脚》，说的就是这地儿。因为新疆这个地方很有意思，水果特多，我去的那时候正是水果多的时候，又便宜，便宜到什么程度呢？便宜到你不相信这东西这么便宜。比如，马奶子大葡萄，那甜得都齁人，三分钱一公斤。你知道我们从小都是被这市斤训练大的人，买东西都是买一斤二斤啊，三斤鸡蛋两斤葱，它都是论斤。在新疆，你买个东西，他跟你说三分钱，他给你两斤，给你一公斤呢，你就从内心就觉得跑新疆买什么都特占便宜。阿克苏的新疆大白杏第一，个儿大，第二，口感是沙的，又香又甜。我就到那杏树林去买杏去，跟个老爷子问怎么卖啊，他说，两毛钱一脚，新疆人都是说那个新疆普通话，叫新普话，唉唉，两毛钱一脚。咱不是一毛钱，一毛钱叫一角钱嘛，但是听不懂啊，什么叫两毛钱一脚啊？不懂，一打听才明白，就是你挑一棵树，花两毛钱，抡圆了踹一脚，掉下来的全是你的，这就叫两毛钱一脚。为什么这杏树能踹呢？第一，它底下都是那种沙地，那地基特别软和，那杏掉下来不会坏，另外呢，你踹下来的杏恰恰是刚熟的，能吃了。我去了，看一棵树上那杏密密麻麻的，我心说，这棵树这么多杏居然没有人踹，我就抡圆了踹，我跟你说什么叫抡圆了踹啊，没有人是迎门给人一脚，除了那个黄飞鸿，我是倒着，屁股冲树，朝后，我没有黄飞鸿那功夫，我就必须背冲着树，炝蹦子似的，冲着树，抡圆了"嘣"就这一脚，你知道这一脚下去什么样子吗？我就往前冲出去了。回头一看，一个杏儿没掉下来，它为什么掉不下来呢？因为这树太粗，你知道吗？我太贼，就拣这个杏多的踹，那谁也不傻，这杏多是因为它粗，你踹不动它，它在这上面才多呢。我一想，换棵树再去踹。唉唉唉唉，那老大爷叫我，唉唉，两毛钱，两毛钱，就你那两毛钱踹完了，没下来是你的事，跟我没关系。我就一想啊，那也不能不踹了啊，所以又交两毛钱，这回老实了，找棵细的杏树，踹一脚，掉下来小半桶，年轻胃口好，那半桶差不多一会儿就都吃了，现在想起来满嘴都流酸水儿。

我从那以后就知道一人生道理，人生不能太贪，人生遇什么事儿要想一想，你觉得这棵树上全是杏怎么没人踹呢？别人都是傻子，就你机灵，你踹一脚一个都不下来，这是因为这树你踹不得，它比你硬，比你强大，做事情也是这种想法，就是你碰到比你强大的事儿，你一定不要迎面上去。

在阿克苏还赶上一事儿很有意思，我碰上了一个《中国妇女》杂志的摄影记者，他说他要去拍一个当地的婚礼，我说我也有兴趣，我当时拿着相机呢，我也想拍。然后他说这事儿要跟着瞎拍拍不了什么作品，咱得从头拍，要一组片子。然后就跟当地的人联系，他们出面拿着介绍信，当时采访还得有介绍信，都联系好了，然后来一人跟我说注意事项，说按理说新娘的屋是不许男人进的，因为你们俩呢不是我们本地人，不是维吾尔族人，所以你们俩进去可以，但是要注意禁忌，要坐在那不要站起来，坐不是坐椅子上，是坐地上。

我记得特清楚，天没亮我们就先进那屋，垫上一座儿，坐那犄角，拿着相机，所以后来看那镜头都是仰拍的。那维吾尔族妇女进来已经把婚礼的衣服都穿好了，又化了化妆，然后忽然有一个人说开始，顿时她们就开始嚎啕大哭。这嚎啕大哭是一种表演，表示马上要出门离开娘家。天刚擦亮，新娘一行就出去了，送亲的队伍就都跟随着，我们也跟随着，一路走，一路载歌载舞，加上嚎啕大哭，很有意思，走了一会儿天就亮了，有一空场子，他们就停在那围着一个中心开始跳舞。

这中心里头有什么呢？有一个铝盆儿，还有点摔得瘪瘪的，到处都是毛病，大家围着那盆跳舞，我就纳闷儿了，我说搁这么一破盆干吗，观察了一会儿，原来是随份子。这新疆人跳舞很有意思，主要是上臂动作大，上臂来回甩嘛，跟自个儿给自个儿按摩似的，来回拍背。所有人围着这盆转转转，跳得高兴的时候有人从兜儿里掏出一毛钱，嘣，就扔里头了。有的人跳着跳着跳着，高兴了，叭！扔下两毛钱，一会儿这盆里就小零钱儿一堆。

这时候，我看着看着看到一新鲜事儿，有一维族大叔跳得特高兴，到跟前儿啊，从兜儿里掏出 2 块钱，人家都搁 1 毛 2 毛，他掏一两块钱往里一扔，我还说这人挺大方，扔两块钱，结果他蹲在那，从里头数着，捡回 1 块 8。人家维吾尔族人没有这种面子概念，这种好面子的概念都是我们汉族人的酸毛病，你说要是我，我要扔进去，甭说扔进去两块，我扔一 10 块钱进去，我心里多难过，我也不好意思在那找钱啊，而且人家找钱就是找回 1 块 8，就是我随了一个 2 毛钱的份子，咱要自个儿去找钱，那就找回 2 块 2，还得多拿人家 2 毛钱。一会儿跳高兴了，继续跳，继续走，继续跳，一高兴了，又从兜儿里拿两毛钱扔进去，这个过程很有意思。他们看到我是一个外来人，一定拉着我入席，非常地热情，每个人都喝醉了，大家都热泪盈眶、泪流满面。

我从阿克苏往南，又去了一个地方，这个地方，我真的一生就去过这一次，离开那个地方的时候我就想，我这辈子不一定再能来这个地方，太艰苦了，这个地方就是阿拉尔。

从阿克苏到阿拉尔，当时没有车，没有公共交通，我怎么过去的呢？就拦车，拦了一台手扶拖拉机，那手扶拖拉机，后面拉一锅，这大铁锅直径一米多，倒扣着。那拖拉机的斗儿，本身也没多大，上面还有两三个人，我问人家能不能带我一程，他们说没问题，都特别友善，人也不问你干嘛，说一看你就不是本地人，出门的人不容易，带你呗。他让我站那锅上，那锅怎么站呢，那锅它没平地儿，全是弧形的呀，我只好就踩着这锅，手抓着前面一栏杆，就这么颠着跑了一路。你知道颠多远吗？颠了一百多里地，颠得倍儿难受，五脏六腑都快颠出来了。

到阿拉尔去就一个目的，想到那看犯人，1983 年的时候中国有一次严打，当年刑事犯罪活动比较猖獗，大概有将近 30 万犯人集中押解到新疆，分配在新疆各处劳改，阿拉尔有犯人，我就想去看看那些犯人是怎么样的一个生活状态。犯人特别愿意说实话，为什么愿意说实话呢？因为犯人无所顾忌，已经判完刑了，编瞎话已经没有意义了，所以你问他什么他就说什么，我当时是为这事儿去的。

关犯人的地方都是专门选择比较艰苦的地方，防止他逃脱，新疆当时并没有很成熟的监狱，当时我去的时候是这样，一排十间土房，每间里住十个人，头上有一小间里头住仨人，这一溜是一百零三个人。一共大概十组，一千个犯人，每一组围一个小铁丝网，然后这一千个人，围一个大铁丝网，这大铁丝网四角，武警持枪站着，犯人只要出这个铁丝网，他就开枪击毙，大探灯晚上都打着。我就进去看，先进那屋就仨人，有一个人正在刻蜡板，今天你都见不着这个景象，蜡纸上面用字刻，刻完了以后去印刷，印一个东西，叫《新生报》，我们所有的监狱，对犯人都要进行劳动改造，这个犯人的工作就是编这种小报，我还跟这人聊天，我说我要进来，这主编您就当不上了，您就地里干活儿了。因为犯人改造中，当主编已经是最好的待遇了。

我看了他们吃饭，吃大白猪肉片、烧茄子、米饭，我说你们这还不错，我觉得你们吃得比我们插队的时候吃得好。我当时特别想找一个北京犯人聚集区，因为我就是北京人嘛，比较容易沟通，结果他们告诉我，北京犯人关的地方是最艰苦的地方，因为北京犯人不好管，我去的这个地方，基本上是南方的，主要是广东和江浙地区的犯人。我就问犯人，我就说你犯的什么罪啊？有人说，诈骗，判多少年呢？判10年。我印象特深刻的是我问一个小伙子，我问他，我说你什么罪啊？他说，偷盗。我说你什么时候刑满啊？他说2003年8月7日。我当时就愣了，你想1984年我那时候也年轻，就觉得2003年，遥遥无期，这辈子都到不了

2003 年，没想到今天，2003 年过去已经十几年了。当时很多犯人想越狱，因为他越狱的可能性是有的，每年什么时候越狱行为最严重呢？就 6 月底开始，7 月、8 月、9 月上半月，下半月逃的人就少了。仅夏天的这仨月，不到一百天的时间，有很多人逃跑，想尽一切办法逃跑。但是过了这时间就没人跑了，因为你跑了过不了晚上，冻也冻死你，也没吃的，夏天到处都能找到吃的，野地里也能找到吃的。

不说那时候的犯人，就是我们今天大部分人的地理知识依然很浅薄。你比如阿拉尔这个地方，犯人一逃跑出来，他不能沿着路跑，因为新疆的路两边既没有树也没有沟，就是一条柏油路，全是平的，多老远有个人你都看得见，你都没地儿藏，我记得当时有犯人跑了以后，我们坐那个公交车，所有人都下来，车上所有的地方都搜查一遍，所以你根本不可能顺着路跑。

大部分人的想象，就是你逃脱了你管辖的这个区域，你一定自由了，自由了你往哪跑呢？你一定往南方跑，你不会往北方跑，对不对，你在新疆，你想往北边跑，你这不是往绝境跑吗？其实往南跑才是往绝境跑，往北跑没准儿你能逃出去，因为所有人都没有这个地理知识，一逃脱就往南跑。南边是什么呢？是沙漠，你只要走进沙漠，就几乎没有可能出来。

历史上有没有人逃出这沙漠呢？有，有一个犯人极聪明，他当年穿过了这个沙漠。一般人穿不过，为什么？你没水没吃的，走那么多天，你肯定就饿也饿死了。这犯人在跑之前做了充分的准备，新疆有那种竹草筐，上面有那个竹子编的跟爬犁似的杠，他把这东西拿下来拴一根绳，跑到地里摘了四个大南瓜，搁在这爬犁上，拖着进入沙漠。这四个大南瓜，是他穿越沙漠的粮食和水。南瓜皮厚，耐干，他把南瓜挖一洞，手进去掏，掏它柔软的瓜瓤子，包括籽儿都吃，这里头既有淀粉，又有糖分，又有水分。吃完后把掏开的地方再堵上，因为新疆非常干燥，不堵上很快就会干瘪，南瓜又抗干旱，所以一路，不知道走了多少天，终于穿过了这个沙漠。在阿拉尔监狱囚犯越狱的历史上，他是唯一成功地穿越沙漠的人，他一逃回内地立刻就被警察抓住了，警察比他快，警察早坐现代化交通工具跑他们家等他去了，结果他一回家一进门儿就被抓住了，白逃了。

阿拉尔这个地方除了犯人，还有很多建设兵团，当年都是上海人，都是 20 世纪五六十年代支边的，我到达那个地方的时候，大概是 8 月 20 日，离 9 月 1 日开学还差几天，很多孩子，从那考上了大学，从此改变了自己生存的轨迹。我其实并没有看到这些孩子，这些考上大学的孩子都已经走了，这些家长在那请客，请老师，对老师十分地尊重，请朋友吃饭喝酒，我是一个外来人，他们一定拉着我入席，非常地热情，每个人都喝醉了。我在阿拉尔那个地方住了两天，跟很多兵团的人聊，经常就是聊着聊着泪流满面，我们今天好像不可能跟谁聊着聊着天，然后这人就热泪盈眶，可那时候人都特别的真诚，我记得我说了这样的话，你们这代人是为国家做出牺牲的一代。新中国成立以后，如果没有大量地派兵团战士去新疆，我们今天的新疆一定不是这个样子，这些人为新疆做出了巨大的贡献，保证了国家领土的完整。每一个从内陆来的同胞都融进了当地的生活，这种生活对中国的未来是非常重要的。我当时大概是说了类似这样的话。一些兵团的战士就说，我们肯定一辈子最后就埋在这了，对这个地方也有感情了。"生在井冈山，长在南泥湾，转战数万里，屯垦在天山。"几乎每个兵团的建设者，都会背诵这首当年王震将军的诗词。这正是他们这一代人的写照。曾经 20 万解放军官兵响应号召，在新疆的茫茫沙漠、千里戈壁，铸剑为犁，垦荒屯田。此后的几十年间，全国各地无数有志青年奔赴新疆，他们在当地组建家庭、生儿育女，对这片热土产生了难以割舍的情感。经过近 60 年的发展，兵团共开垦出了将近 2000 万亩的耕地，新建了 6 座城市。一代又一代的援疆人，像建设家乡一样建设新疆，用他们的付出，成就出了焕然一新的边疆。

讲个小插曲，他们在准备酒席的时候特热闹，互相打招呼，我就走出来了，当时是傍晚时分，我看那边有沙漠，就往那边走，他们说你不要往那边走，太远，我说我去看看，拍两张片子，他们说一会儿小咬就会过来，很厉害。我心想说小咬它能有多厉害，它不就是个比蚊子还小的那种小飞虫吗？我不理它不就完了，我就一个人往那边走，正赶上太阳落山，突然就看到沙漠深处，黑云似的，那东西就起来了，密集的成团的那种小咬，然后我一看，撒腿就跑。他们说你千万别跑，你一跑，你身体就散热，你一散热这东西冲上来就咬你啊，铺天盖地地咬你。据说过去有一种刑罚，把人脱光了，往这树上一捆，很快就让这小咬给咬死了。当时见了那个场景印象深刻，小咬跟乌云似的，打着团就过来了，至今心有余悸。

我从阿拉尔出来后继续向西行，那时候车就越来越破，那车有多破呢？除了司机前面的玻璃还在，副座上的玻璃都不在。我们今天的大巴车，前面是一整块挡风大玻璃，弧形的，过去那车不那样，就是你正面有两块玻璃，司机这一块大玻璃，上面还有块小玻璃，那小玻璃还能开开，透风。副座这是一块玻璃，上面一块小玻璃，那车不论大玻璃小玻璃，全瓶了，就是司机前面这块还留着。我买的票是一号座，我找着一号，就往上头一坐，然后一会儿车就坐满了，这时候上来一个维吾尔族兄弟，特壮，看着我说，你嘛，这，我嘛，那。我明白了，我就跟他换座，因为他想坐一号，让我坐二号，就是他的那个位置。我坐下来以后，我就说，我嘛，这，你嘛，那，挺好，坐下其实我从心里挺高兴，为什么呢？贴着这个窗户没法坐，它没玻璃，那时候都9月份，那个燥热的风啊，就跟吹头发的吹风机似的，一路都被这热风吹着，能把自己吹疵了，所以我本身就不愿意坐那窗户口，正好他愿意，他喜欢风，他就坐那。开到一个山口，突然天就黑了，打雷，下起雷阵雨。新疆轻易不下雨，下起雨来吓死人，那雨跟往下倒似的，那水就把路冲开一道沟。这车没玻璃，那泥水就哗哗地往里进，我当时多少有点不好意思，因为本来是我挨浇的，他在中间，结果因为换座，虽然身上也湿，起码不是那么严重，我就跟他说，咱们是不是换回来啊？维吾尔族兄弟特讲义气地摇头，转过身背冲着窗户，给我挡着风雨。哎呀，我当时从心里还是很暖和的。这雨倒是过去快，一会儿就没了，那人后背全都湿透了。

最后终于到了喀什，据说“喀什”的意思是“各色砖房”，或者是“玉石集中之地”，我觉得不一定是玉石集中，也可能是贸易的地方。这个地方维吾尔族人特别多，去集市的时候语言不通，有个人见面就跟我哈喽，我说你把我当外国人了啊。喀什是欧亚大陆的中部，西部与塔吉克斯坦相连，西南与阿富汗、巴基斯坦接壤，周边邻国还有吉尔吉斯斯坦、乌兹别克斯坦、印度，所以它是我们西北的重镇，人多，我印象中有 200 多万人。

我去的时候就算好了要在这里过古尔邦节，结果刚住下就赶上地震。我记得特清楚，手续办完了累得要死，终于到屋里，往自个儿床上一坐，就这一瞬间，哐啷，就晃起来了，我当时以为是床不行，要塌呢，结果是地震。因为我经历过很多地震，还比较镇静，立刻跑出来了，后来看情况还可以，还在那凑合着住了一晚上，因为钱都交了。第二天换到了喀什地区的地委招待所，那招待所特有意思，就是一溜大房子，操场巨大个儿，能踢足球。这屋里没有卫生间，开门就是空地，所以我们睡觉的时候开着门，万一有情况不用开门就跑。这屋里还有一人，那时候不像今天，你住宿都是一人一屋，当时俩人一屋是最好的房间，我住得最惨的是好几十个人一屋。我一进去，那人看了我一眼，问我你是做生意啊？我当时虽然有一记者证，那是为了出去买票方便。但我是旅行来的，所以我也不太爱说我是干嘛的，他问我是不是做生意的，我就说，嗯。我这一嗯，他就开始说黑话，他说，拍档子。我就听不懂了，你说这人一听不懂怎么办呢？我就没办法，因为我先说一瞎话，所以我只好自我解嘲，我就说，宝塔镇河妖。那哥们儿就乐了，说你不是做生意的。我说真不是做生意的，这不赶上地震了嘛，就挪了这屋。他说我看你挺有经验的，我是有经验，什么经验呢？经历过多次地震。因为地震老有余震，其实大震过后那余震都没多大事儿，我们把那酒瓶子倒着，搁在床头，如果一晃，它先倒，它一倒声音就大嘛，声音一大，人撒腿就往外面跑。

我在喀什的大巴扎（大集市）上，看到了一个奇迹，以前没看到过的，就是在没有电的情况下做冰激凌。他们把面粉、鸡蛋，搁在一个铁桶里，铁桶外面一大木桶，大木桶和铁桶之间是天山的冰水，用冰水高速旋转，人在那搅，它快速转动，用那个冰把里头的热量置换出去，最后这东西成了冰激凌。冰激凌里面搁了羊油，你要吃不习惯有点膻。你今天如果去意大利、西班牙那些地方，有时候还能够看到，记得我有一次是在意大利还是在哪看到过这种方法做的冰激凌，黏黏的，拿大棍挑着随便抡，怎么都下不来。

话说我在喀什过古尔邦节期间，当时由于地震交通又断掉了，想离开也走不了，我想往家里打个电报，报个平安，结果我跑到那邮局一看，哎哟我的天啊，我就没见过排那么长的队，少说有一公里，我一想打一个电报排一天的队，我犯不着，我想家里也未必知道，就没打，没想到后果很严重。

等我回到乌鲁木齐的时候，发现我家里人在到处找我，电报厚厚一沓子，他们觉得我音讯全无非常担心，可见当时通信不发达，人和人的信息不沟通带来很多困扰。

我当年去的时候对有些人印象深刻，印象最深刻的一个人是喀什文联的主席，我跟他聊天，他一张嘴我就愣了，我说你哪人啊？他说我广东人呐，我说你什么时候来到这啊？他说五几年就来了，已经都来了 30 多年了。那我说你原来在哪啊？他说深圳。我说香港好啊还是深圳好啊？他说那有什么好的，那都是一臭渔村啊，说这多好啊。我就纳闷儿了，因为你在新疆这个地方碰到一个广东人，又不是做生意，是在那扎下根的人，真是不多，所以当时跟他聊了很久，对他印象很深。

我那年走完了南疆，还走了北疆，南疆和北疆有很多不同，南疆看风土人情，北疆看风光。我们知道的天山、伊犁草原都是北疆。我到新疆一个非常强烈的感受，就是你不去新疆，不知道祖国有多大，开车就是一条路，笔直伸向天边，两边没有树，你目力有多好，你就看多远，你永远看不到头。这就是新疆，这是我们国家非常重要的一块国土，对我们国家非常地重要。所以我从新疆回来后就特别想写一篇长篇游记，我记得我都写了 4 万字，后来有点意外的情况没写完，写完大概能有 8 万到 10 万字，就那么撂着，一撂撂了 30 年，这个长篇游记的名字早都起好了，就是"花儿为什么这样红"。

观 复 秀

新疆是出玉的地方，我当年新疆所有的地方几乎都去了，唯独没有去和田，铸成终身遗憾，因为去和田还要拐一个大弯，走更远的地方，因为地震，我在喀什耽误了很多天，所以就把去和田的计划给打乱了。

图中是一个乾隆时期的白玉鹅。这个鹅雕刻得非常肉，玉质达到了顶级，就是新疆和田玉的顶级，俗称"羊脂白"。文化对器物的影响很大。我们的德化白瓷叫什么呢？叫猪油白、叫鹅毛白、叫葱白。但是到了新疆，一定是羊脂玉、羊脂白，羊肚子里的羊油切开的时候，那种白就是油润的，所以好玉一定要有这种油润感。这只鹅蜷缩着，在水里悠闲自得地游着。我们对鹅的文学描写，最有名的就是骆宾王 6 岁写的诗，"鹅鹅鹅，曲项向天歌。白毛浮绿水，红掌拨清波。"这个玉中间有一个贯穿的天地孔，可以佩戴。这种手把件儿现在很多人喜欢，它大小一般都是够一个手握住的，平时拿着感觉心里很安定，其实玉石最初就是要你寻求内心的安定，人在紧张的时候很愿意握拳。如果握拳的时候手里有个东西，相对就会缓冲这种紧张感。所以我们的先人

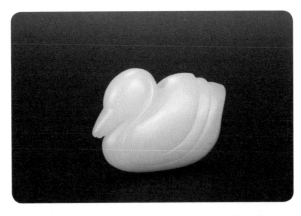

白玉鹅　清·乾隆

在六七千年前，乃至七八千年前，最初的动意可能就是攥一块石头，忽然觉得这块石头非常美，心里非常安定。几千年以来，这石头逐渐演化成玉，成为我们一种精神文化的追求。玉有五德，仁、义、智、勇、洁，从汉代人们开始赋予了玉人性中的特点，这在这个玉鹅上表现得淋漓尽致。

新疆游记（下）

　　新疆的面积 166 万平方公里，占全中国国土面积的 1/6 还多一些。西藏大约是 123 万平方公里，差不多占全中国国土面积的 1/8，这两者加起来大约近 290 万平方公里，占全中国国土面积的 30%，从数字上可以直观感受到这两块国土对国家的重要性。

　　新疆的地形是三山夹两盆，北边是阿尔泰山，南边是昆仑山，中部是天山山脉，天山山脉把新疆分为南疆和北疆。两盆是塔里木盆地、准噶尔盆地。中国有四大盆地，新疆占了其中两个。南北两疆首先就是气候不同，凡是有大山脉的地方，周边气候明显就会不同。比如我们老说岭南，岭南是指五岭以南地区，毛主席诗句"五岭逶迤腾细浪"，五岭以南气候跟五岭以北完全不同，再有就是秦岭，秦岭是中国最重要的气候分界线。天山山脉属于世界七大山系之一，东西横跨中国、哈萨克斯坦、吉尔吉斯斯坦、乌兹别克斯坦等等，全长大约 2500 公里，是世界最大的独立的纬向的山系，我们说经向是竖着的，纬向是横着的山系，天山山系它也是世界上距离海洋最远的山系。所以天山山脉造就的南北疆气候物象就完全不同。南疆非常干燥，沙漠都在南疆，北疆就相对的湿润很多，有森林、草原、湖泊。

我当年坐着车一路奔往南疆，一站一站地走，走到喀什赶上地震，耽误很多时间，怎么办呢？直接飞回乌鲁木齐，当时买张机票非常困难，我在机场耗了很久，费劲巴拉地买上一张机票。那个飞机跟我们今天的飞机不可同日而语。首先是飞机很小，中间一通道，一边就一座，那个座位破旧得呀，我觉得跟二战的飞机差不多。密封也不好，飞得也不高，只能坐 30 多个人，这个破飞机有一好处今天有些人会很羡慕的，就是飞机上可以抽烟，可惜这好处对我没用，我不抽烟。早期的飞机扶手上还有一烟缸呢，新疆有人抽那种莫合烟，烟味巨大。

这飞机从喀什飞往乌鲁木齐中间必须停靠一站阿克苏，这个飞机在高空中不停地颠簸，颠得有多厉害呢，没有人提醒你去扣安全带，你一定要把安全带捆得紧紧的，大量时间屁股是离开飞机的，你坐飞机的感受跟骑马差不多，快颠飞了，30 多个人大概有 30 个在吐，你想想这飞机上又有人抽烟，绝大部分的人都在吐，就我这个不抽烟又不吐的人别提多难过了，就差把这飞机的舷窗给摇下来了。飞到一半的时候突然空姐出来，跟大家宣布一事儿，说这飞机超重必须下降。我当时就跟空姐说，你说它超重那它怎么飞起来了？她说是飞起来了，但因为超重就飞不快，我们只好在阿克苏降下来了。我记得那时候机场不卖吃的东西，什么都没有。我看见几个维吾尔族人在那吃西瓜，我就厚着脸皮过去了。告诉大家一个很有用的人生绝招，就是出门在外，一个人一定要脸皮厚，脸皮薄是没有用的，我就过去跟人家说，我说您这西瓜吃不了，给我吃一块行吗？他说吃吧随便吃随便吃，我就要了块西瓜吃。吃完西瓜以后就上飞机了，到乌鲁木齐我取行李时，工作人员说，你行李没带过来，我说怎么没带过来，我一下就急了，他说飞机超重给你卸阿克苏了，我说飞机超重我的行李不超重呀，凭什么把我的卸下去呀？没有人跟我解释，就是该着把你行李卸下去了，然后我说那怎么办呢？他说等着，要不自个儿去取，从阿克苏飞到乌鲁木齐，还得飞两个钟头呢，我怎么自己去取呢？他说要不你就等下一班飞机吧，我心说下一班那就下一班吧，结果一问下一班飞机两天以后。我自个儿在乌鲁木齐，等着下一班飞机给我送行李。那我就想先走一个短途去吐鲁番。

　　吐鲁番吸引我的理由至少有两个，第一就是我们非常熟的那支歌曲，"吐鲁番的葡萄熟了，阿娜尔罕的心儿醉了"，我一想这地方有意思咱去。第二就是吐鲁番这个地方有火焰山。我去吐鲁番的时候，路上就发现了晾晒葡萄的地方。我小时候酷爱吃葡萄干，我们小时候水果不像现在这么随便吃，所以这种葡萄干，在干果中算水果，在水果中算干果，它站在中间地带，高糖分，嚼起来有弹性，我吃起葡萄干来就没完没了，但是没有那么多葡萄干给你吃，所以到了新疆对葡萄干一往情深。我到新疆才知道，这新疆的葡萄干所用的葡萄，跟我们平时吃的那葡萄不是一个品种，这种品种首先得皮厚，我们吃到的葡萄好吃的，比如玫瑰香、马奶子都皮薄。这葡萄干如果生吃，就是新鲜着吃它有点发涩，所以它必须晾晒成葡萄干，过去有人告诉我说葡萄干吃的时候得洗，都是人拿脚丫子踩出来的，我到新疆一看，完全不是那么回事。葡萄干首先不是晒出来的，你千万不要以为葡萄干是搁在地上晒出来，跟北方农民晒粮食似的，不是那么晒的，它是悬挂在那阴干的。你到新疆去尤其到了吐鲁番这种地方，有很多晾晒葡萄干的房子，专门盖的，通风的，砖都是搭着砌的，中间全是空眼。那个地方非常的旱，一年都不下雨，旱到什么程度呢？就是一盆水泼地上一转眼就干了，所以葡萄干一定是在阴的地方阴干出来的，绝对不是太阳下晒出来的。

我9月初去火焰山，那天气已经不是最热的了。我们对火焰山最多的了解，是从《西游记》铁扇公主那一段了解到的。我去的时候也确实热，白天的中午，大概气温在四十二三度，

　　四十二三度那种干热，还可以忍受，但湿热是不可以忍受的，到江南地区甫说四十二三度，就是三十七八度那种湿热高温人都得休克。火焰山南边就是历史上的高昌国，丝绸之路的重要门户，玄奘大师在《大唐西域记》中记载他路过这的时候被高昌国王麹文泰盛情挽留，为他的子民讲经说法。当时高昌国是最鼎盛时期，全国信奉佛教，所以好容易逮上这个大和尚来这好好地给我们讲一讲。玄奘执意不肯，说我重任在肩，不能在这逗留。那国王不干了，玄奘最后只好以绝食明志，说如果您不放我走，我只好在这成仁了。高昌国王一听，说咱们不能干这事，于是就开出条件，咱们结为兄弟，法师您讲经一个月，然后我替你准备法服多少套、黄金百两、银钱三万、绢多少马多少、仆人多少，然后我给你专门开路条，修书二十四封，让高昌以西的龟兹等二十四国全部给你放行。玄奘就在高昌国讲了一个月的经，临走时高昌国的僧侣、大臣、百姓夹道欢送，国王抱着玄奘法师大声痛哭，史书记载相送数十里才回程。

　　我去吐鲁番的时候，那个热呀，喝水是没有用的，你喝多少水都是热的，可是太阳一西斜温度就开始下降，太阳一下去顿时就凉快了，一凉快了就开始歌舞晚会。30多年前的歌舞晚会，都是真情没有商业利益，也没有人卖票，还有吃有喝，喝酒不喝醉都不算喝酒，水果随便吃，当时能感受到非常明显的异域风情。我是汉族地区的，在那次之前没有去过新疆，所以当时每一次人家邀请我们跳舞的时候，都感动得热泪盈眶。因为没有利益你才会受感动。

我从吐鲁番离开的时候，还碰到一个剧组拍一个什么电影，半天就拍一个镜头，看了一会儿也没什么劲，就找一辆顺风车，搭着就回乌鲁木齐。我记得特清楚那是一小卡车，我跟那卡车司机聊两句，我说你往哪走呀？他说回乌鲁木齐，我说那我能搭一道吗？他说能，上来呗。就上他那车了。那时候搭车第一不给钱，人家也没有要钱的意识。第二，就是人家也没有防范，我也没有防范。上车以后发现，车上本身还坐着一个人，我上去以后就显得略微有点拥挤，人家也不在乎。

车往回开到了新疆最著名的风口，新疆有很多风口，我们好像经常在冬天听到新疆风口出现事故，最大的能把火车彻底刮翻，那天我就赶上了在新疆 40 天里最困难的时刻。我坐在车上，突然就觉得天黑了，其实天还没到黑的时候，然后开始起风，一开始倒还没觉得，因为我在车里，就觉得温度在下降，他那个破车是没有热风的，一开始热穿得少，然后就觉得很冷，有点扛不住，然后就开始摸行李，没什么东西可穿，就在车上冻着。

这时就看到风起来了，那个风很有意思，跟你在内陆看风是不一样的，因为它没有可刮的东西。除了车晃你能感觉到风，你目力所及没有灰尘，没有黄沙满天，没有树叶，没有满天的破塑料袋，什么都没有。你忽然看见戈壁滩上的石头，很诡异地动，风能刮着石头满地走。我看到满地滚动的石头，瞬间就想起了唐代大诗人岑参写的，"轮台九月风夜吼，一川碎石大如斗，随风满地石乱走"。我这么写出来你可能没有感受，如果你在现场，现场的光线非常透明，虽然天已经黑了，但是能看得清清楚楚，没有沙尘暴、没有雾霾，什么都没有，就看着遍地石头诡异地滚动，不是像你想的咕噜咕噜跟个球似的，是咯噔咯噔一下一下那么滚着。

突然那司机踩了一脚刹车，当时我不明白他要干嘛，司机说我要下去一趟，旁边那人告诉我下去是非常危险的，因为你可能会被刮起来的石头击中。他下去干嘛去了呢？前面有个车上掉了一根钢筋，大概有个二三米长，他为了捡这根比手指头粗点的钢筋。下去以后那人就直不起来了，匍匐前进，抓着那根钢筋，拿上来以后就扔在卡车后面车厢里，我觉得这个人不要命了。司机跟我说，如果不尽快地通过这个风口，风力再加大，车迎风面的漆全会脱掉，因为风刮起来里面有小粒的沙子，你眼睛看不见，是金刚砂似的那种小石头子，能把这一面的漆全部打脱掉。司机说有的车误在风口里，等风过去以后，迎风面全部是没有漆的铁板，背风面还保留着漆，那车看着就很诡异。

古人的诗是写得好，你想想岑参说的，"风头如刀面如割"，那脸上确实就跟拿刀割一样的感受，我过了风口才敢下车。到了乌鲁木齐，还没有进城，城边上有个小百货店什么都卖，日用百货、蔬菜水果、服装等什么都有，我进去了以后，指着一条紫色的线裤，冻得说不出话来，然后在人家商店里把外裤脱掉，把那条紫色的线裤穿上，我这辈子就穿过那么一条古怪的裤子，然后再穿上自己的外裤，半天才缓过神来。这条裤子我在家里搁了20多年，每回看到这条裤子都会想起那段经历。后来有一年，我一个朋友到我们家，也是衣服穿少了走的时候特冷，我就把这条裤子送给他了，我说这裤子救过我一命，今天也救你一命，您就穿着走吧。后来隔了一段日子，我还想去他们家给要回来，因为我觉得那是一个纪念，后来想了想让人家觉得怪小气的就没要，但我今天想来想去，还是应该小气点把它要回来。

我从乌鲁木齐就奔北疆去了，北疆真的是漂亮，我们车开出去以后没多久过天山，车在南疆都是平面开，到了北疆就开始爬山。沿途经常可以看到画一样的松柏，说不出来是什么树，都是高山树种，针叶。开着开着突然看到一个湖，赛里木湖，有多漂亮我没法形容。过去的车没有现在的车好，车里越舒适你对外面的感受就越淡，如果你坐这个车里非常不舒适，你对外面的景色就非常关心。

按照书上一种很世俗的说法，赛里木湖叫璀璨的蓝宝石。我想了想也没什么词能超过这个词，真是一块璀璨的蓝宝石，它是新疆最大的高原湖泊，是个冷水湖。据说年平均温度只有7度，里头都是冷水鱼，冷水鱼长得很慢，所以冷水鱼的鱼肉都会很鲜。水有多干净呢？我们走到湖边下车，那水直接就能喝，我喝了一口，觉得水甜甜的。

赛里木湖今天已经成为旅游地了，要门票了，我现在也想不出来，那么宽阔的一个地方，它从哪开始要票呢？自然景观收费我不大理解，现在各地的自然景观，甭管大的小的，随便一圈就开始收费，票价还很昂贵。你到国外去，自然景观一般都不收费，收费的地方一定是人文景观，因为人文景观你有投入。自然景观是大自然赐予全人类的，你凭什么收钱？现在中国的这种自然景观的收费现象越来越严重，而且越来越贵。

我到伊犁的时候正赶上初秋，伊犁河在太阳下波光粼粼，特别的美，伊犁那种美拿语言说是说不出来的，就是光明显达的意思。以前的伊犁写伊列、伊里、伊丽，最早记载见于《汉书》，到了乾隆时期才正式定名为伊犁，犁跟土地息息相关，这个名字意味深长。我到了伊犁，感觉北疆跟南疆不同的是，北疆汉化比南疆普遍得多，我看见俩小伙子骑着摩托就过来了，那年月有辆摩托是非常牛的，20 世纪 80 年代初的时候，整个中国几乎没有私人汽车，有摩托已经不得了了。维吾尔族小伙"噌"就骑摩托到我跟前一停，一停就嘿我，嘿嘿，我一听他说话那个感觉，我就说你去过北京！然后那小伙子就说"我操"，完全来北京那一套。我问他在北京待了多久，他说待了好几年呐，然后问我伊犁去了吗？我说还没去呢，他说那我带你去吧，我看了半天那摩托就没敢坐。这摩托我坐过，太可怕了，人坐在上头是肉包铁，过 60 公里时速的时候，你就觉得特别恐惧，他们这一开就 100 公里时速，我坐这后头就吓死了，所以我就没敢坐，他们就走了，怎么走的呢？一加油，那个后轱辘使劲前轱辘离地走了，你想我要坐后头，那什么罪过。

从伊犁往西走是新源草原，新源这个名字本身就是个很新的名字，就新开发出来的草原，它的当地名字是"巩乃斯"。巩乃斯草原，据说本义是向太阳的意思，新源草原那个漂亮跟内蒙古不一样，内蒙古的草原一望无际，风吹草低见牛羊的感觉，但新源草原是远看有山近看有河有树，草原上偶尔会长起参天大树，有毡房。我们走到一个地方，已经是傍晚了，炊烟袅袅，你想图画有多漂亮，那个景就有多漂亮，我就说停车，我要下去拍照。我那时候是文艺男青年，喜欢拍照，拿着照相机下了车就冲着那个毡房走过去，远远看着一个妇女在干活，旁边趴着一个黑牛犊子，远处是山，太阳快下山了，光线都是斜的，有两棵巨大的塔松式的树，我现在都能回想起那个情景。

我拿着照相机，冲着那个毡房过去，还在那取景呢，突然从镜头里看见那个黑牛犊子就站起来了，同时伴随着一个巨大的声音在山谷中回响，我一看就愣了，这不是牛犊子是狗呀，你知道大狗，它的加速度没那么快，它一开始的动作在我眼睛里，看着像慢动作，先站起来然后开始往你这跑，还叫唤着，然后我就立刻转身往回跑，车上的人就这么喊我，别跑站那，越跑狗越追。这道理我全懂，但是我的决心和定力不能使我在那站住，我就拼了命的，按我心里想的速度，我觉得在狗追上我之前，我应该能跑回这车里，后面我都听到狗的喘息声了，这时候我已经到车跟前了，车门是开着的，他们还挺有眼力劲的，把车门开着，我

"嗖"地就上了车，一拉门，那狗就扑在这车门上了。

我一看那狗，脑袋很大个，你想想我自己站在那，跟它谈判有这可能吗？然后我们在车里不动，谁也不敢出来，然后毡房里的那个妇女就过来了，我指着她那狗，语言不通呀，意思让她牵回去。我跟她比划，指着狗嘴，再指着我的腿肚子，说它咬我，你得把它弄回去，这女的把这个狗呵斥了两声，狗就有点不大情愿地在旁边转悠，转悠我们也不敢下去呀，最后这个女的好不容易把狗给弄回去的时候，大家说咱是不是再过去照相，我说我有点不大敢，因为我看这女的管教这狗不那么严格，没有锁着。

我们继续前行，这一路景色非常多，架鹰的，今天只有在纪录片里能看到，放马的，一群马，伊犁马漂亮，马在慢坡上跟在草原上看感受是完全不同，万马奔腾。看到了草原上很多弯曲的小河，还有一些很肥的啮齿类的动物，不知道是什么，一会钻出来一个，在很近的距离看着你，眼睛萌萌的。

我们在伊犁、新源待了几天后有一个司机开着一辆很破的帆布棚子的北京吉普带着我们去了喀纳斯，北疆的最北处。我们今天都知道喀纳斯湖，也叫康那斯湖，那里有很多大红鱼，据说那鱼有好几十米长，我觉得都是以讹传讹，可能就是一种大型鲑鱼，估计能有个两三米都不得了了，但是在人的口中传得非常大，我那次去的时候没有看见。我记得那是9月份下旬了，天气开始变得很冷。现在这个时间去会碰到很多游客，那个时候没有人，你可能走一天都不会碰见人，后来我就打道回府。新疆是我们国家以省份而论最大的一块国土，这块国土对我们的国家，重要得不能再重要了。

观 复 秀

谈新疆一定要谈新疆白玉，图中是用和田白玉雕刻的马头。这个马头，两腮有明确的结构，小耳朵如斧劈，嘴唇是张开向上吹气，这种状态的马，理论上都是汉代的，汉马嘴唇都是吹气张开嘶鸣状，眼睛圆瞪，小耳如竹劈。去博物馆看的时候，一看马的嘴唇上翻不用问，基本上就是汉代的。

汉代，汉武帝时期对于马的需求非常大，因为马是最重要的战略物资，所以汉武帝派人到西域去找大宛马，就是汗血宝马。我们看到汉代文物里关于马的描述非常多，尤其西北出土的文物，比如我们知道的马踏飞燕，跟这马基本上是一个时期的风格，但这件马是明代的，明代仿汉代的马非常少，明代玉器马基本上都是那种马放南山的感觉。比如马是卧姿，很少有站姿。这件东西是干嘛用的呢？是应明代的某一个人的需求定制的，我估计他很喜欢汉马这种风格，做的一个杖首，所以它只有一个马头，它并不是个残件，就是一个杖首，这还有一个孔。新疆玉从汉代开始就通过各种途径大量进入内地，这玉路其中有很多时候是断开的，直到清代乾隆年间打通玉路以后，大量的新疆和田白

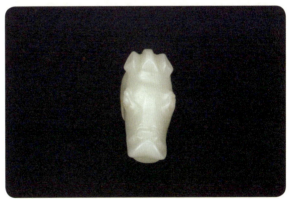

白玉马头杖首　明代

玉才进入了内地，所以我们到今天都对新疆白玉抱有极大的好奇和喜爱，一说白玉就是羊脂白。400 年前的明朝人对白玉也是非常喜爱的，但是明代的白玉并不多见，因为那时候跟新疆陆路不通。这块玉带有一块绺裂，从材料上讲是有缺陷的，可是在明代的时候有这样一块玉，能做成这样一个杖首，已经是非常不易的一件事情了，尤其把它做成汉代的造型，更是体现了一种文化上的追求。

内 蒙 古

我们国家有五个少数民族自治区，其中内蒙古自治区地理位置非常特殊，它是和中国其他省份相邻最多的省级行政区。

我们由北向西南方向说，黑、吉、辽一路下来，河北、山西、陕西．宁夏、甘肃，共与八个省相邻，北边与蒙古国和俄罗斯接壤。它跟两国八省相邻，东西跨度大，直线距离超过 2400 公里，南北跨度大约 1700 公里，如果我们从黑龙江穿过内蒙古到甘肃，走陆路开车，估计得开好几天。内蒙古全区的面积是 118 万平方公里，占国土面积的 12% 还多，除了汉族，主要有蒙古族、满族、回族、达斡尔族、鄂温克族等多个少数民族。内蒙古自治区成立于 1947 年，在我们国家的五个自治区中设立得最早。

我们首先对内蒙古有个大致了解，内蒙古是亚洲大陆中部一个水草和沙漠遍布的草原地区的一个泛称。我们一般都认为，内蒙古就是草原，新疆就是沙漠，都是这个感觉。其实内蒙古也有沙漠，比如腾格里沙漠，我年轻的时候去内蒙古看见的风光都是草原，因为不会奔着沙漠去，人家请你去就是看草原，但是今天草原破坏得很厉害，我们在电视片中都可以看到。

内蒙古有一段很震撼的历史。1206 年成吉思汗建立了大蒙古国，他建立大蒙古国的概念，就是一路西行，整个拿下这个世界，蒙古人向西的扩张，我们读历史的时候都应该知道，到了 1271 年，蒙古帝国的一个黄金时期，成吉思汗的孙子忽必烈，在中国地区建立了大元帝国，取的意思是大哉乾元，在一个叫刘秉忠的汉人的规划下，定都北京，当时称之为大都。所以北京今天留下了很多元朝的遗址，比如白塔寺。

忽必烈改蒙古国为元朝的目的就是要借力中华文化，我们都很清楚这一点，中华文化非常强大，我们这脑袋特别好使，由于中华各民族都在使用这个文化，大家都逐渐地熟知习惯，所以在历史上，一旦其他民族统治这个国家的时候，一定要向汉族文化靠拢。比如清朝，满族人一直向汉族文化靠拢，200 多年以后很多满族人对满族文化，反而不如对汉族文化熟知。

元朝定都北京以后，就确立了它在中国的地位，所以我们今天称那个朝代为元朝。蒙古族由于生活习惯，导致它的定居意识不强，但对占领疆域非常有兴趣，所以不停地扩张，但忽略了建设，所以享国时间就比较短，以成吉思汗建立蒙古国算起，到元朝灭亡是 162 年，以忽必烈定都北京算起，只有 97 年。元朝以后又退回草原，史称"北元"。北元过去在我们史书上，基本上不怎么提，蒙古族和汉族冲突的这段历史，对明朝人是刻骨铭心的，所以就不提北元。

明清时期蒙古地区，一直是分分合合。明代的时候它分为鞑靼、瓦剌、兀良哈三部。清代的时候按地理位置，漠南蒙古是察哈尔蒙古，漠西蒙古是准噶尔蒙古，漠北蒙古是喀尔喀蒙古，漠南和漠北蒙古在康熙年间，归附了大清。漠西蒙古，在乾隆二十二年被大清政府平定。1911 年辛亥革命以后，蒙古中部发生了分裂，其中有一部分亲俄，主张独立，也有主张留在中华民国之内，这个事情反复了多次，最终有一部分在 1944 年并入了苏联，有一部分就成立了今天的蒙古国，也就是漠北蒙古。剩下这一部分就是我们国家的内蒙古，也就是清代的漠南蒙古。内蒙古在民国的统治下，行政省分得比较多，兴安省、热河省、察哈尔省、绥远省、宁夏省，这一路由东北方向西北方迈进，直到 1947 年设立了内蒙古自治区。

元代，蒙古族跟汉族融合得非常好，比如我们知道的文学形式，唐诗、宋词、元曲。唐诗大量表现它的精神境界，而宋词就开始出现情节，到了元曲就非常的世俗化，连剧情都出现了，有的元曲是在完整地讲一个故事。由于元朝的世俗文化非常普及，不光有元曲，还有元杂剧。我们的四大名著中，除《红楼梦》以外，《西游记》《三国演义》《水浒传》，都在元末明初逐渐成型。我们的瓷器，在元以前基本上都是以颜色作为表现形式。景德镇的瓷，影青是带有幽幽的蓝色，越窑是绿色，定窑是白色，都是以颜色作为最主要的表现手段，尽管宋代磁州窑已经有了绘画，但它不是主流。

到了元代，元青花异军突起，占领了中国陶瓷的半壁江山，它曾经是全部江山，曾经有一段时间，彩瓷占的比例非常低，到了清代以后由于西方的文化进来，我们的彩瓷比例才逐渐升高。

北京留下了很多元代的文化痕迹，比如"胡同"一词，一说是蒙古话，是水井的意思。因为过去北京的每一条胡同里都有水井，这个不是很久远的事情，我这个年龄的人，小时候胡同里都还有井，很多人都从井里提水。比如海子，北京的湖泊经常叫海，它就源于蒙古文化的"海子"，我们大家都熟知的中南海，实际上应该叫南海，南海、中海、北海、前海、后海、什刹海，它都是海子，就是湖泊，这都是跟蒙古文化有关联的。

最显眼的证据是北京的白塔，北京有俩白塔，一个是妙应寺的白塔，就是我们俗称的白塔寺。另一个就是北海公园的白塔，这俩白塔中间隔着一个明朝，北海公园的白塔，是建于清初顺治年间，而妙应寺的白塔，是元朝建设的。忽必烈下令，由尼泊尔的工匠阿尼哥主持，盖了这座白塔，经过 8 年的设计和施工，体量非常大，据说是今天中国现有的、最早的、规模最大的喇嘛塔，当年白塔里还陈设了很多佛像，比如有真人等身大小的鎏金佛像，我都见过，"文革"的时候被挪走，差一点被化了铜。我小时候，两个白塔之间是非常容易相互观望的，今天由于建设了很多楼，有遮挡，基本上看不见了。小时候从白塔寺这个白塔，看到北海的那个白塔，感受是不一样的，觉得北海的白塔地势更高一点，白塔寺的白塔体量更大一些。我在出版社当编辑的时候，每天早晨上班由西向东，要经过这两个白塔，今天回想起来真的恍如隔世。

元朝灭了以后，尤其瓦剌军又把正统皇帝给掳了去，明朝一直对北元存有极强的戒心。

到了清朝，满族跟蒙古族比较容易沟通，清朝的皇帝跟蒙古一直示好，现在北京还保留了一些建筑。故宫的东北面有嵩祝寺和智珠寺，还有法渊寺并称嵩祝三大寺。

嵩祝寺是清朝雍正年间开始为蒙古的活佛章嘉呼克图所建。智珠寺建于乾隆年间，比嵩祝寺要晚一些，它有很多建筑构建，包括藻井，都是当年的文物，前些年还没修缮的时候我去看过，现在修缮得非常漂亮。

蒙古在清朝时，还是跟中央政府保持了一个良好的关系。蒙古族是个非常豪放的民族，能歌善舞，这是地域决定的，过去说这是一个音乐民族、诗歌民族，它有一些很独特的表现方式，比如它的长调、呼麦、马头琴，这些都被列为非物质文化遗产，如果你把心理调整得很好，听长调的时候你会热泪盈眶，它的节奏悠长，不像黑人的 RAP，拼了命地说，长调是惜字如金，这一个字且唱呢，是长长的拖音，所以叫长调，唱起来非常奔放，据评论家说唱起来豪放不羁，一泻千里。它主要表现内容都是草原骏马，骆驼牛羊，蓝天白云，江河湖泊，都是那种大场景，讴歌生命，述说爱情，那种蒙古民族发自内心的一种感受。

还有一种表现形式是呼麦，有一年一个朋友叫我，说我带你去参加一个特好玩的事儿，我说什么事儿，他说有人唱呼麦，我们去听听，然后我就说什么是呼麦啊？不懂啊，他说我也不懂，去看看就懂了，我们就去了。那是一家餐厅，当时我们下午 4 点多钟去，还没有人，看见几个蒙古族歌手，朋友说就是他们一会唱呼麦，我就不知道呼麦是什么意思，我一开始以为拿一麦克风怎么在那上面呼麦呢，闹了半天是从胸腔里发出一种声音。因为我不是搞音乐的，我的耳朵也没那么灵，据说一个人同时能出两个声部，所以我觉得特新鲜。

他唱的时候，我就听见他喉咙里咕噜咕噜开始出声，按照音乐评论家形容，说高音的时候，高如登苍穹之巅，低如下瀚海之底，宽如大地之边，就是它的音域高低宽广。我听的时候汗毛都立起来了，当时蒙古族的歌手，给你唱歌那叫认真，他不因为你就俩人他不给你认真唱，旁边还有人拉着马头琴，马头琴低沉悠扬。

我曾见过马头琴的齐奏，大概有几十个琴师，全是两腿叉开了，那么拉奏着，特别热血沸腾。我小时候就喜欢蒙古歌，因为蒙古歌除了叙事，很大程度上，就是它那个调子，你容易跟得上，能够学。现在的歌我们都不行，现在的歌那音乐都太复杂，好像也不太想让你唱，他只想让你听，像我们这种人，也就没机会听了。

比如我会唱一首歌，这歌是我小时候会的，所以到现在还能哼两句，叫《嘎达梅林》。《嘎达梅林》是蒙古族的一个长篇叙事民歌，它说的是蒙古的东部哲里木盟有一个蒙古族英雄嘎达梅林，嘎达是英雄的名字，梅林是很小的一个官位，他曾率领百姓反抗反动军阀。全诗很长，据说唱的就是中间很小的一段儿：南方飞来的小鸿雁啊，不落长江不呀不起飞，要说起义的嘎达梅林，是为了蒙古人民的土地。

我二十几岁的时候，因为做文学编辑，内蒙古有很多作者，我们去内蒙古人家招待我们，去的时候不知利害，年轻，能吃能喝，什么都敢。去了蒙古包里，额吉请你喝马奶酒，你可以不喝，但是你要开始喝就必须喝醉，不喝醉你过不去。我不知道那个厉害，拿这么大的碗一碗下去，感觉味道很不错，额吉马上又给你一碗，如果你不接的话，她就跪在你面前唱歌，非得让你喝，那天是什么结局呢？所有喝酒的人，第一个醒来的人是第二天晚上。谁喝多了，拉着你直接就出去，夏天往草地上一扔，然后屋里剩下的人还喝，谁喝多了拉出去醒酒去，这就是内蒙古人的一种性格。

　　马奶酒是蒙古族特有的一种饮料，据说它有驱寒舒筋、活血健胃等各种功效，被称为"元玉浆"，是蒙古八珍之一，过去是元朝宫廷、蒙古贵族享用的主要饮料。明朝有个人叫萧大亨，他写过《北虏风俗》，就提到过马奶酒的六蒸六酿，他说马奶酒经过六蒸六酿，出来就宛如清水方为上品。可我当年喝的那个确实不是清的，和奶一样是不透明的。蒙古族传统的酿酒方式酿出来的马奶酒酒力不大，度数不高，但是反复蒸酿，就一次比一次酒度高，据说最后六蒸六酿以后，可达到近30度，那就非常高了，我们现在的低度酒都是三四十度。马奶酒最初酿造出来的那种，喝起来非常容易入口，酒精度就三四度，跟啤酒差不多，你看我们啤酒上老写12度，那12度不是酒精度，是麦芽汁的比例，啤酒的酒精度一般都在三四度，据说德国比较高的达到五六度，甚至达到9度，一般来说四瓶啤酒下去相当于小半斤白酒了，所以喝啤酒依然会醉，喝马奶酒肯定也会醉，只不过它醉的速度特别慢，我记得喝了很多以后感觉就不行了，就开始晕晕乎乎，最后就扛不住不省人事了，不省人事就达到主人目的了。你到内蒙古喝酒的时候一定要知道这个过程，尤其跟额吉老奶奶去喝酒，她要敬你酒，你不好意思不喝的，所以一定要以醉作为喝酒的结束。

　　我们去草原最感兴趣的其实是蒙古马，因为比较高大的马，我们都不太敢骑，就敢骑蒙古马。蒙古马都比较矮小，而且特别温顺，就觉得这马能随便骑，所以我去内蒙古的时候觉得在草原上骑马是很舒服的，尤其草原上地都没那么硬，所以它不颠。蒙古马是在中国三大名马里最有耐力的，我前两年还看过草原的一个马的比赛，所有的洋马，不管是多么牛的马，最后都输在长途跋涉中，好像是跑100多公里，一开始跑在前面的马，最后都没有跑过蒙古马。

所以蒙古大军当年摧枯拉朽一路西行，占了马很大的便宜。首先是蒙古马的耐力好，同时耐粗食什么都吃，然后蒙古大军当时有极好的军事制度，一人四马，马得以歇，人不得以歇，可以日夜兼程，当时欧洲人算蒙古大军的速度，永远算不过来，就说他怎么永远比算的快那么多呢，就是因为歇马不歇人这制度。蒙古大军的马更多的是母马，母马可以有马奶，就保证了营养的供给，减轻了军队对食物的依赖，所以军队的机动性就非常强。

我们去内蒙古的时候，骑上马在草原上走一圈感觉非常好，虽然从那照片上看起来不够神气，但是从耐力上讲，我们的蒙古马为当年的蒙古人立下过汗马功劳，可惜的是今天草原上的人都骑摩托了。

观　复　秀

下页图中这组餐具，画得有点特别，中间是一朵莲花。莲花与宗教有关，背面是佛家的七珍，勺里画得也很漂亮，中间画的十字宝杵。道光皇帝有一个女儿下嫁到蒙古，这是当时为她陪嫁

粉彩八仙纹小碗配一勺　清·道光

粉彩七珍八宝纹盘一对　清·道光

粉彩七珍八宝纹小碟一对　清·道光

特意烧造的这样一组带有蒙汉风格的瓷器。这个瓷器很有意思，尽管传统汉族文化中也有七珍八宝，但是它的颜色和布局明显有所不同。道光以后咸丰乃至清朝末年也有很多，当时不叫仿制，没有作伪的意图，只是追摹前朝。所以在内蒙古地区，这种东西在历史上还算比较常见。清代瓷器上经常有七珍八宝，七珍是个俗称，它应该叫七政宝，有金轮宝、主藏宝、白象宝、胜马宝、玉女宝、大臣宝、将军宝，这就是七珍。八宝也是个俗称，全称是"轮螺伞盖花罐鱼长"，轮就是法轮，螺就是法螺，伞是宝伞，盖是华盖，花是莲花，罐是宝瓶，鱼是双鱼，长是盘长。七珍八宝是因为清代佛教兴盛，所以在瓷器上大量的画有这种纹饰，图中餐具画得非常细，可以想见当年的公主拿到这个餐具的时候，还是很怀念家乡的。

利 兵 器

　　人类最初的聪明才智和财富，都用于战争，因为战争是政治表现的最高形式，是人类竞争最强有力的手段，所有的文明推进，都是由这种最高形式的竞争产生的。我们人类冲突的开始不能叫战争，早期的人类，宗族、民族、国家等概念都没有形成，当时只是简单的人类冲突，某一次小小的冲突会逐渐演化成未来的大的冲突，当宗族、民族、国家等概念形成的时候，战争就开始变得很多。

　　最初的竞争只跟自己的利益相关，比如为了食物，看《动物世界》你可以看得很清楚，为了捕获的一块食物，所有的动物互相之间抢食，表示谁都应该先拥有吃的能力，跟人类没有区别，形成了一种竞争关系，这种竞争关系，跟人类的自身是有直接关系的。当宗族、民族观念形成之后，尤其当国家观念形成以后，大型的人类战争，跟个体的自身利益可能就无关了。

战争的发展史，严格说也是一部兵器的发展史。我们讲古代兵器，分三讲，第一讲利兵器，第二讲钝兵器，第三讲利钝兼修的兵器。

兵器发展全世界都一样，一定要经过四个阶段，第一个阶段，是原始的阶段，这个阶段叫石器时代。当时的兵器更多的是石头的，或者是木质的，当人类文明发展到一定程度的时候，就到了青铜器时代。接着进入铁器时代，人类的竞争就变得非常激烈，所以铠甲盛行。到了火器时代，战争就变成另外一个样子，可惜，中国人没有抓住火器时代发展的机遇。我们宋代四大发明中，有一个发明叫火药。鲁迅先生说，中国人发明的火药都用来放炮仗。

有文字记载的这3000多年的历史中，兵器都是以利兵器为主，我们都知道十八般兵器当中，至少有一半以上都是利兵器，刀、枪、剑、戟、斧、钺、钩、叉，镋、棍、槊、棒、鞭、锏、锤、挝，拐子、流星锤。十八般兵器，利兵器占了主要的部分，剩下的是钝兵器和利钝兼修的兵器，还有一些是软兵器，比如流星锤。我们兵器中还有一种特别独特的兵器，是发射的兵器，比如弓、箭、弩。

　　兵器以出土实物而论，最早出现的手执兵器是剑，西周时期就应该有了，到了东周就非常盛行，春秋时期非常普遍。我们能看到的实物，比如越王勾践剑，1965 年湖北省荆州楚墓中出土，可以看出当时的冶炼技术非常成熟，这剑大约有长 55 公分，带柄，宽不到 5 公分，柄长就是手握，8 点几公分，它的精确重量是 875 克，在近剑格处有两行八个字，叫"越王勾践，自作用剑"，就是自己做的。越王勾践剑后来又出土了几把，有的流散到国外去了。我记得好多年前，上海博物馆还买回一把，后来发现北京地摊上也有，前后我估计得有上千把了。

　　我们的剑跟西方的剑有什么不同呢？西方最初也有硬剑，但盛行的是软剑，西方人喜欢决斗，决斗都是软剑，软剑是可以颤抖的，我们今天看的花剑、重剑，体育的这种格斗，都是由软剑而产生的。你们想啊，如果用我们的青铜，这么短，这么硬，一点弹性都没有，这要是来回斗觉得很可笑，而软剑它本身就有颤抖，所以你看到的这种决斗就显得非常精彩，人就变得非常灵活。我们也有软剑，比如龙泉剑，我在 30 年前去龙泉的时候，还买过一把，前两天还偶然看到，搁在那一层尘土，当时觉得很不错的一把剑，今天看来不算太高级。剑在兵器中相对比较短，由于青铜剑的物理性质所限制，性脆，比较容易折，所以要求剑面相对比较宽，你看越王勾践剑，为了使它更加结实不易折断，中间起脊，使中间变得非常厚，两面有刃。刀与剑有一个本质的不同，就是剑是双刃，刀是单刃，所以剑就决定了它的方向，虽然有砍杀功能，但是早期的青铜剑，轻易不做砍杀，防止它折断。我们早期的剑偏短是其物理性决定的，所以有鱼肠剑，剑身小巧能藏在鱼腹之中。再有大家熟知的故事，荆轲刺秦王，图穷匕见，嬴政当时一看荆轲，拿出了匕首向他冲过来的时候，嬴政还去抽自己身上的剑，由于剑太长，一时没抽出来，所以剑长了非常不方便，我们不要以为兵器越长越好，剑，尤其早期的青铜剑，如果偏长，你就要担心它在使用当中易折断。

剑在中国有极强的文化色彩，我们对剑斗充满了好感，比如余光中先生的《寻李白》一诗中就写过："酒入豪肠，七分酿成了月光，余下的三分啸成剑气，绣口一吐就半个盛唐。"这诗多少有点酸，但表明了我们对剑的尊重。比如成语中，剑胆琴心，说的是既有侠骨又有柔情。与剑相关的其他成语，尚方宝剑、铸剑为犁、十年磨一剑。剑代表了一种英气，比如我们形容男子，两道剑眉。剑和刀相比，剑一定要有脊，所以家具中有一个很重要的词叫"剑脊棱"，就是中间要鼓起来。

剑只有短柄没有长柄，为什么呢？因为剑是单手所执，不可以双手执，双手一定是执刀，所以刀就有短柄的，有长柄的，甚至有加长柄的。比如朴刀，要求就是双手执刀，连腰的力量都使上。比如大长刀，执刀时两手之间有间距，但剑肯定是不行的。刀与剑相比，刀的等级就低，跟刀有关的成语有笑里藏刀、心如刀割、一刀两断、借刀杀人、两面三刀，这几个全是负面情绪，唯一好一点的就是刀子嘴豆腐心。跟刀相关的词汇也有比较好的，比如宝刀不老、为兄弟两肋插刀、路见不平拔刀相助。

在剑和刀之间过渡的过程中有两个节点，第一个节点是冶铁业的发达，当铁出现的时候，它有了极强的韧性，比铜器韧性强很多，所以刀开始出现；第二个节点是骑马打仗，在马上剑不如刀，因为剑只有单一动作就是刺，在马上高速行进当中，非常不容易刺得准确，刀能砍杀，砍杀是指一个弧面，所以刀的使用就比剑开始增多。从某种意义上讲，剑在汉代以后，逐渐形成了中国人的一个精神象征，代表一种身份，一种高贵的身份，刀就变成一种实用的兵器。

我们说起刀，应该讲讲世界三大名刀，第一大马士革刀，是用乌兹钢制造的，它上面的花纹漂亮异常。如果你第一次看到大马士革刀，你对它那个花纹一定感到惊奇。我记得在《都嘟》节目中切西瓜的时候，我就用的大马士革刀，那是我在德国买的，用大马士革刀的工艺做的，上面布满了花纹，行云流水，这种花纹是在铸造当中反复锻造形成的。大马士革刀的钢非常好，刀刃非常锋利，只有使用它的时候你才能感受到，那个刀非常的轻快。

再有是马来刀，马来刀是以弯刀为主，钢面相对来说比较粗糙，反复淬火以后，反复锤打，据说一道工序要做 500 次以上，所以它的钢就有夹层，这个刀就变得非常锋利，有极强的韧性。

再有就是日本刀，由中国的唐刀逐渐演化而来，日本人对刀的那种工匠精神，超出了我们一般的想象，中国刀后来变得非常的实用，追求能用就行了，日本刀在 1000 多年以来，一直追求工艺精良，又提倡武士精神，所以日本刀就越做越精良。今天如果有机会到日本，或者到欧洲去，都可以看到日本刀，非常的锋利铮亮。

明朝抗倭的时候，明军的刀质量不太好，跟日本刀没法抗衡。直到戚继光缴获日本刀，看到人家的刀以后，才知道我们的兵器已经落下了很大的一截。我们跟人家有什么区别呢？世界三大名刀，中国人特别愿意凑四，比如说四大美人、四大名胜、四大名山、四大名池，什么都是四大，那刀怎么就不凑成四大呢？就说世界四大名刀包括中国刀吧，中国刀真的就不成，所以我们就凑不上四大名刀。

为什么不成？我们讲讲刀与刀之间的不同。有个电影叫《绣春刀》，讲的就是明朝年间锦衣卫的事，我看电影的时候很注重他们持刀的形式，包括他们所持的刀，从某种意义上讲，今天的电影是美化了我们过去的刀，我们的演员也下了很大的功夫，尽可能地使自己的表演更加专业。但我也看过很多日本电影，日本电影一涉及刀，就显得比我们专业。有这样一个故事，日本刀客和中国刀客比武，两人都是绝顶高手，两个人持刀相向，开始拔刀，我们的理念要一刀毙敌，日本人的理念，是我一刀只要伤着你我就算赢了，所以双方一拔刀，我们脸上"噌"就挨了一刀，就请教说"何因"，日本刀客就说我无势，什么叫无势呢？我不做出强烈的进攻姿势，出手就是一刀，而我们愿意做出一个姿势，要把势做足，比如中国人特别喜欢亮剑，亮剑就是要做出一个势来，人家出手就是一刀。

中国刀客说我们再来，两个人拔刀相向，我们又挨一刀，又请教说"何因"，日本刀客说我刀短。我们老说，一寸长一寸强，一寸短一寸险，我们俩的技法如果相同的话，我抽出来刀鞘的时间短，所以我就早出鞘，你就必然挨我一刀，刀长在这块不是优势。

好，那再来比一次，拔刀相向又挨一刀，再次请教说"何因"，日本刀客就说我刀弯，你知道中国刀，唐刀都是直刀，我在东京国立博物馆中，看到中国的唐刀展览，唐刀是直的，日本刀是弯的，带弧线的。直刀和弯刀之间，弯刀顺势就来了，而直刀拔出来以后还要改变方向，所以你就慢了。

我们再来，拔刀相向，脸上又是一刀，说"何因"，日本刀客说我刀轻。你看我们都讲究重刀、朴刀、双手执刀，抡圆了把你一刀砍成两截，这是想法，人不动，你抡圆了是一刀能砍成两截，但是如果对方也是一个刀客，你就没那么容易。你如果想一刀把人家砍成两截，你的姿势就要做大，你的刀就要重，但你的速度就慢，所以日本人讲究轻刀快马，刀轻，所以动作就快，我刀比你轻，我们俩的力量相同的话，我一定比你快，这就跟我们的汽车一样，同样的汽车为什么要减重呢？减重就是让它在同样的动力下速度快。

我们再来，出手又挨一刀，又请教说"何因"，日本刀客说我刀快。我们这刀客不大服气，说何以证明你刀快，咱俩比比看谁刀快，咱们断物，找一截木头来，咱们同时砍看谁快，日本刀客说这不叫快，这叫力气大。如果你要想比试刀快，我们就要把刀插在溪流中，上游扔一把水草，水草到刀这一分为二，这叫刀快。于是，我们的刀客把刀插在溪水里，上游扔一把水草，水草顺流而下到刀那，一分为二，过刀。日本刀客说，你看我的，把刀插在溪水里，上游扔一把水草，水流过来的时候，水草到这，挂住了，我们刀客说，你看，明明是我的刀快吧？日本刀客说，刀快此时不是最重要的，重要的是它要听话，说，过。这水草就过去了，就这一丁点震动，就能使它非常听话的一分为二。这就是日本的兵器思想，无势是一层，刀短是一层，刀弯是一层，刀轻是一层，刀快是一层，刀听话是另外一层，我们在每一次想法中都低于他们，所以我们吃亏。

世界三大名刀，没有中国刀，为什么没有中国刀？是文化原因决定的。我们有一句话，几乎每个中国人都知道，就是这句话毁了我们的中国刀，这句话叫"好钢用在刀刃上"。

观 复 秀

我们正常出刀，按照中国人的习惯，是要有一个回势，拔出以后砍杀，这个动作就慢了，如果无势的话，直接出鞘就冲方向去了。日本刀客反手拿刀，我们是正手的，什么叫正手和反手？正手是抽刀的时候是刀刃在刀鞘里划，日本人反手拿刀是刀背在刀鞘里划，而刀刃永远不会跟刀鞘产生摩擦。反手出刀，顺势就

小腰刀　清代

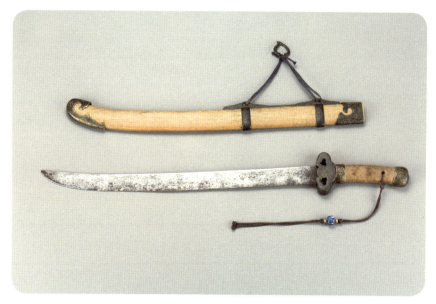

是一刀，刀有弧线的时候出来就是一刀，如果直刀的时候，你必须要拉出来改变方向，你的动作就会慢。

前图中是清代清兵护身用的小腰刀，打仗是不经用的，太短了，我们说刀短有时候占便宜，只是在某种情况下，两人相遇的时候，如果两个人的刀法都差不多，那么刀短一定会占便宜。刀上有个格，护手的，一旦对方砍过来砍到这个位置，它可以保你这只手不受伤。不是每个刀都有格的，比如有些水兵用的水刀就可能没有，因为一旦入水会产生阻力，所以每个刀都有每个刀的功能和道理存在。水刀的格非常圆润，刀型往往都是梭刀状，所谓梭刀是比较直，不会太长，跟梭子一样。

刀在中国历史上是最主要的冷兵器，我们至少从汉以后，一直到清代，佩刀是士兵最基本的配置，每个士兵都要配一把腰刀，腰刀有长有短，从质量上讲这把刀没有什么锻打的波纹，你拿手摸刃的时候你就知道，这个钢不是很好。而日本刀如果开刃以后这么拿着，是非常危险的，你轻碰就会割伤。一个兵器的质量最重要的是内在的，不是你看着它有多漂亮，而是在制作当中，融进了多少心血。中古时代以后，跟中国人最为密切的利兵器就是刀了，当然还有枪、矛。枪、矛是长兵器，刀是短兵器，作为最贴身的武器，这把刀融进了很多中国人的智慧。

钝 兵 器

钝兵器相较于利兵器，首先不注重外形，利兵器一定要有杀气，而钝兵器一定不让你看见杀气。

一外行人跟一内行人马上打起来了，外行人一定先冲着利兵器去，利兵器有杀气壮胆，拿着刀剑能吓唬对方，但内行人一定选用钝兵器。钝兵器是以力伤人，不以刃伤人，以力伤人会造成内伤，任何正常人经不住一锤，只一锤不论打在你身上哪个地方，打脑袋上就不用想了，打胳膊上胳膊折，打腿上腿折，打脚面上脚碎，你就丧失战斗力了。而刀剑，有的人杀得肠子都出来了，依然有战斗力，还有一股气顶着，但造成内伤以后这个气就泄了。

锤出现远比刀剑晚，为什么晚呢？是因为最初人类对这种钝兵器没有认知，锤为什么出现呢？我们猜想是因为马战。我们老看电影电视剧骑马打仗，马仗由马车到骑马打仗，走过了一个漫长的过程，当骑马可以打仗的时候，利兵器有时候不起作用，利兵器对动物的杀伤是有限度的，比如你一刀砍在马身上，马虽然很疼，但是不减战斗力。再看西班牙斗牛，一开始骑着戴着铠甲的马的斗牛士，出来刺它两下，不停折腾那牛，那牛满身鲜血，只要不通过脊椎刺中它的心脏，它就没事。但钝兵器不行，钝兵器击打的力度，超出我们一般人的想象，《魏书》上有这样一个记载，叫"人马逼战，刀不如棒"。逼是指很近，逼近，就是人马在打仗的时候，刀还不如棒子呢，一棍棒打下去，这个力度非常大。我们看齐国的车马坑，马的头骨上全有一个塌陷，几十匹马整齐地躺在那儿，如果用刀来使马毙命的话，非常困难，一刀没法让它毙命，除非你扎住它的中枢神经，要不然你就刺中它的心脏，所以拿锤，一锤打在脑门上，这马轰隆一下就放平。

我们对锤的印象，大部分来自连环画，就是小人书，来自京剧的《八大锤》，我小时候对锤的印象，都是人脑袋这么大的，京剧演员拿着大锤，还来回扔，后来现实中看到那个锤觉得不可思议，最小的锤比鸭蛋还小点，大一点的也就鹅蛋那么大。《八大锤》这算一出名戏，有岳云、何元庆、严成方、狄雷四大将，每个人都手执双锤，为什么要执双锤呢？首先锤短，如果你使单锤，在马上你就更没有力量，失重不平衡，所以一定是双锤。现在有明清时期的锤，我抡过，四十几岁的时候抡的，抡不了几下，这胳膊就抬不起来了。假如这个锤的直径是二十五六公分，人脑袋这么大，重量大约八十公斤，一百六十斤，跟我的体重差不多，你想我这个体重，我再自个儿拎着，你想想这锤首先是你抡不起来，如果你抡起来，你还就停不下来，你就被这锤拽着走了，所以戏剧上的锤都是艺术的夸张，事实上不可能那么大、那么沉。

钝兵器还有棍，我们比较熟的故事是"十三棍僧救唐王"，这十三棍僧，都是手持棍子，棍子有什么好处呢？平时不具杀气。棍与棒之间是有区别的，那我们怎么分出？铠槊棍棒鞭戬锤挝，十八般兵器里棍棒是分开的，一般情况，齐眉的叫棍，齐胸的为棒，棒比棍短，理论上是这样。不过有一个非常有名的东西，它是个棒但是比棍长，就是金箍棒。

棒有时候会有附加物，比如大家熟悉的，狼牙棒，上面附有狼牙。狼牙棒在击打的时候，就类似于锤，但是上面还有牙状的突起，打起来就是皮开肉绽。棒和棍之间还有一个区别，棒一般是握一头，跟锤一样，用另一头击打。而棍就变化多端，使棍非常难，一般情况下是拿中间这一段，也可以临时地加长，拿到另一端，只要能够拿得住，能够使用它，依然有杀伤力，它可以捅，棒子短了以后就不捅了，就是打，棍能够横扫一大片。但是棍和棒一般都不砸，什么叫砸呢？就是由上往下来，尽管我们今天武术中，可以看到这个动作，但是在实战中一般不用砸，因为棍棒一般都是木质的，如果过力的砸，它会折断，折断对你就不利。

棍棒，都属于比较温和的兵器，既不动金属，又没有刃，平时可以作为工具。比如说重庆是山城，一般的交通工具不好用，所以有随处可见的棒棒军，帮你挑重物，因为这棒子随身可以带。比如武松打虎，大家都知道他有根哨棒，哨棒是指棍棒，抡圆了的时候，它会呼呼带声如哨一般，所以叫哨棒。

过去人出行的时候经常带一个棍，带一根绳，所有的问题都解决了，你看我们的棒棒军就是一个比较粗的竹竿，带一捆绳子。古时候人出行不像我们今天，有行李车，有行李箱带轱辘的，什么东西都装里头，拎着就走，古时候没有，带一个棍子，拿根绳，东西一捆拎着就走了，遇到紧急情况，棍和棒可以间或兵器，当然这东西作为兵器也不是那么容易掌握的。

我们还有温和的兵器，尺。我们说的十八般兵器里没有尺，尺是干嘛用的呢？护身。为什么护身不用刀剑呢？很简单，刀剑要出鞘，出鞘就需要时间，也许就这半秒钟，就误了杀机，引来杀身之祸，所以护身的东西一般不带鞘，随时可以出手。于是就出现了尺。尺有两种，带一个叉型的东西叫叉尺，不带的就是尺。尺怎么护身呢？平时这东西随身带，没有刃，所以不显得厉害，大家对它心理上也可以接受，如果把它插在袖子里这么拿

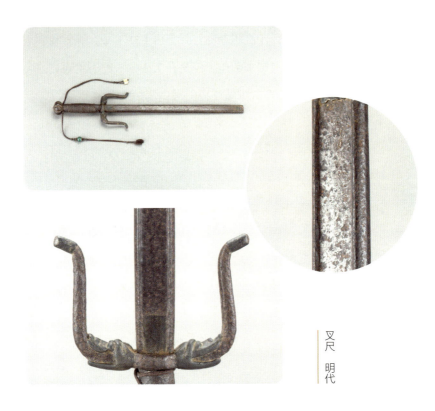

叉尺　明代

着，第一它不会伤到自己，第二在紧急情况，比如别人砍来的时候，我可以护着，出手时击打依然是有力度的。它虽然不如锤不如鞭，但是作为护身足矣。过去有人独行在外，晚上住在小店里，这个东西就搁在枕头下面，紧急情况迅速可以使用，这就是尺的功能。尺在十八般兵器里，没有占一席之地，它不是作为主要的击打兵器，主要是为了防身。

钝兵器中最重要的一个是鞭，鞭有两种，一种是我们观念中的软鞭，过去看赶马车的长鞭，骑马的马鞭，这都是软鞭。鞭这个字里有个革，最初它是皮革的。再有就是硬鞭，硬鞭就是兵器，最有名的跟鞭有关的故事，就是"尉迟恭单鞭救主"，这个故事在《旧唐书·尉迟敬德传》中就有记载，当时王世充领他的数万骑兵，直接就扑李世民去了，他底下有一员骁勇善战的大将叫单雄信，此人杀伤力巨大，尉迟恭一看觉得不得了了，跃马大呼，横刺使单雄信坠马，这就是史书上的一个记载，被后世不断地演义。比如清代的长篇小说《说唐全传》中就有这段演义，是这么描写的，尉迟恭正在河中洗马，听到呼救，人不披甲，马不备鞍，赤裸上身，跨上乌骓马，手提竹节钢鞭，直奔御果园救驾，单雄信抵挡不住，弃槊而逃。尉迟恭应该是双鞭，为什么说尉迟恭单鞭救主呢？单鞭显示了他的勇气和高超的技法，钝兵器一般都必须双手执，保持平衡，钝兵器比利兵器要重很多，这个鞭就很重，比你想象的重。

再有是呼延灼执鞭，呼延灼是《水浒传》中的人物，宋朝开国名将铁鞭王呼延赞的嫡派子孙，他武艺高强，骁勇善战，有万夫不当之勇。他使的是什么鞭呢？书上叫水磨八棱钢鞭，你知道带棱的鞭，击打力度更大，梁山排座次，呼延灼坐了第八把交椅，号称"天威星"。

我们都对"十三棍僧救唐王"的故事比较熟，这些年演少林寺的影视剧中经常有十三棍僧。隋末唐初，隋将王世充拥兵东都称帝，国号为郑，那时候天下大乱，谁都可以出来称个帝，并命其侄王仁则为大将军，在白骨庄设重兵建城池，阻挡秦王李世民。

　　高祖李渊有四个儿子，长子李建成，次子就是李世民，唐武德三年，也就是公元620年，统帅主路军马，前去征讨王世充，李世民初战告败。这时候驻守白骨庄的少林十三武僧，不满王仁则侵占少林寺的封地，说来说去这是一个由私心变公心的事儿，就是你们来占了我少林寺的封地，所以武僧们要率众以拒伪师，他是伪军不是正统的，这十三棍僧就不认这个王仁则，夜间就攻入了大营，生擒了王仁则，然后献于李世民，为秦王统一全国立下汗马功劳。

　　棍还有一个好处，金属器在晚上非常容易被发现，出声响、反光，而木质的兵器操纵起来比较容易，夜间不反光也比较轻，尤其是偷袭的时候，轻兵器会占便宜，所以十三棍僧夜间能攻入敌军大营，就拿这棍子直接生擒了王仁则。

　　我们今天去少林寺看武术表演，这帮棍僧跺脚的位置上都是坑。今天少林寺作为中国的正宗佛家功夫，经常在全世界表演，外国人看着很神，我们看着也很神。我记得前些年，在一个人家里做客，那人家里有个不算很大的一个空间，那天晚上请了很多客人，他还专门把少林的一位武僧请来，在那儿耍棍。当时我多少有点怕，怕武僧这个棍没准，所以我就紧着往犄角待着，他在屋子里耍棍子，而且在有限的空间里，非常可怕，嗡嗡地直带响。有几个外国人有点无知者无畏，都站在第一排欣赏，我心说要万一有一点闪失，这棍子打过来，一下就让你致残。耍棍子那空间，我估计有个二三十平方米，可见他们这些武僧的功力。你离着那么近的距离的时候，你能感受到这个武器的力量，这个棍棒带风发出哨音。

利兵器以利刃见血，作为杀伤的主要目的，而钝兵器是以造成内伤，作为杀伤的目的，利钝之间，显然钝兵器追求的效果要比利兵器更为实在，所以像这样的钝兵器，一般情况下，人被击打一次就丧失了战斗力，甚至毙命。而利兵器造成的伤害通常还可以治疗，可见钝兵器在兵器当中，杀伤力是远远大于利兵器的，但是为什么人依然喜欢利兵器呢？是因为利兵器能够造成极好的杀伤效果，也就是威慑力，人一出血就有威慑力。两军相战，谁先出血谁一定处于劣势，比如我们老说杀红了眼，杀红了眼的时候，当你身上带满了各种刀伤剑伤，你依然能够有战斗力。钝兵器击打出来的伤，就是一种内在伤，内在伤从某种意义上讲，比外在伤更能让你毙命。

观 复 秀

本篇的兵器为竹节鞭。这个鞭从纹样上讲是胡人脸，具体年代不太容易考证，它至迟应该是金元时期的。护手的部位，四个角把着四个胡人脸，这种竹节鞭在我们博物馆的兵器中，是分量最大的，我这个岁数和我这个臂力，都不足以让我能够操控它，但是当时很多年轻的武士们，应该是可以操纵它的，你们可以

竹节鞭　金元

想象，这个东西在击打的时候，由于它有棱，可能会使你身上的骨头折成多节，两军相战，如果我们是骑马的，这抡圆了一下子打在马的背上，或者打在马腹上，马都可以造成内伤。

我们的冷兵器时代，钝兵器出现主要跟马的铠甲有关，秦汉时期出土的马俑身上都没有铠甲，证明当时马战不够激烈，那个时候高桥马鞍和马镫都没有发明。三国两晋南北朝以后，高桥马鞍和马镫的出现使马战变得日益激烈，马的铠甲就开始出现了。比如辽宁出土的辽代的马的铠甲，残重就七八十斤，加上人身上的铠甲，大概够一个人的分量，换句话说，这马身上骑着两个人，带着那么厚的铠甲，它的战斗力显然是下降了。我们的马由轻甲到重甲是一个过程，由重甲到轻甲又是一个过程，跟坦克发展一样，坦克就是由轻型坦克向重型坦克发展，发展到极限的时候，又向轻型坦克发展，什么东西都有轮回，所以唐代的时候，又开始成为轻甲了，就不再重视重甲的防护，在防护和进攻之间，它找出一个点。我们看过昭陵六骏，唐太宗的六匹马，身中19箭，为唐太宗立下汗马功劳，但是如果抡圆了给马这么一鞭，那马也就呜呼了，这个竹节鞭相对来说，还是比较温和的，呼延灼的那个八棱竹节鞭，我估计比这个更凶。

特殊兵器

　　兵器的发展远比我们想象的复杂，冷兵器时代很多兵器在利兵器和钝兵器之间游走。利钝兼修的兵器既有利兵器可以见血的特点，又有钝兵器击打的重力，是个综合体。

　　利钝兼修的兵器首推锏。锏，中国人很熟，有一个词叫杀手锏。锏有四面的、六面的、八面的；有平面的、凹面的、棱面的。谁最擅长使锏呢？秦琼。《隋唐演义》中秦琼最厉害的一招叫杀手锏，和罗成的回马枪齐名，我们一到过年过节贴门神，门神上有这样一句话，叫"双锏打出唐天下，单鞭撑起李江山"，说的是李唐江山怎么打下来的。杀手锏有时候古籍上也称撒手

铜
明代

铜，撒手铜是一个说法，这些年关于撒手铜的说法越来越多，当你面临险境的时候，一方抽出铜来，回身给敌人致命一击，撒手扔出去了，瞬间就能扭转局面，转危为安。

但这里有个问题，冷兵器时代兵器脱手是兵家大忌，你拿着兵器上战场，如果掉了兵器，那你就是丢了命，所以今天武术比赛，器械一旦脱手，这一局你就没分了，过去在古代也是这样，两军交战你的兵器丢了，或者说你的兵器向别人投出去了，那也就是今天拍电影的噱头。所以撒手锏肯定不如杀手锏从道理上成立，我们老说凡事都有一个道理，历史没有真相，只残存一个道理。这个锏看着不凶猛，但是在使用起来的时候，它能达到利钝兼修的兵器所有的特征，让你见血又给你造成严重的内伤，所以它有杀手锏之称，撒手锏依我看是一个误传。

利钝兼修的兵器还有斧，斧这种兵器，正规军使用的不多，一般斧比较短，长斧非常少见。兵器中使用斧，是英雄人物的下限，斧的形象不是太好，我们生活中常说这人就三板斧。三板斧说起来还是马战斧，是长斧，相传为程咬金所用。据说这个故事源于《说唐全传》，书中说程咬金在梦中遇到了他的师父，学斧头的各种技法，斧头的技法非常复杂，学得正高兴的时候被人叫醒了，就学了三招，所以叫三板斧。第一招劈脑袋，第二招鬼剔牙，第三招掏耳朵，听着都跟斧没什么关系。

我很小很小的时候就知道三板斧，但究竟这三板斧是怎么回事儿，有一天恍然大悟。这一年大概是1972年，我17岁，到北京的密云水库，那水库所在的山上有很多林业队，每个林业队里就十几二十个人，形成一个小集体，他们当时住在山里头，都没有家属，每个月回家一次，今天我们由于交通便利，觉得去密云开车俩小时就到了，当时基本上就得半天到一天才能回到城里。我有一表哥就在那儿住着，我找他去玩儿，一住一夏天，在山里头摘山枣打野兔。林业队的人都比我大不了十岁八岁，我那时候17岁，他们也就是20多岁，血气方刚。其中有一个人膀大腰圆，走道带风，另外有一个人是伙夫，给大家做饭，但他从小习武。两个人有一天不知道为什么，一语不合就翻脸了，然后这膀大腰圆的就冲进了伙房，拎起砍柴的斧子就冲出来了，这伙夫就不屑他，因为他从小练武，心说你拿一斧子我就怕你了，然后这个膀大腰圆的人冲出来，抡圆了就是一斧，伙夫轻松地躲开，他就一个跟头栽地上了，然后他翻身起来又是一斧，这伙夫又一躲，又一个跟头栽地上了，第三下翻起来的时候又一斧，这伙夫又躲开了，三斧以后，这兄弟就躺那地上呼哧带喘，一点儿力气都没有了，这力量就彻底被卸掉了，然后那个伙夫还拿脚踢了他两下，说你以后没有能耐就别打架。我那一天突然就明白为什么叫三板斧了，因为斧子比较重，一个人如果全身的力气都集中于一斧，你砍中东西，你的力有反弹，你没有砍中东西，你的力气就全部卸出去了。

关于斧子的使用有多种手法，兵家至少总结了十种。第一种叫劈。这谁都会，劈柴嘛，我都劈过。

第二种叫砍。这砍和劈不是一样嘛？还就真不一样，我们的语言严谨，劈是指垂直向下，利刃向下，一劈为二。砍是斜向的，比如我们砍柴，砍柴和劈柴完全不一样，是斜向的，所以劈和砍它的差异性就是角度不同。

第三种是剁。你说这剁不还是劈、砍吗？剁过肉吧，剁过饺子馅吧，剁是要急速而短促的有控制的，劈是长的，一下子就要贯到底，而剁是短的，要有节制，有收的动作，不要把力气全部用完，这劲儿得匀着。现在好像没什么人剁饺子馅了，我小时候经常听见楼道里有人剁饺子馅，就知道人家要吃饺子了，所以这个剁就是不能把力气都卸光。

第四种是搂。这搂很容易理解，就是做一个圆弧动作，往回搂，所以有"横扫千军如卷席"之说。

第五种是截，截获的截。搂是主动的，截是被动的，是把对方的力量截断，所以在搂和截之间，一个主动一个被动，所以截也是把别人的力量卸掉。

第六种是撩。撩很容易理解，撩是由下及上的，比如你撩水一定是由下往上撩。撩对于斧子来说，它一定要做一个圆弧由下及上的一个动作。

第七种就有意思了，叫云，云山雾罩、云里雾里的云。太极有一个动作叫云手，这云手非常复杂，看着不怎么使劲，力量极大，柔中带刚，它是一个非常柔的动作，但是打击对方的时候力量非常的大，所以云是指控制斧子或者是兵器的时候，是晃晃悠悠的，对方觉得这事儿没什么可怕的，但是可能藏有极大的杀伤力，它的目的是迷惑对方。你看今天科技上都是云，阿里云、百度云、云计算什么的。

第八种就是片。这片有意思，我们生活中说片是什么呢？刀削面算片，还有切萝卜片。劈一定是正中，你说我们去劈柴，你不能贴着边儿，一边儿一边儿地劈，正中一劈为二，力量和关注点都是在中心点，而片就是擦边儿的，一下是一下。

第九种是推。推应该是一个被动的抵挡动作，这时候就不一定利用它的刃了。

最后一种叫支。推是用动态抵挡，支就是静态，我只要扛住了，你碰到这儿你就动不了了，所以支住的时候，砍过来白砍，这是以静制动。斧子的这十种使用方法就是兵器的使用方法，触类旁通。

我们讲利钝兼修实际上涉及很多哲学问题，比如是利器好还是钝器好，还是利钝兼修好，目的都很明确，关键在于你使用的方法和你的能力，我们使用兵器，力大的和灵巧的人，选择就应该有所不同。力大的人可以使用钝兵器，李逵、张飞、程咬金都是粗人，粗人使斧，所以刚才讲，使斧是英雄人物的下限。

兵器和人之间，在我们的历史上形成了很复杂的关系，很多人和兵器是联系在一起的，比如秦琼跟锏联系在一起，尉迟恭、呼延灼跟鞭联系在一起，罗成跟枪联系在一起，岳云跟锤联系在一起。兵器跟人之间，或者说在我们的文学塑造中，兵器跟人之间是相辅相成的一个关系，由于这个兵器的出现，这个人塑造起来就变得容易成功，比如尉迟恭拎着鞭冲上去，单鞭救主就对了，如果他拎着刀冲上去，那感觉就不对了。我们看过《卧虎藏龙》，周润发、杨紫琼、章子怡都是拿剑，在竹梢上打斗，包括后来张艺谋拍的《英雄》，主人公都是拿剑，剑极具表演力，但它没有什么杀伤力。如果我们电影中，你想《卧虎藏龙》《英雄》，这些人物出场都拎着锤、拎着锏，样子就不好看了。所以我们今天的影视表现中，尽量地去美化了剑、美化了刀，电影《绣春刀》里，那刀都非常华丽，出刀的时候也非常漂亮，但是它经不住你一锤一铜。

我们讲了冷兵器时代的利兵器、钝兵器和利钝兼修的兵器，实际上兵器中我们有很多没涉及，比如发射兵器，首推弓箭和弩机，它是加长人的功能。我们所有直接操纵的兵器不管是长的还是短的，无非就是把你的手臂加长，但这种发射出去的兵器有不可预测的杀伤力。

再有就是软兵器，比如流星锤、三节棍、九节鞭，是软硬兼修的。我们都知道流星锤，在一个铁链或者是一个软绳的一头，舞动如流星一般，非常难抵抗。你抵抗它的时候，它会改变方向。如果枪冲你刺过来的时候，你拨开它就刺不中你，刀砍上来的时候你挡住，它就砍不到你，但是流星锤不可以，第一拨不开它，第二当你挡它的时候它会迅速改变方向击打你，所以这些兵器还包括暗器、袖箭、二人夺等等，这些在兵器中属于另类。

观复秀

右页图中的东西叫挝，挝在十八般兵器里基本上排最后，刀枪剑戟斧钺钩叉，锐槊棍棒鞭铜锤挝，拐子流星锤。它为什么排在最后呢？一定有道理，这个挝字跟老挝的挝字是一个字，老挝的挝字历史上就念"zhuā"，老挝这个国家出现以后，好像新中国

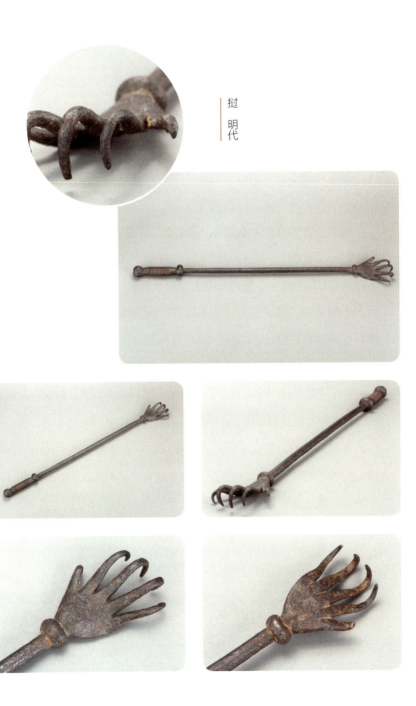

成立以后翻译当中出了一些什么差错，所以这个字今天念"wō"，老挝，但这个字就念"zhuā"，我们今天可以写成"抓"，通假。

这个挝过去正规军不用，挝有三种，这是其中一种，并不多见，这是短柄的。长柄的中间有一个刺，周圈有一圈挝，有四个的，六个的，八个的，俗称金龙挝。

再有一种是软挝，也叫双飞挝，前面如鹰爪一样，扔出去以后，它可以迅速抓住你往回拽，所以它后面带有长绳，主要是用于击打人马，脱手而去，抓对方身上，这个东西有往回拉的力量，使敌人不能逃脱。正规军为什么不用呢？这东西说起来也算利钝兼修，有重量感，打过去以后一拉，倒是不能致命，弄得人血呼啦的，不道德，战争依然有战争的道德，所以我们现在国际上有公约，生化武器任何国家不许使，太不道德了，一旦用了，跟战争无关的人，都可能受其伤害。虽然挝伤人不重，但是非常的难看，所以在中国古代的时候，正经人士是鄙视它的，不用它的，谁用它呢？土匪特别愿意用挝，这东西比较吓唬人，你想想这小手，再从一黑暗的地儿伸出来，跟鬼片就差不多了。

长　寿

　　我们现在日子过得好了，所有的人都在想一件事，想什么呢？就是想多活，俗称长寿，谁都想多活想长寿。

　　我年轻时候不这么想，爱活多久活多久，可我活到今天这岁数，过60了，满一个花甲的时候，我就想多活了，为什么想多活呢？不为什么，就是怕死呗。

　　想多活怎么办呢？我们就讲生命在于运动，我从小就听到这句话，所以不停地参加各种运动，比如踢足球，踢得不怎么样也喜欢踢；打篮球，打得还算凑合；打乒乓球，打羽毛球，喜欢体育运动，只要是一参与，出汗是正常的，过去我记得我们打完篮球跑回来，对着水管子，嘴巴接上去咕嘟咕嘟先灌一水饱，也怪了，那胃啥感觉没有。然后人家说，那边还想赛一场，去不去，去，又去赛一场。

我们说的生命在于运动，是指狭义的体育运动。体育运动中，还有一种是大众体育，我们知道现在街头各种人，连老头儿老太太都在那做，那叫大众体育。但是作为竞技，作为体育比赛，都是超负荷的，这种超负荷的比赛，一般情况下都是折寿的。我跟有些运动员聊，他说他们这事儿都折寿，尤其大负荷的超体力运动，比如拳击、铁人三项、马拉松等等。马拉松你想想这人一口气，两个多钟头要跑出42公里加上195米，我跑不下来，我要跑下来得吐血。我有一阵子喜欢长跑，那时候上班，一路跑到单位，那就是健步如飞啊，为什么能跑呢？就因为瘦。你看跑马拉松的，没一个胖的，你越胖越跑不动，你看那胖子都跑得呼哧带喘，脚底下跟踩棉花似的。

大负荷的、超体力、超强度的运动，肯定会影响健康的。你看拳击运动员，整个职业生涯下来这脑子一共挨了好几万下，你脑子里头甭管有什么头盖骨保护着，你里头那点东西也是软和的，跟豆腐似的，老在那晃着不行，晚年的时候脑子肯定是不好使。很多运动员，比如体操运动员、跳水运动员退役以后伤病会很多，统计下来，看不出这种竞技体育运动对生命有什么好处，平均寿命有统计比正常人要少一些，所以生命在于运动这句话，从狭义上理解，肯定有问题。

我看到一个报道，武汉有个女士，为了减肥铆足了劲儿运动，每天坚持跑步一两个钟头，然后有成就了，有成就以后加大运动量，每天又跑 3 个小时，最后突然双脚酸痛，起床以后尿中带血。

我有一个朋友跟全公司的人铆足了劲儿去爬山，回来他说尿的都不是血，是酱油黑的，然后诊断是一种叫横纹肌溶解综合征，听着都很恐怖，这就是因为长时间的超负荷运动患的一种疾病，这个可以证明这种狭义的超负荷、超体力的体育运动，不延长寿命，所以生命在于运动的这个说法就翻篇了。

生命在于劳动，我们今天能够看到大量长寿的例子，都是劳动人民。比如有的报道说，"上山砍柴下地干活，根雕艺术更是一绝"。说的是谁呢？说的是江西武功山上有一个 100 岁的老人，粗活细活全能干，说那老太太 100 岁了还自个儿砍柴呢。说句实在话啊，让 100 岁的老太太上山砍柴是家里面人不孝，她要说上山捡点柴我倒认了，你想想这老太太拿一斧子去砍柴，这事儿听着不是太舒服。但是今天的长寿的人，大致都是这种比较偏远地区的。比如巴马，我去巴马听一位老先生说得好，说长寿没啥秘诀，就是吃也吃不饱，死也死不了。就是吃七分饱都多了，只能吃半饱，你如果想减肥想长寿，你只能吃半饱。什么叫半饱呢？就是你吃完了饭，还得一步三回头，这就叫半饱，挺痛苦的，我这些日子就经常是半饱，看见什么都想吃。我有一条界线，是我自个儿划的，体重过这条界线我就不吃饭了，必须要把体重降下来，为了长寿。

比较偏远贫穷的地区长寿老人多，是一个大概率事件，当然有空气比较好、身心比较放松等客观原因，包括当地的一些饮食上的优势。世界上有几个长寿地区，比如新疆地区、巴马地区，还有俄罗斯的高加索地区，高寒地区的人新陈代谢相对缓慢，就能活得长。但是超负荷劳动是有伤害的，我年轻的时候都干过牲口活儿，那都是能累死人的，一旦懈下来，那人就跟大病一场一样，所以，生命在于劳动这个说法也可以翻篇。

生命在于活动，人得活动活动手脚，今天中国的大街小巷一到晚上到处是广场舞，其实也真不全是大妈在跳。我有一年在昆明，事儿办完了正好是傍晚，就进了一个小公园，公园里有几个男的跳广场舞，跳得比较诡异，我就没见过那么跳舞的，那舞姿那叫一个销魂。

广场舞这种现象是早晚两头，早晨我去过北京的公园，北京不管哪个公园只要早上一开门，里面全是活动的人群，一部分人是活动筋骨，一部分人是喜欢表演，大部分人是活动筋骨加表演。比如跳舞，准围着一大圈儿，有的人上去，一会儿一换装，自个儿还带四五套服装，那服装换得比较简单，比如戴一军帽，跳什么红星闪闪，要不然脑袋上系一羊肚白，唱信天游，等等。

还有的人练唱，练唱也是一种活动。酷爱相声表演的，一个人对着一棵树，在那儿说相声，那相声要多不可乐有多不可乐，但是他自个儿还得假装人家有乐地反应，说一鼓掌自个儿别提多高兴了。

跳广场舞不仅仅对身体好，更多的是心理的好处。人是一个群体性的动物，非常喜欢群体活动，我们过去的群体活动都是在单位，我记得小时候晚上出来都是熟人散步聊天，这聊什么天呢？我也没去听过，但我知道他们每天说的话题基本上一样，就是小八卦大八卦，平时都拖拖拉拉，一吃完晚饭可高兴了，动作比谁都利索。

有一回晚上我从北京的荷花市场出来，看那堆着一群人跳广场舞，我有点好奇就进去了，我刚一进去就有一人过来，拍了我一下，跟我要两块钱，我说凭什么管我要钱啊？他说凭什么管你要钱，你听见那音乐没有，听音乐就得给钱，你给两块钱。我说，哎，我不知道，因为我没钱啊，身上没钱我不能说我刷卡啊，我微信支付那时候也不会，你看我这身上还真没钱。我就臊眉耷眼从那里出来。我说，哎，我不在里面待了我出来，我远远地看着，远看不花钱吧。只要你进了他们那个区域，就得给两块钱，我觉得公平。

你去看广场舞、大妈舞，你注意看还真就不是一水儿的大妈，里头有很多大叔，大叔干嘛去了呢？大叔肯定是找大妈去了，这不是明摆着的事嘛。那小年轻混进去干嘛呢？小心点，跟你套磁儿，跟你说专业，说你听不懂的这支曲子如何如何，这姿势应该怎么样。跟您混熟了，我告诉你几个事儿会出现，第一个事儿，有可能是卖保险的。第二个事儿，有可能是卖理财产品的。第三个事儿那就更悬了，那就是卖保健品的，就是不能保健也伤害不了你的保健品，所以一定要小心。这小年轻混到大妈队伍里，他一定不是奔着人去的，一定是奔着人兜里那钱去的。生命在于活动，是一个很普通的现象，我们不能证明这种活动能让你长寿，那有人就提出了生命在于活动这事儿也得翻篇。

生命在于蠕动，慢慢地蠕动，我想了想有道理，它比活动要慢，长寿的东西都慢，比如龟。你看太极就慢，还有这些年最为流行的瑜伽，瑜伽也是慢，让你静下来，你感到不是那么累，然后又能够排忧解难排除烦恼，收获心灵上的一种宁静。

我们处在一个纷杂的社会，每个人身心都比较疲惫，生活工作竞争激烈，生活节奏如此之快，人每天都跟上紧了发条似的，你每天会遇到各种各样的问题，工作中的问题，生活中的问题，不愉快的事儿很多。比如我吧，本来我从家出门到单位，最快不到 20 分钟就到了，现在得走三四十分钟，为什么呢？因为路上加了很多障碍，每加一个障碍就让我在路上增加几分钟，我的上班时间无形就翻了一个跟头。效率一降低，我这身心就变得非常地疲惫，没有办法，那我就静下来，这时候想想，打不了实际的太极，心中也得打一太极，把这事儿给化解了。所以现在就提倡这种慢生活、慢运动，然后就出现这么一个古怪的词儿，生命在于蠕动。其实我也不是特信，因为我看到长寿的人，都是生命在于不动，他干脆就不动了，我见过 100 岁以上的人基本上都这路子，每天在家门口搬一板凳一坐就是一天，看人来人往，有的老太太在家里啊，什么都不看，看墙看一天，不动，那都活 100 多岁。我想长寿想多活，就找活到 100 岁以上的人聊天，沾仙气。我朋友那老丈杆子活 100 多，我说去找你们老爷子聊天去，唉，别去跟他聊天，没劲，我说怎么没劲啊？你跟他聊天，他跟你说最近的一件事，距今 50 年了，你跟他聊得起来吗？说那老头说的事儿咱都没见过啊，老头一说就"我年轻的时候"，你年轻的时候我们还没生呐，怎么聊啊，这天聊不上。后来我问那老爷子有什么特点呢？说我告诉你，天塌下来，老头该吃吃，该喝喝，该睡睡。噢，我明白了，这身心就要彻底地放松。

我 60 岁生日那天，所有的人说咱是不是过个生日啊，但不请客，不吃饭，不接受任何礼物，我要这一天要看一个人去，看谁呢？看我的接生婆，我的接生婆还活着，100 岁，给我接生那年她 40 岁，我的出生档案都很完备，我妈什么时候开始阵痛，什么时候有宫缩，什么时候我生出来，多长，体重有多少，如何如何，非常详尽的一份档案。

我生在中国人民解放军 301 医院，301 最初就是协和第二医院，后来给转成了解放军总医院，协和医院的所有科室的技术尖子，一分为二，所以档案做得非常好。比如我们大家都知道的林巧稚大夫，就留在了协和医院妇产科，给我接生的叶惠芳大夫就到了 301 医院，我运气好，赶上叶惠芳大夫给我接生，想起人生的这些缘分我真的是非常地感动。

　　我去看老太太，3月22日，北京还是比较凉的，老太太穿一拖鞋连袜子都不穿。我当时觉得老太太声音洪亮，身体真健康，跟老人家聊了很久，当然老人家不认得我，也记不得给我接过生，因为刚生下来的孩子都差不多，一生中接生那么多孩子，怎么能记住我？我是在一个偶然的情况下知道了我的接生大夫叶惠芳，看完了我觉得老太太非常宁静，这个很重要。你想想，按理说她身居高位，是中国最好的医院的科室主任，享受军级待遇，老太太看什么都很淡定。我去看老太太，送她一本书然后买上一盆花，表示我对我的接生大夫的一个敬意，祝老人家健康长寿。

　　我太太的老太爷，也活到102岁，老爷子也是不动，就是成天坐在那儿，都活100多岁，能吃能喝，就是不愿意活动，所以我有时候觉得，可能是生命在于不动，在于静止，这种静止可能会使你的生命拉长。

　　我们已经说了五层了，生命在于运动，生命在于劳动，生命在于活动，生命在于蠕动，生命在于不动，好像说到头儿了吧。我告诉你这事就说不到头儿，下面还有一句，是我们后来才发现的，叫生命在于被动。按摩就叫被动，按摩让你的筋骨变得非常的好。我们有例子，宋美龄活到106岁，儿子们都走了，孙子们也都走光了，老太太心静如水，每天还要打扮，很少动换，但是她被动地活动，坚持按摩，每天中午和晚上临睡前，两名护士轮流为她按摩，要从哪儿按摩起呢？那按摩可复杂了，不是我们这种按摩，哪儿疼按哪儿，她是从眼睛、脸部，到胸部，到腹部，再到下肢、脚背、脚心，全部得疏通，这种全身的按摩使血液循环，除此以外她还坚持阅读，读读书活动脑子，看看书画，再加上有虔诚的信仰，再少吃，所以人就活到了 106 岁。

这里有一个很重要的经验，随着年龄的增长，早上醒来的第一件事儿是不动，醒了先不动，先让自己慢慢清醒，清醒了以后一定是蠕动，以最缓慢的动作坐起来，坐在床边上待 1 分钟，2 分钟 3 分钟最好，然后再站起来缓慢地运动，如果你一翻身跟年轻人似的，蹭就起来，撒腿就往卫生间跑，很容易出问题。你知道有很多人，在七八十岁的时候，都是清晨突然起来上厕所去世了，就是你的身体机能跟不上你过去的记忆了，所以一定要缓缓地动作，尤其到岁数大了，你一定要爱护自己，有时候你可能很不经意的一个动作，就断送了自己的性命。

我们说了生命在于运动，生命在于劳动，生命在于活动，生命在于蠕动，生命在于不动，生命在于被动，这六层关系，哪一层适合你，你也不知道，我们真的不敢说，每个人都会找到他自己的位置，你觉得劳动对你的生命有好处，你就劳动；你认为不动对你的生命有好处，你就不动；你认为被动好，你要有条件那你就被动，我们任何一种生活方式都不是必然的，都不一定适合于你。

比如说我认识一个老太太，老太太是老红军参加过长征，记者采访她，就说您跟大家聊聊长寿的秘诀，老太太对着摄像机这样说，第一要多吃肥肉，因为小时候太穷了，到 100 岁的时候依然觉得肥肉好吃，然后这个记者心里想这条播不出。第二条，就是不运动，这有悖于我们过去对传统长寿的认知，那记者还不死心说，那您说说第三条，第三条老太太是这样说的，说千万不要听医生的，那记者就愣了，怎么就不能听医生的，医生说的都是对我们好啊，老太太说那他说的对我不合适。

影响我们长寿的最主要的因素是什么呢？现在可以确定的第一是基因，过去的说法就说你得有这命，基因是不是强大很重要。第二是环境，如果人身处一个恶劣的环境，比如天天 PM2.5 都在 500 以上，比如有很多污染，水污染严重的村落连地下水都污染了，那就是什么癌症村，那一定不可能长寿，必须得有一个良好的清洁的环境。第三就是良好的心态，放松的心态，与世无争的心态。

这三个因素中，人唯一能改变的是心态。第一个条件基因，你肯定不能改变，你生下来的基因就是你的命，基因是不能变的，所以老话说命是不能改变的，运是可以转变的，但没有人能转命。第二个条件环境不好，个人是很难改变的，比如 PM2.5，我们自己改变不了，但是心态自己能够改变，自己能够调整，遇到不愉快的事尽可能的排遣。人生一定要放松，这种放松首先是心境的放松，我们生活中让你紧张的事情太多了，比如我们坐交通工具，过去你都是走着你就不紧张，你现在要坐汽车要坐飞机，有机会了以后还要坐火箭，你肯定是非常紧张的，所以你一定要想办法放松。我们的工作压力大，学习压力也大，在这些时候一定要想办法多调节自己，出去走一走，看看闲书，欣赏一段相声，看看《观复嘟嘟》，都可以让自己的心境放松，放松你就能够长寿。

观 复 秀

这么一个圆咕隆咚的瓶子，跟我们这篇长寿有什么关系？首先这瓶子比我们谁都活得长，这瓶子有将近一千年历史了。第二是这形状，人要长成这样一定不能长寿，人肚子一大就很难长寿，但是我们所表达的是人生的一种圆满，差一点就叫圆满，全满了就不圆满了。

龙泉窑青釉直颈折沿瓶一对　南宋

这是一个南宋时期的梅子青的小花瓶，插花用的，这个尺度是南宋人最喜欢的尺度，我们看惯了明清时候的花瓶都超大，花瓶越大越傻。如果有机会去日本看茶道，日本的茶道一定要有一个花瓶，日本的花瓶是有尺度的。你可以想象，冬天插一枝腊梅，春天插一枝牵牛花，夏天插一枝绿叶，秋天插一个狗尾巴草都好看，尺度合适。

凡事都有一个东西叫度，过度是肯定不好的，不管是什么，过度都不行。这种花瓶在日本茶道里经常用，因为过去我们喝茶不讲究，这些年开始讲究茶艺，对茶具的追求、对茶叶的追求、浸泡的方法，等等，三五好友坐在一起喝点茶，都是这些年兴起来的。早年穷的时候，一个大盖缸，一把茶叶搁进去，一泡就是一天，过去我们在工厂的时候，干活累，出汗多，所以喝茶喝得多。那大茶缸子老粗，一杯水就一暖壶，一天喝好几杯，符合养生标准。

这个瓶子身上一点儿都没有开片，龙泉青瓷很容易开片，因为它釉厚，如果釉的膨胀系数跟胎的膨胀系数有一点点差异，它就会开片，没开片的瓶子是顶级的。著名的南宋龙泉青瓷中有两

种经典釉色，粉青和梅子青，梅子青更绿一点，粉青淡一点，这个瓶子介乎两者之间，非常优美。

《局事帖》

　　曾巩的《局事帖》，一鸣惊人，拍了 2.07 亿，它一共有 124 个字，平均下来一个字值 168 万，这一个字相当于一辆法拉利，以后都别再跟我说法拉利多值钱，就值一个字的钱。那很多人就问，为什么这字这么值钱呢？我告诉你，为什么这字这么值钱，是因为书法的收藏，在历史上是最有价值的，过去都是文人收藏，文人决定收藏品的价值。我们这些年的收藏，尤其这一拨收藏热，是财主决定收藏，所以俗的东西往往价格高，雅的东西往往价格低。古代的时候，在书画当中，收字的往往比收画的地位高，欣赏水平也高，所以一直认为文人字高于文人画。碑帖过去是收藏的最大的门类，或者说是最牛的门类，但是碑帖非常难玩，因为学问太大，它有一俗称叫"黑老虎"，就是轻易别玩这事儿。

《局事帖》是迄今为止发现的唯一一件唐宋八大家之一曾巩的传世墨宝，唐宋时期人的墨迹，能够传到今天是非常非常难得的，你看这八大家，大家都熟的韩愈，《师说》收录于中学课本，柳宗元的《捕蛇者说》也收录于中学课本。"三苏"，苏洵、苏轼、苏辙，这都不用说了，名气大大的。欧阳修的《醉翁亭记》也收录于课本之中，王安石变法，学历史的时候都是学了无数遍的。这里名气最小的，或者说老百姓最不知道的，就是这曾巩了，曾巩的名气在当朝可不算小，因为今天没有文章收录到中学课本，显得名气小。曾家有名的人多了，除了曾巩以外，曾肇、曾布、曾纡、曾纮、曾协、曾敦，史称"南丰七曾"，曾巩的文学成就非常突出，所以位列唐宋八大家。过去喜欢散文的人，不可以不读唐宋八大家，所以曾巩也被称为"南丰先生"，他同时代的人，比如欧阳修，就写过对曾巩的印象，他说"吾奇曾生者，始得之太学。初谓独轩然，百鸟而一鹗"，就是说我第一次见到曾巩的时候，心里挺称奇的，这人独特，气宇轩昂，像鸟中的一只大雕似的，就是鹤立鸡群，所以他就忍不住，直截了当地告诉曾巩，说我这么多门生里，最喜欢的就是你了。

《局事帖》是曾巩62岁时写给他的朋友的，有人考证这人是他的同乡。这件东西距今已经有九百多年了，历史上拍卖过，

20 年前首次在美国拍卖的时候，我的几个好朋友一块儿介入这事儿，我记得当时在翰海拍卖行，跟秦公一直讨论这件东西，它被我的一个朋友买了，买了以后就介绍给了尤伦斯，从那以后这东西就回国了，等于是荣归故里。2009 年的时候，这件东西重新拍过一次，当时拍了 1.08 亿，过了 7 年，这次拍了两个多亿，增值速度还是很快的。

　　《局事帖》文字读起来比较费劲，它就是曾巩写的一封信，他说我最近闲工夫还是挺多的，日子过得也算幸福，嘟嘟囔囔说了一些自己心中的不安，有点牢骚。那他究竟写给谁了呢？不是很清楚，有学者解释，说他写给了欧阳修的学生，叫徐无党，说是他们分别了多年以后，曾巩写信抱怨说我这都是一些没用的公事，什么时候我才能脱离这事儿。很多人说我看了这个《局事帖》，觉得这字写得不好看，有人说还不如我写的呢，这人就是无知。首先说这字，怎么不那么整齐，现在老师要求字都得整齐。你去看看唐宋时期的法帖，尤其手写的，字首先都大小不一，也不讲究横平竖直，它不符合今天我们对卷面的要求，尤其是对孩子的要求，小孩儿开始到小学写字的时候，老师一定说满格写，字写的太小都不行，得横平竖直，老师都有一些具体的要求，那如果把《局事帖》中的一个字拿出来，搁到米字格里，估计就够呛。比如有个字，"即"，你注意看这个"即"字，硬耳刀下坠得厉害，基本上到裤腰这个位置，你要按照今天小孩儿写的字，老师一定说这字重写去，给我写平了。《局事帖》里还有一个字，"待"，"待"字这一点就点到格外头去了，都找不着边了。其实在宋人的法帖中，《局事帖》已经算是写得规整的了，我们为什么感觉这字不那么好看呢，是因为我们现在对字的要求，发生了很大的变化。唐宋时期的书法，再早一点汉晋时期，那我们从"二王"算起，王羲之、王献之，那字都要写的有个性，要表达个人存在的个性。

后来的人字越写就越共性化。为什么共性化呢？有帖了，要临帖，今天每个写书法的人，不得不去临帖，不管你是临颜真卿的，还是临柳公权的，你总要去临字，每个人都把这个字往规矩了临，所以字的个性化，就逐渐消亡了。再加上清代中叶，馆阁体出现以后，你看清代的公文，查查当时的档案，那上面的字，包括写的奏折，跟印刷的一模一样，每个人写的都一样，个性化的东西就被抹杀掉了，再加上印刷术的革命普及，所以逐渐人的要求就不一样了。我们今天大部分人对书法，我们普通百姓对字的要求就是要漂亮，漂亮的原则起码得大小一致，横平竖直，这都是老师对学生的要求。所以漂亮就变成了社会的一个共性，但是古人不认为漂亮是第一原则，也不认为是个原则，他认为内在表达才是第一原则。所以每个人写字，一定要表达自己的个性。

我们今天老说碑帖，古人说的碑和帖根本就是俩事儿，碑指的是刀刻，刻在石头上；帖是用毛笔写在纸上，写在绢上。有一些文人的字名气非常大，比如晋代的"二王"，王羲之、王献之父子，唐代一说就张旭、怀素狂草，颜真卿、柳公权"颜筋柳骨"，欧阳询等等，一说宋代，"苏黄米蔡"，元代最有名的就是赵孟頫，明代祝枝山、文徵明、董其昌，都非常有名。明末清初还有王铎、傅山，一入清，有这四个人，我那时候在古玩行，老听老师傅说，"翁刘成铁"，翁方纲、刘墉刘罗锅、成亲王永瑆和铁保，一说这些人好像都非常有名。明清以后的人，在书法上就不能再有创新了。比如文徵明到 90 岁的时候，还能写小楷，他是有建树，但是他不能再自创一体了。能自创一体的金农算一个，写了"漆书"，郑板桥写了"六分半书"，你看那个字没有一个是正的，叫"乱石铺街"，我们走到乡间小道，乱七八糟的石头铺成一条街，我就能想起郑板桥的字。

我们今天能看到的最早的字就是唐宋时期的，大部分还都是宋代的。唐以前的字，比如晋代的帖，很多都是唐代以后重新临摹的，不是当时的字，唐代有些帖也是宋代摹写的，因为太久远了，写在纸上绢上，能保存 1000 多年，几乎不可能。我们今天还能够真正接触的法帖，顶级的都是宋字。碑帖是有区别的，碑是刻出来的字，帖是写出来的字，所以字和字之间是有差距的，这个差距非常微妙。比如你在碑上直接看字的时候和拓下来看是不一样的，你直接看的时候，这个字是立体的，它是有斜面的，但是拓下来，你看见的就彻底都是边缘。帖学最初是从甲骨文开始，中国文字的祖先是刀刻出来的，后来有了大篆小篆，有了隶书章草。这么一路发展而来，至少从周代开始，历经秦汉魏晋，楷书、行书、草书、篆书、隶书五体就皆备了，到了晋，中国的字就写到头了，你再写很难跨过这个圈去，所以到了王羲之，这五种书体就写得非常的完善成熟，为什么把他称为书圣，就是这个原因。我们一说就是真草隶篆四种书体，一个人如果能把这四种书体都写得很自如的话，这人基本上就可以被称为书法家了。在这五种书体形成之后，一千多年以来，我们都是以这为准的，中国的书法史，你不可以不提这个书圣王羲之，他就主导了帖学。

法帖，是中国书法的一条主线，或者说是一个正脉，也是我们今天中国汉字书法中的一个最基础的基础。帖学在宋代就非常盛行，所以只要你看到宋代的字，如果上面有人名，那人都能查得到，我们拿一个宋代的帖，这人上面写了一大段，这儿落一款，你说不知道这人是谁，不可能，这人一定有名，过去学而优则仕，你要想出人头地，你必须要经过这一关。帖学的影响，一直波及后来的元明清，书坛一说就是谁有谁的帖，谁临谁的帖，宋代以前的人学书法学写字，都以历代墨迹为临摹的范本，但是字太难保存，而且那时候不像现在，你能够印一本书，分给大家都学。现在所有写字的人，都到琉璃厂，到书店去买，喜欢谁的字，买过来看，看完了写，尽管这字反复印刷，都有点走劲，但是毕竟基本上还是那个意思。墨是很容易保存下来，两千年的墨迹，都能看得清楚，关键是纸保存不下来。

唐以后就开始琢磨怎么扩大传播，宋代是使文化横向扩大的一个最好的时代，人们开始把字刻在石头上或者木头上，刻帖的技术，就使很多当时有名的人的书迹得以广泛的传播。如果没有碑帖的技术，今天很多历史大家的字我们根本看不到，因为有的人的字并没有保存下墨迹，但有碑帖，官方和私人纷纷刊刻，当然私人有很多是为了赚钱。北宋最繁荣的时期，刻了《淳化阁帖》，全称《淳化秘阁法帖》。《淳化阁帖》是目前在中国保存下来，最早的一个官刻的存刊，被称为"法帖之祖"。《淳化阁帖》后来印了多种刊本。我原来上朋友家，朋友的父亲买的《淳化阁帖》是清代的版本，我们都翻阅过。《淳化阁帖》收录了从先秦到隋唐，一千多年的书法墨迹，包括帝王、臣子和书法家等等，收录了 103 人的 400 多篇作品。我们今天说"法帖"什么意思呢？这"法"，严格意义上讲就是法，法律的法，法律是指不可更改的，法帖也是不可更改的，将古人的墨迹进行双勾以后，取其原貌，然后装订成册。

前两年去世的安思远，他收藏的宋拓《淳化阁帖》，是在 20 世纪 90 年代花了几十万美金买的，最后 450 万美金卖给了上海博物馆，今天看这个东西价值连城。准确地念法（fǎ）帖，这个字只有一个音，那为什么又念法（fà）帖呢？民国的时候，如果读法（fǎ），土，得读法（fà），老舍的戏剧里净说法（fà）兰西，不能说法（fǎ）兰西，法（fǎ）国得说法（fà）国。过去说帖，你要说那儿有一本法（fǎ）帖，人一听你就是一棒槌，你就是一外行，必须说那儿有一本法（fà）帖，所以我就跟着这老先生一块儿读。"帖"这个字有三个音，第一个音念"帖（tiē）"，我们常说的俯首帖耳；第二个音念"帖（tiě）"，请帖，过去说给你下帖子了没有；第三个音念"帖（tiè）"就是指法帖、碑帖。帖一般来说它不算个正式文件，比如说《局事帖》，它就是个人的信件，就是个字条，它还是写在当时印刷纸的背面。我们随便给人写个东西，这个字最能反映个人的内心和性格，如果说我写这字就要成为法帖，那这个字就不大能反映内心，你是一笔一画去写，所以这些著名的帖大部分都是随手写的东西，这种随手写来的东西非常重要。比如《局事帖》20年前拍卖的时候，当时除了曾巩的《局事帖》，还有其他四五个人的东西，也卖了四五十万美金。

当时有一个富弼的《儿子帖》，那《儿子帖》我们当时看完，觉得特可笑，富弼写《儿子帖》就是写一走后门的条，他说"儿子赋性鲁钝，加之绝不更事"，就说我这儿子比较呆，少不更事，"京师老夫绝少相知者"，没人知道他，我让他去见见您，希望您给他多一点指教，最后说"此亦乞丙去"。当时我就不明白，我就问了位老先生，"丙去"啥意思，老先生告诉我就是烧了，这是一走后门的条，宋朝人就走后门，这事不光彩，他就说写了一个条，就说我这儿子不行，但是我是他爹，就让他去跟你见见，您给他指教一下，具体什么事没说，说完了以后，你把这条烧了就拉倒了，结果这条没烧。"丙去"为什么是烧了的意思呢？"丙"字，代表火，天干"甲乙丙丁戊己庚辛壬癸"十个，五行有"木火土金水"，甲乙代表木，丙丁就代表火，所以丙去的意思，就是您给烧了，当时人家一想就是封信随手一放，我估计也不是为了收藏，留着后门条搁这儿吧，结果这一下就搁了一千年，搁到今天，使我们能看到当时社会一个风貌。

再比如最著名的乾隆皇帝最喜欢的"三希堂法帖"，"三希"有《中秋帖》《伯远帖》《快雪时晴帖》。还有一个帖很有意思，王献之的《鸭头丸帖》，鸭头丸就是一药丸子，这《鸭头丸帖》大概十五个字，"鸭头丸，故不佳。明当必集，当与君相见"。鸭头丸是一味中药，就是补药，字面上的意思是说有人吃过鸭头丸，这药不怎么样，告诉王献之，王献之服了以后说，果然像你说的，这鸭头丸的确不怎么样，反正咱明儿还要见，明儿见了以后，我当面跟您说这事儿。这事儿写了个小条，我们今天没人再写这条了，过去的人写字条是个常态。比如我出门，老婆不在家，我就写上"饭菜在锅里"五个字，她回来一看，就知道这饭菜已经做好了，热着可以吃了。有时候写个条，说我把那个书放在哪哪哪了，就是随手写一个便条。今天不写了，为什么不写了，微信太方便了。过去手条非常的重要，我们看到今天很多历史上著名的帖，都是当年人随手写下来的手条。

法帖的取名，其实没有任何规定，我给你写个便条还起个名，这是不可能的，所以现在给帖起名，尽可能的先用头两三个字，比如《局事帖》，开头就是"局事多暇"，比如《鸭头丸帖》，就是"鸭头丸，故不佳"，但是你不能写鸭头帖，鸭头丸是个固定的词汇，所以就是把头两三个字拿出来。如果头两个字拿出来，有的字不是很漂亮，或者内容不确定的话，就提炼最重要的两个字，比如当年张伯驹先生重金买下捐给国家的《平复帖》就是这个意思。

过去都是帖学，碑学很晚，碑学兴起是清中叶以后，从书法的审美角度上讲，碑派的书法追求的是刚健雄发，因为字是刻出来的，它属于一种壮美，碑派的这种壮美有别于帖派，帖派因为是写的，毛笔是软的，它呈现一种优美的形态，所以风格不大一致。对书法没有感觉的人，会说这俩字不是一样嘛，你看有的字既有法帖又有拓本，所以比较起来觉得差不多，但是对于书法大家，或者敏感的人一看就看明白了。古代的碑刻保存非常不易，现在保存比较好的，往往是出土的墓志，很多墓志出土，字口都是清晰之极，因为刻完了直接就下葬了。大部分露天的，比如泰山崖刻、好大王碑都风化的严重，隐隐约约地能看清楚这些字，所以就出现了一种技术，叫"传拓"，"传统拓法"，这个字一定念拓（tà），不能念拓（tuò）。拓有很多种，比如乌金拓、蝉翼拓是两个极端。拓本确实的好处就是使中国古代很多大家的书迹能够横向流行，能够让很多人看，就跟今天的印刷术一个道理，今天的网络又把印刷这个面铺的更广，在网上很容易搜到我们今天所说的这些名帖。有的字刻在碑上很讨喜，比如说在北京的恭王府有一个天下第一福，一笔大福字，每天多少人去祈福，据说那个印刷品都卖疯了，就是康熙写的一个大福字。比如明孝陵，我们有机会去南京的时候，一定要去看看，那儿有个很著名的碑，写着"治隆唐宋"，为什么说治隆唐宋呢？康熙下江南的时候，对明朝朱元璋的成就给予肯定，说他把国家治理的跟唐朝宋朝似的，清初满族和汉族之间的冲突还是很激烈的，康熙皇帝实际上想表示他对中华传统文化的一个认可。他写一笔董字，董其昌的字，可以乱真，写得非常好。

我还看过一块非常有名的碑，《玉板十三行》，王献之的小楷代表作，过去说《玉板十三行》早就绝迹了，宋代就找不着了，后来明清的时候，好像西湖清淤的时候又出来了，出来又找不着了。结果这东西，就愣在我们的眼皮子底下，在北京出现了，当时出现的时候，所有人还持否定意见，说不可能啊，这东西肯定是作伪的，结果秦公先生说这东西百分之百是真的。秦公先生是碑帖专家，出过一本书，叫《秦说碑帖》，他看到这东西以后，说石性跟原拓本一模一样，石头是有性的，不可能造假。当年国家经过很长时间的审批，斥以重资，当时重资就是一万多块钱收购了，现在收藏在首都博物馆。我们今天看这些帖，尤其是法帖，很多的稀世珍宝，包括卖两亿多的《局事帖》《鸭头丸帖》《儿子帖》，都是随手写的，我们今天已经没有随手写的习惯了。由于虚拟空间的存在，我们今天的人确实在通信上、在信息传达上非常的便利，比古人要便利很多，但是从长远的角度去看，我们没留下太多文字的痕迹，很难说是一个好事。

观 复 秀

右页图中是一个紫檀的盒，上面写"恩福延龄"，从字面上一看，基本上就是祝寿的意思，这盒做的非常规矩，里面金丝楠木的装帧，嵌着红木，填金写着《寿诗三十首》，寿诗就是给人祝寿的诗，理论上讲，拿这件东西应该戴手套了，所以我会非常注意不直接触碰字面。拿瓷器、玉器都不需要戴手套，因为戴手套以后会非常滑，但是过去看书画时，人都捂着嘴，防止唾沫星子喷上去。看青铜这种易锈的，比如钱币、金银币，都应该戴手套。

我们看《寿诗三十首》，里头跟新的一样，这有一知识点，过去有一种东西叫"真赛假"，这就叫真赛假，因为保存状态太好，跟新的一样，像假的似的，古代这书可以自动翻，现在裱不出来。这是林则徐先生给他的一个亲戚 70 岁祝寿的诗，30 首上下平韵，"恭祝胥叟相国年伯大人七裘寿诗"，都是七律，你看这字写的，颜筋柳骨，这字写的倍儿硬。由于这个东西长期就没打开过，搁在紫檀盒子里，密封非常好，装得非常紧，里头的洒金纸，至今金光灿灿。

这个上面还有两段字，第一段写在丁丑年间，一个叫梁鸿志的人敬观过，第二段写永嘉的张至刚、祁县的高振霄、萍乡的叶先圻、祁阳的陈清华，一块儿在这儿看过。这些人肯定都能查到，看完了以后由一个人执笔，把这个事记录在案，古人雅，我

紫檀盒林则徐手书寿诗三十首　清代

们今天没这功夫，也不敢往上瞎写。

这是林则徐的一个法帖。当年的官员，学而优则仕，说起来林则徐也是学者，这一笔精绝的楷书，写得个个儿跟印刷出来似的，完全可以当今天的字库。

林则徐最有名的事情我们都知道，虎门销烟，"苟利国家生死以，岂因祸福避趋之"，这是他最有名的一句诗，被很多领导人都引用过，意思是如果这个事对国家有利，我自己的生死可以置之度外，这是我们古代知识分子一个最基本的态度，只不过林则徐做了诗歌的一种表达。这个寿诗对于林则徐来说，应该是他很重视的一件事，要不然不可能写得如此精美，装裱也是当年的装裱，距今大概不到200年，金丝楠木没有任何变形，中间嵌了红木，这个字也写得很漂亮，再装到紫檀盒里，由于古人对书法的爱惜，你今天才能看到这样完整如新的一个书法的藏品，我们以前都是从课本上认识的林则徐，看到他书法这一天是我们离他最近的一天。

西　夏

早在五胡十六国时期，赫连勃勃就创造了一个国家叫大夏，它被北魏所灭。它存国时间很短，只有 25 年，25 年对一个国家来说就很短了。时隔 600 多年，到 1038 年党项族的首领李元昊，在此建立了西夏王朝，他自己自称"大夏"。古人都有这个特征，自个儿的国家都称为大什么，比如大汉、大明、大宋、大唐，都是以"大"自称。

为什么我们称它为西夏呢？是站在汉族人的角度，它的地理位置在我们西边，所以称之为西夏。西夏享国时间应该说还是挺长的，我曾经说过在中国历史上，跨过 200 年不到 300 年，这都是大朝，比如唐朝、明朝、清朝，都是这个时间。宋朝是颤颤巍巍跨过 300 年，西夏享国时间 189 年，小 200 年也算一个正常的寿数了。西夏对宋朝构成了一个直接的威胁，与它并行的朝代，前期有辽朝、辽国，后期有金朝、金国，所以有学者认为这是中国的后三国时代。我们一般说三国就是魏、蜀、吴三国时代。实际上到了唐代以后，尤其宋朝，版图是非常有限的，它的版图不如辽国大，所以在早期的时候，辽、西夏、宋朝三足鼎立，后期的时候金、南宋和西夏，依然三国鼎立，这就是所谓的后三国时代。这个后三国时代屡有冲突，但是冲突相对比三国时代没那么激烈。

1271 年元世祖忽必烈建立了元朝，元朝的"元"取自于《易经》，"大哉乾元，万物资始，乃统天"，因为他建立了元朝，所以我们就说元代。忽必烈在西夏国的故地设行中书省，至元二十四年他就设宁夏府路，宁夏就由此得名。这个"宁"的意思是指安定安宁。比如宁波，宁波是明朝初改的名，原来叫明州，国家叫大明朝了，所以避国讳改成宁波。这个宁波的意思，也是海定而波宁。1957 年，第一届全国人大四次会议通过成立了宁夏回族自治区。它以前就叫宁夏省，所以在这个基础上就改成了宁夏回族自治区。它的位置处于今天的黄河上游，东邻陕西省，西北部又跟内蒙古接壤，西南部、东南部、南部都跟甘肃相连。面积不算太大，但是也有 6.64 万平方公里了。

我们国家是个多民族的国家，少数民族人口非常多，中国的少数民族人口里排行第一的是壮族，其次就是满族。满族分布比较松散，因为统治过中国，所以满族反而没有大的这种行政区域，只有小的，比如县一级的自治县。回族的人口在全国少数民族里排第三。

在我们过去的史书里，没修过西夏史，所以我们对西夏了解不是太多。大家都比较了解的是二十四史，二十四史是清代人的概念，到了民国时候加了清史就有二十五史。元朝是修史的快速发展期，比如辽史、金史，乃至宋史都是元朝人修的。宋朝人心胸不够宽，修辽史的时候宋朝皇帝觉得这史修得太好要回去重修，隔100多年再递上来。再呈上来的这个史籍，皇帝觉得还是不大满意，导致元朝人修的辽史中间隔了100多年，所以辽史是公认为讹误最多的。

元代人修史的时候并没有修西夏史，为什么呢？因为对西夏有极强的仇恨，这是一个宿怨、世仇。成吉思汗当年西征的时候，西夏按兵不动，不予相助，所以成吉思汗就很恼火。后来西夏不仅不相助，还联合金人一起抗蒙。所以成吉思汗对西夏非常的恼火，非得想办法灭了它。我们都知道蒙古大军当年一路西行，是非常残酷的事情。1227年蒙古大军血洗了西夏的都城兴庆府，就是今天的银川，将西夏的宫殿和史册付之一炬。书是最重要的文物，什么文物的重要性，都不抵当时的这个典籍，因为不管它客观不客观，都是用文字记录了当时的历史。蒙古大军不仅屠城，烧了宫殿、烧了史籍，还将贺兰山下的西夏的皇家陵园

掘毁了。所以我们对西夏的了解就不多，尤其对西夏文物也了解
得不多。

　　成吉思汗对西夏恨之入骨，但是他没有完成他内心的大业，
没在他生前把西夏灭了。《元史》对成吉思汗的死描述就比较简单，
说"秋七月壬午不豫"，不豫什么意思呢？ 就是不舒服了，古籍
上说皇上不能说病了，这字不好听。我们今天都可以自个儿说自
己病了。皇上不能说病了，得说不豫，不高兴、不舒服了。古籍
上是这样记载，说"己丑，崩于萨里川哈老徒之行宫"，就是那
一年成吉思汗死于他自己的行宫。1227 年，成吉思汗大约在五
月份就去行宫休息了，因为不舒服了。六月份发生地震，地震是
记录在史籍里的。在农历七月十二日他就驾崩了，66 岁。66 岁
在古代对于君王来说已经算高寿了。他葬于蒙古国境内的肯特
山，但这只是一种说法，成吉思汗墓的所在地是一个历史上未解
之谜，今天全世界很多学者在到处找成吉思汗的墓。我看到了很
多资料，包括航拍的，根据各种蛛丝马迹来判断他的大墓所在。
成吉思汗的墓如果一旦被发掘，里头肯定有很多非常重要的文物
来说明那一段历史。

　　成吉思汗去世的当月，西夏末帝李睍就出降了。李睍这人有
点窝囊，他当时是不知道成吉思汗已经去世了，因为是密不发丧
的。当时李睍准备投降，投降因为有面子问题，就跟蒙古大军商
量，我真的是扛不住了，但是你让我这么狼狈地出来，我也还有
面子问题，所以你给我一段时间，我准备好了就出降。但是就在

他等的这个时间内成吉思汗死了，他不知道，他要知道了可能改写历史。李睍不知道就出城投降，投降以后就被杀了。因为据说成吉思汗留下的遗嘱就是屠城，非常狠。

成吉思汗怎么死的？说法至少有六种，第一种说法是他坠马而死。《蒙古秘史》记载成吉思汗不慎从马上跌落，然后又被后面的马踩踏身体，受到重创后死去。很多人对这个说法存疑，为什么呢？马在奔跑中会回避，踏在人身上的可能性要低于踏不到人身上的可能性。成吉思汗骑了一辈子马，从马上跌下来又被后面的马踩上，这听着有点不那么对，但这只是我们的揣测。

第二种说法就有点神奇了，说他是被雷劈死的，因为他死的时候是夏天，农历的七月十二日，正是北方容易有雷阵雨的时候。成吉思汗在骑马，突然电闪雷鸣被雷电击中跌落而死。雷霆是一个非常不吉祥的事，有人认为雷霆是受天谴责，所以就不记录在正史。

第三种说法就有点像电视剧了，说他是被毒死的，这个记载是从哪儿来的呢？是从俄罗斯来的，俄罗斯披露了一些金帐汗国的历史资料，说这个成吉思汗是被窝阔台毒死的。成吉思汗有四个儿子，这四个儿子不合睦，尤其老大和老二不合，所以成吉思汗就选定老三作为储君。但是后来又对这三儿子不怎么满意，又想改，让小儿子拖雷为储君。窝阔台知道以后为着自己的利益就不惜下毒，将父亲毒死。另外一种说法也是下毒，说是西夏的王妃下的毒。

还有一种说法，就是说成吉思汗是被刺杀而死。成书于康熙年间的《蒙古源流》是这么记载的，成吉思汗的军队攻打西夏的时候，士兵俘虏了很多漂亮的西夏女人，其中有一个王妃也被敬献给成吉思汗，据说在陪寝的当夜，这位西夏王妃就趁成吉思汗放松警惕时把他刺杀了。这个说法谁认同呢？乾隆皇帝认同，乾隆皇帝还是很认自己本朝写的书，所以就把《蒙古源流》编进了《四库全书》。

第六种说法连电视剧都不敢描写，说这个成吉思汗是被西夏王妃一口咬掉了下体而死。蒙古民间传说中是这么说的，说成吉思汗去攻打西夏，西夏就说我不行了，我准备跟您投降，成吉思汗就强迫西夏王将王妃在内的所有的宫廷美女交给自己享用。在成吉思汗跟王妃正热烈的时候，这王妃就一口将他的下体咬掉了，她自己也投河自尽了。成吉思汗由于失血过多死亡，所以成吉思汗就立下遗嘱屠城复仇。这六种说法有三种说法，四、五、六这三种说法都跟西夏王妃有关，可见这仇结得有多深。结仇以后，才有这各种各样的古怪的说法，那究竟成吉思汗是怎么死的？我想这一定是千古之谜，就是我们常说的这句话，历史没有真相，只残留一个道理。

我们对西夏历史知之不多，对西夏文物就知之更少了。西夏文物这些年出土了很多，最重要的一件文物是 1991 年 8 月出土的。出土的是什么呢？是书，在西夏的一个废弃的塔基里出土了 9 本书。这 9 本书是纸本的，这真是非常难得的事儿，为什么呢？

你想想这纸本的书在塔基里，但凡有一点潮湿这书就烂了。可是宁夏气候非常干燥，这书就保存下来了。这9本书是佛经，专家在看的时候发现它是用木活字印刷的，这一下就不得了了。1996年，文化部请了各方专家鉴定以后，就认定了它是西夏后期的木活字印刷本，被列为我国最重要的文物。我国最重要的文物是不能出国展览的，一共有多少件呢？只有64件。这是其中一件，可见这个文物的重要性。它为什么重要呢？因为它是我们今天唯一找到的活字印刷的证据。我们从小都读书，现在小学就教给我们四大发明，活字印刷是其中之一。沈括的《梦溪笔谈》里有非常清晰的记载，泥活字是在宋代庆历年间毕昇发明的，但是宋版书、元版书、明朝前期的印书中没有找到一个证据，没有一页证据证明这书是用活字印刷的，所以很多人对这个存疑。韩国人说活字印刷是他们的，德国人说金属活字的印刷始于古登堡，各国对此事的态度，都是说你说了半天你得拿证据啊。我们一直没有证据，我们今天能看到的最早期的活字印刷的证据，是明朝后期的，距今只有四五百年。这一件东西的出土被专家认证为木活字印刷，尽管它是西夏文，但是它表明了我们活字印刷在这一个时期，就是与宋朝平行的时期已经开始使用，这件文物的重要性就显现了。

小时候我对宁夏最深刻的印象是滩羊皮。我很小就知道滩羊皮，当时不知道这滩羊皮的"滩"是什么意思，现在才知道就是河滩的滩。小时候印象中滩羊皮的滩是打开的意思，摊开嘛！滩羊皮的俗称是九道弯，这个羊皮毛非常好看。我小时候就看过，我爹是军人，当时老出差，有次买回来滩羊皮。我们小时候家里没有皮货，不像现在弄个皮货什么的很容易。我记得小时候家里唯一的皮货，就是那个东北穿的大头鞋，就是外面是皮子的，里面是羊毛的。所以见到这种很细腻的滩羊皮，当时给我印象深刻，我小时候听说这滩羊皮是这么来的，就是说在母羊临产的时候，把母羊杀了，把小羊拿出来，这是最好的滩羊皮。我们小时候也没有慈悲的感受，等岁数大了觉得这事儿太残酷了。现在到宁夏去看到那个卖滩羊皮的人，人家告诉我们这就是两三个月的小羊，这羊还是生出来的。两三个月的小羊，身上的羊毛长得非常好，那时候剥下来的羊皮，是质量最高的滩羊皮。我看过有染色的，过去羊皮就是雪白的，后来开始染色，最初染成黑的，后来又有各种花色。国际上曾经也有一些大牌的皮衣选择滩羊皮这种材料，因为它从皮草行业上讲，还是比较环保的，是养殖的。现在狩猎的皮草，在国际上几乎寸步难行，有很多保护动物组织会抗议。另外人们对宁夏印象深的就是枸杞。我小时候那东西不叫枸杞，我记得大人都叫它枸鸡子。枸杞有两种，一种是我们大家常见的朱红色的，还有一种是黑的，黑枸杞据说更贵，我没吃过，我吃的都是那红的，红的不是很贵大家都吃得起。

　　我去宁夏干嘛去了呢？这事好多年前了，那有一大亨，姓李，没准就是李元昊的后代了。李元昊，本身也不姓李，是因为唐朝赐他国姓，所以他就姓李了。这李老板有钱，让我一朋友找我，说他收藏了好多东西，让我给他看看。我本来不想去，因为那朋友跟我关系太近了，怎么也得帮这忙，然后到宁夏顺便玩玩。正好又赶上夏天，特舒服，因为夏天北京比较热，宁夏凉快嘛！我一想也行，宁夏咱也没去过，去玩玩，所以就飞过去了。一去还真凉快。然后到朋友那住下，第二天先去看看景，接着就到了他的家。我一进家，我多少觉得有点瞎，因为他家里摆了好多东西，我一看都不贴谱，去了以后他先跟我们说了半天。我就婉转地说，你这个东西都不是太好，他说没关系，我有好的，他说那好的谁都不给看，我带你去看。

　　然后他就把我领到他那库房里去了，打了七八道锁才进去。他这人有点意思，所有东西上面都蒙着一块绸子，掀开给我看，我这一看就一愣，楚国文化的大朱雀，盖上。掀开一个一看，这个中原地区的青铜器，个儿特大，盖上。再掀开一个一看，一青花瓷……他那里什么都有，金银铜铁锡，竹木牙角器，各个时代的陶瓷。他那屋里很大的一个仓库，我在想我怎么跟他说，让他别在歧途走得更远，我就说你这东西都不好，他说不可能。我说为什么啊，他说我这东西都是我亲自挖出来的。我说你在哪儿挖的啊？他说我们这地儿没人管，到处都是墓葬，我自个儿挖出来的。我说你不可能，你别跟我这儿编故事，他说真不是故事，别人带我去的。我说这些都是你在一个地儿挖出来的吗？他说是。我说那你看看这个先秦的、秦汉以来的、隋唐的、宋元的，什么时期的东西都有，都在一个坑里挖出来的？他说这有什么区别吗，我说太有区别了，你一个墓葬出土的只能是一个时期的，你当然可能有前朝的东西，历史上确实有，比如我们清朝，墓葬里出土过宋瓷、明朝的玉，但你这些八竿子够不着的东西，都在一个墓葬里，这个可能性近乎零。他还执迷不悟，我那朋友跟他熟，说话就没我那么客气了，说李总啊，就你这东西弱智都看出来是假的了，你怎么就看不出来呢？我心里说那你就是说他是弱智呗。

对于我们大部分中国人来说，宁夏是一个神奇的地方。今天因为有西夏王陵的遗址，已经变成了一个旅游胜地。我们对宁夏了解少，对西夏了解就更少了，不管怎么说，在我们历史上，西夏曾是一个很大的王国，而且存在的时间非常的长，我们今天如果有机会去宁夏，一定要看看西夏那宏伟的王陵，不管它残迹剩下多少，一定能反映那个时代。

观 复 秀

右页图中这大酒坛子，搁了好长时间了，可惜里面没酒，这件东西有个名，叫嘟噜瓶。它为什么叫嘟噜瓶呢？一种说法说这嘟噜，来自于少数民族的语言。另一种说法，说这东西往外倒酒的时候，发出嘟噜嘟噜嘟噜声，所以这种瓶子都叫嘟噜瓶。这个是圆形的，在嘟噜瓶里这算最大个儿的。一般嘟噜瓶都是人头这么大，为什么？因为人头这么大，装进了酒正好拿着重量合适，

灵武窑黑釉剔花嘟噜瓶　西夏

这个装满了酒拿起来比较吃力。这种嘟噜瓶跟瓷器中的梅瓶，异曲同工，梅瓶比它瘦高。西夏有一个窑叫灵武窑，过去这东西都叫磁州窑，磁州窑是个筐，看不懂的往里装，不知道哪儿烧的，都叫磁州窑。但由于这些年西夏的灵武窑被发掘，所以大家今天几乎能准确地把灵武窑和磁州窑分开了。

西夏当时跟北宋是处在同一时期，所以从北宋学了很多制瓷的技巧。它的这个瓷土特别糙，有点像水缸的缸，缸瓦窑似的。它的装饰风格非常粗犷，我们注意看，有大叶子，非常漂亮。它的装饰风格仅注重上半部，下半部不注重，为什么呢？搁到桌子上它看不见，所以底下就别费那劲儿了。它上面有一个标准的模板，工匠脑子里很清楚，一个模板就是一个大叶子，然后用竹签子画出来，然后把这些不需要的地方剔去。

所以这是一个剔花的、灵武窑的一个大嘟噜瓶，口塑得很深，它为什么塑得深呢？当时喝米酒要密封的时候，塞上塞子拿布捆上，又拿个绳扎紧它，第二天还能喝。这东西是西夏的，我们可以想象在宋代的时候，宋代跟辽国跟西夏，南宋跟金国跟西夏形成三足鼎立的局面的时候，文化依然可以沟通。

人生五味

咸，百味之先，有盐就有滋味儿。

甜，天生讨喜，需谨防噬甜成性。

酸，过口难忘，叫人食欲大开。

辣，不怕辣，人生就是要来点刺激的！

苦，吃得苦中苦，方为人上人。

咸

我们说这五味，酸甜苦辣咸，能缺哪个？先去一个，让你去一个还能做饭，苦，再去一个，酸，酸去了那山西人就疯了，再去一个，甜，再去一个，哎哟，就剩俩了一辣一咸你肯定再去个辣就剩个咸，不能没味儿啊，盐是百味之先，只要有盐这个东西就鲜就好吃。

你一个人有天大的能耐，不使盐这饭没法做。天下盐，天下都是靠盐打下来的。过去农村穷，饿急了眼什么都吃，有时候就去偷人家的鸡，这鸡连夜就得炖了，家里什么都没有就一个锅，把水烧开了，先搁开水里一蘸，把鸡毛全拔了，找把刀一弄，肠子也没法洗，就扔了，能吃的全扔水里煮，没有佐料，就撒把盐，也没有什么烹调技术，特别好吃。

为什么古代老有盐商呢？因为这个盐一定是官盐，取消官盐就是这些年的事，中国有文字以来记载的历史上盐都是官家去买卖的，不允许你私人买卖。

盐有两种，一种是天然的，一种是制作的，天然的盐今天很少，过去也很少；制作的盐有两种，一种是卤盐，煮出来的，一种是晒出来的，到今天海盐还是晒出来的。

再有一种盐是天生的，就是岩盐，山上的石头带色儿的，有黄色的，有粉色的。我一朋友讲究，赴宴的时候自个儿不吃餐厅的盐，从兜里掏出一块岩盐，粉色的，拿着那个刀咔哧一点，弄盘子上，然后食物蘸着这个吃，他跟我说这块盐特别贵，我说有多贵啊，他说合人民币2万多块钱，当时我就肃然起敬，我说这人吃饭真够讲究的。后来在国外，我就见到岩盐了，人家把它堆在地上，里头打一个灯泡，跟岩石似的，一开始我以为是石头。

我说这是什么玩意，人说就是盐，岩盐，就是岩石上的盐，盐因为有点结晶透亮，所以底下搁一个灯泡就特好看。我说这贵吗？说不贵，你拿两块吧，我朋友带去餐厅那块要是值两万多块钱，我那天拿那块得值30万。

岩盐世界各地都有，但是我们大部分人吃的盐还是人工加工的，一个是晒的海盐，再有就是四川地方的井盐，用打来的卤水把它煮制成盐，所以古人说得很清楚，卤是天然的，卤水是咸的，人工加工煮制出来的叫盐。所以卤和盐在古代文献中是俩东西。汉代起，就开始用盐池炼盐了。《洛都赋》有这种记载，叫"东有盐池，玉洁冰鲜"。"玉洁冰鲜"就说它的颜色非常漂亮，一说这盐我想起我在农村的时候，见过粗盐，粗盐有两种，一种是粒特大的，还有一种是稍微碎一点的，但是也不能炒菜，都用它来腌制。那时候每年秋天的时候，要腌制很多咸菜，比如腌萝卜，知道萝卜怎么腌吗？就是切碎了泡盐水里，这是一个最简单的方式。腌萝卜条，就是那个带点辣味的，先把它洗干净再风干。在南方有些地区，是挖出来以后，带着泥腌，一定要带着泥腌才新鲜。腌制的东西不容易坏。腌制是中国，甚至全世界保存食物最古老的一种方法。

咸菜中，一种是拿盐腌的，还有一种就是拿酱油腌的，比如北京有一种咸菜，酱疙瘩，还有一种拿盐腌的叫水疙瘩。我们小时候吃饭能有酱疙瘩，那就算奢侈了，一般吃的都是水疙瘩。

我过去在农村当知青的时候，处境比别人好一点，当时我在食堂做饭。每个知青国家当年每个月给 12 块钱，在北京还是很不错的，12 块钱基本上够吃了，每天平均 4 毛钱。我们那个村知青人数最多时是 146 个，每天大概有五六十块钱的伙食费。但是那时候不像现在食堂你想吃什么就吃什么，我们那时候没办法，每天就一个菜，尽可能的沾点荤腥，没有肉也得拿猪皮把锅擦了，得有腥味儿，那个菜才能香一点。我们那食堂最忙的时候就仨人，有一个烧火的老头，剩俩人干活。我切菜，到现在我刀功都很好，能雕个萝卜花。做厨师刀功是第一位的，你连菜都切不了你做什么厨子呀。这刀得切得匀，比如我能切蓑衣黄瓜，切完了以后一提溜，给你闪两下子，跟弹簧似的，黄瓜为什么要切成蓑衣？好吃、入味。

　　我在食堂做菜积累了一些经验，就这放盐是要看天的，一看大夏天的，暑热难耐，或者说今天这知青出去干什么活，比如割麦子去了，菜多搁盐就没事，因为他们干活大量的汗液流失，盐分损失。所以知青只要干了重体力活，或者是特别潮闷的天气，大量的出汗，他回来就不怕咸，就多搁两把盐。那时候搁盐搁最多的是炸酱面，知青是太能吃这酱了，你有多少酱他都给你吃了，他敢先吃半碗酱再去吃面条，后来的人没就酱了。为了让酱够吃，就往酱里加盐，一盆酱里头至少搁二斤盐，吃这一口咸得直翻白眼，干重体力活的不嫌咸。生活中这些经验都是积累的，我们在农村做饭的这个经验今天餐厅的大厨，肯定都做不了，人家都没听说过，看天搁盐，你这叫什么路子。

甜

我小时候特别喜欢吃糖，我到现在有时候还突然狂吃一顿甜。看一个电视剧三斤水果糖，嘎嘣嘎嘣地全嚼了，水果糖它不怎么甜，最甜的就是中东的那甜食。我去以色列吃他们的甜食，齁儿甜，那甜真好吃。但是糖这个东西对人并不好，小孩不能很早的摄入糖，人身体是可以合成糖的，人到中年以后尽量不要吃糖，有的医生跟我说万恶糖为首，糖给你带来很多疾病。但是人为什么特别愿意吃糖呢？因为糖能救急，比如你特饿的时候，给一块糖，马上就舒缓很多。

我有一个朋友老去西藏旅行，那西藏什么事都可能遇到，他的书包里永远有两样东西，一个是可以注射也可以吃的葡萄糖，他说最艰苦的时候它可能救你命，还有就是背一块大巧克力。万一陷入绝境，这两件东西可以让你生命延续很多天。所有的味道当中，只有糖是被人天生喜欢的，小孩都特别愿意吃糖。从健康的角度上讲，尽量少摄入糖。摄入过多糖的后果非常严重，首先人会超胖，你看美国的大胖子挺多的，所以糖一定不要多吃。我们现在说的糖都是人工加工过的，古代的糖它不是糖，是饴，饴糖，我们到现在也说。比如《诗经》有这样的话叫"周原膴膴，堇荼如饴"，这个"饴"就是指我们现在的麦芽糖。麦芽糖在我小时候叫关东糖，特粘牙，但是特好吃。一到冬天的时候它冻得硬邦邦的，刚一嚼特脆，一会就特黏。白糖什么时候进入中国的呢？按照《新唐书》上的记载，糖是当年唐太宗遣使节去到印度学的。一开始应该就是蔗糖，植物糖有两种，一种是蔗糖，还有一种是甜菜。过去在东北都是拿甜菜炼糖的。大规模的工业化制糖，是18世纪末19世纪初才开始的，主要是通过甘蔗制糖。南宋时期有一本书叫《糖霜谱》，它最早就介绍了蔗糖的制作方法。

酸

糖吃到肚子里，吃多了胃酸，但这醋吃多了不胃酸。有个吃醋的故事讲的是唐代房玄龄的事，他老婆是个妒妇，当时唐太宗想让房玄龄纳妾，房玄龄说，我得问问我老婆，结果他老婆不高兴，老婆说你要是去再纳个妾什么的我就死给你看。唐太宗就说，这有一瓶毒酒，你要不然就让他纳妾，要不然就把这酒喝了，房玄龄老婆二话不说就把这毒酒喝了。而这毒酒其实就是醋，吃醋的典故就这么形成的。

醋有山西老陈醋，这味道我特熟，因为我小时候只吃过这一款醋。现在还有什么呢？镇江香醋，苏东坡特别爱喝，再有福建永春的老醋，四川阆中的保宁醋。酸分两种，一种是添加的酸，一种是自然的酸。食物酸特好吃，比如酸汤鱼、泡菜、酸菜炖白肉、酸菜粉丝。现在的酸菜都不是那么酸，比如酸奶，真正的酸奶是发酵的，特酸。酸对身体是有好处的，开胃，助消化。

辣

我们今天吃辣特别普遍，甚至比我小时候都普遍，小时候认为吃辣的就是四川人、湖南人，后来我才知道陕西人也吃辣，我现在发现什么人都吃辣，哪个地区都有辣菜。中国古代的人是不吃这种辣的，吃的是辛，辛辣，葱、姜、蒜是这种辣。辣椒传入中国是在明朝末年，跟哥伦布发现美洲大陆有直接关系，哥伦布发现美洲大陆才把美洲的辣椒带到亚洲来，据说是通过吕宋岛，就是菲律宾那边传入到中国，辣椒进入中国也就 400 年，所以四川人、湖南人吃辣也不会超过 400 年的历史。

金庸在《天龙八部》中就出了笑话，《天龙八部》说的是宋朝的事，却有吃辣椒的描写，宋朝人肯定不吃辣椒，金庸先生是大家，偶尔出个纰漏这很正常。我们对历史知之再多，也是沧海一粟，但是不能瞎编，现在电视剧中存在大量的瞎编的情节。古代的吃是阶段性的，有几个大节点，第一个节点就是西汉张骞出使西域，带回了很多新东西，再有就是晚明，晚明是食物进入中国最多的一个时期。

如果说四川人最能吃辣，估计很多地方都不服，陕西人肯定不服，陕西有红辣椒街，我去过，这一条街只卖辣椒，通红一片一条街，壮观至极，当时把我看呆了。那时候生活苦，他们普通的农民吃饭一年到头就一个菜——干辣椒，把辣椒炒出来搁上盐，吃面也抓一把，吃饭也抓一把，就这么过日子。各地辣有很多不同，陕西是干辣；四川是麻辣，里头有花椒；贵州也有点麻辣，还带点酸；湖南是香辣。炸辣椒一闻就倍儿香，我小时候特爱炸辣椒。炸辣椒容易炸煳了，因为你不能拿手指头试油温烧，炸辣椒最保险的状态是把辣椒切好了，跟盐一起搁在一个容器里，然后油烧热了往里倒就完了，厨房飘着特香的味儿。如果你把辣椒往油锅里一倒，大部分都得炸煳了。

　　人一定要学会吃辣，因为学会吃辣有无尽的乐趣，我就特喜欢吃辣，我现在胃不好不敢吃得过辣，原来能吃特辣的东西。但是现在如果长时间没有辣味，吃饭不过瘾，不香，辣椒本身就是一种让你上瘾的东西，凡是能让你上一点瘾的东西，它都可以让人发财。比如我们知道盐，有大盐商，糖，有大糖商，很多人喝可口可乐上瘾，可口可乐发了大财。据说中国最辣的辣椒是海南的黄灯笼椒，我在飞机上被害过一回，你坐海南航空，它上面绝对有那小袋的东西，我上回要了一个，我的经验比较狭隘，我认为辣椒辣的前提是它红，越红越辣，那天不知道为什么就把黄辣椒给挤嘴里去了，好家伙，给我辣得看着那空姐都感觉不漂亮了。

苦

　　酸甜咸苦辣，甜酸咸苦辣，里面都有苦，我们今天吃苦东西不多，也有人爱吃，比如苦菜、苦瓜。现在我能喝苦丁茶，苦丁茶搁两根就特苦，搁五根你根本没法喝，太苦了。但是苦瓜这种东西，还有一些苦菜，并不难吃。有一个特别好的苦菜，叫鸭蛋黄炒苦瓜，很香，鸭蛋黄的味就把这个苦给折了。我的原则是凡是别人能吃的我就能吃，我还不怕脏，因为小时候我们生活条件也没那么好，到哪儿看别人吃我就吃，实在不行先吃点黄连素防止拉肚子。所以我现在生活中对吃饭这事不是太讲究，现在有人很讲究，比如一个苍蝇一过去，这顿饭不吃了，过去农民分得清清楚楚，苍蝇也分两类，一类是吃饭的，一类是吃屎的。饭桌上的都是饭苍蝇。

我们看五味，甜酸咸苦辣，其实还有一味，它跟苦并行，只不过大家不爱说，那就是臭。

番外 · 臭

现在很多人都爱吃臭的，什么榴莲、臭豆腐，戒都戒不了。一般臭豆腐，指的是江南臭豆腐，黑的，江北的臭豆腐不是那个味。江南臭豆腐跟江北臭豆腐 PK，那江北臭豆腐把江南的臭豆腐都弄成香的了，江南臭豆腐是一种不算太臭的臭味。我第一次是在长沙那个小吃一条街，什么味儿啊，说是小吃店炸的臭豆腐，闻着臭吃着香。

北方那臭豆腐，先说视觉感觉，暗绿色，发霉的那个颜色，切成四方四正的，如果不是这个形状，估计你还真就不吃。这一块绿的搁上来，浇点香油盖着它点，为什么吃臭豆腐要浇点香油呢？那个东西非常的臭，而且它非常地接近排泄物的那个臭，油把它封住以后，不至于屋里的气味太大。

我们在农村的时候，臭豆腐当时是 2 分钱还是 1 分 5 一块，知青之间干坏事，弄半块臭豆腐，跑人家宿舍里，趁着人家宿舍里没人，到那床铺底下，拿手一抹，这点臭豆腐全腻在里头，你看都看不见，一进屋，说这屋怎么这么臭啊，所有人找也找不着，这一臭能臭半个月。

在 20 世纪 80 年代的时候，有人革过这豆腐形状的命，过去能吃酱豆腐是非常奢侈的，说这东西味不好，要改进，包装改进成牙膏状了，它不影响别人。尽管味儿能捂住了，但这个改造没成功，你吃的时候挤一节，挤不好一转再往上一拔，那个视觉感受太难看了，卖不出去，谁买一管回去感受一下就知道了，所以这个心理感受叫文化。你认为牙膏挤出来就是牙膏，你把它做成任何食物，它都救不活你的内心。

人为什么要吃臭？因为刺激，人吃臭跟吃酸是一个道理。人早期获得食物不易，食物坏了也得吃，食物放酸了也得吃，放臭了也得吃，慢慢就养成了一个吃臭的习惯。

人生因为有五味，才变得丰富，酸甜苦辣咸，你什么都吃，你一生是非常幸福的。如果你不吃辣，去掉一味。我不吃苦，又去掉一味。你说酸我也怕，又去掉一味。糖我又怕胖，你这辈子就吃咸东西，什么都不吃，你人生就没那么多快乐。

生活也是这样，生活中肯定是五味俱全的嘛！看文章有人说五味杂陈，就是酸甜苦辣咸什么感觉都有。你生活中也有，酸，吃醋就是酸的吧，每个人都吃过醋，吃醋是一种很高级的情感，嫉妒你才会进步，当然不能过分的嫉妒。甜，甜蜜，要节制。苦，吃一点苦有时候很清口，夏天解暑。辣，不吃辣，人生缺一大块吃的乐趣。咸，没有咸没有鲜，所以吃的东西搁一点盐就很新鲜。我们生活中不可能碰到的全是顺心的事，如果你这辈子的事全部都顺心，那这一辈子就特别没意思，所以你就要有苦难、有刺激，苦就是苦难，刺激就是辣，有情感，酸就是情感。有人有学问就容易酸，苏东坡、佛印、黄庭坚三个人，比谁学问大，就一起尝这桃花醋，各自有各自的感受我们没有他们这么高的境界，但我们作为平常人，一生中也应该尝尽五味。

观 复 秀

　　说到辣椒，其实我想到的是火锅。后图是清代的铜胎画珐琅火锅，这种火锅很有设计感，过去宫廷里就有，这至少是王爷一级才敢使用。这种火锅尺寸比较小，火锅上面一个拔火罐，里头搁碳。火锅文化是游牧民族传给我们的，首先吃法是围着吃，明朝的时候我们还分桌呢，一人一个桌，围着一个大桌吃饭是游牧民族教给我们的，过去汉人认为这是一种很野蛮的吃法。游牧民族为什么围着吃，而不分着吃呢？好不容易逮到一只羊，大家围着这撕一块那撕一块，弄一个火锅，直接烧开了一涮就完了，特方便。

铜胎画珐琅火锅　清代

　　火锅在烹调技术里是最简单的，严格说烹调没啥技术含量，技术含量就在那佐料里，过去涮羊肉就是白水什么都没有。扔个葱姜蒜就开始了，现在佐料都是袋装的，拿剪刀一剪开一挤出来就能涮了。咱们国家这么大，全国各地各种地方性的火锅，比如四川的海底捞，潮州有打边炉，打边炉就是比较现代化的涮锅方法。近些年流行一种芝士火锅，我觉得体验不好，首先气味不好，很臭，第二，那东西特别危险，把火点着芝士，芝士多黏稠啊，它在里头烧热了，就看着鼓起一个泡，破了，然后一会又鼓起一个泡，又破了，视觉感觉很差，一点都没有那种沸腾的感觉。你去涮，那东西全是黏的，特烫，吃的时候口感不好，我们的火锅无论多烫，一拎起来佐料一蘸，温度立刻就下来了，正好适合入嘴。涮火锅时我们经常喜欢涮带点异味的食物，异味没关系，吃点怪味的东西可以让自己的人生很丰富。

　　这个盘子，墨彩加金带青花，边上是边饰，这花卉是青花，里头是墨彩，墨彩雅。这是乾隆早期的物件，带有雍正的味道，雍正时期特别愿意画墨彩。上面画的是八只大雁。这画的很有意思，有几只在天上飞着，有几只站在水里嬉戏，这张着嘴的在等吃的，还有在叫唤的。这个画片非常有名，它有非常深奥含义的，它表达了大雁的四个生活状态，飞鸣食宿。

墨彩八雁盘　清·乾隆

　　我们在前面讲过，人也是这四个状态，飞是什么呢？飞是一种技能。鸣是人的发声和动物的发声，第一是交流，第二叫宣泄，表达愤怒也是一种宣泄，感情是需要宣泄的。食呢，就是吃，用以维持生命。宿，休息。飞鸣食宿，实际上是在反映人的生活状态。所以这样一块盘子，反映的不是鸟的世界，我们讲江湖不是鸟的江湖，是人的江湖。

掌握技能，是你生存中最重要的一点。古人说艺多不压身，你一生中能学很多技能，比如刚才说盐，盐你能怎么做呢，能做腌菜，腌菜一种叫深腌，刚才咱们讲腌咸菜全叫深腌，还一种浅腌、爆腌，跟爆炒是一个路子，就是快。盐除了能提味，还能消毒杀菌。手破一口子如果实在没招了，往伤口上撒盐，可以消毒。盐还可以引甜，有一句话叫要想甜搁点盐。

古人吃什么（上）

民以食为天。东西方在饮食文化上有很大的差异，主要源于主流文化不相同。我们是农耕文化下产生的饮食文化，西方是游牧文化下产生的饮食文化。原始人类主要是靠打猎和采集维持生命，在农业革命以后出现了种植和豢养，所谓豢养就是把动物圈养起来。从旧石器到新石器时代，农耕文明形成的很重要的标志，就是以种植改变了原来的采集，以豢养改变了原来的打猎。

农耕民族最重要的一个愿望就是要定居，定居使生活变得非常安定。所以农耕文化中很重要的一点是种植。在种植粮食的过程当中，饮食文化不断发展，出现了煮这样一种饮食方式，煮是最简单最有效的一种烹饪技法。我们今天觉得煮不算什么技术，那是由于我们的饮食文化不断革命，不断进步的一个结果。

游牧民族跟我们的差距就稍微大一些，游牧民族一开始是吃生的。比如抓住猎物以后，第一个就是切割下来吃。今天我们在电视上也可以看到爱斯基摩人捕食到海豹后，依然是第一刀切开就是吃生肉，吃它的肝脏。

游牧民族是以打猎为生，所以他必定拿着刀，这样他就形成了用刀叉吃饭的习俗，一直沿用至今。而由于我们是煮食，刀在锅中和在水中是一点作用都没有的，就造成了我们用筷子。

筷子文明和刀叉文明在饮食当中是东西方的两种文明。筷子文明发源于中华大地，刀叉文明发源于欧洲游牧民族。过去我们的农耕民族认为刀叉上桌是非常野蛮的方式，不礼貌也不安全，所以刀是绝对不允许上桌的。我记得在我年轻的时候，即使菜有连刀现象或者切得不好，家长都不允许拿刀上桌，必须把菜端下去，到厨房把它解决了再端上桌。

我们比较东西方的饮食结构，你会发现东方人多吃蔬菜，西方人多吃肉食。为什么我们多吃蔬菜呢？是因为我们是以种植为主的农耕文明。所以我们今天跟西方人比吃肉，我们吃不过人家。我去国外有时跟外国人吃饭，比如美国人要非常大一块牛排，我觉得那一块牛排够4个人吃的，他一人全吃了，我吃不下去，不是说我吃得动吃不动，是我胃受不了，根本就消化不了。

中国人都认为这肉必须得熟了，这饭有一丁点儿夹生都不能吃。我们认为"熟"是吃饭的第一标准，熟食比较安全和卫生，而西方人认为生是第一标准。

我们这些年还算习惯点，学会了很多西方吃饭的方式，30年前，我们去吃西餐从头到尾都不适应。先吃了一盘沙拉，所谓沙拉都是生菜，而中国的生菜就是仅限于一些小菜，比如一些拌菜。他的主菜牛排上来，要问你要几分熟。西方人吃牛排一定要问你要几分熟，我记得当时我们去餐厅吃牛排，跟服务人员说我要嫩一些，中国人认为肉嫩一点是咀嚼不费力的一种表现，而西方人认为嫩一点就是生，所以牛排端上来的时候基本上都是生的。

我们人类最初是吃生的，为什么吃生的呢？因为我们跟动物没有区别，你看看哪个动物煮熟了吃。那为什么后来改为吃熟食呢？是因为偶然的情况下吃到熟食，比如山林大火，有的动物被烧死了，人就捡到这种烧死的动物，当作食物吃，而且还比较容易消化。我看过一本书就讲人类的进化跟吃熟食有关，由于人类吃熟食使大脑加快了它的进化，这可能是有道理的。所以人类在吃熟食方面就开始由被动到主动。主动的一个方法就是把它煮熟。

我们看早期的证据、文物，比如青铜器中我们最熟的鼎就是个炊具，说白了就是我们今天的一个锅。比如镬，镬是稍微浅一点的锅；比如釜，说这人如釜中游鱼，就是如锅中的游鱼一样，这些都是直接用水煮的炊具。另外一种是蒸的，比如甑是蒸的，甗就是蒸锅。今天有时候你想这事有点可笑，我们青铜器的收藏家无非就是收藏了古人的炊具而已。

我们为什么吃饭要煮呢？主要是煮了以后易于消化，易于消化，它就节省粮食，提高了效率。吃饭是一定要提高效率的，我说的效率不是吃饭的速度，而是你少吃多应付，多应付这个世界，比如说如果我吃一小碗饭，就能应付这个世界的话，就犯不着吃两碗饭。过去有一种非常令我羡慕的食品叫压缩干粮，也叫压缩饼干，是军队用的，很小的一块儿，据说一块饼干能顶一天。但特难吃，嚼下去如同嚼渣子，它必须是干嚼，然后大量地饮水，让它在胃里发起来，提供你一天的热量。人类一开始无意识地追求这种效率。那怎么知道它有没有效率呢？古人发现熟食比生食容易吸收，比如麦子，我们今天的麦子为什么都要磨成粉？磨成粉熟了比较利于吸收，如果你吃生麦子，就是你怎么吃进去的，大约就怎么拉出来。我年轻的时候在农村待过，麦子快要熟的时候，到麦子地里去抓下一把麦穗，揉一揉，一吹麦壳什么都吹掉了，然后就把那麦子吃了，一开始还嚼一嚼，有时候一把嚼两下就咽了，咽了以后顶多过一天，你又看见那麦子了。所以，你要生吃整吃麦子的时候，它不易消化，它在你的肠胃中不能被吸收就不能提供热量。古人就逐渐发现，如果精心细作的时候，它会省粮食。我们吃饭的时候，过去老人老提示孩子一句话叫细嚼慢咽，为什么细嚼慢咽呢？就是希望你把这些你吃下去的食物全部咀嚼成泥状，然后吃下去以后，易于消化、易于吸收。

所以人类的牙齿很有意思，我们看今天的孩子，牙经常是不齐，为什么不齐呢？是因为我们的文明在进步，文明进步为什么导致牙齿不齐呢？这事就很奇怪。我前几年去山东省博物馆，有一个展柜中有出土的早期人类的头骨，我发现一个很新鲜的现象，就是四十多个一溜儿头骨摆着的时候，我看每个人的牙都是齐的，比我们今天的人牙齐，无一例外。我当时就很纳闷，然后我一个朋友就说他正好有一个朋友是研究这个事儿的，他说古人下颚比我们现在人有力量，就是你咬东西的力量跟古人比起来差得很远，所以人的下颚就逐渐在收缩成为尖下巴颏，过去的人对人面貌的评价都叫天庭饱满、地阁方圆。我们现在的要求是天庭一定还得饱满，但是下颚一定是锥子脸，所以很多明星都得偷偷把骨头削了变成一个锥子脸。

由于现在过分的吃细食、软食、熟食，使人的下颚发育不全，所以下颚就变得非常没有力量，长得非常小，人的牙齿就没地儿了。我们一共有多少颗牙齿呢？正常的人应该是32颗，以中轴为线，上边左边8颗，右边8颗；下边也是左边8颗，右边8颗。可今天很多孩子少长牙，有的少长2颗，多的少长4颗，一般情况下都是少长底下的第8颗，两边的第8颗牙，因为下颚没有力量，骨头不发育，所以这两颗牙没地方长，有的干脆就不长，如果它死命的长，就把你的牙挤得歪七扭八，所以你注意看人的下牙的错集比上牙多，就是这个道理。按照今天的这种速度，我估计可能在物竞天择当中，未来的人类可能以后就少长4颗牙，每人都是以中轴为线，一边长7颗。你去看看动物就不是这样，比如马，马甫说嚼麦子，嚼那干草，人拿手拽都拽不断，马搁嘴里呱呱一嚼全成沫。所以人和动物之间在咀嚼功能上差距很大。尤其吃了熟食以后，人的咀嚼功能严重下降。

煮是所有烹饪的一个基础，比如我们经常要喝的汤，无论你怎么做，都是以煮为基础，因为有煮才有今天的汤。汤它会有分衍，比如说我们今天所有的清汤为汤，比较黏稠的汤为羹。我们还有一道名菜叫开水白菜，你听着这玩意似乎好吃不了，开水白菜虽然以水为媒介，但这水不是一般的水，这水是鸡汤。传说这道菜是宫廷御菜，早年乾隆下江南带回来的，它是调好的高汤，用这种高汤找最嫩的白菜一涮，所以这白菜就非常的鲜美。我曾经有一阵子不想吃肉了，肉吃得多对于我们今天的人类也是个负担，一个人是一个化学机器，如果过分吃肉食，你的机器在消化功能上可能会出问题，所以人尤其到了岁数大的时候尽量少吃肉。但是，由于养成了吃肉的习惯，对荤腥的味道特别感兴趣，那怎么办呢？我曾经有一段时间就是熬一锅鸡汤，用汤涮白菜、涮菠菜、涮芹菜，涮什么都可以。它既沾了荤腥，又在吃素，所以这样对身体调理是非常好的。

在古文献中有时候会发现两个字叫煮汤。你如果不注意看，就以为跟我们现在的煮汤可能是一个词汇，其实不是。古文献中的煮汤有时候是指熬药，煮和熬从某种角度上讲是一个词。我们今天开锅就为煮，不管多难熟的东西，只要它能熟，我们就一定能够煮熟，但其他的方法未必能熟。比如你爆炒黄豆肯定熟不了，所以有了七步诗："煮豆燃豆萁，豆在釜中泣。"一定拿着豆煮着说："本是同根生，相煎何太急。"你如果一开始就把火烧得特别旺，豆是炒不熟的。

在煮的基础上，人类发明了一个稍微高级一些的烹调方法叫蒸，蒸是指不直接接触水，水是媒介，而煮是直接接触水，这个很容易分清。

我有时候跟朋友聊天，我就问他们谁知道米饭有多少种做法？都说米饭不就两种做法吗。我说不对，米饭有很多种做法。第一种做法叫焖米饭，今天的电饭煲严格讲全叫焖米饭。过去焖米饭是用铁锅焖，我那时候在农村食堂里，那大铁锅直径一米多，焖一锅饭。焖非常危险，因为这锅太大，那时候都是烧柴火，如果你掌握不好火候，这个底下就煳得厉害，一煳就浪费粮食，但是如果你焖得好，这锅底下一层锅巴，那锅巴是最受人欢迎的，谁都来掰一块大锅巴吃得特香。

第二种做法是蒸米饭。蒸米饭比较安全，过去食堂经常一人一碗，把米搁进去，适量的水搁进去，底下一大锅蒸开，蒸到一定程度，每一碗米饭都熟了，这就是蒸米饭。

还有一种是可以一物两吃，就是捞米饭。捞米饭实际跟做粥一样，米饭在里头捞，不停地在里头搅动到一定程度，然后直接用笊篱把这些米全部捞上来，搁在屉布上，再用水蒸，然后这一锅汤，就变成食堂中午的一大锅米汤。这种先煮后蒸就叫捞米饭。

我们今天日子过得太好，吃饭经常剩得满桌都是，过去穷的时候没有这个事情。在 20 世纪 50 年代末 60 年代初的困难时期，那时候极度缺乏粮食，所以国内曾经有过一段做饭技术的革新运动。这个运动很有意思，发明了一种做饭的方法叫双蒸法。当时做饭的时候，所有的饭不管是米饭还是玉米饭都是两次蒸熟，比如说玉米，它首先蒸五分熟，然后拿去磨成粉状，再拌着水蒸成馍，所以这种蒸法的好处就是过去一斤玉米能蒸出一斤半来，这样双蒸能蒸出两斤半。米饭也是这样，米饭的双蒸是第一次先蒸米，把米蒸熟了，然后兑水以后再蒸，所以一斤米能多蒸出一斤饭来。那吃下这饭管不管用呢？据当时的报纸说是管用的，因为群众吃得红光满面，生产劲头十足，嘴里还啧啧称奇。这种双蒸法在渡过了那个困难时期就销声匿迹了。今天老一点的人可能还记得这个双蒸法，而年轻的人根本就不知道双蒸法是怎么一回事了。

蒸饭是今天每家每户都沿用的一种简单的做饭方式，但是过去请人吃饭可以做成全蒸席，我们今天很难吃到全蒸席。我们现在吃的菜是各种烹调技法，从一开始的拌凉菜，一直到最后的大菜上来，不停地变换烹调技术。但是前些年我去江苏的时候，吃了一次地道的全蒸席，蒸菜在过去是一种非常高等的宴请方式。为什么蒸菜成为宴请方式呢？是因为当年人的结婚跟今天不一样，我们今天可以一年四季随时结婚，什么时候都可以举行婚礼，但是过去不行。过去的人一年四季都在劳作，结婚就赶过年的时候，而且要请几百人吃饭，如果光靠炒菜，肯定供应不上，因为过去没有煤气，都是那种简单的煤炉。所以在江南地区就出现了一种蒸席，从头到尾都是蒸，尤其那时候人多，又没有大的空间，只能在露天吃饭，在零度左右的气温中，所有的桌子上搁一大锅，一揭锅几层屉，全部一模一样的蒸菜，有蒸蔬菜、蒸鱼、蒸肉。尤其咸鱼和腊肉高温蒸完以后特别香，一道一道的蒸席保证了所有桌饭菜都非常的热。

西方人对饭菜凉不凉的概念没有我们那么强烈，我们认为请人家吃饭饭菜一凉，这饭菜的等级就不够高，而且中国人认为这菜是温的就算凉，所以一定要烫嘴，尤其过去的很多人很喜欢吃烫嘴的菜。我早年参加过一个比较大规模的国宴，你别以为那国宴有多么神圣，有一百桌一千人吃饭，那饭菜全是凉的。我估计就主桌饭菜是热乎的，我们的都是提前做好的，都是半温不热的菜，所以吃着没什么好的。

我们今天讲煮就一定要提到其他以水为介质的烹调技法，比如熬，熬是需要时间的，所以有人说我这事就跟你熬上了。烩和熬会有一点接近，比如我们北方经常说吃炒饼，也吃烩饼，烩饼的水一定比炒饼多，比如吃焖面和吃炒面，焖面放的水一定要比炒面要多，炒面不能搁水，一搁水就黏了。比如我们说炖，炖是指有一个收汤的过程，它是一个多水量到少水量的过程，水一开始是多的，越炖越少，最后跟食物一起去吃。跟煮这种烹调方法还比较接近的一个吃法是什么呢？汆。比如北方有汆馒头、汆白肉、汆萝卜，汆是指在水大开的情况下，迅速入水，这叫汆，水一定是大开，如果小开它都不能叫汆，凉水就更不能叫汆。汆跟焯有什么不同？同样都是过热水，过大水，但是焯立刻就出水，而汆不出水。还有一个今天大江南北都非常习惯的一种，跟水直接发生关系的烹饪方法叫涮。涮的本意是指冲刷荡洗，后来引申到你拿我开涮，你把我涮了。涮是一个很快的动作，比如过去我们小时候洗澡动作快，洗完澡从公共澡堂子跑出来，大人就说这孩子怎么"涮"了一下就跑出来了，这个意思就是动作快。涮本身并不是一个烹调的词汇，它是引申过来的，是指在热水中迅速地涮了一下。这种方式是游牧民族带给我们的，游牧民族吃热食，涮是一个最基本的方法，而我们过去涮的这种烹饪方法并不是主流。游牧民族发明了涮的这种方法，过去在艰苦的环境中，把肉切成片，扔热水里一涮，然后蘸着盐就吃了，后来我们引用了这种方法。比如北京，明朝以前涮羊肉是非常少的，或者说根本就没有，由于满族人入主中原，带来了满族人的吃饭习惯，所以涮羊肉就变成了北京非常重要的一道名菜。

煮不仅能够煮食物，还能够煮酒、煮茶。我们老说青梅煮酒论英雄，这煮酒是怎么回事？过去我们的酒都是酿造酒，酿造酒可以煮得非常热去喝，煮的时候放两粒青梅，口感非常好，一边喝着酒，一边就着青梅，这想着都酸。还有煮茶，今天新疆、西藏、内蒙古都有奶茶，奶茶就是拼命地煮。比如我们的茶砖沱茶，掰下一块在里头煮。我去新疆的时候，看见人家茶就是煮的，所以就理解了古人说的煮酒、煮茶，它是真正意义上的煮。

那么引申是什么呢？我们的晒盐技术，有时候也叫煮盐，一加热，让水彻底干了，这就是煮盐。煮需要很长时间，至于焚琴煮鹤是大煞风景的事，过去说这人办事焚琴煮鹤，把很名贵的东西全给糟蹋了是大煞风景。至于煮雪，是把雪搁在锅里给煮了，熬成水去沏茶，这都是女文青的小资情调。

观 复 秀

这个容器有三个抓，抓上有孔，还有一个流，流显然是为了倒出来方便。这东西叫铫子，大部分人甚至搞文物专业的人有时候都不知道这东西叫什么，实际上这个铫字一般人看见也不认得。北京有一道名菜叫炖吊子，就这么来的。北京还有句话说这人半吊子，一般的解释是说一吊钱就是一千文，如果只有五百文，就是半吊子，是这人做事不着调的一个代名词。我倒觉得这

短流石铫子　唐代

半吊子有可能是来自这种铫子。

容器的上头有三个孔，我见过完整的辽代的是带有铁丝的，它一定不是软线，不是棉线麻线，要不然一着火就断了。这件东西是使过的，它底下碳化的痕迹非常的重，这种铫子在过去早期的烹饪中很重要，它是吊在空中，底下可以加火去烧。我们现今做饭已经非常简单了，大部分人使用的都是天然气或者煤气，有管道的、有罐装的都很方便。在我们年轻的时候，大部分人家里做饭还是使用煤，再早就使用柴，用柴就非常不方便。

铫子是一种很简单的炊具，这种铫子一开始有可能就是烧水的，它的流上边有一道拦水线，拦水线表明它倒的基本上是比较稀的液状物，比如说是水，比如说是很稀的米汤。我们今天家里几乎没有人使用这样的炊具了，所以我们看到它也不一定认识，认识它也不一定知道它的名字，知道它的名字也还不一定知道是哪个字。所以我们历史的文物就提供很多这样的信息。这件东西大约是唐宋之际的，我见过很多很漂亮的，比如唐代的底下腹部更圆润一些。我见过最漂亮的一件铫子是在今天的台北故宫，是宋代定窑的，上面还带有刻花，白色的、非常漂亮。瓷器做成铫

子，我觉得在那个年月更多的是一种精神享受，因为那种瓷器用烈火加温的时候很容易破损，所以我们看到的铫子基本上都是石头做的。

古人吃什么（下）

  蒸煮源于我们的农耕文明，烤制食物源于西方的游牧文明，两种文明相互影响，饮食文化也相互影响。

  今天东方也有烧烤，比如你去日本，你能吃到铁板烧，不过铁板烧在日本的餐饮中算是比较贵的。如果你去韩国，或者看韩剧，他们也是铁板烤肉，但发展到我们国家，比如北京到处的韩国烤肉都是网状的，炭火上直接烧烤。再有就是你去土耳其，那烤肉比较邪乎，它叫旋转烤肉，有一米多高，在那转着、烤着、流着油，卖肉的拿刀一点一点切，吃多少切多少，还不是切，是刀飞快往下削。

人类早期吃的这个油脂更多的是动物油，我们大量食用植物油，也无非是近年的事。过去有个词叫"民脂民膏"，脂、膏是两种什么东西呢？古书上是这么解释的，有角的比如牛羊，它这油叫脂，无角的就叫膏，所以牛油羊油统称为脂，那猪油就称为膏。比如我们今天说的羊脂玉，说得很准确，它是按照羊油的这个说法。过去古人规矩大，比如《礼记》中记载，就当时的烹饪，脂用葱来调味，膏是用韭菜。我们今天这个脂更多的是指脂肪，今天说油就是油，也不再说脂了。我们生活中有时候偶尔还能用到，比如母蟹的籽叫黄，公蟹就说是膏，这个膏状就有点油脂状。

古人比较辛苦，很少吃油，所以古人很少有发胖的。汉唐之际，吃的主要是芝麻油，这个我们要感谢汉代的张骞，他出使西域以后带来了芝麻，芝麻是很容易出油的，到今天小磨香油都是芝麻磨的。你拿指甲使劲掐芝麻，都能掐出油来，大豆也能出油，但你掐它掐不出来油。汉唐的时候用油非常不普及，所以那时候油是一个稀罕物。但是到了宋代以后相对就普及了，所以看到宋代的文献记载上就有一些炸、煎这样的字眼。

古代榨油跟今天不一样，古法榨油首先是很原始的一种状态，它首先榨的一定是自身带油多的。比如最古老的是芝麻，明代以后有花生，这都比较容易榨，古法榨豆子是一个很晚的事情了。今天一说就是什么脱涩、5S 压榨工艺，这都是现代工艺，现代工艺榨油比较容易，这就导致我们今天的油比较便宜。今天每个人的吃油量比我们小时候要大很多。我们小时候每个人每个月只有半斤油，家里四口人就两斤油，你说今天两斤油怎么够吃呢？吃一回水煮鱼就没了。那时候你有钱也买不到，它是凭油票的，那上面写着半斤，你拿到副食店给售货员，搭上钱，打半斤油回来，所以油最起码在我们年轻的时候还是一个非常匮乏的物资。

烤跟煮一样，它是人类最原始的一种烹饪方法，一烤这油就滋出来了，它直接见火。人类喜欢吃烧烤，烤肯定是源于自然的一种启发，自然的山火一着，动物就烤熟了，烤熟了后原始人发现这肉不仅香，还有一个功能是防腐。一个动物的尸体，如果在自然界中很快就会腐烂发臭，但如果被火熏烤以后，它会保存相当长的一段时间。人类发现了自然界中的这种功能后，就出现了一种保鲜的方法，就叫"熏"。所以今天很多南方地区，还有熏肉、熏鱼，过年过节了宰一头猪，然后就搁棚子里沤着，用浓烟不停地熏，熏熏就把它保存下来了，什么时候吃什么时候切一刀，能吃一年甚至搁多少年都没有关系。很多人就喜欢吃这种烟熏火燎的味，这是一种饮食习惯了。

烤到今天依然有这个魅力，我们生活中经常吃烤的东西，比如在北京最有名的菜是什么呢？北京烤鸭。北京烤鸭其实是一个很大的误会，过去外地人都以为北京人特别会吃鸭子，但过去北京菜市场里根本不卖鸭子，北京人不会做鸭子，想吃鸭子就一定得去餐馆吃烤鸭。我们今天吃烤鸭是个很平常的事，今天很多餐馆都有烤鸭，这菜也没有专利谁都可以烤，只不过有烤得好坏的区别。但我们小时候北京的餐厅除了全聚德没有地方有烤鸭这道菜，一个人吃一回烤鸭能说一辈子。今天烤鸭有很多种，比如电炉的、气炉的，现在大家标榜更多的就叫果木烤鸭，为什么使用果木呢？比如松木、柏木是不能烤鸭的，因为松柏脂木它出油烟子，那个味道非常呛，所以它不能烤鸭。比如柳树、杨树这种非常糠的木头，它不耐烧，一进去一会儿就呼了哗啦烧完了，所以就要用果木，因为北方的果木它种植一段时间，水果的丰果期一过，马上就砍了重新种新苗，比如苹果树、梨树都是这样。这些果木本身都长不大，又七扭八歪，这木头没法用，所以就截成一段一段，当时就用它来烤鸭，果木本身没有异味，没有异味就算是香味了，所以果木烤鸭就被标榜有果木香味，这果木烤鸭就是这么来的。广东、广西有什么呢？广西的烤香猪，全猪烤出来，烤得非常的脆，脆得跟排叉似的。再比如新疆、内蒙古的烤全羊，整只的羊烤出来，然后切下来非常的香。这种烤制有的事先要经过腌渍，腌渍以后烤出来就直接吃那味道，如果事先没有经过腌渍，等烤熟以后就蘸着佐料去吃。

烤的食物在全国最为普及的是什么呢？就是烤串，满街的烤串。很多烤串贩子，天天的跟城管斗智斗勇，但是很多人喜欢吃烤串，尤其夜市上，一人拿一串甚至拿好几串，吃完特香。烤串也变得越来越丰富，过去烤串指的就是烤羊肉，后来烤各种动物的内脏、烤鸡、烤鹌鹑、烤鸽子、烤各种海鲜，烤什么的都有。

烤法最注重的是天然的香味，如果火恰到好处，不管你烤的是牛羊还是猪，甚至烤鱼，它天然的香味就出来了，再配以佐料，吃起来非常简单。

一说起烤肉，北京有这么两个很有名的餐馆：一个叫烤肉季，一个叫烤肉宛，就是一个姓季的人发明的烤肉，一个姓宛的人开的餐馆。这个烤肉季、烤肉宛很有意思，它的烤肉跟我们想象中的街头烤串完全是两回事，它实际上是一种翻炒，它这种翻炒不是在锅里，是在一个有点像扣过来的饼铛，略有一点鼓，就有点像一个浅锅扣在火上，炒的时候这东西不停地往下掉，他就不停地翻炒、爆炒，很快就炒熟。在民国时期，在北京请人家吃一顿烤肉宛或者烤肉季那是天大的面子。为什么？那时候人能足足地吃一回肉是一件非常享受的事情。

西方人烤的最多的是面包。我前几年去意大利庞贝古城，看到里头的烤面包遗迹，能直观看到 2000 年前的人怎么烤面包。我们小时候吃面包是零食，没当主食吃，而且我们过去那面包都是早早就烤好了，很少有刚出炉的鲜面包。西方的面包是作为主食，所以你到西方去看，面包的品种很多，比如我们都知道的法棍，大早上，只要你到法国巴黎去，你早一点起床，满街的人都拿着，或者抱着法棍。比如俄罗斯最著名的大面包，老大个儿，中间一道咧着，面包的俄语发音又正好叫咧吧，你去哈尔滨就能看到咧吧。大约在今天的亚非欧三洲交界处，比如埃及，往西它主要的面食做法就是烤，往东就是蒸，所以我们有蒸馒头、蒸花卷、蒸饼。

那我们有没有直接烤的主食呢？太有了。你到新疆去有一种东西叫馕，这个馕就是直接烤出来的，它搁在灰堆里烤出来以后，搁半年都没有问题，它不会坏。我们还有一种东西叫火烧，也是烤出来的，今天在北京你还能看到火烧。我每次看到都在那看半天，一定要买一个尝尝，它为什么叫火烧呢？顾名思义就是用火烧出来的，直接揉完了这个面，搁在炉膛里，从下面直接贴上去烤熟，烤熟为止。至于后来在饼铛上烙出来的东西都叫烧饼，后来就发展成烙饼。

北京有各种烙饼的方法，比如特别好吃的葱花饼，这饼里搁上油，搁上葱花，烙出来就特别香。"烙"一定要隔着一个金属媒介，所以它有一种特殊的炊具叫饼铛，有人没文化就把饼铛（chēng）念成饼铛（dāng），秀才读字读半边。我们今天都说烙（lào）饼，我认为"烙"字有可能是一个俗读，是一种口语话，它应该念烙（luò），所以现在中国有些地方可能还保持着说烙（luò）饼的一种说法。烙需要一种导热极好的金属介质，一般都是铁的，为什么用铁的呢？人体内要补充一些铁，所以有人认为铁锅炒菜好吃，还有人认为铁锅烙饼它里头有微量元素，这我们就不得而知了。

我们说炮烙是商以前的一种酷刑，实际上早期的刑罚基本上都是烹饪技术，把这个人就直接包在金属的柱子上，加热把你烤死，所以我们也闹不清楚是刑罚跟餐饮、烹调技术学的，还是烹调技术跟刑罚学的。

生活中还有说烙印，烙印最初是用在马身上的，《庄子》中就说过："烧之，剔之，刻之，烙之"，过去在分财产或者辨识是哪家主人的时候，一定在马屁股上打一个红的标志。我曾经在一个文物市场，看见有一个人，用一个就锈蚀得厉害的烙铁，上面有字有图案，他把它烧红了以后，照着马屁股啪嗒就一下子，这一下子不仅是把毛给燎着了，还一定会把那马皮燎出痕迹来，不知道马那一瞬间有多疼，这实在是不道德。

马屁股上被烙出一个印子，这印子跟随它一生，看印就知道这马是谁的了。今天跟炮烙相近的一个词汇叫炮制，炮制的过程实际上是中药提炼的一个过程，减轻它的毒性和副作用。我记得同仁堂药店中最重要的对联，今天还悬挂在大堂的左右，对联说的是："炮制虽繁必不敢省人工，品味虽贵必不敢减物力"。它说炮制的过程是一个非常麻烦的过程，但他不敢偷工减料，这是同仁堂的祖训。炮制这个词除了在中药上用，在我们的生活中如果遇到炮制这个词，大部分是带有贬义的。

烙在加热中很大一个问题就是掌握不好火候它就容易煳，今天火候非常容易掌握，是因为煤气你一拧这火就小了，过去不是。我记得小时候烙饼的时候，经常是火太冲了。过去怕饼烙煳了怎么办呢？就里头多搁一点油，油算一个介质，它可以缓冲那个热度。人就逐渐发明了一种烹调方法叫煎，煎它具备几个条件，第一个条件是微火，第二个条件要少油，所以相对时间就比较长。比如过去说这饺子剩下来凉了，煎一下，一定是小火，大火煎出来的这个饺子，外头煳了里头还是凉的，所以小火少油慢慢煎出来特香。

今天有一个词是北方人过去不说，南方人说，广东菜盛行的时候有一个词叫"煲"，煲也是慢慢来，煲比煎更需要时间。还有熬，它也是用小火，但是煎是刻意地要放缓时间。比如煎鸡蛋，过去很多人吃煎鸡蛋一定两面煎，一定要把它彻底煎熟，所以火一定要小。再有就是北京非常有名的水煎包，当然上海也很有名，扬州也很有名，水煎包好像在全国哪都有名，它就是需要小火慢慢煎，一定要煎得这个包子有一层微煳的硬壳，吃起来奇香无比。后来慢慢发展出炒，一开始是干炒，比如炒瓜子、炒栗子，后来炒菜，北方人一般都说炒俩菜，南方人说烧俩菜，所以这上面还是有区别的。

再有一个就是很奢侈的饮食方法，在过去很少用，今天用得多，就是炸，炸油条、炸油饼，煎和炸之间有一个界线，这个界线是什么呢？是以油是否没过食物为界线，没没过食物的油一般都为煎；没过食物，比如半锅油，直接下油锅，这就叫炸。油在过去非常稀缺，小时候吃一回炸油饼奢侈得要命，攒好几个月的油，才能吃一回炸油饼，炸完油饼的油也不能倒掉，炒菜还得用。我前两年看过一个电视片，就说一个孩子创业炸油饼，他的卖点就是每天炸完的油全倒掉，据说因为使用新油，里头如何如何食品安全，如何如何好。但我看着多少有点儿心疼，我们过去炸完油饼的油还是吃掉，但是今天确实因为食品安全，说这油反复使用高温炸是有致癌物质的，所以一定不能反复使用。

20 世纪 80 年代末 90 年代初，有一个非常流行的电视剧叫《我爱我家》，里头有一个特有意思的桥段，就是宋丹丹演的何平说：等我发了财，我早上起来先"咕噔"喝一口香油。为什么说"咕噔"喝一口香油？显得有钱呀。今天让你"咕噔"喝一口香油，你咽得下去吗？你咽下去得把头天晚上吃的饭都得呕出来。你觉得油腻，可是在过去不会觉得油腻，当你体内非常缺油脂的时候，你觉得油奇香无比。我就喝过，我们那时候插队偶然进一回餐馆，那剩下的油汤子全都喝了一点都不会腻。北京有道小吃很有名，但名不副实叫炸灌肠。炸灌肠其实是煎淀粉，第一它没肠没肉，就是淀粉，做成圆状切成片；第二它不是炸，是煎，上面再弄点蒜汁什么的，冒充有肉腥子味，其实它没有肉，因为过去的人穷又要解馋，就是用动物油、猪油去煎这个淀粉，煎完了也很香、很脆。

比如北京还有道名菜，其实南方肯定也有，叫干炸丸子，你听着容易做起来很难。这干炸丸子要做成什么样才能过关呢？就是做完了上菜的时候，底下搁一张餐巾纸，白白的，把丸子往上一搁，你把丸子吃完，这个纸上连个油腥子都没有，这就叫技术。这技术叫什么技术呢？叫收油技术。这收油技术人家都是秘不外传的，我经过反复地去问，人家看着我不像个厨师，所以就把这绝技告诉我了。怎么去收这个油？丸子本身是要有油的，因为肯定是肉丸子，干炸丸子一般是猪肉丸子。在油锅中炸的时候，你要想把它炸熟，肯定不能高温，因为高温外面壳迅速就硬了，里头还没有熟，越高温越不行，比如炸冰淇淋，它就是用高温，越高温里头越化不了，因为它迅速外面就保护起来了。干炸丸子是高温入锅，入锅以后形成这壳，然后捞出来，在油的中温中把它炸熟，炸熟以后再到高温中，再度炸一下，收一下油，所以它该出来的油就全出来了，不该出来的它再也出不来了。所以干炸丸子炸完了以后搁在桌子上非常漂亮，旁边是胡椒盐，蘸着吃非常香，要那个脆劲、那个香味。

再有就是在祖国大地到处可以吃到的炸油条、炸油饼。我一开始老不解说为什么炸油条要两根在一起，你们在全中国哪吃的油条都是两根，一撕一分为二。我们小时候吃不起油条，都是两人买一根，一人一半。为什么要两根在一起呢？文化上有一个附会，说这事儿是宋朝人发明的，说宋朝人当时恨死那秦桧和他老婆了，说要把他们夫妻俩搁在一起下油锅，所以这油条就两根在一起。这当然是个段子，那究竟是什么原因呢？很简单的一个原因，如果炸同样粗的一根油条，用一根的面炸出来的这油条不容易熟，因为它太粗，一旦你把它彻底炸熟的时候，外面的质地可能会变得很重很硬，所以两根细一点的油条拧在一起的时候，它就会非常容易熟。

有网友就调侃，说一根油条的时候，因为太孤独，瘦弱的身躯让人家看着就显得憔悴，而两根油条在一起最幸福，满满的都是爱，一起变成大胖子。这两根油条在一起的时候，它一定要轻轻地旋转一点，不能旋转多了，旋转多了那是麻花。麻花跟油条有什么不一样呢？油条是发面的，麻花是死面的，所以麻花比较脆。有人说三根油条要在一起炸就很累，三角恋嘛，很累，总有一根发不开会受伤。麻花这东西从理论上讲，它是不怎么开心的，你想三个东西拧在一起直接下油锅炸，除了沈腾，谁也不能把麻花弄成开心麻花。

在我们的烧烤食物中，烤串应该是人类最为原始，也是最为快乐的一种吃法。

今天全国各地都有烤串，露天烧烤有时候又带来一系列问题，比如扰民、雾霾，但是它确实吃起来非常快乐。一瓶啤酒、几个烤串，大家聊着天，尤其在夏天晚上，凉凉夜风中，觉得很快乐。如果我们想吃正宗的烤羊肉串，一定要去新疆。我1984年去新疆的时候，印象深刻的就是朋友请我们去吃烤羊肉串，到那儿坐下来以后，他就说先数人，七个人先来700串，我听着就惊着了，说怎么能来700串，他说你放心，这就是头一道。当时的羊肉串非常细，很细的钢签，插的那个羊肉非常薄，就一丁点，100串就这么一拍，撒满了孜然、辣椒，你喜欢吃辣的多撒点辣的，你还可以稍微自己烤一下，吃着特别香。后来还有没有这种羊肉串我就不清楚了，我很长一段时间看不到了。当时的羊肉串，一种是细碎的，另一种是大串，一串这么长，每块都跟乒乓球那么大，烤着也好吃。但是我估计一个人吃不了一串，可能当地的人能吃，年轻的时候也能吃，吃多少也不嫌多。我偶然的情况下，看到一个小视频，看到人家在那翻烤羊肉串跟那个丝绸一样，动作非常优美娴熟。我一下就回想起当年，我们听着小曲，吃着烤串，欣赏着维吾尔族姑娘优美的舞姿，到今天依然记忆深刻。

观 复 秀

右图是一个玉羊，大绵羊，不是山羊，为什么我知道它是绵羊不是山羊呢？看这犄角就知道，山羊犄角是直的，绵羊是卷的。绵羊古称胡羊，一听胡字打头就是西域带给我们的。这件东西大约是金元时期的，因为它有一个孔，孔是方的不是圆的，我们今天大部分的玉都是打一个圆孔，在古代打这样一个方孔非常麻烦，所以这叫方孔玉。为什么孔是方的？是因为原来要穿皮条，方孔跟圆孔不同，圆孔如果穿进去，你挂在身上，这个东西没有方向性，它可以任意的旋转，但如果是一个方孔，皮条穿上去，挂在身上，这个东西是有方位感的，你想让它头冲前，它就永远冲前。皮条作为方孔玉的一种穿孔方式，保证它的方向感，这是游牧民族的一种佩戴方法。

这件东西的玉质不够白，不够羊脂玉，如果够羊脂玉，那年份就不是这个时候的。金元时期尤其到了元代以后，玉路不是太通，所以好玉很少，像这种青色的玉大约都是那个时期的。我们可以看到这只羊，非常安逸地卧在这儿，头向上仰，犄角和头的

青玉卧羊　金元

比例跟我们今天看到的优质的大绵羊是一样的，臀部丰满、肉质鲜美。我也没尝，但我想象一定肉质鲜美，我们今天吃的羊肉更多的都是这种绵羊了。绵羊在两千多年以来不停地改良，所以现在绵羊的出肉率和肉的鲜美程度都远远高于过去吃到的山羊，山羊的味是非常膻的，那种膻有时候连我这种喜欢吃膻的人都会受不了，有时膻到很多人难以下咽。这样一件金元时期的卧羊反映了那个时代的游牧民族的一种文化，这种文化对我们的农耕文化有至深的影响。

生　肖

　　十二生肖里老鼠排第一，有各种说法，一种说法是当年排队的时候，老鼠窜到前头说我最大，我应该排第一，那人家就说，你怎么知道你最大呢，老鼠说不信咱游街，咱们所有的人上街游行，你看是不是大家都说我大，结果老鼠站在牛背上开始游街，所有的人都说，哎哟，好大的老鼠啊，原来这只老鼠在老鼠里是最大个儿的，所以大家说好大的老鼠，所以老鼠就排了第一，而这牛在牛里不是最大个的，所以就排了第二，这是一种说法，非常附会。

　　另一种说法相对比较科学，因为子时是老鼠活动最猖獗的时期，老鼠只能半夜出来，白天你看不到，所以夜里有时候回家晚了，在胡同里都能看见老鼠。

可是按照这个顺序排，老鼠是对的，其他动物都不对，所以这事儿看似科学，实际上也牵强。比如说寅虎，寅时是指早晨3点到5点，老虎都回家睡觉去了，老虎是傍晚活动，夜间捕食，早上就回去睡大觉。《水浒传》里，武松过景阳冈，未时已过就不许上山了，未时是指下午1点到3点，3点以后老虎有可能就出来了，武松喝大了，这时候上山就碰见了老虎。按照老鼠的活动时间去看这个排位，就不那么贴切，所以这事儿也基本上都是瞎说。这十二生肖为什么有这么一个排序呢？多少学者研究了这么久，也没有一个令人信服的答案。

十二生肖中有七个动物是豢养动物，就是人类为了某一种目的大量豢养的动物，主要有什么呢？有牛、兔、马、羊、鸡、狗、猪，牛、马是帮人干活的，鸡是下了蛋给人吃、帮人打鸣的，狗看家，猪吃肉，羊也是吃肉，等等。另外四个是野生动物，比如老鼠、蛇，它们在过去的日子里跟人还是比较近，你住的地方就有可能看见老鼠和蛇，但是猴和虎就相对远一点，只有虎比较凶，所以过去说谈虎色变，还差一个，就是我们的神兽，龙。七个正规军，四个野战军外加一神兽，这混搭得特别好。我就老想为什么没有人把它写成一个剧本，拍成一个大片叫《中国生肖》，打到国际上去，不要等好莱坞哪天拍了一个电影叫《中国生肖》，我们才恍然大悟。十二个动物一块儿上场，这动物的构成就特别有意思，有跟人亲的，有跟人不亲的，有让你看着胆战心惊的，还有神兽龙。有个电影拍得不错，叫《疯狂动物城》，最好看的是这个动物城中所有的动物都按照实际的比例还原。过去我们拍这种电影，就是大的动物要缩小一点，小的动物要拉大一点，匹配。可现在不行，兔子就这么大，小鼹鼠就这么小，长颈鹿就那么高，在电影的表现当中非常困难，但由于这个困难反而显得非常好看，比如兔子跟狮子互相打拳，那个感觉非常好。所以我们应该发挥我们自己的想象，编一部中国人的动画大片。

历史上什么时候有的十二生肖呢？《诗经》中有这样一句诗叫"吉日庚午，既差我马"，庚午吉日的时辰好，是跃马出猎的好日子，这个说法多少有一点牵强，但是午马是对应上了。战国后期百家争鸣，诸子百家都形成了自己完整的学说。所以在那一时期我们很多文化上的东西都基本成型，十二生肖也是在这个时期成型的。1975 年在湖北云梦睡虎地出土的秦简，上面的记载跟我们今天的记载大致是相同的，比如子鼠、丑牛、寅虎、卯兔，前四位都一模一样，但是到辰龙这儿，它居然空着，这个很有意思。我们龙的概念实际上是汉唐以后逐渐形成的，真正完整的概念的形成包括形象都是宋以后的事，越往后的龙就越像龙，越往前的龙就越像兽，简牍中辰空着，有可能当时并不是龙的概念。比如我们早年说螭，再有就是巳，它写了个虫，巳蛇就是长虫。午就应该对着马了，这时候不是马，是个鹿；未应该对着羊了，它对着马；然后申对着的是猿，猿猴是一回事儿；酉就对着鸡；在戌的时候，它应该对狗，它对一老羊；亥还是猪，这里多了一个鹿，少了一个狗。后来在历史的进程当中就调整过来了，由此可以准确的判断，春秋时期我们的生肖文化逐渐的萌起，战国时期基本完成，到了汉朝就很普遍。

古代百姓非常崇拜动物，是因为我们对大自然认知是有限度的，没有我们今天科技的东西。今天孩子生下来，他所接触的一切都是百年以来科技的成果。现在孩子生下来接触的就是他的母亲，然后能接触到的就是一个基本的食宿情况，所有现代东西你都看不到，你看到的都是自然界中的东西，偶然才看到动物。动物有人类不可认知的地方，比如有的动物有极大的能力，它跳得很高，飞得很远，这些都会令原始人有图腾的情结。我们的少数民族，蒙古族、维吾尔族、藏族都有十二兽法纪年，跟我们的生肖大同小异，这种图腾的情结显然要与我们的古代纪年天干地支联系起来用于计时，这是我们最古老的一种纪年方法，一直应用到今天。天干是甲、乙、丙、丁、戊、己、庚、辛、壬、癸，地支是子、丑、寅、卯、辰、巳、午、未、申、酉、戌、亥，十和十二，它要构成一个基本单位叫最小公倍数，这是一个科学的表达，学数学一定会学到这个，这两个数字一定有一个最小公倍数，这就是60，古人寿命短，60岁是一个轮回，过去一个甲子是不得了的岁数，一个人能活过60岁就算长寿了，人生七十古来稀，这是杜甫说的。康熙在位61年，当他轮回的时候，第61年的时候，因为他是辛丑登基，所以又到了辛丑，他就烧一个瓷器，上面写着款叫"又辛丑制"，记录这个轮回。

我们从小要背生肖，我有儿子以后，我就教他，儿子，你爸属羊，记住了，你属猪，羊和猪，儿子喜欢学，见人就问。我拉着他上邻居家串门的时候，他上来就问，说王叔叔你属什么啊，王叔叔说你爸属什么，儿子说我爸属羊，王叔叔说羊下面是什么啊，我儿子说羊下面是腿，王叔叔属羊腿的，小孩的思维跟大人不一样。羊下面是腿是正常思维，所以小孩说羊下面是腿，你再问腿下面是什么，他一定说蹄子，所以小孩的思维某种程度上比大人更加严谨。

我们每个人对自己的生肖相对来说都比较敏感，有一种莫名其妙的亲情，比如有人属狗，就说我得对狗好；有的人属猪，就喜欢猪；有的人属蛇，他老说我最恨这吃蛇肉的了，它是一种朴素的文化情感。这种朴素的文化情感不是普通的老百姓有，皇上也有。比如宋徽宗，中国历史上艺术造诣最高的皇上，自创书体，只要能自创书体的人，都是不得了的人，因为中国历史上，能自创一个书写风格的人，掰着手指头就数光了，就这些人，比如颜真卿的颜体，柳公权的柳体，欧阳询的欧体，宋徽宗的瘦金体。唐代人基本上把楷书的各种字体，都创造完毕，到了宋徽宗，他居然还能写出一笔瘦金体。宋徽宗属什么呢？属狗，所以他就不许杀狗，皇上有这权力，属狗都不许杀狗，今天我们也有人提倡不许杀狗，但是它没有立法，所以有很多地方还是吃狗肉，我不吃是代表我个人的情感，但不代表这个国家，但有的国家就不允许杀狗，欧洲有很多国家就不许杀狗。

明朝初年，民间就有说朱元璋忌讳杀猪之类的说法，吃猪肉都不行，但这个在民间一直看不出来，一直到明武宗，因为他喜欢一个伊斯兰的妃子叫刘娘娘，明武宗十四年的时候，下令禁止民间养猪杀猪。对农耕民来说，猪是重要的肉食来源，过去内陆地区，有的人终生没吃过牛羊肉，牛是劳力，羊是不养的，所以举行丁祀日祭孔的时候，就说只供羊头，猪头就不要了，这在历史上属于比较荒唐的事儿。

我们为什么形成了生肖文化，而没有形成星座文化？现在的孩子们特别愿意谈星座，老问我什么星座的，我属羊还是白羊座，有点洋洋得意。我认为生肖文化跟农耕文化有直接关系，因为我们生肖文化中的这些动物都是生活中极为常见的东西，大部分都是豢养动物，再加上一些膜拜动物，比如龙。星座就不一样，早在3000年前，中国人也发现了星座，但是西方的文化源于他们的游牧文化，农耕文化都在一个地方不挪动，就在一块地方过终生，游牧文化要不停地走，不管是打猎还是放牧，他要仰望星空，通过星空来判断季节，判断时间的长短。

农耕文化一般情况下就看得比较长远，所以要买土地置财产，非常物化，春种秋收，我们至少要看一年的变化，所以我们东方人很注重一个人的年龄，不好意思直接问，也要问你属什么。而西方人是看你性格，所以星座文化更倾向于性格的表达。我有很多朋友喜欢研究星座，每个人都说得头头是道，所以我有时候老考他们，你看那人什么星座，他上去得问人家，你哪月份生的啊，我说那你叫什么专家，如果你跟人聊两句话，你就知道他什么星座，那你算专家。

生肖对我们的文化有很大影响，最初就是为了纪年。但是对于我们普通人来说，有人要问你的生肖实际上是问你的年龄，人的年龄藏不住10岁，你就是看着比别人年轻，也年轻不了10岁。有时候看到说某某影星五六十岁了还宛如少女，少女一定不是那个样子，无论您怎么把皮拉紧了，怎么做年轻状，您那动作就不行，小孩儿的动作跟大人的动作，少女的动作跟老太婆的动作是完全不一样的，您到哪岁就说哪岁的事儿，甭管您多么想年轻，我也想年轻，我也想回到20岁，是不可能的。

过去的媒婆一来，先问属相，她这个属相不是打听年龄，她最重要的是看属相之间是不是有禁忌。过去我们说这叫迷信，比如有这样的顺口溜，叫"白马犯青牛，羊鼠一旦休""蛇虎如刀挫，龙兔泪交流""金鸡怕玉犬，猪猴不到头。"白马犯青牛"，属马的跟属牛的不能搁一块，过去还说猫狗天敌，我现在经常看到那些视频里，猫狗都搂着睡觉。所以这些属性之间的相克，没有什么科学道理，但是它会有文化心理的影响。比如有时候有的老人说子女谈恋爱了，或者是被媒婆拉在一起，或者被那些相亲网站弄在一起，一打听属相，跟我们的传统文化冲突，心里有时候就会觉得别扭，文化就有这个力量，它能让你心里变得非常愉快，也能让你的心里变得非常别扭。所以现在见面不说属相，都说星座了，这就是流行的趋势。

我们早年去乡下有一个很强烈的感受，农村人都特别在意属相，而城市的人一般不这样，所以农村没有人问你多大了，都是上来就问你属什么啊。可是在城市里，上来人就问你今年多大了，都是说自己的年龄，农村人就更注重在这种文化的传承。从十二生肖理论上讲，我们每生十二个人就应该占满了十二生肖，我们中国 13.5 亿人里，平均每个属相里应该有 1.1 亿多一点，但是今天有点儿人为的因素，比如我们的鼠年、龙年、猴年、猪年这宝宝就生得多，羊年就特别少，就是过去都说这个，腊月羊不好，属羊的就不好，尤其女的属羊的都不好，叫"腊月羊守空房""十羊九不全，一全坐殿前"。马年的时候杜蕾斯的避孕套卖得多，不能在羊年生。我们知道怀胎得十个月，羊年一过了夏季，这避孕套就卖得没那么多了，人就忙着到猴年赶紧生孩子，这都是我们的一种文化心理。"十羊九不全"这话是清末才流行起来的，慈禧太后属羊，所以人家就编排她说十羊九不全，慈禧太后这老太太当年也是年轻的小姑娘，你说她生活好不好，第一，人嫁一皇上；第二，人生一皇上；第三，人还立了俩皇上；自己虽然没当皇上，这权力比皇上还大。慈禧太后掌权 48 年，中国历史上当皇帝超过这个年限的都不多，最长的康熙 61 年，他孙子乾隆 60 年，汉武帝 54 年，还有两个 48 年的，一个是梁武帝，一个是明万历皇帝。她前面就五个人，还有两个人跟她并列。慈禧 19 岁的时候父亲去世，26 岁的时候丈夫去世，40 岁的时候儿子去世，从这个角度上讲就非常的不幸福，才有了十羊九不全之说。像慈禧这样的人，如果作为一个女性属羊的范本，应该是活得已经非常好了，在那种风雨飘摇的帝制社会的最后时期，还执政48年，能跟她媲美、抗衡的也就一武则天。

历史上属羊的名人很多，李世民创造过贞观之治，努尔哈赤是开国皇帝，再有晚清的李鸿章、曾国藩都属羊，属羊没什么不好的，忌讳这种羊年生子，我觉得没有道理，今天不可能说有一个属相不产生名人，任何一个属相都能在历史上，找出精明的帝王和成功的各类人士。由于这种羊年不喜欢添子，导致社会资源非常不均衡，导致社会的竞争畸形。鼠年、龙年、猴年扎堆生子，6年以后一上学，学校变得非常紧张，而羊年以后的孩子上学，就觉得比较宽松，所以这个资源一定要平衡，只有平衡才不浪费。

十二生肖里为什么没有猫？猫跟人类非常亲，它是可以入室的宠物，我们过去很多动物，基本上都不入室，比如牛、马、猪、羊，就算过去比较宽松，也就是鸡进了，鸭子都很少进来，鸭子也不是属相。因为中国人豢养猫是非常晚的一件事情，推测是南北朝时期，依赖佛教这条道路进入中国的，所以早期的猫一定是寺院豢养的。我们在这之前的所有文物中看不到猫的形象，在文字记载中也没有，比如《诗经》中有狸，是指野猫。有机会去西安，一定到汉阳陵的墓葬去看看，它出土了大量的动物，比如牛、马、羊、猪、狗、鸡、鸭，所有人类豢养的东西都有，甚至有鱼，但它就没有猫，我们在其他的文物中，根本就找不到猫的形象。所以你想战国时期，十二生肖就形成了，但那时候人工饲养的猫，并没有从埃及引进中国，所以那时的中国人没有见过猫，更没有养过猫，也就没有猫这个概念，因此十二生肖中就没有猫，就这么简单。

还有一个证据，五万首唐诗中直接有写到猫的大概就三首，其中两个还是和尚写的，可以从侧面证明它跟佛教有关。但是到了宋以后就多了，黄庭坚就写过"养得狸奴立战功"，说的就是猫；秦观写过"雪猫戏扑风花影"，写得非常美，写的也是猫。宋代以后，绘画中大量的猫的形象就出现了，元代张国宾有非常著名的一句话叫"莫道出家便受戒，哪个猫儿不吃腥"，这句俗语流传最广。

观 复 秀

宋元时期陶瓷枕非常常见，但这个枕头非常罕见，罕见在哪呢？在于它的纹饰。它是金代的，距今有800年了，这个纹饰就是我们的十二生肖。

背面中间一盆盛开的牡丹花，正面三个形象，这仨形像很世俗，好像拜着祖宗似的，从这开始左为上，子鼠、丑牛、寅虎、卯兔、辰龙、巳蛇、午马、未羊、申猴、酉鸡、戌狗、亥猪。它采取一种模印的方法，把十二生肖印到这个瓷枕上，可见这个文

化深入人心。一般来说，没必要把十二个生肖都印到一个枕头上，因为躺的人就一个，他把十二生肖都印到一个枕头上，显然他没有兼顾个人的属相，或者说这种模制在当年是批量生产的，谁枕上去都逃脱不了这十二个属相。这是一个北方的磁州窑系的一个瓷枕，从这个胎土和模制上讲，非常像河南的。

模制是瓷器一个提高效率的工艺。北宋时期，南方景德镇窑、北方定窑包括耀州窑大部分都还是划花、刻花，但是北方到了金代，南方是到了南宋时期，大部分都开始采用模制，用模制最大的好处是提高效率，它对工人的技术要求还可以降低。你让一个人用刀来剔这个瓷器的时候，他需要很高超的技巧，但是你让他压模子，有劲儿就成，没有技术也能参与生产，就大大地降低了制造成本。

我们今天一直在提工匠精神，我们的很多手艺都丢掉了，今天要想做这样一个模制的东西，多少都得找手艺人，在过去可能是一个很常规的手艺。把我们自己传统的文化，我们每个人都熟知的生肖文化印在这样一个枕头上，没想到这枕头越过了800年的时空，越到了我们的面前，我们有幸能看到它。它是我当年从美国买回来的，看到的时候就很激动。天干地支组成一甲子，我们一般一生就这一回，不知道还有没有下一回。

货　币

钱到底是怎么一回事呢？我们今天说得雅一点叫钱币，上海人说钞票，钱币的生成是推动社会商业运转最有效的手段。比它更有效的是什么呢？战争。但战争是不强调公平的，钱强调公平。货币的发展有一个很清晰的脉络，就是由天然的东西到人工制造，由混乱到统一，由计重到宝钱、再到钞票货币。

历朝历代的货币都会出现问题，不管出现什么问题，它准是毁于没有信誉，货币代表一个人、一个国家的信誉。比如今天这人借钱不还，就显然是没信誉。

最初人是没有货币概念的，都是以物易物，说我今天织了一匹布，想去换你两只鸡，觉得合适不合适，不合适换三只。就是过去没有一个标准物，后来古人就发现如果设定一个标准物，都按这个标准物计价，会使贸易变得非常便利，所以出现了早期的货币，比如天然的海贝。

海贝非常漂亮，为什么我们愿意用天然的贝币？有人想那我可以上海边捡去，我们炎黄子孙的文化发源于中原地区，都离海比较远，那时候又没飞机又没火车，上哪儿找海边去，因此大部分人见不到这东西。所以，有人从海边拿来这个稀罕物以后，就做了天然的货币，这种实物的货币一直沿用到春秋时期。中国的汉字中凡是加贝的，大部分都跟价值、财富有关。比如财富的财，比如富贵的贵、资本的资、贪念的贪、贫困的贫；比如购物，购字也是一个贝字边。

春秋战国时期的货币都跟地域有关。比如齐国的刀币，来自于武器；先秦的铲形币，就是我们所说的布币，它来自于农业工具，所以很多货币最原始的状态都是跟生活息息相关的。过去说刀币是三字刀叫"齐法化"，齐是指齐国，齐鲁大地；法是标准，我们今天的法律；化就是货币，按照今天的意思就是指齐国的法定货币。另外还有四字刀、五字刀、六字刀，四字刀是"齐之法化"，就加一"之"，这"之"是虚字；五字刀是"安阳之法化""节墨之法化"；六字刀叫"齐建（造）邦长法化"。过去经常能看到一把一把的小齐刀，很漂亮。

秦统一六国以后，第一件事是统一文字、统一度量衡，同时统一货币。因为当时各国的货币都不一样，有布币、刀币，有方孔圆钱就是方孔币，布币里还有耸肩布、空首布。空首布很大，前面都是空的，就跟工具一样能插进木头棍，所以拿着非常不方便。从某种意义上讲，统一货币加速了中国古代社会经济的发展。当时定为黄金就是上币，方孔圆钱就是下币，所以普通百姓使用的就是方孔圆钱，过去说这东西就是天圆地方，一直是老百姓的俗说，其实它还真不是源自于这种很厚重的文化思想。古钱是铸造的，铸造完了以后都要锉，把边上那些边边角角的毛茬锉去，如果中间是圆孔，你锉的时候要打转，如果中间就是一个方孔，从方孔中间穿进一个铜条去，钱穿在上面它不转，很容易锉。所以，方孔圆钱就这么成了中国的主要货币，沿用了 2000 多年。

　　古代的制币很有意思，我们今天谁印假钞都是死罪，在古代，只要你的货币能够跟国家的货币等同，比如成色一样、重量等同的话，你就可以私自造货币。为什么？因为它是计重制的。公元前 113 年，汉武帝下令废除了汉初的郡国制币权，由中央统一铸币，专门负责铸五铢钱。秦半两也是非常著名的中国钱币，它是计重制的开始。计重制非常重要，到今天都依然有它的价值。就这个钱大家都一样，你拿半两、我拿半两，咱俩交易是一样的，半两是个重量单位，五铢也是重量单位。五铢钱它成为历朝历代的法定货币，从汉武帝开始，历经西汉、新莽、东汉、魏晋南北朝到隋唐，这个货币使用了 700 多年，是中国最长寿的货币。隋文帝的时候，还铸了"开皇五铢"，一直到"开元通宝"的出现，才结束了五铢钱的计重制。

我们知道现在只要一改朝换代，前朝的钱全不认，为什么五铢不换？因为这个钱非常合理，换没有意义，五铢又不代表哪个朝代，就是一个重量单位。你改什么朝我也是拿这个花钱，也是计重的，所以它存在了七个多世纪。我们有一个成语说这人特算计、特计较就叫"锱铢必较"，这个"铢"就是我们说的五铢。在古代的计量当中，六铢等于一锱，四锱等于一两，就是二十四铢等于一两。这五铢就有点别扭，五五二十五它还多一点。

到了唐代高祖武德四年的时候，就开始铸"开元通宝"。有的人认为应该是"开通元宝"，但是我们一般的都念"开元通宝"。它结束了秦汉以来以重量作为钱币的基本体系，就是重量不重要了，现在叫宝钱。它偷换了一个概念，就是计重，对于老百姓来说计重非常重要，官方的、皇帝的或者政府拿的钱只要跟我的钱一样重，那咱俩是一样的，但是成宝钱以后，它就可以开始偷手。当时"开元通宝"改为十进制，过去很多时候是十二进制，因为我们月份是十二个月，所以它就十二进制，每枚钱大概重两铢四，是为一文钱，十文钱为一两。所谓的以钱代铢，我们知道这个钱最初就是一个农具而已。"开元通宝"的性质变化影响到后来。唐代经济还是比较发达的，后来又出了"乾元重宝""大历元宝"。

宋代的时候，改朝换代，宋太宗就开始给这钱换名，叫"淳化元宝"。北宋经济非常的发达，货币的发行量控制经济社会的运转速度，如果货币发行得多，运转速度就快。比如我们每个人的钱都多，大家就愿意花钱，愿意花钱就运转得快，但钱少它就不流动。古代是计重的，这个铜钱必须得足成色、足分量，由于铸钱的铜料，我们国家特别亏。过去说我们国家地大物博、人口众多，人口众多是个事实，地大也是个事实，物不物博？我们贫金、贫银、贫铜，这三条哪条都比不上国外。我们有什么办法呢？就被迫在边疆地区铸造铁钱，在四川比如说当时买一匹绢，得付130斤重的铁钱，很笨重不方便。宋代跟辽、金的边界地区都愿意发行铁钱，为什么愿意发行铁钱？因为游牧民族对金属器皿特别感兴趣，这货币全是铜钱，他直接熔了改铜盆，货币就不流动了，市面上货币越来越少，所以就出现了纸币——交子。

交子应该是跟交易、贸易有关，它不仅是中国最早的纸币，也是全世界最早的纸币。其实纸币在唐代就开始有雏形，叫飞钱，什么叫飞钱？就是我这买卖忒大，钱带着也不方便，我就打一条儿到那边兑现去，有点像现在的大额汇票，直接就兑钱去了，但是它不能直接交易。而交子是可以直接交易，所以它就在经济发达的时候代替了金属币。但好景不长。你拿一个不值钱的东西，替代一个值钱东西的时候，一定要强调信誉，如果没有信誉，那肯定是死。所以，中国历朝历代的纸币没有一个有好下场。宋代的交子、元代的钞票、明代的大明宝钞等，都是使用时候特方便，一开始特高兴，最后一塌糊涂。

　　海昏侯出土的时候，钱的计量方式就已经敲定了，汉代的时候一贯就是一千枚，它里头有麻绳穿着的，能看得见。过去我们有个成语叫腰缠万贯，这基本上就是想象，你试试肯定站不起来。万贯是多少重量呢？大约得有三四十吨，一压人都没了。比如《金瓶梅》《水浒传》，虽然写的都是宋朝的事，但是当时的计价方式都是按照明朝的计价方式。所以有的学者就认为，《金瓶梅》可以当明朝的《食货志》来看，当时的价格是按照明朝写的，宋朝的时候还不大兴这个。

　　明清以后银子对我们影响很大。16世纪末到17、18世纪，西方各列强都相继成立了东印度公司跟我们贸易。他拿什么贸易？他肯定不拿铜钱跟我们贸易，他拿银子来跟我们贸易。所以当时全世界的白银最保守的估计，80%都涌到中国来。为什么后面发生了鸦片战争？就是西方人想把我们挣他的银子给搞回去，搞回去只有两个方法。其中一个方法是贸易，我们用了300年的时间，用中国人的聪明智慧，用了我们所有本小利大的主打商品，把全世界的白银都弄到我们国家来，英国人想换，但换不回去。中国人多鸡贼，说我赚你钱行，你赚我钱门儿都没有。所以，引发了后来的战争。

　　西方的银元启发了我们，世界上金融体系有两大本位：一个是金本位，一个是银本位。清朝签订的各种丧权辱国的条约，赔银多少万万两，都是拿银子计价，这就叫银本位。银本位导致我们今天的金融机构都叫银行，银子的行业，说起来就这意思。清末开始发行银圆，大清银圆都写"库平七钱二分"，为什么它写"七钱二分"，不给你弄满了呢？如果一两一个，你拿回去也跟那辽国人似的，回去就化了打一银澡盆，你洗澡去了，国家就没钱了，这东西一定不值那个基本分量。但是全世界统一"库平七钱二分"，这时候就有一好处了，好处是什么呢？我们今天出国一个巨大的麻烦就是兑换，我换美元，它对人民币的汇率是6.5，换欧元是7点几，还有换英镑、换日元，一到换越南币你都不知道怎么换，所以老换钱很麻烦。100年前，中国人出国不用换钱，一个兑一个，我们的大清银圆包括民国以后的"袁大头"都是这样。我到日本去，银圆一模一样，一个兑一个；我到欧洲去，西班牙银圆一个兑一个；我到美国去，美国、墨西哥银圆一个兑一个，公平。这个时候，国家之间没法打贸易战争，大家都是一样的，你甭逼我升值，也甭逼我贬值，你想在这个兑换当中占我便宜是一点儿可能没有。

银圆一两兑一两风险很大，就是大家拿这银子可以不花，化了打成银壶、银碗，它也值这钱。那谁发过足量的？左宗棠。左宗棠当年打新疆，一路辗过去，筹集军饷。军饷的饷银上面就四个字，饷银一两，就是一两一个，这就变得非常有价值，他那钱比人家多28%，所以大家就愿意要他的钱。这有点像我们前些年发行的外汇券，同样的钱你给我外汇券和人民币，我当然愿意要外汇券，外汇券值钱。所以左宗棠利用饷银补充军事物资就非常的容易，因为政府要去打仗，需要购买到有价值的军事物资，所以就肯亏钱。

可历史上有些时候不是这样。比如王莽新政时期出的最牛的钱，就是我们今天说的金错刀，它叫"一刀平五千"，一个圆形的方孔圆钱出了一个刀币，它这也是有本的，因为"齐法化"都是刀，它上面错金，写着"一刀平五千"，平是平衡，这一个刀币等于五千个钱，这是古代最大的货币。到了咸丰的时候，货币能当五十、当百、当五百，一个当那么多钱用，一下就通货膨胀了，通货膨胀就出问题了，这是金属货币的问题。纸币就甭提了，到民国物价飞涨的时候，都拿纸币点烟，有个著名的镜头就是这人抽烟，没火，火柴贵，旁边有一蜡烛，拿一钞票，在蜡烛上引燃了直接点这香烟，可见这钱有多么不值钱。

我们讲一下美国人有多滑头，美国人设立了一个叫"布雷顿森林体系"，它是二战以后建立的以美元为中心的货币体系。为什么叫"布雷顿森林体系"？因为是1944年在美国的布雷顿森林这个地方开的会，美国人在会上就说我这个钱跟黄金挂钩，35美金一盎司，二战以后就沿用了这个体系。因为二战以后世界货币非常的混乱，一战和二战之间的各种货币都不能保证各国的利益，所以美国人急于做这货币老大，就说我的钱35美金相当于黄金一盎司，哪个国家都能跟我换。这个体系只持续了27年，一直到1971年尼克松政府。因为当时法国人来了，法国政府说兄弟我也不要你那钱了，你给我装上黄金我拉走，美国人一想我这说了得算数，让他装走了。英国人又来了，英国人说我也不要钱，你给我装一船黄金走。美国人马上就开会，开了几天会，尼克松政府宣布，宣布什么呢？外交辞令是这么说的，叫"关闭黄金窗口"，关闭了，不玩了，就在这一天，"布雷顿森林体系"就告吹了。美国用了 27 年的时间硬挺着，这事挺难的。美国建立了黄金和货币等同的一个概念，当时的黄金大量地外流，摘钩以后，它的黄金就保留了。但是 27 年的时间让全世界相信美元就是美金。当美国人摘钩以后，货币就变成了一个信用体制，就是我以政府的信用发钞，马克思说过一句话就是黄金是天然的货币，这就讲了黄金的一个属性。在社会极度动荡的时候，你最相信的一定是黄金，那时候谁给你纸币你也不相信，因为你觉得明天可能就不值钱了。

我们现在进入了一个探索货币的时代，无纸化、通行化。什么叫无纸化？大家基本上直接花钞票的机会越来越少了，今天你可以不带钱包出行，你也不用任何卡，你拿着手机出行，只要你有微信支付，或者说支付宝什么的，你就可以在大部分地方消费了。通行化是什么呢？是我们希望通过兑换通行，就是你走到全世界，只要你这个钱，这个卡是可以全世界通行，一刷他就给你兑换，但在兑换中你总要吃一点亏。那未来的货币是什么样？一定是无形的，我们看不见，是一个数字，无汇率的，应该是公平的、通行的。

货币是由谁来发行呢？过去谁都可以，比如在计重时代，在晚明我只要炼出银子，我拿这银子直接就花了也没人管你，那上面也不写谁发行，谁有谁发行。比如方孔圆钱，只要你的成色足、分量足，你自个儿发行就发行了，尽管不太合法，但是官方也不怎么追究你。到纸币时代，必须是有一个强大的政权来发行，不管你是一个国家还是一个区域政权，比如我们延安时期的苏维埃政权就发行过局部的货币，在局部地区也有人承认，今天还有人收藏这种特殊的货币。

我们最近出现了一种新型的货币，曾经炒得非常热，叫比特币。比特币它就没有政府来发行，是一帮子精英不知道通过什么方法算计的，它是一个恒量，所有人都可以利用这个比特币进行炒作，当然有人在炒作中挣钱，比特币在有的地方是可以花掉的。我想如果有一天我们全世界的货币是由一个无形的组织去发行，而这个货币极为公平，那就没有任何人能剥夺你的财产了。

观 复 秀

右页左上是一宋代的银锭，非常的重，上面有字，这字都是铸完以后凿上的，崇宁四年，这应该是五十两。底下是蜂窝状，这是在铸造中出现的，过去还是一个鉴定的标准，早期的蜂窝状都比较严重，清代的蜂窝状就没那么严重。比较光滑。

右上图是清代的钱，这是南海的，嘉庆二十二年，这都是过去的库银，不是直接消费的，是国家储存的，可以拿它兑换成很

潭州"崇宁五十两"银锭 北宋　　　　　银锭 清·嘉庆

多的钱。这种银子在清代的时候比银圆重多了，可以当钱花，但是一般情况下不花这个，太重拿着也不是很方便。

下图是方孔钱，这一嘟噜就不够一贯，一贯那就长了去了，这大概有十九个，基本上都是铁钱，就一枚是铜钱，这都是宋代的钱。我们铜钱看多了，给大家拿几个铁钱看看，这铁钱铸造得

方孔铁钱 宋代

比我们想象的要精美很多。通过这些宋代的铁钱可以看出当时宋代贸易，国家对钱币的需求，因为好的钱币一定都是铜钱，铁钱多少有点以次充好，但是在当时是没有办法的办法。

　　到了清朝后期的时候，光绪年间开始发行银圆，我们大家最熟的是"袁大头"，可惜它不是"袁大头"，这是"孙大头"，民国二十二年的一枚，民国二十三年的一枚。据说民国十八年就有"孙大头"发过，但是很少，看着基本上一样，后面是帆船，写

孙中山头像银圆　民国

着"一元"，都没写库平多少。这个货币的品相非常好，没有任何划痕，上面氧化层也很好，它有一个塑料盒隔着。民国二十二年这一枚，按照目前的行情大概顶几百枚民国二十三年的，这就是货币收藏的魅力，因为民国二十二年的非常少，民国二十三年的非常多。在同样品相的情况下，民国二十二年的会非常值钱。

　　我们再看机制币，我们过去叫铸造币，下面图中是机制币，是西方人带给我们的，用机器冲压出来的，冲压出来有一个问

题。我告诉你中国人有多贼，银
圆的边孔有齿孔，锯齿状，因
为钱是计重的，有人就在上
面偷钱。怎么偷呢？过去大
银号一天收几千枚银钱，他
把这个银钱用工作台夹着，用
小锉一点一点锉它一遍，就锉一
点银的碎屑下来，他把所有的货币
都锉一遍，比如说他锉下来的是千

机制币 清代

分之一，一千个银元锉出一枚来，他今天收了三千枚、五千枚，
他就等于多收出三五个银元，他可以熔，就能拿这钱发工资了，
等于白使伙计。那这有一问题。每个人都锉，这钱就越来越小，
中央政府就不干了，中央政府说要抓，但每个人都只锉一点，你
很难抓着他。比如你今天拿一张人民币，你拿那个剪刀齐着边，
轻轻地剪下头发丝那么一点，你说谁看得见，这钱还照花不误，
但是每个人过手都剪一点，这钱早晚剪成半张。那有人就出主
意，就说这事我有招让他锉不了。怎么锉不了？他把这个锯齿状
的边改成垛子状，这锉起来难度就太大了。但他忽略了一个事，
这个货币不是铸造的，它是冲压的，哐当一下就下来了，这个冲
压方向是垂直的，你做成这种方垛子似的，冲压不出来。所以只
打出样币蒙了蒙慈禧太后，慈禧太后说行，就照着这来。结果这
底下人说这活干不了，就不了了之了。

　　金属币的时代已经离我们远去，我们今天兜里偶尔还能掏几个钢镚儿，据说钢镚儿以后也就不怎么实行了，所谓钢镚儿是北京土话，就是硬币。今天在一些购物机，比如买个饮料还比较方便，我想金属币很快会退出历史，同时纸币也会很快退出历史，以后的事情我们谁也不能预测。

马未都

著

觀復嘟嘟

下

人民出版社

——————————历史没有真相

只残留一个道理 ——————

目 录

开 始 嘟 嘟 —————————————————

地 摊 儿

　　潘家园是地摊儿合法化的一个范例，在北京，潘家园以外的地摊儿没有一个是合法的，只有潘家园逐渐由非法熬成了合法。

　　我之前写过文章讲当时各种地摊儿一出来就有城管管着，有人告诉我说那时候没有城管，我告诉你那时候确实是没有城管，只是有一种戴红袖标的人，只要这人一出来，他就管着你这市场。

　　我们就讲讲这个地摊儿怎么形成的？它源于我们早期的农业文化。我们是个农耕民族，它发展到一定程度的时候，商业贸易就会出现。比如《诗经》中就有这样的记载，叫"氓之蚩蚩，抱布贸丝。匪来贸丝，来即我谋"。抱布贸丝就是抱着布来换丝，我织这一匹布需要五捆丝，我这次抱着这一捆布可能换十捆丝，我就多挣了五捆。有人说你说的不对，应该是用布币来买丝，这句话本身就两解。这个布可以理解为布币，但是抱这个字本身是一个非常强烈的动作，所以我个人认为，这个抱布贸丝就是以物易物的一个经典的案例。

早期的贸易以物易物是非常发达的，但是以钱易物是在漫长的历史中逐渐形成的。还有一句话叫"来即我谋"，来即我谋什么意思呢？就是他算计我，为什么算计我，因为喜欢我、勾搭我，现在叫撩，是个新词。古代说的都是谋略思想上的事儿，现在描述的都是行为。

商业的"商"，跟我们钱币有直接关系，早期我们是贝币，但"商"这个字，它并没这个"贝"字，可见这个字的最初形态跟贸易没关。"商"是什么意思呢？是商量。今天我们说这事儿咱俩商量商量，那最初的贸易形式就是两个人商量，为什么商量呢？是因为当时并没有钱币出现，以物易物就是商量。我拿这一捆布想换你十捆丝，你说我就愿意换八捆，这两个就是商量。

今天在网上商量就很普遍，在这个网上买个东西，你老说，亲，包邮不？亲再加点呗，都是这个意思。商量最初的意思是两个人之间的一个情感交流，并不是买卖，它是逐渐演化成买卖这样一种形式的。古代是有讲究的，走动经商的人叫"商"，坐在那做大买卖的叫"贾"。行走贩卖在过去的商人中层次比较低，所以叫游商，我们今天城市管理主要管理的就是游商；贾相对来说，是得有固定的场所出售货物，所以叫"行商坐贾"。过去经商不像现在有固定的大商场、大超市甚至有购物中心，过去就是一到经商的时候，比如说集市，他就要搭棚。过年过节，尤其到了春节的时候就张灯结彩。过去我去山西的时候，有人就告诉我说"祁县的灯，太谷的棚"。祁县和太谷都是县城，有人也说"太谷的灯，祁县的棚"，甭管怎么说，"张灯结彩"这个词汇就是这么来的。像山西的祁县、太谷这些地方留下的文物就非常多，为什么多呢？是因为当时那个地方的贸易比较发达。

宋代张择端的《清明上河图》是我们国宝级的文物，去年在故宫博物院展出的时候，轰动一片，还出现一个新词叫"故宫跑"，就一开门大家都往那跑，争取排到前面去。展览的时候，我也抽空去看了这个国宝。《清明上河图》从宋代以后有很多版本，尤其明清时候很多画家都画过，比如仇英版的，你注意看那上面都有地摊儿，地摊儿跟摊位是不同的。所谓地摊儿，顾名思义，就是在地上卖东西，讲究点呢，就是铺块布，其他就是摊位。我们今天一说摊位，相对来说就得有一个像模像样的地方支起来，包括移动的货廊，到了集市这天，逢五小集，逢十大集的时候，各种人就出来做买卖了。今天城市有很多商贩，一般叫游商，没有执照，没有严格的上下班时间，所以他就制定了自个儿的十六字方针。过去我们都知道游击战的时候，十六字方针叫"敌进我退，敌驻我扰。敌疲我打，敌退我追"，我们这游商就把过去游击战的这十六字方针稍微改动一下，变成他今天对付城管的十六字方针。第一句他根本不改，就叫敌进我退。第二个就是敌驻我防，他也不去骚扰，他哪敢去骚扰啊，他就防着点。敌疲我扰，敌退我进。什么意思呢？就是城管一走了，我继续干我的活，继续卖我的东西。

地摊儿文化是一种与生俱来的文化，就是与文明一同进入人类的生活。最初的贸易就是从地摊儿开始的，它到今天有极强的生命力。地摊儿最极端的现象就是鬼市。过去我们老说鬼市，为什么说鬼市呢？见不得人。鬼市的出现不是一种必然，是一种偶然。民国时期的鬼市就比较发达，因为那时候社会动荡。再有就是改革开放初期，刚开始允许有自由经济的时候，城市里有很多这种地摊儿。为什么要叫鬼市呢？就是天没亮，天亮了就一定不是鬼市了，最初是有人要抢占有利地形，肯定在这市场前面，就比后面好卖，所以商家去的就越来越早。过去我逛北京的这个地摊儿，经常是天还没亮，带着手电去。

过去鬼市主要的销售人员是两种人群，在民国时期最初就是没落的贵族，卖东西丢人，过去的文化就这么告诉你的，你一个大户人家、王公贵族靠卖东西换钱就是很不堪了。所以就趁着天没亮，自个儿低着头、耷拉脑的，还化上装，去了把东西随便一卖，他也不跟你计较。为什么他不跟你计较？天一亮人认出来了。这个说这什么王爷，您怎么跑这来了，一看就丢人，所以趁着天还没亮赶紧卖了。第二类人就是来路不正的，比如偷盗的，还有其他说不清的原因到地摊去卖。由于大家双方都急，所以鬼市上非常容易成交，卖家一般不跟你计较，所以要10块大洋，您说我就给你3块，3块就3块，拿上就走了。还有一些大老婆看着小老婆跟老爷关系太好，但是又不敢发作，发作出来，那老爷对你就更不好了，所以就跟小老婆关系搞得好好的，趁她不注意把她首饰拿过来，然后偷偷跑地摊儿上赶紧给卖了，自个儿补贴用。所以这东西没有成本，流水全是利润，卖的全是赚的。鬼市依附于地摊儿生存，一个市场中它会专门有这样一个小区域，呈现这种来路不明的货物。

鬼市上还有什么人呢？我年轻的时候亲眼看见有人两手空空到鬼市上做生意。到鬼市上一看，盯上一东西，然后他就去把它想办法变成自己的。有时候乡下的人拿上来的东西多，到地摊儿上没有经验，一下都摊开了，一摊开人呼啦就围上去了，这人就拿起一盘子指着对老板说这多少钱，老板说这个15块，他说太贵了，放下了啊，往下一放，在放的同时不撒手，直接拿回来就揣兜里，放的动作是非常夸张的，揣的动作是非常隐蔽的。这种小偷都是眼睛盯着摊主的眼睛，看他眼睛是不是在看我，如果在看我，我就放在这，如果没看我，我就揣兜里。所以这种小偷小摸非常多，你也不要小看他，各行各业都得练。过去那小偷练什么呢？俩手指头水中夹肥皂头。现在你很少使肥皂，都是洗手液，洗衣服都不用肥皂。那肥皂使到最后，薄薄的一小片直接扔水里，拿俩指头给夹出来，练这种感觉和力量。比它更邪乎的是什么呢？油锅里夹铜钱，这新鲜吧。这油都烧热了，手进去就把铜钱夹出来，不过这手没事儿，他手先在凉水里激一下，然后直接搁油锅，油水是不相容的，下去以后一夹，铜钱迅速就拿上来了，所以手也没烫着。练这个就是为了眼疾手快，眼疾手快最初说的都是小偷。

地摊儿文化慢慢就形成了一种集市文化。改革开放之前，中国已经把集市和地摊儿彻底消灭干净了。20世纪80年代以后，北京就开始出现农贸市场，那时候我20多岁，我们小时候都是在菜市场买菜，现在好像没有菜市场了。那时候的蔬菜完全是无公害、无污染，就是现在说的绿色环保，那土豆、萝卜都是带泥的，我们有一句俗语叫"萝卜快了不洗泥"，就是卖得快，我还洗什么泥啊，那卖东西都说那泥还压秤呢！我们今天到菜市场买的东西有的是假新鲜，比如你买那顶花的黄瓜，我前些天看电视节目就是专门讲这黄瓜怎么能顶着鲜花不下来，黄瓜刚开始开花的时候，每个都拿小药水泡着，一直到黄瓜长大，那花还是鲜艳的、黄的。过去顶花的黄瓜、谢花的藕是有名的新鲜。我插队的时候十几岁，别的没记住就记住这个"四新鲜"，记住了顶花的黄瓜、谢花的藕，新娶的媳妇头一宿。有人说这不是三新鲜吗？顶花的黄瓜算一个，谢花的藕算一个，新娶的媳妇头一宿，得分开算，新娶的媳妇新鲜，头一宿你也新鲜。吃新鲜的蔬菜是一种生活追求，今天我们的蔬菜都洗得干干净净的，拿那个保鲜膜一封，打开就能炒菜，这意思就不大了。

我年轻时候看到的地摊儿特别有意思，而且没规矩。什么叫规矩啊？今天你去逛市场，不管是菜市场、农贸市场，它都规划过，那时候没有规划，就是你早来的占这个位置，晚来的就上另外一个位置，所以卖什么的都有。有一年大概是1983年，说起来也30多年了，早上去安徽黄山逛集市，那时候的集市跟今天不同，今天的集市全中国哪都差不多，地方特点不足，可是30多年前每个城市每个地域的文化特征，地摊儿上特别明显。你在逛其他你之前没去过的地方的时候，你会发现很多东西你不认得，很新奇。在城市里看不到。比如我们过去在城市里的菜市场就是卖菜，很少有什么活物，我就在安徽那个集市上看见一人卖王八，十多斤，我当时一激动，就问你这卖多少钱啊，人说10块钱，10块钱今天都不叫钱，那时候10块钱是大钱，我们一个月才挣几十块钱。然后，我就嘴欠上去就说8块呗，然后那人就看着我说那卖你了。你说我出差在外，那次大概有二三十人，都是作家，我一编辑，吃饱了撑的，在外地买一十多斤的王八，那时候又没快递，也不包邮，自个儿拎着，这叫"慢递"。

回到招待所里，第一件事就把王八掏出来，到那个公共卫生间，拿水淋一淋，装一纸盒子，拿绳子捆着。王八太难听，它有好听的名字，学名叫甲鱼，还有别名叫鼋鱼、脚鱼、老鳖、团鱼、水鱼，这王八的名字特别多，据说好几十种。这十多斤的甲鱼跟着我从安徽最终走到海南，又从海南回到北京，跟了我一个多月。回来以后一约，王八没减重，王八它这减肥太难了，这王八跟了我一个多月，基本上没怎么吃，回来足足的吃了一顿。这就是逛这种随意的地摊儿给你带来的乐趣。

我想起一件事，当年有一个大的古玩街改造，找了很多专家出了方案，什么都弄好了，画的那个图别提多漂亮了。最后都弄得差不多了，开研讨会，把我们请去，说你们都是这方面的专家，能不能给大家提点建设性意见。我一看这事都木已成舟了，我说你们是听意见呢，还是就是走个过场，他们说真的是想听意见。我说那我就真的跟你们说意见，这个市场过去是一个自然生成的市场，街都不正，宽窄不一，歪七扭八，那个店有二层的、三层的，也有一层的，就是错落有致，很有意思，你们现在的规划说玉器一条街、瓷器一条街、书画一条街、文房一条街，把这些东西全按类别划成一条街。他们觉得特有创意说买瓷器的上这条街足足的挑，你买玉器的就这条街，你买文房的就这条街。我跟他们说，你们不一定买过古董，但你们买过菜吗？如果豆腐一条街、鸡蛋一条街、蔬菜一条街、鲜肉一条街。您觉得这菜还能买吗？我说如果您还听不懂，我再给您细分一下，比如公鸡一条街、母鸡一条街、鲜鱼一条街、王八一条街，您觉得这街还能逛吗？不管你是今天的商业区，还是往后退一步集市，还是再往原始退一步地摊儿，最大的特征就是它的随意性。

我看过一个资料，英国搞过一个社会调查，认为网购把人们随机购买的这种文化给破坏了。过去人一到节假日，全家老小一家出去吃顿饭，看到什么东西喜欢就买了，所以有很多东西是随机购买的。但今天随机的这个乐趣没了，因为你到网上就是搜，你买什么一搜，这东西就跳出来，你说我以低价开始算，那低价就跳出来了，你以包邮算，包邮的就跳出来了。

过去我有好多古董根本不是在古董市场买的，而是在农贸市场买的，有人就说农贸市场哪儿来的古董，它还就有古董。因为20世纪80年代，很多小商小贩到城市来的时候没有盒饭，每个人自己带饭，就得有餐具，有的就使着老家的东西。我就看见过，我看着那东西问你那碗卖不卖，农民说我用碗吃饭的。我说我给你钱，他说你给多少钱啊，我说给10块钱。农民想了半天就把那碗卖我了。后来他一算账，这卖一天菜，挣不了三五块钱，卖个碗挣10块钱，那真是卖菜不如卖碗，所以回家就到处搜罗碗，卖菜的同时把这碗就扔一边，看看有没有人买，真有人买走了，那就再找盘儿、瓶子，卖菜跟卖古董，哪个赚钱他卖哪个。

农村的集市还有很多便民服务。我有一年去四川，路上看一集市，所有卖的那些东西我都打听价钱，其实我不买，我只是了解当地的行情。然后看见一拔牙的，那时候山区没有医院，就上集市拔牙。拔牙那山村大夫有意思，他有一个大盆，里头全是牙，哗啦啦响着，甭管谁的牙，拔下来就往里扔，这叫什么？这叫业绩，也是信誉，就说我拔了这么多牙，就你那颗破牙没有什么难拔的。张了嘴拿着那个工具，打没打麻药我都没敢问，拔出来往里一扔，这就叫便民服务。集市上理发的常见，还有按摩的、四川掏耳朵的、刮眼球的，还有擦鞋的。在那集市口上擦鞋，一见了说您这鞋得擦擦吧，擦完了逛完集市一回来又脏了，说还得再擦一遍，这回收半费。人会做生意，你进去之前擦一遍，出来时候擦一遍。这种市场特别随意、很有意思，往往山区有，城市里就没有，城市被管得个性都消失了。

日本的锦市场也很有意思。锦市场已经在京都存在四百多年了，它的构成就非常的好。吃的用的很多东西都有，这边可能是卖丝巾的，转过头就是卖咸菜的，所以它随意性强。不管你购不购物，逛的时候都兴趣盎然，如果就是我们那种规划，鸡蛋一条街、鲜鱼一条街，就不会兴趣盎然。可是逛这种街的时候，你就有一种兴趣，这个兴趣对我们来说就非常的重要。

地摊儿文化实际上不光是我们这样一个农业国在漫长历史中形成的一种文化，其实在西方各国都有，比如美国那种大地摊儿。我有一个朋友从美国来，跟我说他们家旁边有个特别大的市场在美国很有名，有 22 个足球场那么大，一个足球场 7000 多平方米，22 个得有 15 万平方米，你不开着车都没法逛。

有一年去加州跟一个朋友逛地摊儿，美国人的地摊儿实际上都是车摊，每个人都是把车一打开，把车上的东西卸下来，往地上一搁，然后就卖。有的标价，有的你得问，结果我一眼就看上一对椅子，特漂亮而且没见过。他大概是要个千把美金，然后怎么谈都谈不下来，在地摊儿上 1000 美金是很贵很贵的东西。我又绕了一大圈回来还是喜欢,我跟我那朋友商量,我说这么着,我把它买了,将来有机会给运回北京,这椅子算咱俩的,一人一个,钱我出。事隔两年这东西才运到北京,那朋友给我打一电话说,这俩椅子我太喜欢了,要不然我给你钱,拆开了我实在有点不忍心,这椅子从生下来就是在一起。我一想那就好人做到底吧,我说得了,这就算我送给你。后来我看那上面的字母,它是一个非常有名的家具设计师在 1962 年做的。可惜这椅子跟我没什么太大的缘分。

欧洲这种地摊儿文化也非常的发达。有一年去希腊,希腊政府广场前面有集市,这让我有点吃惊,政府应该是最庄重的地方,怎么能有集市呢? 它这集市怎么来的呢? 一到节假日早晨,不限制你,天没亮你都可以来,但是到上午 10 点钟,准时清干净。每个人都有自己的摊位,这大车就开过来了,到这以后掀开一个井盖,一个粗的大管子,"哐当"一接,上下水什么都有了。卖鲜花的、卖蔬菜的、卖水果的什么都有,特别好看。我边逛边想,如果说周末早晨起来,全国各地的集市都在天安门广场摆摊儿,到十点钟全准时给我收了,那一定非常热闹,能带动这个城市的活力。

地摊儿这种文化,我们真的不要瞧不起它,它是源于我们人类最初的一种贸易文化,这种文化不因为你改变了生存状态而消灭了它的生命力,它不仅在乡村有生命力,在城市依然有生命力。哪个城市都有早市、夜市,管理部门总也清不干净。比如我们博物馆旁边的这个小区里，刚形成没多久，地摊儿文化马上就出现了，城管一来管，大爷大妈就围着说好话，说你看人家这都挺不容易的，我们也挺方便，我们早上起来就买这一把菜，你让我上那么老远去，不方便，这地摊儿多好啊，帮助我们生活。

地摊儿文化一直伴随着所有的城市健康地成长，只不过我们有时候有点走偏了。这种全世界共有的商业文化最大的一个特征，就是随机和亲切，这两条非常重要，随机是不可预见性，亲切是我们的人情。尽管今天和我们的城市管理是有冲突的，但是我依然希望在我们这个水泥森林一般的城市中给地摊儿留有一席之地。

观 复 秀

右页图就是我在地摊儿上买的一小盘，这盘最大的特点是什么呢？是颜色。这颜色非常漂亮，湖绿色，也叫湖蓝色，这盘子距今有多长时间了呢？盘子后面写着，道光年制，道光第一年，1821年。为什么能判定是道光初的？是因为这东西猛一看带有乾隆嘉庆时期的特征，所以它一定是道光初的。这款儿叫草迹款，底部写得非常潦草，上面还刻了一个"文"字，这一定是有含义的。什么含义呢？很简单，我们今天在家里请客得备足餐具，过去不行，人没那么富裕，每家的餐具是有限的，办这个婚丧嫁娶、红白喜事的时候，这村里搭大棚就把各家各户的餐具借

湖蓝釉盘　清·道光

斗彩鸡缸杯　新仿

来。用完了得还回去，还回去的时候有时候分不清楚，所以各家各户在后面刻一字。这"文"不是代表他有文化，他们家或许是文字辈或者是他的姓名中有个特殊的字"文"，所以刻了一个"文"。盘子就是在潘家园地摊儿买的。

左图是大名鼎鼎的鸡缸杯。真正的鸡缸杯比这大一圈，就是一边大概大出一丁点儿，画得神似，意思全有了。这种题材叫五子登科，全家福，大公鸡、大母鸡、三个小鸡，底下落着"大明成化年制"，画的可跟清代的完全不一样，它比较拙，那种拙劲全画出来了。鸡缸杯一套五个杯子，多少钱呢？ 50 一个。我给了他 200 块，为什么给他 200 块？不是我不能给他 250，在地摊儿上你一定要还价，你还价不是为你自己，是为他。比如他说这个 50 一个，我扔给他钱就拿走了，这人就心里嘀咕说要低了，刚才还不如要 60 一个。我还了一口价，也没多还，他也挺高兴的，觉得价钱卖得正合适。你还价是为了对方，记住我这句话。

潘　家　园

　　闻名世界的潘家园是个打不死的市场，它最初没这么强大，从最初的萌芽开始到最终成为合法市场，至少走了 15 年，甚至 20 年。我印象中最早这种卖古董的地方形成了市场的是长椿街，它是卖完菜以后走到尽头，有个大概七八米长的位置，有那么七八个摊，就这么点人。这是我对北京最初的卖古董的专业地摊儿的一个印象，那儿很快就被抄了。一抄你这儿只能卖菜卖鸡蛋了，多没情趣呀，愣把这一有情趣的事给扼杀在摇篮里。

　　后来北京就有了白桥、玉渊潭，那时候我住北京城西边，天天从玉渊潭门口过，8 点以前准有地摊儿，过了 8 点就没了，为什么过了 8 点没有了？过了 8 点政府的人都上班了，一上班他们就散了。白桥这地儿也全是地摊儿，但慢慢地地摊儿就被赶了。玉渊潭赶完了，白桥赶，赶哪儿去了呢？赶到北京最有文化的俩地：一地儿叫后海，一地儿叫鼓楼。

后海这地儿有意思，有点小慢坡，那边还有点儿歪脖子树，但是它这个地方有个先天的好，也变成先天的坏，这个地方只有一条通道，大家都从这边口进，出都从那边口出，这俩口儿就要了后海这命。为什么？当后海市场发达起来的时候，就有人来抄了，怎么抄呢？两头一卡、瓮中捉鳖，一个都跑不了，所以那个市场抄了几次以后就元气大伤。

因为当时抄市场不是把你轰走就完了，是把东西都没收，连个条都不开，那你就吃个哑巴亏，以后没人在那儿做生意了。所以后海的地理位置决定了它很容易被灭掉。我记得逛后海原来是我最大的一个乐趣，从我们家骑着自行车很快就到了。后海就在什刹海后面那个位置，那个地方本身还保留了一些有文化的建筑，所以它的气质与这个城市非常的融和，再加上早期的市场，经常有人一解开包袱，里头宣德盘子都有，今天都是价值连城，在拍卖会上一卖就是几千万，那时候可能有人从书包里就拎出来，你想想你激动不激动。

北京、西安都有钟鼓楼，钟鼓楼是晨钟暮鼓，早晨起来敲钟，晚上敲鼓，一敲鼓就封城了。钟楼和鼓楼之间那有一大块空场摆摊儿，当时还真是有点明白人，就说这别摆摊儿了，赶紧给它拦起来，就围了一个小简易房。那段时期我就感觉特别好，为什么呢？你买东西跟人谈判的时候，一抬头，钟楼；一回头，鼓楼，你看看这感觉。它那一大块区域里除了卖古董的，还分出一部分是卖北京小吃的，卖古董的地方很小，有时候就只能坐一个人，你去了跟人聊会儿天，买一东西就出来。旁边的那种卖北京小吃的都算地摊儿，卤煮、褡裢火烧、门丁肉饼，北京的各种小吃在这儿全有。比如你想吃爆肚，到那马上就是现爆，今天弄不到这个。我前两天去逛潘家园地摊儿，人人都拿着盒饭，那种感觉就不好。鼓楼这个地方后来因为说有污染，也不知道污染什么了，就把它给拆了。后来还有个红桥市场，再后来就全都没有了，最后跑到了这个潘家园。

说句实在话，潘家园这个地方的地理位置我现在都闹不清，反正在南城这个地方。过去北京人自己看南城都不算好地方，因为南城穷，当时土地也没有开发，旁边偶尔有个楼盘，这边都是堆土的、堆沙子的，堆什么的都有，堆得乱七八糟，所以那地儿也不是平的。就因为潘家园这个地方大，没有边界，所有的地方都是路，所以来查抄的人都查不着抄不着。再加上时间长了，这些摆地摊儿的小商小贩们都有经验了。现在城管起码穿着城管的衣服，开着城管的车，那时候查抄的人也是骑着自行车过来，就戴一红袖标，啥也没有。做买卖的人贼，自个儿兜里揣一红袖箍，一看查抄的来了，就呼啦啦散了，一边散一边自个儿把这东西戴上，拎着东西就走了，互相也不认得，你也不知道他是干嘛的。

潘家园有很多小土山，有人就爱在山上卖。我记得那山是临时堆的，土很松软，我爬上去看人家那东西，经常是一脚的土，我就问那卖家你干嘛弄山上，不到下面平地去？他说上头居高临下，一来查抄，你看我就一包袱皮，一提溜儿，你不能抓我是不是，你来了不能先奔制高点吧，虽然买卖做得不如山下好，但是山上安全。我一看中国人真是有聪明才智，就差放消息树了。那时候山上应该搁一个消息树，搭着凉棚一看来人抄了，把树一放倒，大家就作鸟兽散。后来由于外国人老逛潘家园，潘家园就成市场了，北京这外国人多，几十万外国人总是有，外国人特喜欢逛地摊儿。一成市场，官方就网开一面，从某种意义上讲这还是外国人帮了个忙。

北京城市大，又是首都，一说就是北上广深，北京还排在前头。过去北京这个老皇城的这些人都有一种自豪感，就觉得我是皇城人，所以对钱的感觉比较麻木，多给你俩钱没什么关系。北方做生意的人，甚至南方人都愿意上北京来，北京生意好做。比如在北京做生意比较多的天津人，天津人有意思，将本求利，小利就行，赚点钱我就干。东北区域的、华北区域的，再远一点陕西的都往这儿跑，各种古董小贩子都是从外地扛着古董进京，到了北京就比较好卖。

潘家园最初是个周末市场，刚开始是一天，后来变成两天，再后来就是三天，最后就全周开放，只不过周末的这个生意比较好做。过去一到周末，从周五起，周边的小旅馆全是满满的，所有外地来的人先住一宿，因为第二天早上就要卖，不可能早上赶过来。之后又往前挪了一天，礼拜四晚上就开始在旅馆里交易。这儿有一新词叫床交会，中国人发明的。我们有广交会，广交会都有五六十年了，全称叫广州商品贸易交易会，北京还有京交会，前几年成立。我们这些卖古董的人就叫床交会，为什么叫床交会呢？一般的包房都有两张床，他自个睡一张床，把他带来的古董铺在另一张床上，然后谁一敲门，一打开，一眼看过去，一览无余，喜欢这个，这个多少钱，然后一商量买成了，头天晚上宾馆里先开一波床交会。这床交会很有意思，不用交摊位费，他房费交了，反正得在这儿住一天，所以这是一个极低成本的贸易，在这波贸易里很多人就把这货交易了一番。有的人是他自己有路子，比如我有几个固定客户专门买某一种东西，那我就买了这东西，你别看贵我能卖出去。另外有的人对东西的判断不一样，我认为这东西就值2000，那人一看说这东西怎么都得值5000，所以他就2000买了，5000卖了。所以这种内部的交易过去在古董行里，有个专业的术语叫串货，就他先自个儿串好了，各归其位以后，将来他跟市场去当面交易。

来北京做这个古董交易的很多人都是有这个传统的。你不要认为说那个人怎么突然就搞起这个古董来了，你去追根溯源的时候会发现他有传统。比如河北雄县，据北京120公里，现在开车也就一个钟头多一点，可过去骑自行车大概要骑六七个钟头，甚至七八个钟头，中间还得吃饭。雄县是个有历史的地方，比如宋辽有个非常重要的协议，就是澶渊之盟，我们古书上对它的评价多少有点认为是一个丧权辱国的条约，但是当时宋辽还是享受了澶渊之盟后面一百多年的安定和发展。当时约定我们俩是兄弟，就是您是辽大哥，为什么是大哥呢？第一辽国面积大，第二辽国建国早，每年我给大哥点钱，你也别来给我捣乱，然后咱们就开始贸易。我们汉民族跟游牧民族之间的贸易，我们还是比较会算计的，游牧民族他动作快，因他移动当中没工夫恋战，差不多我就卖你得了。但是汉民族过去的思想是我坐在家门口做生意，卖不到这个价钱我不卖你，所以我们还是有一些贸易经验的。

　　签约以后，雄县这个地方是交割的地方，河北地区就有四个榷场。榷场今天听着很别扭，因为我们好像听不见什么地方叫榷场，但我们有一个词叫商榷，其实意思差不多。雄县就是当时的一个榷场，就可以理解为是商场。还有就是霸州，徐水、遂城镇这四个地方，跟辽进行贸易，我们每年给他多少呢？宋国每年给辽十万两白银、二十万匹绢。但我们跟他的贸易又赚了多少呢？每年光在这四个榷场，宋政府就能赚一百多万两白银。那换句话说，我给你十万两，也就拿 10% 的一个回扣。直到辽国灭亡，宋国和辽国一直保持这种贸易。贸易很有意思，贸易会促使社会加速进展。所以过去在北京卖大瓶的，全是雄县的自行车，过去自行车后面都贴着那个牌子，上面写着雄县什么 1、2、3、4、5，它都写着号。

　　还有山西，我当年去山西介休的张兰村，有一阵子我还记成

"张来"，他们说话有口音。明清时候这地方就商贾云集，乾隆年间的时候，这个张兰的古玩就非常的兴盛，为什么兴盛呢？是因为乾隆时期，山西晋商发达，有钱的地方除了物质以外还需要追求精神，最能体现精神层面的是这个古玩。各家各户都能交易，我去到那个地方，推门就进，一进去说你家有什么呀，他说摆着呢你看着，我先喂个鸡。看完拿起来问这多少钱，说你给30吧，15行嘛，再加1块，16，买卖就做成了。每家每户随便去，特别有意思，那狗就光叫从来不咬人，为什么不咬人呢？那你要咬人这生意做不成，主人跟那狗都说你见人叫叫得了，千万别咬人家。你去这些地方的时候，你会发现它不会无缘无故的就卖这些东西，它历史上就有传统。所以我们每件东西，当你追寻它的根源的时候，你会发现它都不是白来的，我们的地摊儿也是这样。

我们农耕文化中的这种最初的贸易形态进入城市以后，城市人不太容纳，让他们到商店里去，可这东西统共就卖仨瓜俩枣钱，进商店他怎么卖？再说那商店也不是他的，他进门怎么弄都不清楚，所以就靠地摊儿，摆开就卖，你给钱差不多我就卖了。

潘家园地摊儿后来就发展成了一个大棚，这大棚一开始特气人，弄的都是红色的棚，红色下面不观色，拿一瓷器搁那红的大棚底下，什么都看不见，只能跑出棚到外头去看去，这红色的棚、红色的灯是干嘛用的？卖肉的。你注意看，卖肉的上面的灯都是带红光的，肉显得新鲜。美容过去有这么一招，就说您来的时候给您开一灯，您看看您的样子，她开那灯是冷调的、蓝的，所以你看着不好看，然后给你又洗又弄，折腾完收完你钱再给你看一下，那灯就改红色的了，你看着就红光满面了，这里都有很多门道。大棚的出现就使我们的地摊儿多多少少有一点变味。

我们大概说一下北京这些摊儿上古董的价钱，30多年前开价没有上百的，谁一说一百你就皱眉，也没人听，一转身就走，说这人有病吧。到20多年前你再逛摊的时候，那就是几百几百的，它没有上千的，很少有人上千。20世纪90年代，拍卖行成立后，价格就开始失控，要什么价钱都有。你今天到潘家园地摊儿上，人家说你这多少钱，他说500，你从底下拿出钱来啪啪扔五张，拿起来走。你来捣乱的吧，我说500是500个，就是500万，一万是一个。过去说这东西几个呀，三个，你给人家3块钱哪成，就3万块，地摊儿上真有胡要的，但是你就不敢胡给，你敢胡给就是因为你明白，如果你不明白还敢胡给，你肯定吃亏。

地摊儿有一规矩我可以告诉你们，还完价必须认这个价，你不能还完价人家说卖给你，你说那我不要了，那你等于捣乱。所以还价的时候，你一定要知道怎么去还，如果你觉得差距很大，你说我没法还，那可能他就给你一句话，说你还多少我都不嫌少，那你可以还价，但是千万不要说人家要的价钱高。比如你说这东西多少钱，人家说3万块，你说给30吧，人家觉得你要捣乱。这东西值3万块吗，这东西根本就值不了啥钱。那你说多少钱。说那就 30，你给 60 行不行，这是可能的。但是不能上去随便蔑视别人开的价，不管那个价钱你认为有多不合理，中间必须要有语言过渡。

我们今天老觉得说你说的那个价钱，当年怎么没让我赶上，这东西怎么那么便宜呀，其实我告诉你古董最便宜的时候也是最贵的时候，为什么这么说呢？因为当时的人没有闲钱。今天你到地摊儿上去看，说想花 1 万块钱，你这 1 万块钱是闲钱，没这 1 万块钱你生活没任何改变。可 30 年前的中国人，大部分人兜里都没有闲钱，每个月的钱都可丁可卯地花光，这东西就 10 块，10 块他也没地儿出。

我刚去工厂的时候，对工厂最强烈的印象就是发工资的时候，师傅们互相还钱，月底借钱，月初一发工资赶紧先还上，到月底又借，都是差个十块八块过不了这个月。所以那时候人没有闲钱，没有闲钱你去买什么东西都会觉得贵。

大概是 1988 年的时候，北京琉璃厂，公家卖官窑碗，乾隆官窑一点毛病都没有，崭新如琢的官窑碗 400 块钱一个，当时还打九折 360 块钱，今天这东西值 360 万，今天有 360 万的人有的是，可那时候的人他就没有 360 块钱，这个社会对钱的概念完全不一样。我认为出不起的钱就叫贵，出得起钱都不能算太贵。

潘家园它最初的一种状态非常好，叫"买卖成立以后双方都高兴"，卖东西的说东西卖出去，买东西的说我买这东西真好，慢慢就演化成什么呢？成了单方高兴，谁高兴呢？卖东西那个高兴，卖东西的为什么高兴呢？他把假的给卖出去了，他可不高兴吗？

我们现在的很多东西是固定摊位，就是你在这儿买的，下个月来，这人还在这。那时候不是，早期卖东西游商多，不是固定摊位，今儿他在这儿明儿就不在，你找不着他，所以你买卖必须要当时决定，事后没有沟通机会，比如你买错了买贵了，你没机会再跟他商量。这种情况下最重要的一点叫当机立断。在孤立无援的状况下，你必须当时做出决定，它不像今天的古董行里，你看这东西说我先照张相，拿手机一拍，回家就翻这是什么东西，再看看细节。回去觉得这东西是对的，再回去的时候商量多少钱。这是现在，过去没这个。你没有办法回去翻书，回去跟人商量或者怎么着。地摊儿上，你蹲着，拿着东西你都能感觉身后全是人，按照规矩，你们俩谈买卖的过程当中，别人是不许插手的，但是你放下了别人就可以插手了。

我曾经就遇到过这种情况，就是你拿着这个东西跟人讲价钱，没谈拢往下一放，后面那人直接就把东西拿起来，说我出这钱，人家旁边有人盯着。过去的古董价值的判断都是因人而异，没有一个绝对的价值，你说 50 块跟 60 块有什么区别。今天 50 万跟 60 万有什么区别，500 万跟 600 万有什么区别，区别是个阿拉伯数字，但是对这个东西自身的价值判断没有很大的区别。我们早期必须练就这种野路子，很多事情自我判断，不需要跟人商量，这是一个很艰苦的训练，今天很多人做不到。有人说我买个东西不跟人商量，简直心里没谱，平时说得天花乱坠的，孤立无援的时候马上心里就虚了，不知道该怎么办，第一不知道东西真假会不会出错，第二不知道这个价钱对不对。今天你可以知道价钱，还可以这手拿东西，那手拿手机搜，过去没这事儿。你必须全都记在脑子里。

早期潘家园那个漫山遍野的市场，支撑了北京当时改革开放以后的很多的对外窗口。当时很多商店甚至包括友谊商店、红桥市场各种地方、各大市场里专门卖外宾的这种小商店里，都是跑潘家园进货，这东西一换地儿就变得价值连城。当时北京的五星级饭店里，有的人就是在地摊上买完东西，到饭店里翻十倍八倍甚至一百倍都是可能的。

潘家园地摊儿上也确实出过非常重要的瓷器，今天摆在博物馆里很多很重要的瓷器，包括观复博物馆里也有，都有从潘家园走出来的中国古代经典的艺术品。很多东西我是知道的，每回看的时候我就想，这东西当年就扔在地摊儿上倒着放，很多人都不懂的情况下，你把它买回来，把它记录在案，搁在博物馆里陈列，教育公众我们先人曾达到怎样一个高度，想想真是不可思议的一个缘分。

我早年逛潘家园的时候，打着手电筒背着个包，揣点小钱，每次都有点收获。我老说这叫贼不走空。大概 10 年前，那时候潘家园人是摩肩接踵，你往前走你得推人后背，后面有人推着你。那个摊位也非常拥挤，我看远处大约隔着七八米有一尊佛像，看着非常好我就过去了，我摩着人的肩膀，跨着人家的摊，终于走进去了。一看，还真是好东西，这时候我太太在外头叫我，因为吵，听不见，她就两手拼命地招呼我，我只好又出来问什么事，她说这旁边那人说那东西是假的。我就奇怪了，我在里头他在外头，他怎么知道是假的，我说那人呢，一看，那人在那交钱呢。把我给诳出来了，他自个儿去买那件东西，这就叫计谋。人有时候会有计谋，计谋有时候会使你成功，这人就用这种小歪招居然就成功了，那尊佛像就被他请回去了，让他天天去面对，天天去忏悔。

潘家园市场的需求越来越大，但有一个问题。我们的古董理论上讲是个恒量，就是它不会变化，这个恒量一旦破损就会减少，一旦走入了收藏单位，它就不会再进入市场，它也会减少，那么一旦需求增加，它相对意义数量就减少。所以旧的东西就会越来越少，新工艺品就会越来越多。潘家园后来就基本上没有老的，全是新的，我觉得新的也有新的好，我们对东西的理解不一样，潘家园有它存在的道理。比如新的手串，一两百甚至几十块钱都能买一串，很多人喜欢，戴在手上不挺好嘛。还有新雕的佛像，到处都是，有人请回去在家摆一尊没什么大不了的，老的还买不起呢。我觉得一个时期有一个时期的东西，一个时期的人有一个时期人对物的一个判断。

潘家园地摊儿的特性越来越弱，它原来的个性化就是我们最喜欢的那种随机文化，现在看着貌似规范了，后来又盖了房子，它的个性一点一滴地就在消失。东边半个圈基本上都是卖串的，这两年北京甚至全国的串文化太厉害了，北京有个台从头到尾都是跟你讲珠子，所以我们有人戏称说那频道还不如叫珠子台，就是专门卖珠子的。中国人不知道为什么对这串特别有兴趣，现在差不多的人都弄一手串。那手串有的弄得跟乒乓球那么大，他戴着也不嫌难受，还有的戴脚串、戴腰串，戴着跟大佛珠似的，全身都是各种串，有的这小臂都缠满了，看着跟练武的似的。中国人这种对串的喜爱，其实不是串文化，也不是珠子文化，是中国人的一种从众文化。中国人不光是对这串有兴趣，对那烤串也有兴趣，要没有城管，中国所有的城市大街小巷都是烤串。

我就想如果我们北京有一个公园，在周六周日的上午，准许老百姓摆一地摊儿，然后让老百姓在逛公园的时候，享受地摊儿文化的随意性，享受它那种亲民和那种野趣，我觉得它真的是一种有生机的城市文化。

观 复 秀

我有次逛潘家园就收了两方砚，一个风字砚，一个葫芦形砚。风字砚在唐代非常流行，从理论上讲这方砚应该比较古老。它的砚堂和砚池是连贯而下的一个斜坡。另外的这一方砚就分得非常的清楚，浅的地方大的地方叫砚堂，深的是砚池，在砚堂磨完墨会流到砚池，这个边缘中的微妙和这块的水道非常清晰。这

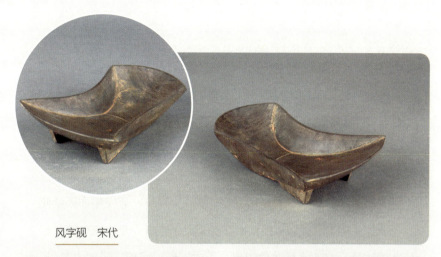

风字砚　宋代

葫芦形砚　宋代

个葫芦砚的背面，其中一个部分有个专业术语叫乳足。乳足是宋代非常流行的足饰，当然明代也有，形状像少女的乳房。这个砚台有三个点，三点固定一个平面，这里共做了两个乳足，前面的一个没有做，斜坡上去的。葫芦砚非常的漂亮，有个歪嘴，还有一个槽，为什么还有个槽呢？这个墨可以顺着它慢慢倒出来，过去研磨非常不易，有时候写字前要磨一个钟头，研完墨如果没使光搁这儿就干了，它可能要搁在一个盒子或者一个小瓶里储存起来。这是一方非常精美的宋砚，石质不明。我们一说四大名砚，北方的山东的红丝砚、甘肃的洮河砚，南方的歙州的歙砚、肇庆的端砚，这两个砚都不是，这石头也不知道哪儿的，但它是福建的，今天福建凿石还属于传统手艺。

这两个砚的石头不一样，石质也不一样，但都出自福建，福建山区有很多很独特的石头，这个风字砚的石头也没名，但它这石头是有纹理的，有点像歙砚的梅子纹，但是肯定不是歙砚的那种歙石。它在砚堂和砚池间有个界线，这个小小的界线表明，它还是两块区域。这个风字砚摆在地摊儿上它价值真的很低，如果摆在博物馆里，再加上我这么一描述，立刻身价百倍，先不说别的，单看这些完美的曲线，底下缓慢优雅的曲线，急速转折的曲线，还有这个斜坡，你今天准确地画一张图都非常费劲，它这种微妙是只有你拿起来的时候才能感受得到，你手这么捏着的时候手感非常舒服。风字砚底下也有两个砚足，砚足跟那个葫芦砚不一样，砚足就是板形的，一个片状的，这样一个宋代的砚台已经有 1000 年了。

　　我更喜欢这方葫芦砚，这种相对很少，风字砚比较多，因为有一个时代比较流行。实际上制砚需要很高妙的技巧，我没有用水试过，以肉眼看这里头略微有一点低，为什么略微有点低呢？他使毛笔的时候低的地方可以聚墨，比如我边研墨边往下流，一边流下了墨，一边适度还要有点墨，这些微妙的地方对于你使用有极大的好处。如果没有潘家园地摊儿，如果我那一天没有去潘家园，这两件东西永远跟我失之交臂，读者们也永远看不到。

毕 业 生

　　我们国家每年要解决一千多万人的就业问题，这是非常庞大的一个数字，仅 2016 年高校毕业生就有 765 万人之多，还有高中、初中、再就业等等全加起来，估计一年怎么也得有 1500 万人口要求就业，这对于我们这个国家来说是个压力。

　　有人跟我说过这么一个观点，名牌大学的文凭只对高级打工者有用，对一般打工者用处不大，公司一定是看你能力，对创业者也没用，美国创业成功的那些有名的人，全都是大学没毕业的。一说你哪个大学毕业的，然后再搞个同学会或者再弄个 EMBA 班，大家混成校友，互相帮衬，没准能有点用。

但是对于我们一般人来说，就业可能比考大学还难。奥巴马总统在任期内最后一次国情咨文演说中说，"我们创造了 1400 万个新的就业岗位"，也就是解决了中国一年的就业问题。

就业问题个人发愁，国家也为此发愁，这是一两头难的事儿。国家发愁什么呢？发愁这么多人怎么能够找到工作岗位；而个人是发愁什么呢？发愁怎么能找到一个多发我钱、少干活的单位，最好能找到一个只发钱不干活的单位。今天在中国找工作并不难，但找到一个理想的工作难。什么叫理想？理想就是想象中的事，可能近、可能远，有的人理想目标定得大，所以工作永远找不到合适的。就业和择业实际上是一个问题，就业是政府要解决的，择业是你自己要解决的。

我们年轻的时候没"择业"这词儿，与此相关的一个词儿很有意思，叫"分配"。甭管你是干嘛的，甭管你是大学毕业、中学毕业，还是小学毕业，工作都是国家给你统一分配的。

从建国以后开始，全国高校毕业生由国家统一分配。国家管分配管了 50 年，我年轻的时候就在这 50 年之内，所以我没发过择业的愁，我也没递过简历。今天的人说你真幸福，统一分配多好，那样就不用发愁了，现在大学还没毕业呢，天天到招聘会发简历，光简历印了得有一斤了。如果今天依然是国家管分配，你的焦虑会更多，会引发社会更多的腐败。你会觉得很多事太黑了，怎么我那同学还不如我，分的单位比我好呢？今天没这事儿，你认为你好，你就去竞争。

　　我曾在新闻上看到一词儿"萝卜招聘"，想半天都没明白，仔细看了我才明白。我们有一个俗语叫"一个萝卜一个坑"，这"萝卜招聘"就是为萝卜挖的坑，量身定制。

　　有一个县里招一个公务员，这公务员必须会什么呢？比如学财会，必须是英国大学毕业的，美国大学毕业的都不成，必须女性，必须年龄多大等等。大家一算，全县符合这标准的就是县里一个官员的女儿，这就叫"萝卜招聘"，貌似公平，实际上非常的不公平。社会就立刻把这个曝光出来，大家就讨论说你这种招聘就跟分配差不多嘛。

　　我们以前被分配的时候，做过很多无用的事，但是所有无用的事不一定哪天就变得有用了。我在农村待过，也在工厂待过，出版社也待过，什么事都干过。比如我当初被分在工厂的时候，就没想到突然有一天自己会变成一名工人。当时工人的概念是非常泛泛的，工人有很多种，我们学的叫机械加工，操控机床，这在工人里算是比较高的，多少得有点文化，第一你要能看懂图纸，那图纸非常复杂。你要看懂整个工艺流程，工艺流程是工艺员编的，每个工艺员编的还不一样，你自己还得有这个理解。如果你觉得这个工艺流程编得十分不合理，你可以找他商量。

　　我在工厂待了5年，学了很多，首先能准确地区分车、钳、铣、刨、磨这五大工种。比较复杂的是车工和铣工，钳工是手工操作，技术要求非常高，一开始你就刮平台去，什么叫刮平台？一大块不平的生铁，给你一把刮刀，你要把它刮平，刮得有多平呢？拿仪器检查，上下不差千分之二，就是整个平面不要有一个地方和另外一个地方差千分之二厘米。每磨完一次，再看到高点，你就得一点一点刮那个高点，最后把它磨平。机械加工比较重要的是车工和铣工，我们在影视剧中有时候能看到车床，看着挺过瘾的，但那东西说起来很危险，拿着那个铁刨花，经常会被烫一下子。铣工相对就比较难，有一个词叫万能铣，什么造型都能做出来。刨工就更加不用说，磨工就相对简单。

我学的是铣工，有一回在博物馆的院子里跟人聊天，我说你学什么的，他说学机械加工的，我说你对这个机械加工了解吗？他说我学的都是书本上的，没干过。我问他机械加工车工和铣工的根本区别是什么，他愣半天说，不知道，也没想过。大学毕业了以后没有实操过，他就分不出来。车工和铣工的根本区别是车工是刀不动，工件在动；铣工是刀在动，工件不动，就这么个区别。由于刀动，工件不动，所以再复杂的图形它都能抠出来。

如果你每天干一样的活，就很没意思，每天干不一样的活，你就会学到很多。比如看图纸，一个最简单的零件必须要具备三个图纸，正视图，就是主视图，还有侧视图和俯视图，至少要有三个面。再复杂的就多个侧面，乃至剖视图，一层一层剖开看里头是什么样的。我在工厂的这些年看懂了各种图纸，所以今天不管看什么图，我脑袋基本是清楚的。前些年，法国著名的珠宝品牌卡地亚请我到他们的工厂去参观，它那里有大量的问题涉及机械加工，然后对于我提出的各种问题，他们觉得特别奇怪，说我们请来的人从来没有提过这种技术性的问题，问我为什么那么清楚。我说我做过五年工人，所以才能提出这些问题。

我的第一份工作叫"知青"，就是知识青年上山下乡，你们可能都觉得这不是工作。20世纪六七十年代，城市里大量的中学生，不管是初中高中都一律到乡下去，接受贫下中农的再教育。为什么我说我的第一份工作叫知青呢？是因为知青的经历是可以写在简历里的，算你的工作经历，算你的工龄。我们国家的领导人里，比如习近平总书记、李克强总理都曾是知青，知青的那一段经历全部记录在案。

你说知青学什么，其实有很多东西要学，我学的第一件事是打水。你今天说水不是拧开水龙头就有了吗，不行我买两瓶矿泉水。那时候全中国没有卖水的，瓶子里装着水卖，大家觉得你黑死我了，怎么水这玩意还能卖。我们怎么打水呢？是在水井里打水。那水井不是太深，拿一扁担，挑两个空桶去了。这扁担钩子钩着这桶在水底下，一晃荡"咣当"就是一桶。看着简单，你若掌握不好力道，这桶就脱钩，一脱钩，这桶就沉下去了，沉下去怎么办呢？你肯定不能说我不穿衣服我下去，那井全村人还要做饭、还要喝呢。专门有捞这桶的工具，一大主钩子，钩子下面全是各种小钩子，然后直接沉下去，来回捞，等挂上了，再把这桶拉上来。

我18岁下的乡，20岁进的工厂，第一年一个月是16块钱，这是1975年的事，第二年挣18块钱，第三年挣21块钱，三年一共挣 600 多块钱，今天就够吃一顿饭的。今天回想人生，当时我真不知道我还能干什么，假设我们的国家没有改革开放，我可能这辈子就是一个非常好的工人，以一个老工人的身份退休，也可能八级工，过去八级工就是走到头了。

后来我又不安分，开始写小说。那时候缺这种能写小说的人才，现在谁都会写，网上随便挂。我们那时候写的东西，必须得变成铅字才有价值，必须通过一层官方机构的筛选，才能成功。我成功以后，就被调到出版社当编辑，从小说发表到调到出版社，一共 73 天。那时候是文学最好的年代，我认识了所有当时包括今天依然知名的作家。但是我干了 10 年以后，我自个儿就把这铁饭碗给扔了。当时很多人劝我说，这么好的出版社，中央一级的大社，你又活得很滋润，干嘛要辞职啊。是因为我觉得社会的变革来了，俗称"下海"。下海这事儿有点意思，这词最初不是什么好词，最初是两个意思。在民国时期的下海，第一是指这个业余的演员，就票友成为职业演员，这叫下海；还有一种，良家妇女沦落风尘也叫下海。所以今天说公务员下海去经商，跟以前的意思多少有点差距。

过去我们一直认为选择一个好的职业，一做就是一辈子。那时候不允许你辞职，也没谁敢说我辞职我不玩了。为什么？你一旦辞职，你这辈子没有工作，没人敢要你。过去单位有一个杀手锏，它是对你最大的一个惩罚，就叫"留厂察看"。开除那不用说，一开除，这辈子就等于被宣判死刑，它不宣判你死刑，它就给你来一个恶心你的留厂察看，你一下就老实了，什么事都不敢干，因为你再犯错误就开除你，一开除你就没有工作，没有工作，你就没有收入，社会也不承认你。

30多年前的中国，如果你在一个单位不想干了，你还不能辞职，只能调动工作。你从甲单位到乙单位，它有一词叫"对调"，必须得乙单位有一个人愿意上你甲单位来。那时候没有网络，信息沟通非常不容易，怎么办呢？只好往电线杆子上贴广告。在20世纪80年代所有的广告，除了调动工作的，就是治性病的。调动原因是什么呢？可能是工作不满意，也可能是跟领导处不好或者跟单位同事处不好，就各种原因想调动。所以那时候为了调动很多人非常地苦恼，你实在不能处理单位的关系，那你就基本跟顺心的生活拜拜了。

我们今天越好的单位，它对应聘者条件越苛刻，甚至工资越低。往往是民办的一些企业工资开得高，而很多国有企业，甚至有些大的外企，开的条件非常苛刻，而且工资非常低，为什么？有人认为它有发展。有的大国企招聘一共是四十个位置，来好几千人，那各种条件都来了，有的人上来就说，我可以免费给你干一年，你不用给我工资，你看我的能力，一年以后咱们再说。外企也有这种现象，有的说我不需要工资，我就需要证明我的能力，你让我免费工作，你认为我什么时候值钱了，你什么时候给我工资。大单位占很多便宜，小单位招人非常难。

我还发现一个情况，就是今天的教育生态已经被破坏。不是说所有人都要长成国家栋梁之材，才是一个好的教育生态，一片原始森林它有钻天的高大乔木、一般性的灌木，还有攀援植物依附于它生存的，还得有那种苔藓，这才构成了热带雨林中的原始森林。如果这个山上就是独一门的树，什么也都没有，万一来个病或者来个虫害，就全死了，所以生态不好。我们现在盲目地扩招，一年高校毕业生就是七八百万，而且有些大学的教育水平确实很低。如果你没有学到本事，只是浪费了年华换得一个文凭，我觉得很没有必要。

今天往往是一些有技术的工种，工资非常高。过去最不值钱的一种工人叫瓦工，木工比他值钱，为什么？木工有技术，瓦工不就磨泥嘛。但今天瓦工非常的贵，一个好的瓦工，一个月至少得一万多块钱，刚毕业的大学生很难拿到这个工资。不要看不起这些有技术的工人，我们老说工匠精神，工匠精神一定要有技术的含量。

我们今天必须正视择业的困难。我以过来人的经验告诉你们有几点必须注意。第一点叫自我评估，古人有一句话叫"人贵有自知之明"，你先得要知道自己，你再要知道这个世界。千万别说我对世界有多么了解，世界风云都在我掌握之中。如果你对自己没有评估好的话，我建议你先做最苦的活，你看自己在哪个地方能表现出自己的能力来。比如很多大单位的后勤管理人员，往往都是从保洁做起的，你不要以为打扫卫生是个简单的事，也不要以为餐厅服务员是个很简单的事情。

　　我认识一个老师，别人都叫他戴老师，他是服务人员出身的，他都到了四五十岁的时候，还有一副服务人员的架势。他是改革开放以后第一拨被国家送到香港去培训的涉外服务人员，回来以后在杭州香格里拉饭店当服务员。那时候经常有领导人去杭州，都是由他来服务，领导人的这一整餐饭，一男一女两个服务员，他就是那一男的。我就问他都为谁服务过，他就开了一溜名单，那名单我一听就吓着了。邓小平等党和国家领导人，还有美国总统、法国总统等等非常重要的贵宾住杭州香格里拉饭店，都是他服务的。这服务非常难，在那个现场出一个纰漏，你都没法收拾。我亲眼看见过，在非常重要的宴会上，大家都西装革履地吃饭，撤盘子的时候，我眼瞅那服务员，把盘子搁托盘上，盘子里带有酱油汤，拿那盘子的时候这手就歪了，盘子里的酱油汤直接就灌在一个老外的脖子上，造成很难看的局面。所以要认真对待自己最简单的工作，把你认为最简单最苦的事做好。你大学毕业以后，如果愿意找一家大饭店去当一个门童，有很多好处。你会看到很多人，真牛的、假牛的、不牛的、先不牛后牛的、先牛后不牛的，你见各色人等，对你后来的一生是有好处的。

　　有一个著名的门童故事，这个门童是纽约佳士得拍卖公司的，我们今天叫门童是因为早期拉门的都是年龄比较小的，但这位老先生一直拉到退休。这人叫吉尔，他最初进佳士得公司因为没什么学历，一开始让他做保安、做库管，做得井井有条、特别认真，佳士得甚至把艺术保管库的钥匙都交给他，显然很信任他。我觉得这已经是个很好的工作了，管这些艺术品，相对来说你都有等级了。突然有一天公司要招一门童，他就跟老板请示说，我能不能去当门童呢？老板一想说你当门童干嘛呢？他说我想找一份更多地能跟人打交道的工作。老板经过考量说行。吉尔就去拉门了，这门拉了多少年呢？从二十几岁拉到退休，拉了35年。35年就干一件事，记住所有人。去佳士得公司的客人尽是如雷贯耳的人，为了记住所有人，他就把报纸上的各种名人的照片、名字、简介，剪成纸贴在家里门上，天天看。他每天都笑容满面地说，您好啊，安迪先生来了，您好啊，拉里先生来了，每个人都认得，每个人都能唠两句家常话。

后来有一天，公司发现了他的价值。佳士得公司在伦敦有个巨大的商业活动，组织者问公司谁认识所有参加这个商业活动的艺术家、名人等重要客户，大家想了半天说除了咱们这门童吉尔，全公司找不到另外一个人。然后公司总裁说，你去伦敦吧。他说我这么多年没跟我的妻子分开过，我还是别去了，再说公司也不差我这一个人。那公司马上说你太太可以一块去，全部坐飞机，然后到伦敦机场以后，加长林肯接到酒店。在这个盛大的宴会中，他穿着燕尾服全程参与，发挥了重要作用，感觉到从来没有的荣耀。

当他退休的时候，佳士得公司就为他一个人举行了盛大酒会。吉尔为公司拉了35年的门，这35年来，看到了世界的变迁，看到了许多名人由年轻到年老，看到了客户一代一代的替代，看到了客户有钱的时候、没钱的时候，后来又变成有钱的时候，看到了艺术品的高高低低的起伏。在酒会上，公司宣布吉尔以本公司副总裁的身份和待遇退休。一个门童按副总裁的待遇退休，是很多人想都没想过的，但是吉尔由于有自己的理念，他就获得了这份荣耀。他曾经说过你必须热爱自己的工作，你要对它充满热情，它才能让你走得很远。

第二点是什么呢？不畏难、不畏小，不要怕这事有多难。我年轻的时候在出版社碰到过很多难事，领导一犯难，我就说我去试试，年轻脸皮厚，这事不成就不成了，但总要试一次。什么叫不畏小？不要小看这小事，比如说日本邮政大臣当年第一份工作就是打扫卫生间，她不知道怎么打扫，前面有人给他示范，把卫生间打扫完了，然后从马桶舀了一杯水喝了。这事既难又小，但她就从这做起，最后做成日本邮政大臣。有人说这段履历不光彩，说这么大的官怎么一开始是个打扫卫生的，所有的事都是这样，不管你是国家最高领导人，还是国家最底层的人，每个人你都打扫过卫生，这没有什么新鲜的。

第三点就是每个人遇到问题一定要有解决问题的态度。我先说的是态度，不是方法，有时候你可能永远找不到方法，但一定要有一个积极态度，不能逃避。有时候人受教育太多，会丧失一部分功能。我们博物馆从来没敢招过博士，终于有一天，有人跟我说咱们博物馆招来一博士，我说哎哟，还真不错，我得见见。结果这博士来的时候就有点问题，自个儿不敢来，七大姑八大姨全跟来，一进来就分三拨，一拨奔宿舍，看看住宿条件，一拨奔食堂看看吃什么，一拔奔办公室看看工作条件。博士刚开始有试工期，试工期是双向的，你可以说我干两天不干了，我们也可以试用你一段时间，觉得你不行不用你了。试工第二天他就走了，以后再也没来，也没打招呼。最简单、最有面儿的一说法，是觉得我不适合在这工作，那我就不来了，这事多容易。第三天不来，我们就说怎么没来上班呢，打个电话问问，电话怎么打也打不通，不开机。

一个人走向社会没有解决问题的态度就没有方法，所以一定要自己端正自己的态度，任何事情都要迎面而上。你在择业中会遇到问题，工作中肯定也会遇到难题，但是绝对不能轻易以跳槽作为解决问题的最终态度。我经常见一个30多岁的人，去过二十个单位的，这样的人根本就不能要。即便要辞职，也要把问题给解决了，我觉得一个人只有这样做才能进步。

第四点，物质上的要求一定要切合实际。企业的态度很简单，一定要找到有价值的人，一定要把有价值的人留住。你刚大学毕业一进去说，我来你这儿上班，能不能给我配一辆好车呀，至少是奔驰，再给我配个司机，配个秘书吧，这事很可笑。这是我夸张的一个说法，你的很多条件就跟这个一样可笑。你站在单位的角度看你自己的时候，你的要求只要超出你的能力就变得非常可笑。所以我们在就业当中，首先要自我评估，如果你没有信心，你自我评估完以后，让你的父母、你的亲朋好友们看看，你自己的评估是不是对的，是不是有高于自己能力的地方，如果有高于你自己能力的地方，我建议你把这条先去掉。你如果有能力慢慢在工作中一定会显现。

第五点，有一句话其实不是在什么地方都能够用到，但在中国流传很广，叫"有志者，事竟成"。有志者，事竟成的关键就是人必须要有自知。

观 复 秀

右页图中的是一个辽代摩羯鱼石盒。这个石盒子看着是方的，其实它是长方形。它上面有阴线刻的纹饰，这个纹饰是什么呢？是摩羯鱼。摩羯鱼的面非常优美，微微的隆起，俗称面包顶。盒盖四边是花卉，盒身四边全是游鱼。摩羯鱼的传说最初是来自印度，它跟我们宗教有很大的关系，摩羯鱼是龙头鱼尾，我们都知道"鲤鱼跳龙门"，大家一开始全是鱼，跳过了龙门，就成了龙，摩羯鱼就是跳了一半，鱼化龙的那个瞬间的样子。佛家认为甭管它是龙头还是鱼尾，它都有护法之作用，能够驱凶辟邪。

这个石盒上的摩羯鱼纹饰非常清晰，鱼脊上面的翻转非常有力，表现它当时鱼化龙瞬间的一个变化，它用鱼脊的这种拧动做了它内心的一个表达。

这类文物在辽金时期很流行，它不仅仅是跟佛教有关，还跟我们的汉文化有关。我们今天都希望孩子能够成才，按照中华传

滑石线刻摩羯鱼纹方盖盒　辽代

统文化就是望子成龙。鱼变成龙的一瞬间，头已经变成龙，尾巴还没有变成龙，这跟今天毕业的大学生状态基本是一样的，你通过学习，已经有一半进入了社会，那怎么能完整地变成一条真正的龙呢？这取决于你择业时瞬间的态度以及你为之所做的准备。

稿　费

　　我们今天的人对"稿费"这个词不是太敏感，不像我年轻的时候稿费是个至高无上的词，因为过去一般人拿不到这稿费，能拿到稿费的人全是文化人，所以谁要有稿费收入，就会显得比别人牛。

　　今天听这稿费没什么新鲜的，第一，你也挣不了多少钱，稿费没多少；第二，大家挣钱的途径非常多，所以也看不上这个稿费。过去即便在出版社，拿稿费依然是个很荣耀的事，要请人家吃饭的。如果你不在出版单位，比如我最初的稿费是在工厂拿的，稿费单子直接通过邮局寄来，上面写着"稿费"两个字，所有人都知道我挣了多少稿费，收发室拿着这张单子给每个人看。

"稿费"这个词是一特俗的称谓，我上一辈的老编辑都是民国年间的人，他们从来都不说稿费，都说稿酬，说得比较雅，为什么说稿酬呢？这"酬"比"费"高。你想想我们今天说酬谢人家，就有我感谢你的意思，这酬就显得尊重，这费就是个中性词，说稿费感觉比较低。比如我们现在说你给人点小费吧，就有赏赐的意思，所以酬谢和赏赐之间是有区别的。老编辑们就比较讲究，所以那嘴里永远说的是稿酬，不论多少都叫稿酬。稿酬还有一个更雅的说法，在古代叫润笔，也叫笔润。"润笔"一词来自《隋书》，说当年隋文帝给郑译恢复官爵，让李德林起草诏书，还没动笔呢，就有一位官员在旁边开玩笑说，"笔干了"。看到这景象后，郑译自己也一本正经地说："不得一钱，何以润笔"，就说你也没有钱，我凭什么给你写，大概是这么个意思，帮着李德林向皇帝讨要赏钱。这隋文帝听完以后就哈哈大笑，所以"润笔"一词就由此而来，就是说跟皇上要钱了。对于极为特殊的行业，润笔也叫润格，就是我的价目表，这主要体现在书画家。过去的书法家、画家，包括制印的，他自个儿有个润格，什么意思呢？就我这价目表摆在这，你要是管我买画，就按照这个价目表。

在我年轻的那个时代，稿费都是作为生活的补充，没有人靠稿费活着，但是在我上一代，很多老作家都靠稿费活着，比如我们大家熟知的老舍先生。我第一篇小说是35年前发表的，当时发在《中国青年报》上，基本上是整整一版，那时候报纸就四个版，全国就几份报纸，可见影响力之大。当时那张报纸的印刷量是 500 万份，大概一份报纸至少平均有十个人在读，那么就有 5000 万的阅读量。当时给作者写的信都是论麻袋计，我第一次发表作品，当时下决心说，谁给我写信我就给谁回信。后来我一看那麻袋，就自个儿投降了。我拿了多少钱呢？拿了 65 块钱，头一次拿稿费，所以印象深刻。65 块钱在那时候大约是俩月工资，如果按照今天的算，也就是一两万块钱，现在可能还不如过去高，因为当时的这 65 块钱能干很多事，买几件瓷器是没有问题的。

今天的稿费标准不一，一般是几十块钱到几百块钱不等，这是指一千字，稿费都按千字计算，这是因为外国人按千字计算，我们的计算单位都是百、千、万，中国人有万的概念，但是西方人没有，千就算大数了，所以他按一千来计算稿酬。我刚去出版社那会，一千字几块钱，后来我离开出版社的时候是一千字 30 块钱稿费，你如果写个万字的短篇小说，那你大概能拿个 300 块钱，没多少钱，按今天的整个物价水准和工资水准，确实有点偏低。所以能写稿子的人都比较懒，不太愿意写，今天利用稿费这一项能够生存的人，我估计是不多了，可过去有。

比如民国时期，民国时期的时候稿费是什么标准呢？它是按银圆算的，民国初的时候，一千字大概是四五个大洋，很厉害了，在民国时期一户人家有个几块银圆，这日子就能过得不错了。鲁迅先生在他自己的日记中，记载了一个确切的数字，就是

1929 年这一年，他挣了 14664 元，这元是银圆"袁大头"。这钱就多了去了，我们看当时的物价水准，1924 年的时候鲁迅在阜成门内西三条胡同买下了他那个四合院，就是现在的北京鲁迅博物馆，花了 800 大洋，一年挣 14664 元，连个零头都不到。我算了算，他平均一个月挣 1000 多大洋，平均下来仨礼拜的稿费就能买一个大院子，就是有两棵枣树的那院子，后面好像还有一口井，一个小花园。

民国时期除了稿费高，知识分子工资也很高。比如清华的一个普通老师，一个月能挣 80 个大洋；你上一般的绸缎铺，一个普通的会计拿 12 块钱；琉璃厂一个抄写工人，每抄三千字就能拿一块大洋，你说，唉哟，那我今儿给你抄去吧，那字不成，你的字得写得好而且是毛笔字，我觉得毛笔字抄三千字比钢笔一万字都难，一天我估计抄不了三千字。我们今天每个人都会打字，抄字这事不值钱。可是在民国的时候，能写一手好楷书的人毕竟是少的，所以这一年下来刨去开销还能挣一四合院，所以民国时期这些文化人的收入就高，北京、上海这些地方的上流社会就形成了。

稿费发展到后来有一个形式叫版税，这版税跟稿费有什么不同呢？版税是成书的时候才有，稿费是比如你在杂志报纸上发表个文章，这就叫稿费，如果你有本事把这书写成了，甭管厚薄都是你自己的，你就可以跟他谈版税了。版税有多高呢？鲁迅先生当时的版税能达到 25%，据说梁启超先生当时最高，拿过最高的版税 40%。一般的情况下，今天出版社给作者的版税低的是8%，高的是 12%，最多给个 15%就到头了。当时为什么文人的待遇这么高呢？是因为当时没有网络，没有电视，没有现代化的媒介，人们获得信息基本上是从印刷品来的，比如报纸、画报，那时候有《北洋画报》《良友》画报，还有《点石斋画报》。《点石斋画报》差不多都是老新闻，听见一新闻他得画下来，然后再出版，这都得过去一个月了。那时候的画报有时候特有意思，我记得我早年翻过一本《良友》画报，上面写着《美人十八图》，它把美人的要素分开，比如眉毛应该是这样的，眼睛是这样的，鼻子应该是这样的，嘴是这样的，身上手脚全都有，十八张图，十八个要素，他不给你拼在一块，你看这东西，你想不起来这美人什么样，你自个拿脑子去拼。

　　稿费都是按版面字数计算的，我们说每千字多少钱，千字是指版面字数，版面字数怎么计算呢？比如印刷出来的某一页，27个字一行，28 行，那 27×28=756 个字，那这一页就 756 个字，假设你的文章占了 10 页，那就是 7560 个字，乘上你千字的价钱，就能知道你稿费是多少。比如有时候有插图，插图他就给剔去，有时候后面有大半块空页，出版社有时候不计较也就给了你钱了，要计较还得把空的地方去了，过去上来先去半页，因为前面有标题。标点符号空格这都是给钱的，所以很多人写小说，净是空白，他就这么写，"张三说："就折下一行来，然后说"我没吃"，然后"李四说："又下来一行，"为什么没吃"。就这么啰里吧嗦地写，想办法多挣钱。我见过最极端的就是诗歌《秋天的落叶》，秋风啊／秋雨啊／落叶啊／落／了／下／去／一个字占一行。我一看就乐了，这全是来挣稿费的，挣这个空格稿费。

这空格稿费包括标点符号是从鲁迅先生那个时代开始的。鲁迅先生当年很计较稿费，如果没有他计较就没有后来这稿费的标准。出版社给他稿费的时候，鲁迅先生说你给我钱不够数，他们说我们都数了字数的，没算标点，没算空格。鲁迅先生就什么都不说，第二回给稿子的时候，写完文章就直接扔过去了，没有标点，没有空格。那编辑一看就急了说，先生您给把这标点标出来，要不然我们怎么做呀。鲁迅先生就说标点又不给钱，凭什么我给你标出来，你自己去句读吧。那个编辑就说，那您还是帮着给句读一下，我们下回照常付费。所以从那以后，标点符号和空格就给钱了，一直延续到今天。

中国古代的书面语言是没有标点的，得靠你的能力去句读。据说有这么一个故事，过去有个财主非常吝啬，聘请教书先生时就讲明说膳食微薄，让教书先生写一字据，这字据就没有标点符号，说"无鸡鸭亦可无鱼肉亦可青菜一碟足矣"。这财主一看，这教书先生写的行，就欣然签了字。谁知道这一开饭，教书先生就不高兴了，就叫起来了说，你这怎么全是素菜，荤菜呢，咱不是约定好了吗？财主就说，你不是说无鸡鸭也可以，没鱼肉也可以，说青菜就可以了吗。教书先生说我的意思是"无鸡，鸭亦可，无鱼，肉亦可，青菜一碟足矣"，结果财主被弄得哭笑不得。这就是标点符号的作用。

我们横向比较一下稿费，看现在美国人拿多少稿费？我们论千字计算，人家是一个字一计算，每个字在 0.75 美元到 2 美元之间。美国的地方刊物一般每个字在 0.1 美元，就是十个字 1 美元，那也很高了。千字稿费大概在 750 美元到 2000 美元之间，换句话说，你在美国要能写个千字文，你能拿到 2000 美元，可以满足基本生活了。如果你在像《纽约时报》这样最高等级的报纸上，写个千字文的稿费能拿到 2000 多美元，那折合人民币就得照着 1 万多块钱去了。在中国，你写一篇一千字文章，撑死了二三百块钱，所以就差距很大。再看版税，一般情况下都是 10%，就码洋的 10%，码洋是指这个书的定价乘上印数，比如这本书是 100 块钱一本，我印了一万册就 100 万，100 万叫码洋，10%就是你拿 10 万块钱，刨去税收，你拿个 8 万多块钱。

外国版税就比较高，比如我们大家都知道的罗琳，《哈利·波特》的女作者，她在中国就拿过很多钱，10 年间引进了她七部作品，平均每部都 300 万销量，光这一本《哈利·波特》，就版税这一项，她从中国拿走了 9550 万块钱。人拿原创作的稿酬拿走了 1 个亿，她比中国任何一个本土作家的版税收入都高，而且中国还到处是盗版，如果没有盗版，我估计她得拿 3 亿走。在 2008 年的时候，英国的《泰晤士报》评估了她的资产，说她资产有 5000 多万英镑，说她是英国第十二位最有钱的女性，也是英国历史上最富有的人之一。她就是因为一本畅销书就红了，当然她当时还有版权的收入，版权收入很厉害，比如改成电影了，她会收更多钱。

我们国家对这种无形文化创作的投入，比如文学创作，相对给的报酬都比较低。过去有很多老作家，他们可能在年轻的时候，能通过自己的写作过一个优雅、富裕的生活。比如作家刘绍棠先生，他是个神童，十几岁的时候一夜成名，当时他在全中国的名气远远大于今天的那些小鲜肉。刘绍棠先生 20 岁的时候，全国但凡有点文化的人，不可能不知道他，他是中国作家协会最年轻的会员。他自己在自传里说过，他的第一部小说集叫《青枝绿叶》得了 1800 元稿费，今天听着有点少，可是在 20 世纪 50 年代的时候还是挺多的。他当时有五本书凑在一起，写了 4 年，拿了 18500 块钱，其中 5% 交了党费，然后他把这剩下的钱搁在银行吃利息，每年大概有 2000 块钱的利息。那个时候，他住的那个小院在西城，是个四合院，花了 2500 块钱买的。他写作挣了 18500 块钱，拿了大概 1/8 的钱，就买了个小院子，换句话说，等于半年写稿的钱挣了一个三合院。今天基本没戏，今天你写下最畅销的书，也不可能在北京买一个三合院。

今天稿费偏低的后果是什么？报纸刊物的创作力在下降，过去我愿意看的很多刊物和报纸，我都不看了，没法看，内容很低，写得又很差。现在有能力的人都不愿意去写，这个脑力劳动特别累心。我干过体力活，也做过脑力劳动，脑力劳动有时候累得很长时间缓不上来，而体力劳动，年轻的时候睡一觉什么事儿没有，吃一顿饱饭全缓上来了，可写东西很难缓上来。就我知道的很多刊物非常赚钱，但稿费依然给得很低，所以导致有创作能力的人去干别的了，有创作能力的人都属于比较聪明的人，就不愿意再去写作。所以我倒是建议，这种好的刊物，发行量大的报纸，稿费应该大幅度地提高，才能形成良性的循环。

讲了半天稿费，我们再讲讲大家很关心的画家和书法家的"稿费"。画家和书法家跟作家有一丁点不同，作家的稿费没有事先说好的，觉得没面子，但是画家是个手艺人，他自个儿可以把自个儿的价钱定在那，就是"润格"。1902年的时候，樊增祥给他定的这个篆刻的润格，据说常用名印每字三金，三金就是指三块大洋，过去每个人都有个印章，以印为信，你签字没人认，签字是西方人的事，西方人不会刻章，所以只好签字，我们过去靠盖章，这名印自个儿拿着。它上面有一个规定很有意思，"字若黍粒，每字十金"，就是你字刻得小，并不便宜，它还得贵，刻的小米那么大一个字，一个字就十金。

齐白石这老爷子有一个规矩就写在他的客厅里，因为谁跟他去求画，都得进屋，一进屋先看见这规矩。这规矩写得有意思，他说"卖画不论交情，君子有耻，请照润格出钱"，开宗明义，就说你到我这来买画别跟我谈交情，您给我钱就行了。我们今天说这"君子有耻"，这"耻"字好像不太好听，但是，"礼义廉耻，国之四维"，人知羞耻才能成仁，你的脸皮越厚越不成仁。他还有这样的话，花卉上加上虫鸟，一只就要加10块，藤萝上加蜜蜂一个要加20块，为什么呢？因为蜜蜂难画。老爷子很有意思，说，跟我讨价还价的人叫"亏人利己，余不乐见"，意思是说这种亏人利己的人，品行有问题，我根本就不想见你。据说当时老人画虾，人说你给我画一幅三尺的虾，老爷子画完了以后，那人嫌画得少，说您能不能再给我们添一只，老爷子就不高兴了。这种要求等于不尊重人家画家，画家的画还有布局呢，财主不论布局，就画得越多越好，老爷子随便又给画了一只。这土财主把画拿走了以后，看着这只就越看越别扭，然后就说，您看您给我画这虾怎么跟死了似的。齐白石就说这么一句话，你到菜市场去，活虾和死虾价钱能一样吗？意思就是说你钱给少了，我犯得着给你画一活的吗？

再后来就是吴昌硕先生，画画的润格是四尺12块、五尺18块、六尺24块、八尺30块，这个册页折扇每件6块，都有标准。他这个润格的尺，不是我们现在画家老说的这个尺，我们现在画家是按平尺跟你算，比如四尺整纸算八尺画，为什么那纸那么宽，两尺宽四尺长四乘二八尺，所以这个画家如果说我一尺画3000块，那画一张四尺整纸，那三八二十四，两万四，这就是今天的润格。过去说的这四尺，就是四尺整纸，说的六尺就是六尺整宣，八尺就是大张的，所以他的这个价格是指这个价格，不按今天的平尺算。

稿费实际上是一个精神产品的报酬，我们今天确实还不如古代重视。由于稿费的普遍标准低，出现了一种新的形式叫打赏，网上你写一篇文章，写得好底下说要求打赏，据说靠打赏，挣到大钱的人也不是没有。它的好处是什么呢？是它没有中间环节，就读者给的钱全部是你自己的，它不像出版社给你的稿费 100 万块钱，实际上他要卖出 1000 万块钱去。

所以我觉得今天由于网络的出现，稿费的形式可能会有一些变化。稿费不再限定于出版界，其实已经涵盖非常广了，不仅仅是出版界，包括新闻、其他类型的媒体，还包括影视剧。电影编剧的费用现在来说还是很少，要不然我们怎么没有好的本子，写一个好电影本子，呕心沥血改个十稿八稿是正常的，最后才拿个几十万块钱，所以很多人不愿意写剧本，中国的电影就很难有好的起色。

如果我们今天重新对精神产品有一个新的认识，能够提到古代的标准，哪怕提到民国的标准，我们的出版和影视界可能会有大的改观。

观　复　秀

三条腿的蛤蟆，现在叫金蟾，为什么是三条腿呢？它的主人叫刘海，吕洞宾的弟子，功力高深，降魔除妖，降伏了危害百姓的金蟾妖怪。在降伏它的过程中，斩去一足，从此以后这蛤蟆少了一条腿，它臣服于刘海的门下，样子还变得非常萌。它回过头这么一看这一条腿，就很萌的样子。

铜三足金蟾砚滴（带龙柄铜勺） 宋代

　　这个金蟾是一个水丞，也叫水中丞，俗称水盂，是宋代的东西。这种盛水的文房，还有另外一个名字叫砚滴。这个砚滴的嘴可以把水给滴出来，中间的勺是后配的，砚滴应该跟砚相伴而生，你研墨的时候，如果想控制水量，可以通过小嘴倒出来，如果需要加水也可以用勺子加。

　　我们都说"刘海戏金蟾，步步钓金钱"，按照传统文化的说法，当这个三条腿的蛤蟆变成了蟾，就能口吐金钱，是旺财之物。

通　讯

　　什么叫通讯呢？就是叫隔空传达信息，它必须具备两个条件中的一个。第一，我们都在同一时刻，但有声音所不能达到的距离，你喊话是没有用的。比如我在北京，跟上海、跟广州、跟美国、跟英国、跟日本都不能沟通，所以隔空打一电话，这就叫通讯。第二，错时也叫通讯，比如我走了，写一纸条留在家里，我太太回来看见这纸条上面交代一件事情，这个错开时间也叫通讯。第一是及时的，第二是错时的，这就是我们通讯的本义。

　　人类沟通信息最初都是面对面，就是我有什么事跟你说，你有什么事跟我说。后来发现有时候信息沟通需要错时，错时的前提就是文字的出现，没有文字我就不能错时来通知你一件事，只能靠画画。过去没有文化的人留纸条经常通过绘画来表现，所以我们的象形文字就产生了。我们能够通过文字来沟通，至少有个三四千年了，文字到普遍能够应用的时候，我们就开始写信留纸条。我们今天看到的中国书法史上的很多著名的法帖，当时就是一字条。

通讯有三个问题或者说三大难题，需要人类解决。第一个问题是速度，古代不能及时通讯，没有电话没有电报，没有现代化的设施，唯一的办法就是写信，六百里加急，有说五百里加急，有说三百里加急，还有说八百里加急，到底几百里加急具体也说不清楚，我算了算一个昼夜最多六百里地，过去普遍都是二十里地一个驿站，六百里就有三十个驿站，跑到一定程度，马跑不动了就得在驿站换马。所以历史上的信息沟通，最快的速度也就是六百里加急。北京到上海一次往返大概要一个礼拜，北京到广州一次往返估计得半个月，如果不是官方的急件，就走不了六百里加急，它成本非常高。过去古代收信，春天寄出的信，秋天收到都很正常，今天的年轻人体会不到。在电报、电话出现之前，最快的就是马上飞递，马上飞递在中国，或者在全世界范围内，至少持续了几千年。

第二个问题是容量，就是说我有多少东西给你，过去信不能写得太长，所以古人惜墨如金，把话说清楚就拉倒了，如果写长了，你要在竹简上写一大捆，那就没法给你送信，得把"快递"

小哥累死。所以，在过去的信息沟通中，很大的一个问题就是容量受限制，写不了那么多。我们小时候有个电影叫《鸡毛信》，鸡毛信就是几行字，搁在羊尾巴底下一张纸，你想如果那鸡毛信写个几万个字，跟一本书似的，你看那羊受得了吗？吧嗒吧嗒在后面拍着，肯定不行。现在我们发一个邮件，压缩过去的容量，说句实在话，你能阅读多少，它就能给你发多少，所以，从理论上讲今天通信之间的容量不受限制。

第三个问题是困扰人类最大的一个问题，到今天都没有解决，谁有本事把这问题解决了，谁就能创办世界第一大公司。这是什么问题呢？保密。我们每个人都有心中的秘密，每一个机构都有它的秘密，每个国家更有它的秘密，但是在通信过程中，秘密非常容易被人窃取，现在都没有办法解决这个问题。第二次世界大战期间，我们已经有电报了，而且都是密码电报，那也能被人破译，所以第二次世界大战期间很多失败方都是失败于信息被透露出去，如果你的军事机密被人截获，那你失败是必然的。今天不管是民间信息，还是商业信息，甚至是军事信息、国家信息，都希望能够完全保密，但是做不到。你的电话、你的短信，不管什么样的方式，都很容易被人窃听，或者被人窃取，所以信息中很重要的一个问题是保密。据说间谍和特务之间交待任务都不能说，一说就有可能泄露出去，或者被录音，就只能让你看，拿一张纸写一个，"把谁谁干掉"，看完了你记在心里，然后就马上烧掉。如果保密这个问题能够得以彻底解决，那我们在信息沟通中、在电话沟通中，只要你不想让人知道，任何人都无法截获你的信息。如果你能创造这样一门技术，并且能够得以应用的话，那你就能创造一个非常大的通讯公司。

观复博物馆有一个门窗馆，里面有各种古代门窗，比如我们有一个门窗上刻着十二生肖，一套十二片，每片是一个生肖，雕刻狗的这个隔扇，它的故事就是诗人陆机养的一只狗叫黄耳。当年陆机在京师洛阳当官，好久没收到家信了，就很担心，古代人远离家乡出去为官，最担心的事儿就是家里是否平安。有一天这个陆机就对他的狗开玩笑说，你能不能带封书信跑回家，给我捎个消息来吗？这狗听着就很开心，听懂了就摇摇尾巴。陆机当时就写了一封信，装入竹筒绑在黄耳的脖子上，黄耳就走大路，日夜不息地赶路，一直走到家里。家人看到陆机的信以后，又给陆机写了一封回信，这黄耳就立刻又上路，又翻山越岭奔回京城，家乡和洛阳之间相隔千里之上，人来回走需要 50 多天，但这狗只走了 20 多天，狗比人的速度快。后来这只狗死了，陆机就把它埋葬在家乡，碑文上就写着"黄耳冢"。陆机当年写的那封信，如果在今天的话是价值连城，故宫博物院今天收藏的是著名的《平复帖》，它是张伯驹先生花重金买的，然后捐给国家，也是陆机写的。如果证明这确实是黄耳带过去的那封信，假设能进入拍卖市场的话，会立刻破世界纪录。

还有一个动物是我们很熟悉的，早年为人类传递信息的就是信鸽，因为鸽子有归巢的本能，古罗马人很早就知道鸽子这种本能，在体育竞赛的过程中或结束以后，就把这个鸽子放飞，以示庆祝胜利。书上有这样的记载，就是说古罗马时期，鸽子放出来的时候，如果是染成紫色放出来就表明我们胜利了。过去包括古埃及的一些渔民，出海的时候带着很多鸽子，鸽子放回来的时候，只要给它染上颜色，就可以传递各种信号。我们五代后周的时候也有这样的记载，说唐代中国人就已经开始有传书鸽了，就是所谓的信鸽。张九龄少年时家里就养了很多鸽子，然后他跟很多人的书信往来，就是把书信系在鸽足上。鸽子的历史从唐代到今天，至少一千多年了。

到了十九世纪初，人类对鸽子的利用就更加广泛，尤其在军事冲突中，那时候的通讯跟今天不可同日而语，就是军方不停地放飞鸽子，靠鸽子来通讯。据说著名的滑铁卢战役的结果就是信鸽传出来的。你想在人类文明史上这么重要的一个战役胜利的结果，居然是由信鸽传递出来的，所以在1948年的时候，国际信鸽联盟就成立了，我们国家也有中国信鸽协会。我小时候很喜欢养鸽子，那时候把鸽子带着，骑自行车骑一个多钟头，然后放飞，还没等我们回去，鸽子就已经飞回去了。

中国古代通讯还是很不错的，历朝历代对驿站的建立非常重视，驿站是古代专供传递文书和往来官员中途住宿补给、休息换马的场所。驿站在先秦就已经有了，秦汉时期就非常的完备。中国早期词汇都是单字，我们过去就叫"驿"，"站"字是到元朝以后才有的，因为蒙古语的音译叫站赤，所以驿站就逐渐变成了一个词汇，再加上这个"站"本身也有停在那的意思，所以驿站就变成一个双音的词汇了。明末崇祯曾在大臣的建议下废除驿站，导致大量的驿站工作人员失业成了流民，其中有一个很著名的人物就叫李自成。

驿站实际上就是今天的邮政系统和高速公路的服务区等等这些结合体，实际上中国邮政系统的分布是非常完善的，中国任何一个有人居住的地方，邮政都能够送达，可能偏远的山区有时候慢，比如我们在电视上会经常看到邮递员在一个地方，可能半个月才去一次，但是他必然能把你的信件送到。中国整个国家版图内的邮政系统的建立，是国家投入了重资，花了几十年的时间建成的。我们通过这种驿站，或者说邮政系统传达的是人与人之间的情感，包括我们今天的电话沟通、信息沟通。

据说中国人信息沟通中有用的信息是最少的，80%都是情感信息。过去打电话，煲电话粥一定完全是情感沟通的内容。现代人也是这样，由于沟通信息太方便，所以思念的这种情感特别淡，没有什么可想的。过去这个人一分开，就彻底断了信息，所以才有"家书抵万金"之句，尤其在战争年月，你看杜甫写的"烽火连三月"，仗都打了仨月了，现代人没有这种接不到信息的痛苦。

1984 年，我只身一人去新疆，去的时候在家里写个条，就是说我大概是按照这个路程走，估计要走四五十天才能回来。一出去跟家里根本不沟通，结果到了喀什就地震，赶上地震其实还是有心告诉家里，报一声平安。就到邮局去了，邮局排那个队一眼看不到头，就没拍这个电报。因为我在乌鲁木齐一个朋友那儿留了一个通信地址，等从喀什回到乌鲁木齐，问平安的电报特别厚，家里人根本不知道我怎么样了。所以我当时就有一个感受，"居安思危"和"居危思安"是完全不同的。我处在一个危险的境地，所以家里特别担心，当我在这个危险的地方，家里是安全的，所以我对他们并没有那么担心，像这类的情感在古诗中随处可见。比如王昌龄写的边塞诗《从军行》，他说："烽火城西百尺楼，黄昏独上海风秋。更吹羌笛关山月，无那金闺万里愁。"这首诗就是这个意思，打仗呢，烽火城西百尺楼，他连续用阴暗的字眼，黄昏独上海风秋，你看这四组层层递进，诗人仍觉得不够，立刻引进声音，更吹羌笛关山月，羌笛声音是哀怨的，但是，诗人要表达的是什么呢？就是在战争的间歇我怀念家里，但是前三句都写满了以后，一笔就挪到万里开外，挪到家乡去了，他说我思念家乡，显然还不如我夫人思念我的那个程度，所以他最后说了一句，无那金闺万里愁。

我们今天就没有唐代，没有王昌龄那种感觉了。当年我儿子去英国读书，那时候打电话比现在贵很多，你不能想象当时花的电话费。他到英国接电话，也没有这么方便，今天拿个手机就接了，那时候在学校上学，电话还在楼道里，我又不会说英语，只会说"马天，please"，人家就懂了，就给我把他叫来，有时候等的时间很长，而且等人的时间全是要付费的。

通讯发展以后就大为改观，今天在全世界各地都可以用微信直接跟人沟通，直接视频可以看。过去任何一个小的通讯的革命，都会给你带来很多方便，家中的电话最初一次革命是无绳革命，我们过去的电话线能拉特别长，尤其美国那个电话，你看美国电影电视都有这个场景。后来突然有一天出现无绳电话，在家里可以拿着电话自由行走，打着电话想上厕所了很方便。再后来，大概不到30年前，我们开始出现移动电话，中国移动公司大概是1987年成立，到现在30来年。过去电话有很多名字，一开始叫大哥大，都是黑社会拿着，我听很多台湾人叫手提电话，名字非常混乱。今天已经老老实实都叫手机，人说你手机换了没有，没人说你大哥大换了没有。大哥大最难买的时候，3万多块钱一个，我一个朋友就跟我说，我现在有一路子能买这个手机，说你要不然买十个，花30多万元投资，将来值大钱，我要听了他的，我今儿都不知道该怎么办了。那时候3万多块钱，在北京能买一套房子，你买那么老大个儿一手机，它有一种厚的电池，安上去更大叫大板砖，打架都可以当武器使。

我20世纪80年代去香港，那一桌子去吃饭的，每个人一个大哥大，都得戳到桌面上，显得狂，电话铃一响，七八个人同时伸手就接，那时候那电话没有个性化的铃声，全一个声，只要一响大家都觉得是自个儿的。那时候因为信号不好，每个人打电话都喊，在火车上一个人打电话，全车厢都听得见，还老喊你听见没有啊。餐厅里一个人打电话，别人都甭聊天了。我记得我在广州的时候，这种电话很少，谁拿着都觉得自个儿牛。我看见一个女孩穿着鲜黄的衣服，拿着那电话在整个车站来回走，然后做各种古怪的姿势，为什么啊？找信号。

移动电话不停地改善，首先是体量越来越小，后来就出现了翻盖的，你们对我提到的电话、手机的演进过程，你对哪个熟悉，你就是哪个时代的人，先是大哥大、摩托罗拉，后来翻盖的还多一个动作，就是电话响了，拿起电话翻盖，第二个动作是把天线拉出来，还觉得挺时髦，天线还晃着。后来有滑轨的、滑动的，往上推显得特有范儿，诺基亚就有那种往上一推的，后来出现有折叠的。再后来有用笔写的，前两年还有呢，三星电话上就有，上面拿出一个笔，你拿手写没用，必须得拿那笔写。后来就出了智能触屏的手机，我刚开始使触屏的特不习惯，手往下按的有那手感，我那阵使诺基亚的那种按键的，发短信发得很快很舒服，突然用触屏手机，因为特别敏感，又没有感觉，所以一开始很不习惯，现在是很习惯了。触屏电话距离今天还不到 10 年，最初是苹果公司，就是著名的乔布斯执意要发明的，说一指知天下，你只要有一个指头能动，怎么都可以了。所以最终智能电话就进入了我们的生活，改变我们的生活。今天手机可以说是绝大部分人身上的一个器官，你出门丢不了手机，过去出门丢手机是正常，因为电话一天也不怎么响，所以离开身子也不知道。但今天手机离开你一会儿都得难受，上厕所一定拿手机，坐在马桶上腿坐麻了才起来，早上起来第一件事是看手机，晚上最后一件事是把手机静音。我有一阵儿还挺傻，那阵儿手机没像现在这么普及的时候，我晚上怕耽误事儿，都不关铃声，半夜经常被人惊醒，但是惊醒了也值，为什么呢？那时候惊醒一定是有事儿。今天这电话只要没存手机里基本上都是骚扰。

我们过去都看过一个电影《手机》，有一说一，"嗯、啊、行、哦、对、嗨、听见了"，很多人都有这个经验，而我们这个手机有时候该声音大的时候声音小，不该声音大的时候声音贼大，谁都听得见。今天我们的通讯工具，跟《手机》那个电影，已经完全不一样了，那个电影的故事，拿到今天看已经很落伍了。今天在一个会议室开一个严肃的会议，这其中就有人之间可能用微信调情，说你看头儿那样，你说咱这头儿傻不傻，对面说我看着很傻，但是脸上都没有表情，互相用微信沟通。以后当头的让大家把这个手机，都搁到桌子上开会，不要在桌子下面，只要发微信一定都是私事。

我们经历的这个时代是一个变革的时代，人类的重要变革有三个大节点。第一次是农业革命，由原始的捕猎采集时代，变成了种植养殖时代，人类生活的幸福指数急剧提高；第二次是工业革命，集约化的生产、规格化的生产，使人类的物质获得极大的丰富，人类经过阵痛以后，幸福指数提高；第三次是信息革命，全世界在今天享受信息带来的便捷的同时，还感到很多不适，这种不适在我们的生活中处处存在，但是我们依然享受了它的便利。

观 复 秀

　　右页图这匹马是明代的一个玉雕，它身上有一道绺，非常艺术地再现了马的一个精神状态，身上细节的表达，有很多是想象的。比如翅膀，马是没有翅膀的，过去觉得马有翅膀都是欧洲人的遐想，哈利·波特的那马都是带有翅膀，说飞就飞了，但是他不知道中国早期的天马也带有翅膀，这个玉雕就是例证。

　　它是飞马，也就是天马，天马跑得比地上的走马快，马的奔跑速度本身是很快的，我前两天去科尔沁草原看赛马，我才知道一些数据。那天我们去给于谦助战，他的那匹叫"大千世界"的马，跑 1730 米，只用了两分钟零两秒，速度很快。看马奔跑的时候，心里还是很激动的，因为距离很近。今天的赛马基本上都是洋马了，过去说的大洋马都是纯血马，这些马都是短途比赛善用的，长途跑不过中国马。我们去看赛马比赛的时候，到最后跑5000 米的时候，就能看出来有国产马参加，国产马的耐力尤其蒙古马的耐力很强，过去蒙古大军一路摧枯拉朽，一直打到多瑙河畔，就是靠它的耐力。中国历史上，马为这个国家立下过汗马功劳。

玉天马　明代

情　书

　　写过情书吗？没写过，那接过情书吗？也没接过。其实现在真的没人写情书，情有可原，现在都是短信、微信，所以就没有人写情书，你要真的写在纸上，把它寄出去，风险无限，一会儿我再告诉你有什么风险。因为现代通信的出现，尤其我们的短信和微信出现以后，情书就没了，现在基本上没有人用笔在纸上写情书了，如果写也是用微信，微信不能写长，就是你一句我一句，实际上是一种情感交流，不是单方面的写情书。情书一定是一个人在自己内心的情感无处诉说的时候，发泄于纸上，最终邮寄出去，这才是一个完整的情书。情书说起来是一门儿学问，这学问大，你要学会不容易，买一本《世界名人情书大全集》，抄一段儿就完了。第一句写，亲爱的，如果不够呢，再写我最亲爱的，写不了情书，就去抄情诗，我告诉你抄的诀窍，就是你先问问你写情书那对象买没买这本书，要是买了你就别从这本书上抄，防止她能看见。

过去古人没有机会写情书，因为邮寄不发达。我们今天首先有邮政，写完情书，贴上邮票，直接往信筒里一搁，过个两三天她就收到了。古代不行，古代把一封信寄出去是天大的事儿，而且他们不写情书，写情诗。我读过一些古代人写的情诗，谁写的呢？杜甫。天宝十五年即公元 756 年，安禄山由洛阳攻入了潼关，五月份，杜甫就移家至潼关以北的白水，就是今天的陕西白水县，六月份长安沦陷，唐玄宗就溜了，直接往四川跑了，然后叛军就进入了白水县，杜甫就携家逃往了鄜州，就是今天的富县。七月份，唐肃宗在灵武，就是今天的宁夏灵武县即位，杜甫获悉就从鄜州只身奔向了灵武，不料途中就被叛军俘虏了，押回了长安，杜甫就被禁在长安，农历八月中秋，看着月亮，就思家而作了一首情诗："今夜鄜州月，闺中只独看。遥怜小儿女，未解忆长安。香雾云鬟湿，清辉玉臂寒。何时倚虚幌，双照泪痕干。"这诗写得情真意切，杜甫说他当时在长安，今夜我们鄜州家里啊，我的太太自己独自看着月亮，可怜我的儿女太小，还不懂得想他爸爸，他写得很感人。下面几句描述的话语，香雾云鬟湿，清辉玉臂寒，写得对仗严谨，描写想象中的他夫人的状态，最后这一句，也是他的一个幻想，他就说那我们何时能一块儿倚着这个帐子，双照泪痕干，双照是指他和他太太，两个人泪痕都干了。这种情诗在当时就起了情书的作用，尽管这首情诗，当时他的夫人看不见，可她最终能看见，而且流传千古到今天。

再有唐代诗人元稹的诗，他太太韦丛去世以后，他悲痛欲绝，所以写了《遣悲怀三首·其三》，其中有一句非常有名就叫："惟将终夜长开眼，报答平生未展眉。"就说我很愧对你，你这一生都不是很快乐，将来如果有机会，我一定要报答你。元稹跟他的太太感情深，他当时下了决心不再续弦，然后没多久又碰上一女的，后又死灰复燃。

我们都知道一首非常有名的爱情诗，李商隐的《无题》，"锦瑟无端五十弦，一弦一柱思华年。……此情可待成追忆，只是当时已惘然"。他描述的感受非常准确，有时候两个人在一起的时候，不太珍惜眼前的情感，天天在一起有时候还经常冲突，经常地发生口角吵架，但是当这个事情过去了，两个人没有机会在一起的时候，忽然发现当时很多的口角是一种情感，只是当时并不明白而已。

唐诗中的情诗写得比较含蓄，宋代就写得比较直接，比如"我住长江头，君住长江尾。日日思君不见君，共饮长江水。"写得很明确。秦观有句非常有名的诗"两情若是久长时，又岂在朝朝暮暮"。苏东坡的《江城子·乙卯正月二十日夜记梦》最感人，我觉得在宋词里以男人的口吻，写出怀念亡妻的这种情诗，它可以排第一，什么时候读，什么时候受感动。"十年生死两茫茫，不思量，自难忘。千里孤坟，无处话凄凉。纵使相逢应不识，尘满面，鬓如霜。夜来幽梦忽还乡，小轩窗，正梳妆。相顾无言，惟有泪千行。料得年年肠断处，明月夜，短松冈。"开篇有力量，单刀直入，"十年生死两茫茫"，虽是大白话，但是没有任何一句话能替代这句话，让人很受感动。我认为这首词里最重要的一句话就是"纵使相逢应不识"，说我们十年都没有见了，就算能够见面，也互相不认识了，他说我自己尘满面，鬓如霜，已经老了。文人就有办法通过文学手段寄托这种情感，所以多一分文学素养，你就多一分人生的快乐。

元好问最著名的词句"问世间，情为何物，直教生死相许？"这是《摸鱼儿·雁丘词》的开篇，实际上是用大雁这件事儿来说人，但他这个词中并没有"人"字出现。金庸创作李莫愁的时候觉得不过瘾，就在它后面六个字上又加了一个字，改成七个字，叫"问世间情为何物，直教人生死相许"。

再看看女诗人怎么说。李清照的《一剪梅·红藕香残玉簟秋》："一种相思，两处闲愁。此情无计可消除，才下眉头，却上心头。"这是很多人共有的感受，就是你心中的事儿，尤其情感问题很难放下，即便你脸上不去表达了，心中依然可以挂念，这就是"才下眉头，却上心头"。我们有时候觉得你都挂在脸上，别人一看你脸上就知道你在想人，你把脸一抹，马上变一脸儿，但是你脸变了，心里变不了。这首词是当年李清照写给新婚不久就离家的丈夫赵明诚的，诉说自己独居的那种寂寞，怀念丈夫的那种情感。

一个时代有一个时代不同的情书，情书从理论上讲是西方人传给我们的，我们现在看到的情书基本都是民国时期的，那个时期的文人特别爱写情书，为什么？因为过去的人是包办婚姻。清代以前古代社会都是媒妁之言，不掀开盖头你都不知道这人是谁，再加上过去的妇女大部分都不识字，你写了情书她也读不了，所以过去情书是很少的，也就是有文化的人，像李清照这样的还能写点情诗。可是到了民国就不一样了，民国有很多妇女受教育，受了教育的妇女就显得高贵，再加上如果你长得漂亮，就肯定有人追求。那时候的追求不像现在这么简单，问约不约，约，就完了。过去你得写信显示你的才华。

很多文人写了大量的情书，很有意思，名气最大的一篇就是鲁迅跟许广平的爱情信。"广平兄，今日收到来信，有些问题恐怕我答不出，姑且写下去看，学风如何，我以为和政治状态，及社会情形相关的，倘在山林中，该可以比城市好一点，只要办事人员好，倘若政治昏暗，好的人也不能做办事人员，学生在学校中，只是少听到一些可厌的新闻，待到出了校门和社会接触，仍然要苦痛，仍然要堕落，无非略有迟早之分，所以我的意思，以为倒不如在都市中，要堕落的从速堕落吧，要苦痛的速速苦痛吧，否则从较为宁静的地方突到闹处，也需意外的吃惊受苦，而其苦痛之总量，与本在都市者略同。"以这个字量，鲁迅先生至少写了十几张纸，基本上全是这路子，最后一句都没有问候，只是说我相信写了出来，未必于你有用，但我也只能写出这些罢了。这就使这封情书没有情感的宣泄，情感有没有呢？有，但不写出来，文人有文人自己的面子，不能写得太酸，这就是鲁迅的情书。"鲁迅式"情书影响了解放后很多文人的情书，都是这个路子，直接向别人表达自个儿工作的决心。

再看看民国时期的另一路文人的情书是怎么写的，男人叫徐志摩，女人叫陆小曼，才子配佳人，陆小曼的小名儿叫龙龙。"龙龙，我的肝肠寸寸的断了，今晚再不给你好好地写一封信，再不把我的心给你看，我就不配爱你，就不配受你的爱。我的小龙啊，这实在太难受了，他是说我吗，说我念得太难受了吗，我现在不愿别的，只愿我伴着你一同吃苦，你方才心头一阵阵作痛，我在旁边只是咬紧牙关，闭着眼睛替你熬着。龙呀，让你的血液里的讨命鬼来找我吧，叫我眼看着你这样生生的受罪，我什么意念都变成灰了。"徐志摩真酸，他这个情书太长，还有很多感叹词。"啊，我的龙，这时候你睡熟了没有，你的呼吸调匀了没有，你的灵魂暂时平安了没有，你知不知道你的爱，正含着两行热泪在这深夜里和你说话，想你、疼你、安慰你、爱你，我好恨呐。"我就不懂了，怎么最后成恨了呢？这一层层全是隔膜，仿佛是你淹在水里，挣扎着要命。这是民国时期另一类情书，一个字概括，"酸"。

写情书是为什么？就是为了调情，没别的，文人就是炫技，你今天听着徐志摩你可能受不了，陆小曼受得了，要不然她也不能跟他私奔。徐志摩见到了林徽因她爹林长民，相见恨晚，很快就成了忘年之交。他比较惊讶林徽因她爹，说他"清奇的相貌，清奇的谈吐"，其实我估计他是惦记着林徽因，所以他就用这种词汇来描述他爹，林长民同样也欣赏徐志摩的聪明智慧，他们两个人就无话不谈。徐志摩跟林长民都深受西方新思潮的感染，他们曾玩过这样一个游戏，让徐志摩充当女性，林长民充当男性，两个人在这个游戏中就设定了婚配的多情男女，虚情假意地互相写情书。这个情书就发表在《晨报副刊》上。所以民国时期的文人之间把写情书当成一种文学的炫技，可惜我们后来的人没这个机会。

我年轻的时候看到过一篇文章，是 20 世纪 50 年代的，文章叫《中国人的爱情》，他说中国人的爱情是这样的，说农民的爱情是夫妻整夜的谈改良土壤，说工人阶级的爱情是整夜的谈技术革新，至于党委书记的爱情就是老婆有了病，千万不能回家，这就是中国人的爱。

当知青的那会儿在农村经常要给家里写信，全国各地的知青点基本上还是通邮的，唯一能沟通的这个途径就是写信。有的学生是同一个学校，一下被分到不同的村，那就要靠写信沟通，那时候没法儿去打电话。知青之间写的信有点像鲁迅先生写的信，说的事儿跟情感无关，但是就是为情感而写信。比如一男知青给一女知青写信，他明明喜欢人家，但不能在信里写，因为知青一点儿规矩都没有，你那信邮过去，有可能被别人拆开先看一遍，没有隐私。所以他这信就写某某同学，你在那儿如何如何，我在这儿如何如何，说我这个猪都养的很肥了，你那个鸭子如何如何，他问的全是这事儿。那女知青回信也说，我这个鸭子已经开始准备下蛋了，你那个猪怀孕没有，这都问的全是跟自个儿无关的事儿。那时候知青最高兴的事儿就是，有时候一天收工回来，有人说哎呀信来了，我们那个村知青算少的，还一百多人呢，每天总会有人能收到信，有时候是家里来的信，说你怎么样啊，要好好改造啊，要广阔天地大有作为啊，说的全是很正面的话。我今天还能看见我父亲当年给我写的信，保留了下来，有时候打开看，我父亲都是语重心长写得非常正面的话，整个信里没有情感因素，就是告诉你怎么样为人，怎么样做事。

改革开放以后，信件慢慢就减少了，通信慢慢就普及了。首先是电话，过去家里很少有人有私人电话，慢慢能开始家里装电话了。后来又有了一个东西叫 BB 机也叫寻呼机，寻呼机最初是数字的，一响，你一看有一个电话号码 12345678，你就知道往回拨电话了。后来开始有汉字汉显的，汉显的 BB 机不能准确地传达情感，为什么呢？因为传达情感中间有一个接电话的小姐，你说小姐，你就照我说的打啊，说小姐，我爱你，我爱死你啦，小姐不给你这么打，小姐说对不起我们不能这么说，你急得不行，她电话就挂了。

写情书和今天的通信，其实都可能犯一样的错误，所以你要注意一些细节。我在出版社的时候写信，经常是一次写个十封二十封信，写完了装进信封贴上邮票就扔了，这时候很容易出错。以前就碰见过这事儿，一个男人给两个心爱的女人写信，都写得好好的，就是把这信封塞错了。他信的内容倒是一样，只是抬头不一样，所以就有问题。有个人告诉我，为了防止犯错误，抬头一定要一致，尤其发微信，都要写宝贝儿，千万不要叫名字。现在很多的孩子都犯过同样的错误，同时跟两三个男孩儿，或者两三个女孩儿调情，一下就发错了，发错抠都抠不回来，发短信是根本抠不回来的，微信在两分钟之内还能撤回。

社会通信手段的变化，让我们看到了整个社会形势的变化，《世界名人情书大全集》这本书里最后一个写情书的，也距今几十年了，现代的人攒不成这么一本书，我们不要说攒成这样一本关于情书的书，天天煲电话粥的现象都非常少了。过去很多人晚上都躺在被窝里煲电话粥，拿着电话打半宿，今天这种事儿很少见了。过去我碰见我有的朋友眼圈都黑了，我说你怎么回事儿，他说昨晚上打电话打的。你说我们现在可能打电话吗，我现在一天打不了几个电话，基本上都是信息。

社会的改变让我们的情感发生了很多的变化，第一个变化是我们的情感变得粗糙，不像过去那么细腻；第二个是我们自己，我们的情感表达比较直接，不那么含蓄。这个社会变化得太快，让人变得很功利，情感就变得比较单一、比较简单。男人和女人之间的恋爱，已经没有过去这么多的文学色彩了，都比较直接。

前几年我岳父去世了，下葬以后我就去墓地那里溜达，离他那块墓碑不远的地方，有一对青年男女，我看了看那个碑文，很有感触。这个男孩子突然死亡，女孩子就在他死亡的当天自杀殉情，女孩只有 24 岁，男孩大概是 29 岁，她以为这就是爱情，非常自私不想着养育她的父母。

如果这是 50 年以后的事情，男人 79 岁，女人 74 岁，愿意为她的丈夫殉情，我认为这是一个轰轰烈烈的爱情，而在 24 岁这个年龄，她不能判断什么是爱情，他们墓碑上写着"化为梁祝"，就直接殉情了，她不知道未来的生活，假设他们两个人没有殉情，假设没有这场变故，他们也可能根本走不到婚姻的尽头。所以爱情是个非常复杂的事儿，情书只是其中一个章节。

观 复 秀

鸳鸯为什么是成双成对？因为古人认为鸳鸯是匹鸟，就是匹配，必须是俩在一块儿。这个为什么是一个呢？就是因为另外一个碎了，现在就剩这一个了。鸳鸯自古以来都是代表爱情的，因为两个公母鸳鸯都是生死相随，母鸳鸯没那么漂亮，鸟都是公的漂亮，人都是女的漂亮。公鸳鸯最典型的特征就是两个立起来的翅，和它脑后的非常绅士的那一撮毛。

瓷塑青花粉彩描金鸳鸯摆件　清·乾隆

　　这是乾隆时期的一个瓷塑，颜色非常丰富，大概有七八种颜色还描金，最典型的颜色就是粉色，这类的瓷塑在乾隆时期非常流行。这种流行的动物往往都是发往欧洲的，欧洲的贵族很喜欢在屋里摆设这些艺术品。而我们经常摆一些实用品，即便摆艺术品，也很喜欢花瓶一类的，不喜欢摆瓷塑，所以这种瓷塑在我们国内保存下来的微乎其微，你们如果能够看到，也基本上都是在国外看到，国外的博物馆里能看到很多，而在我们的博物馆里很难看到。

　　为什么我为这篇《情书》的观复秀选了一个鸳鸯的摆件？是因为我希望在新的科技社会中，我们依然能保留着古老的情感。

匠　人

　　工匠精神落实到我们每一个人身上体现在两个方面：第一个方面叫手艺，不管你做什么的，手艺很重要，如果你没有一个手艺，就没法体现你那精神；第二个方面是态度，你光有手艺态度不好也不行，我们很多人其实手艺是不错的，但是态度不行，老是想凑合，这一凑合手艺就不能完全地表达。所以，手艺加上态度就是我们的工匠精神。

　　我有次去乌镇，在一家竹器店里看见很多竹器编得不错，好多年也看不见这些东西了，过去家里厨房里竹编的东西最多，因为竹子不易腐烂也不怕水，吸水以后很快就会干，比如竹篓儿洗菜就很容易沥干水。这些年竹器都被不锈钢、塑料这些东西替代了，所以看见竹器就非常新鲜。我走进去，一看确实编得不错，价钱也不太贵，但是我就想有没有编得更好的，就问这家店主人，店主人说有，就是太贵，我说没关系，你把那个最贵的拿出来给我看看。结果他就拿出来一小盒儿，我一看说这东西编得好，问这多少钱，他看着我十分不好意思地说，这东西光工钱就13500，您要就给一工钱，13500。我听着也贵，竹子编的一小盒儿，上下一个盖儿，其他什么都没有。但最后我买了。同行的人就问我，你买那干嘛那么老贵，我说因为我买他才能再编，如果大家都嫌这东西贵，他就只能降低难度，编那种很简单的、能卖钱的，那这种手艺就会逐渐流失，也就没有人再学习这种精致的竹器怎么编了。

过去的人就讲究要学手艺，手艺非常重要。过去说家有良田千顷不如一技在手，一技在手温饱不愁，一技在身胜过千金。这都是过去的俗语，就是人一定要学会一门手艺，你就凭着你这门技术，将来不一定能大富大贵，但是能过一个安稳的日子，这就是掌握技术的好处。

历史上什么时候对手艺最关心或者说最看重手艺人呢？我们历朝历代都对手艺人高看一眼，最高看的就是成吉思汗。成吉思汗西征的时候杀人无数，蒙古铁骑一路西行，遇城破城，破城以后马上就说你是干嘛的，说是个手艺人，问会什么手艺啊，说我这手艺差点，我就会修鞋，修鞋也算手艺，留下，这人命就留下了。说你会什么呀，说我就会喷、就会说，那就给宰了，就是你这手艺不行，没人看重你。虽然成吉思汗的手段很残酷，但是他的出发点非常质朴，就是留住了这些手艺人，这个国家才能强大。

过去手艺分很多种，高等级、低等级，你觉得瓷器的画工、玉器的雕工是不是高等级的？木工、瓦工是不是低等级的？其实这都是一门儿手艺，比如瓦工在过去的工人中是最低等级的，天天干苦力活儿，大家都看不上。前一段时间我们这儿盖猫别墅，这水泥弄不平，请一瓦工来，瓦工工资是多少钱呢？500块钱一天，半天300块。这人穿得干干净净的，穿的那西裤，屁股绷得倍儿紧，半天儿就把这个地给磨了。后来看着他，我就想过去在农村看人家盖房，瓦工就是砌砖，吊上线把这砖砌得倍儿整齐，一个接一个的，到时候该半块儿半块儿，该怎么着怎么着。这些瓦工在过去是拿工资最低的人，但今天在城市里一个泥瓦匠铺地砖的工资高过名牌大学毕业生。

古代对手艺人高看一眼是有书为证的。中国最早的一部记录手艺的著作叫《考工记》，它是春秋战国时期关于官营手工业的规范和工艺的一部文献。过去手工业有私营跟官营，跟今天一样，这是我们能找到的现存最早的关于手艺的一本著作。《考工记》全文七千多字，听着不多，可是古字是一个顶一个，要翻译成今天的白话文，再加上注释就得五六万字，甚至七八万字都有可能。它分六类三十多个工种，这六类是什么呢？跟我们今天基本上一样，大部分都还在用。第一类是木工，木工我们今天都缺不了，每个人家里都有家具，你出门儿到哪都能看见木质的东西，这都属于木工的范围，包括大木架的建筑。还有金工，就是铸造业，今天也跑不了铸造业。再有就是皮革，你穿过皮鞋，系过皮带吧，这都是皮革。还有就是染色，我们今天的衣服不可能都是白色的，它有染色的。再有就是刮磨，也就是玉工，我们今天生活中好像只有工艺品中有，其实平时也有，只是你不大注意，比如建筑上很多雕花都可能属于这些。最后一个是陶瓷，前面几个小类都比较丰富，但是陶瓷非常单薄，只有两种。那陶瓷为什么单薄呢？因为在战国时期，我们的原始瓷器比较简陋，那会儿手工业并不发达，跟后来明清瓷器完全不能比。对于这本书的成书年代，看法也有点儿不同，有人认为这就是战国时期齐国的一个官书，就在我们山东地区，这个作者是当时齐国的学生，编书是在春秋晚期到战国初期，最后到战国的中晚期这书就编成了。

《考工记》有一个记载特别有意思，特别符合当今社会的一个规矩，它说在市场上用于交换的手工业制品必须符合一个规制，这个规制是什么呢？首先是要未买者乐于接受，残次品不能上市不许卖，这是非常重要的一个市场公德要求。我们今天觉得残次品怎么不能卖呢，我卖便宜点。我记得 20 世纪 80 年代我去景德镇，有一种新瓷器，其实也不是新发明，民国就有了，三羊开泰，然后人家带我看，说这特极品好几千块钱，然后这是一级品、二级品、三级品、等外品、残次品，全卖。残次品七扭八歪的，在摊上卖几毛钱。特级品卖几千块钱，中间依次价格递减，西方人就感觉很怪，说你卖我们这一产品，怎么弄这么多级别呢。所以在很长一段时间，市场上有种东西叫等外品，也叫处理品，这词儿岁数大的一定明白，年轻人要是不懂你就问你爹妈，他们马上就能告诉你，这个东西是有各种问题但是它也卖。但过去起码在《考工记》里，在战国时期这个是不许上市的，它是有公德约束的。

《考工记》开宗明义的就说："国有六职，百工与居一焉"。什么意思呢？就是说这个社会里有各种各样的手工业，甭管你做什么都是其中之一而已。对于民间手工业的这种肯定和当时的社会改革是相一致的，这个书中就认为百工，就各种工巧工艺是"知者创物"，这个见解跟我们今天一样。什么是知者呢？可以说是一个智慧者，也可以说是一个知道者，我们常说"知之为知之，不知为不知"，所以知者创物是一个非常朴素的道理。《考工记》在唐代就传入日本了，但它传到欧洲是在鸦片战争以后。

后面还有一本书叫《齐民要术》，贾思勰写的，成书于北魏末年，它是最早的一部农业百科全书。上面有一个特别有意思的事，就是说马厩里养猴，只要你在里头养一猴，这马就不得病，但它也讲不出道理来。后来在李时珍的《本草纲目》中，它就细化了提到马厩畜养母猴，细化到是用母猴来避马的瘟疫，这猴每个月有天癸留在草上，天癸就是月经，马吃了以后它就不得疾病，这个是不是这么回事儿不知道，但书中起码有这个记载。这个记载在民间流传了很久，所以你看《西游记》里孙悟空就叫弼马温，弼马温虽然这个字给改了改，但是就这个意思，避马的瘟疫。

再往后，北宋时候出了一个《营造法式》，搞建筑的人不应该不知道这书。李诫奉旨编写了《营造法式》，于北宋崇宁二年（1103 年）刊行全国，它是北宋官方乃至中国历史上官方颁布的第一部建筑设计的规范书，这书共 34 卷 357 篇 3555 条。梁思成先生当年带着林徽因，对着这书，到处去勘察古建。王世襄先生也对这书推崇倍至。什么叫营造法式？先讲讲这"法式"，它不是法国式样、法式面包，法式就是法度，是营造的标准，这长、宽、高比例非常的重要。我们今天大部分建筑都不懂比例，都不好看，你细节表达得再好，局部再准确，但你这个比例有问题，这东西看着就难看。比如这一女孩长得漂亮至极，脸蛋儿没得挑，胸围大、腰围细、臀围大，哪儿都好，但腿短，你想这人能好看吗，她不好看，建筑也是一样。所以《营造法式》对这些比例都有严格的规定。

到明朝末年有本书叫《天工开物》，出刊于崇祯年间，作者叫宋应星，中学读书的时候，一定会提到《天工开物》。明朝末年，皇上也不干活不上朝，嘉靖、万历两个皇上，中间夹着隆庆，将近 100 年的时间不怎么上朝，自个儿就干自个儿那事儿。但是明朝末年，国家机器运转非常正常，这个很有意思，皇上一个人干不了，交给大家去干。比如电视剧《万历首辅张居正》，张居正辅政这十几年，吏、户、礼、兵、刑、工六部，他就换过一个人，这人管人有非凡之才，把国家管理得井井有条，运转得非常正常。所以明朝末年，手工业极为发达，像很多有名的像是周助、白宝倩、张冰、齐守茹等等，都是在这个时期出现的。

《天工开物》分上中下三卷，上卷就是农业，主要包括谷物栽培、桑蚕、纺织等等，不要认为种庄稼、种菜不是门儿手艺，你去种就长不大、长不活；中卷就是手工业、工业，包括什么砖瓦、陶瓷的制作、车船、铸造等等；下卷就是杂项什么都有，兵器、酿酒乱七八糟都有。《天工开物》是世界上第一部关于农业和手工业生产的综合性著作，所以西方学者称它是中国 17 世纪的工艺的百科全书。作者在书中强调了人和自然之间的一个和谐的关系，人力要跟自然力相匹配。这本书在同时期就传入日本了，后来 18 世纪又传入朝鲜，后来就传到西方各国。所以这本书对全世界影响非常大。

什么是手艺精神？我最初认为这都不算啥手艺的人，今天是不得了的一手艺，比如藤编，过去家具有广作的、苏作的、京作的，苏作的椅具全是藤编，为什么编藤呢？苏州人精打细算，说你屁股底下我给你一大板儿，黄花梨、紫檀的太贵了，我给你编藤，我时间不值钱，我手艺不值钱，我给你编出来，我把这板儿替了能干别的，所以苏州家具从来底下不搁板儿。广作的有板儿，广作的为什么搁板儿呢？是因为广作的料是从海外来的，直接上船，这边材料便宜，来一块板搁底下，又显好又不费工，所以广作的椅具经常是有板儿的。

这编藤就是一门手艺，怎么编呢？首先底下有一层棕屉，我小时候北京大街小巷街头经常还有人编那棕屉，睡觉床下用的，一组一组的棕绳绷得倍儿紧，编的时候必须湿着编，为什么湿着编呢？湿着编完了，水一干它就抽紧了，如果干着编一到下雨天它就松了。

北京那时候很多做这个的老师傅我都认得，比如当时北京东城谢家胡同，有一个师傅是南方人，就会编，我们修家具就得找他。我记得我那时候住的西城，西城阜成门那儿有一条街口上有一家人也编这个。买来的椅子都快散架了，先把它全部拆开，这拆得有技术才能拆，不是谁都能随便拆，拆不好就把这木头损坏了，它有方向的，把椅子全部拆开以后，所有的榫卯结构清理干净，把那个残胶处理了，过去都是动物胶，可逆的。都是鱼鳔胶、猪皮胶，然后在热水里全部去干净，那有的榫子松了或者断了，就该接的接该补的补，然后把椅子重新装起来。全都弄得没有问题了，然后拿着这个椅子，没有屉的不能坐的椅子，找老师傅去，说这一堆儿椅子您给编点儿呗，就撂那儿了。有时候说3天以后来取，或者活儿忙的时候说10天以后来取，到时候你一取他就给你编好了，编得干干净净。

后来搞收藏的人越来越多，改革开放以后没有人去学，全北京市数得着的那些师傅，就这么几个，一病了人家编不了，后来有个师傅岁数大了也不干了，人越来越少。这时候精明的商家从东南亚进口一些藤席，这席子是现成的，把这个席子的四边儿全部弄松了，留出一部分藤蔓，然后直接栽在里头，这种东西没图案，猛一看还行，但是仔细一看确实不行。

我碰到过一个老师傅，他编藤蔓，他自个儿说他能编六百种图案，六百种图案是什么概念呢？他就是一电脑，他能编六百种，他就能编八百种，能编一千种。比如我说我这儿有四把椅子一堂，说您能不能给我编四个字儿，上面写着"观复嘟嘟"，他上去就给你编出来了，因为他脑子很清楚。

后来这师傅老了去招徒弟，那俩徒弟来了给师傅磕头，说师傅啊我们得学点儿手艺，看您这个起码养家糊口，就跟您学手艺，师傅说行，我这岁数大了，手艺教给你，你就好好学吧，但是得学几年，这一时半会儿学不会。编藤特别苦，那藤子都湿的，你拿手使劲儿拽它的时候不勒手吗。俩孩子学了一年，学会了十种，照这速度一年学十种，六十年六百种。徒弟学完了觉得自个儿能挣钱了，跟师傅说您教我们这个，我们学会了想跟您拜拜了，我们就感谢师傅栽培。师傅说你别走啊，我这还有五百九十种图案没教你，这俩说用不着了，十个就够了，我那顾客十个都多，我给他仨就够了。我们现在没有人去追求编藤这么一小事儿了。

过去学徒三年想出徒了，跟师傅说今天做一个作品师傅看看，行我就出徒，不行我还得继续学。那师傅说那你就编吧，什么图案我都不给你出，你给我速编，就最简单的图案，编完就得，编完了把俩椅子往那儿一搁。师傅拿一杯水往上一倒，说明儿早上这水还在这椅子上，就出徒了。

我前些年碰到一对儿特别好的椅子，修复的时候专门找人去编，编的时候因为有点儿着急，跟人熟就加塞儿，说你帮我把这个编了，人家说不好意思，现在这个都贵，我说贵就贵吧，我心里有准备，现在什么都涨价嘛，说这个能给我快点儿就行了。人家编完了说，马老师，不好意思跟您多收钱，您给一万块吧。10天编一对儿黄花梨椅子的藤屉一万块，如果按照21天工作日算，一个月两万块钱工资，刚大学毕业能一个月挣两万块钱的人还是很少的。

瓷器的手艺更甭说了，拉胚，那个你看着容易，其实没那么容易。你看电视上一会儿拉一个葫芦，看着很好玩，不要以为这所有的立件儿就葫芦、大瓶子都是拉起来的，很多情况下都要接胚，因为这整个儿拉起来，一烧非常容易变形。过去瓷器并不讲究薄胎，讲究实用，今天人就特别喜欢薄胎瓷。我见过薄胎大碗，为什么今天能烧薄胎呢？因为今天烧制条件好，第一，不使匣钵了，使气使电，烧制条件非常稳定；再有，大部分人认为薄胎是一不得了的事儿，说薄胎那东西蛋壳瓷似的一捏就碎。其实它也算一门手艺，但是它在瓷器表达中并不重要，真正做成薄胎了就不能用了，还是得保证有一定的厚度。

20世纪80年代我去景德镇，有一个朋友跟着我，他头一回去兴奋得不行，招待所没空调，那屋里热得要死，我在屋里懒得出去，他说出去买东西，回来大包小包拎着，高兴地说这东西真便宜啊，真好啊。我说你买什么了？薄胎瓷，我一听就是外行，这外行特别喜欢买薄胎瓷。然后把招待所那茶几往屋子中间一搁，挨个儿把那报纸打开摆在上面欣赏。我这朋友热一身大汗，一转头把那电扇拧开了，这电扇摇着脑袋吹到这儿，噼里啪啦全瓶地上了，哭都来不及。所以很多工艺还是需要有实用第一的这种观点，不是说所有东西都要炫技，不是说给你做的这东西薄就好。

再有就是什么呢？是画工，瓷器都有画工，这画工有天壤之别，如果你不懂是看不出好坏来的。我见过有些瓷器画得精美绝伦，叹为观止！很多东西我都自个儿留着收藏。有的东西你有时候看着觉得这有啥啊，这是你自个儿不行。比如说内画鼻烟壶，过去我跟王习三先生非常熟，看他们画人物、画山水画，后来我又看到很多现在画内画的，写画名帖，这帖一定要把韵味写出来，临帖都非常难了，您在这么小的一个空间里，把这个名帖给临上，那太难了，这都是绝技。

中国有绝技的人多了，欧阳修写过一个故事叫《卖油翁》，大家其实都很熟了，这里头有一个很著名的成语叫熟能生巧，讲的就是工匠精神，说北宋有一个人叫陈尧咨，这人天天射箭，自个儿觉得自个儿牛，举世无双，有一天有一卖油的就走到边上，歇歇脚就看着他，这看得时间长了，老陈就问他，你看我这射得精不精啊？卖油翁就说这没什么了不起的，不过就是手熟而已。然后老陈就不高兴了，说你竟敢轻视我。然后这卖油翁就展现了他的绝技，说这个就跟我卖油没什么区别，就拿一油葫芦一搁，从兜里掏出一铜钱放葫芦口上，这边拿着舀子直接把这油隔空全部淋入这个葫芦，它像一条线，穿过这钱孔直接都入了葫芦，最后拿起钱给你看，这钱上一点儿都不沾油，这个卖油翁说得很谦虚，说我也没什么，就是手熟而已。老陈说您这人牛，您这道理是对的。

我们通常对自己的专业都很熟，比如说我的专业，我看陶瓷，人说您就看一眼不够，您认真点儿看，不用认真看，一眼就知道，因为熟。这一熟人来了或生人来了，我用得着去掰着人脸去分辨吗，说进来这熟人我认识他，你零点几秒就知道是谁，这人不认识你也是零点几秒就知道这人是个生人，我们没必要把两个人脸掰着看半天，隔一个钟头才说这人我认得，这人我不认得，肯定不行。再有我们大家比较熟的成语，比如庖丁解牛、游刃有余，这些都是说熟到一定程度你才能游刃有余。

我们今天已经是工业化社会了，也进入了信息化社会，有一段时间我们觉得工匠已经不重要了，但由于我们生活中经常碰到这样那样的问题，突然觉得工匠精神很重要，要不然我们全民族的产品质量都是下降的，达不到你期许的那个标准。因此每个人都要有工匠精神，工匠精神不是要求别人的，是要求自己把自己能做的事儿做到最佳，这就是工匠精神。

观 复 秀

下图是一套新的茶具，一个盖碗儿四个茶杯，可以全家共同使用，其乐融融，招待客人也可以。

珐琅彩盖碗茶杯　当代

上面珐琅彩画的是萱草和白头翁，富贵白头。珐琅彩画的规矩，颜色使用饱满。珐琅彩是一种移植过来的品种，最初是画在金属上的，比如说画在铜器上的，就是铜胎画珐琅，当然也有少量画在银胎上的，画在金胎上的，但是大部分都是铜胎。康熙皇帝就跟底下人说，这事儿能不能移植，给我画到瓷器上啊，工匠一试就成了。后来又说这东西能不能画到玻璃上啊，玻璃可比瓷器难多了，因为瓷器的素胎都1300度，玻璃四五百度就能化了，所以烧彩的时候一定要控制温度，温度稍微一高，那玻璃就化了，但是温度低，彩就不饱满不亮。

　　珐琅彩是瓷器当中原材料最贵的彩，最初是由西方传入中国的。雍正以后，我们自己研制出自己的珐琅彩料，才让珐琅彩瓷器做得登峰造极。我们仿制的珐琅彩瓷器比当年的珐琅彩瓷器烧的只好不坏，为什么呢？是现在工艺条件增加了。换句话说，基本上大家都没有条件使用珐琅彩瓷器，你也就是到博物馆去看看，翻翻书看看图，上上网看看图，但这东西你可以拥有了，那乐趣就不一样了。我曾经拿放大镜看半天，它这东西画得一模一样，但是你在高倍放大镜上仔细看，它的笔触是不一样的，说明这个人是有天大的本事的。它这个盖碗儿上的画，盖儿上有一点，身上有一点，口沿儿上还有一点，都能对得准准的，包括过墙龙都是这个路子。搁在桌那儿自个儿来杯好茶，沏一碧螺春，沏一正山小种，你这盖儿只要搁歪了，对不上，你心里就别扭，你肯定自个儿调调，得对上，这就好看了。为什么要对上呢？这就是生活中的一个乐趣。我们生活中很多时候都是一个小的乐趣，而不是大的乐趣。这种珐琅彩的新的瓷器，就给你提供了一个小的乐趣，有这些小的乐趣，才能组成生活中大的乐趣。

审　美

审美是一个很枯燥的话题，我曾经在《百家讲坛》讲过，我把中国人的审美归纳为四个层次，呈金字塔状，越下面欣赏的人就越多，这四个层次是什么呢？这最下面一层叫艳俗，喜欢这一层的人最多；往上就少一半叫含蓄，含蓄之美；再往上又少一半叫矫情；再往上就进入了一个非常态，简单地说叫病态，中国人的大众审美一旦进入这个病态状态，它会呈倒三角释放，呈沙漏状，很有意思。

我们先讲审美的第一个层面，最直接的就是过去喜庆日子穿的那红袄绿裤，上面全是大花，还有过去结婚用的大红被面，上面俩大鸳鸯，这都是艳俗。艳俗当然也有高中低之分，比如大家看的《甄嬛传》《芈月传》各种传，就你喜欢的这全是艳俗。美剧里有些艳俗剧，比如你们知道的《纸牌屋》《迷失》等等，这些都是高层次的艳俗。艳俗最容易迎合大众最浅显的审美，它是一种大众文化。好莱坞的大片基本上都是艳俗的，你甭管它啥题材，包括动画片《功夫熊猫》《疯狂动物城》，这些都是艳俗的表现，《变形金刚》就更不用说了。只有这种艳俗的审美才能够迎合大众，所以你注意看全国各地餐厅的装修都尽可能艳俗，要不然不显出那金碧辉煌，就显得不高级，装得太雅致了就落一词儿叫"装"。

我们的文学创作中也有这个艳俗、含蓄、矫情到病态之分，比如唐诗，虽然它达不到艳俗的程度，但唐诗中确实也有艳俗的成分，所以唐诗在相当范围中也很流行。高级一点儿的，比如杜甫的诗，大都在士大夫这个阶层中间流行。但宋以后的文学就开始流俗，宋词就比唐诗艳俗。今天的诗歌，余秀华的"穿过大半个中国去睡你"，这就是艳俗。还有一种羊羔体，写的徐帆，说"徐帆的漂亮是纯女人的漂亮，我一直想见她至今未了心愿，其实小时候我就跟她住得很近，一墙之隔，她家住在锡山塘马路那边，我家住在锡山塘马路这边，后来她红了夫唱妇随，拍了很多叫好又叫座的片子。"徐帆是很漂亮，但是让你写成这样就有点儿问题。一用这种流俗的写法，就是艳俗诗。

我们瓷器中也有艳俗，只有艳俗你才喜欢，你不要以为艳俗是个坏词儿。我们的国宝，故宫博物院收藏乾隆的大瓷母瓶，各种彩、各种釉色全在上面。历史上只有两个，故宫就这一个，还找了六七年，2015 年找着了；另外一个在美国，结果找着一看，坏了，上面净是残，耳朵伤了、口也伤了，身上还有裂纹，说残就便宜点儿卖，结果这么一卖，卖了一个多亿。再看看我们的玉器，在商周时期还有汉代，玉器都非常的雅，宋以后大部分都流俗，雕一马、雕一羊，雕一马上面搁一猴儿，马上封侯，这都很世俗。这种世俗的东西就是艳俗。

　　所有艺术都有一个通行的规律，都是由高雅向艳俗发展。为什么呢？大众化。唐诗宋词元曲明清小说的趋势就是一个由高雅向艳俗发展的过程，但它争取的读者越来越多。电影也是这样，我们早期的电影就是肩负各种责任，演员说的话都跟格言似的，你看我们现在这电影都是各种话随便说。绘画也是，早期的绘画《女史箴图》记录这个女人的规范，张伯驹先生捐的展子虔的《游春图》，山水画得都雅，比如郭熙的《早春图》，它图的布局、绘画都很高雅。后来这山水就越来越流俗。每个画都差不多，中国明清时候的山水恨不得都是同一张画，为什么呢？雅了没法儿生存。前几年我觉得拍的最雅的一部电影叫《聂隐娘》，电影推进缓慢，很多人说这太雅了受不了。所以，大众审美必须具备一个无可争议的前提叫理解，我必须理解它，我一看就明白了，我要看不明白，我就不看了。

　　往上走一层审美，就到了含蓄，含蓄听着就比艳俗高雅，也比较容易理解。含蓄是怎么表达的？就是我不是彻底地表达，我有一半藏着，甭管我藏了一多半，还是藏了一小半。直白路子表达说我喜欢这女孩，上来说我爱你，这就艳俗了。过去我们年轻的时候不好意思说，只好说我喜欢你，这就是含蓄地表达我爱你。我喜欢你还是有点直白了，这个含蓄是藏了三分表达了七分，你能不能藏去七分表达三分同样含蓄呢？还能怎么说呢？就说我想你，这就更含蓄一层。

　　我们的文学作品就容易含蓄，唐诗总体是含蓄的。唐代非常有名的诗人李商隐，他很含蓄，就因为他的诗大部分都叫《无题》，也许是写爱情，也许不是。"昨夜星辰昨夜风，画楼西畔桂堂东。身无彩凤双飞翼，心有灵犀一点通。隔座送钩春酒暖，分曹射覆蜡灯红。嗟余听鼓应官去，走马兰台类转蓬。"这是我最喜欢的李商隐的诗之一，"身无彩凤双飞翼，心有灵犀一点通"，非常含蓄地表达了自个儿的情感。关键是它下一句，"隔座送钩春酒暖"，送钩就是做一游戏，猜手里那东西，我最喜欢的女孩好不容易跟我离得挺近，还隔着一人，你说这是不是心里别扭。好容易盼到下一个游戏了，"分曹射覆"也就是分组猜谜语，结果我心里最喜欢的女孩，"咣当"给分到另外一组去了，我又不敢说，所以下面很含蓄地表达了一个意向叫蜡灯红，红是心里一个很暖的感觉。总之，李商隐这首爱情诗是表达了一种含蓄的情绪。

　　宋词就很流俗，李清照的《点绛唇》下半阕，"见有人来，袜刬金钗溜。和羞走，倚门回首，却把青梅嗅。"这就比较白了，比较俗了。说一看这女孩刚荡完秋千，身上还流点薄汗，见有人来了，"袜刬金钗溜"，这意向特别好。过去说刬骑刬穿，刬骑就是这马上没鞍，光着屁股就骑；刬穿说这孩子刬穿一棉袄，就是光着膀子穿一棉袄，这袜刬什么意思呢？那时候没尼龙袜，没有您那丝袜那么紧绷在上面，它那是布的，布的它滑溜儿，不小心就滑到脚心上了。"袜刬金钗溜"，这脑袋上的金钗还掉下来一半儿，把来的那人给吸引了，走就走吧，她还倚着门回个头看一下，还弄一青梅在那儿闻，她挺会诱惑的，思想这事儿一点儿都不含蓄，它假装含蓄。

元曲跟宋词比起来，就更加流俗，更直接了。《西厢记》第二折最后，"院宇深，枕簟凉"，这院子深了，我这个床上也都凉了。"一灯孤影摇书幌，纵然酬得今生志，着甚支吾此夜长。睡不着如翻掌，少可有一万声长吁短叹，五千遍捣枕捶床。"一万声长吁短叹，五千遍捣枕捶床，这人真没有自控力，这张生真不灵，你想想在这床上长吁短叹，这夜还过得了吗？然还捶枕头捶床，直白了，不美，不含蓄。

再往上走一层人又少一半，矫情在生活中挺让人讨厌的，人说那人特矫情挺没劲，没事老跟我矫情，矫情是什么意思呢？就是一种过度、刻意的要求，超出常规的一种表达。但矫情在意识中非常重要，我不做到极致，我就没法表达我的意思，所以艺术家找不到北的时候都矫情。你看艺术家别的不说，艺术家那发型都跟咱们不一样，艺术家越不成的时候头发越长，为什么？他跟这头发较劲，这艺术家只要一成了，就变成秃子了。你不信你去瞧去，哪个有成就的艺术家有头发？没成就的艺术家头发长。

矫情是我认为在所有的审美层面中最没有生命力，受众体最小的，所以古代矫情的作品不多。晚清的时候有一种东西叫"八破儿"，什么叫八破儿？就是把一堆的破破烂烂的东西，特矫情堆在一起，破帖、破画、残砖烂瓦，什么汉砖半拉砖、瓷器破一口儿，完整的没人要，所以就把人扔的搁在一起。八破儿不是八个东西，是虚数，就跟扬州八怪、金陵八家一样，不是确切指八家，这东西又叫锦灰堆，锦是好东西，灰是被烧了，好东西被烧得乱七八糟弄做一堆。

王世襄先生就引了这个点，王世襄先生有部文集就叫《锦灰堆》，隔了一阵子，这编辑说这书卖得好，您再凑合凑合再出一本，老头儿说，得，我再给你来一本，又凑了一点儿叫《锦灰二堆》，又隔了些日子，这编辑说您那儿还有么，再来点儿，就又来了《锦灰三堆》，又隔了些日子说，老爷子这书卖得忒好了，您再给弄点吧。王先生就把这所有剩下的全都团在一起，又出了一本叫《锦灰不成堆》，四本书一本比一本薄。锦灰堆就是八破儿，残缺不全，但价值万贯。

晚清时候有一个人叫姚茫父，过去说喜欢铜墨盒儿，带刻字的，姚茫父第一。姚茫父有个弟子叫刘宝云，号竹斋，他就受姚茫父的影响，精于这锦灰堆，他天天画破破烂烂的东西，他和齐白石、胡佩衡、陈曼斌、王默白这些人都熟。抗战胜利以后，他跟齐白石当邻居了，齐白石在新街口附近的那个铁栅栏老屋，他天天和齐白石交往。

戏剧中很多的表达都比较矫情。比如昆曲就有点儿矫情，它所有的东西弄得都很极致，所以你欣赏它的时候，一招一式一个眼神一个手势都要去欣赏，剧情没什么可看的，很简单，就是要靠看它这些细节，这些矫情的表达。诗歌中有一种梨花体，就很矫情。比如赵丽华的梨花体，有一首诗就是这么说的，四行，第一行，毫无疑问；第二行，我做的馅儿饼；第三行，是全天下；第四行，最好吃的，这诗歌全念起来叫，毫无疑问我做的馅儿饼是全天下最好吃的，你说这矫情不矫情。

唐诗发展到最后越来越晦涩难懂，技巧性越来越高。还是拿李商隐举例，他的诗有鲜明独特的风格，文辞清丽、意蕴深微，很多点晦涩你不懂，你得找去。比如《无题》："来是空言去绝踪，月斜楼上五更钟。梦为远别啼难唤，书被催成墨未浓。蜡照半笼金翡翠，麝熏微度绣芙蓉。刘郎已恨蓬山远，更隔蓬山一万重。""来是空言去绝踪"，就说现在这人说了不算，老发信息说一会儿就去，根本就不去，走的时候倒挺快的。那下面这一句，"月斜楼上五更钟，梦为远别啼难唤，书被催成墨未浓"，写的情感，"书被催成墨未浓"，写得极好，因为我有这感受，我到现在还是拿笔写，我没有电脑，我有时候脑袋里躺在床上想完了，我要不爬起来把它写在纸上，我第二天早上就给忘了，所以叫书被催成，不过李商隐这书可能是情书。墨未浓，因为古人更麻烦，他得起来研墨，不然没法儿写。"蜡照半笼金翡翠，麝熏微度绣芙蓉"，这说的都是床上的事，蜡烛照着这个床，金翡翠是翡翠鸟，金是颜色，麝熏就是麝香，很微妙的感觉，绣芙蓉指的也是绣在这个帐子上的芙蓉花，有的人说是衣服上的芙蓉花，甭管是哪儿都是绣的。下面这一句就很矫情了，他说"刘郎已恨蓬山远，更隔蓬山一万重"，刘郎是谁呢？是指东汉时期的刘晨和阮肇两人，这两人神仙似的入山采药，遇俩女子，就被这俩女子邀至家中，待了半年，后来还乡了，后来就用这个点比喻艳遇。蓬山是指蓬莱仙境，这刘郎都觉得这蓬莱仙境是很遥远的事情，李商隐接下来更矫情地说，更隔蓬山一万重。

　　我说的艳俗、矫情都是中性词汇，一定要理解它不是贬义的。元四家，黄公望、王蒙、吴镇、倪云林。倪云林就比较矫情，生活有洁癖，他用大量的佣人给他清洗文房四宝，洗好几遍，门口那两棵树也天天有人负责照管看管，据说这树洗得太勤了最后给洗死了。佣人挑回来的水，他只喝前面那桶水，后面那桶他不喝，他说那佣人可能放屁，一使劲一放屁后面那桶水就脏了，矫情。然后他有一个朋友姓徐，上他们家登门拜访，过去都留宿，有钱人家房子也多，结果他就不放心，半夜的时候，突然就听见老徐咳嗽了一声，把他急得不行，一宿都睡不踏实。第二天一起来就跟仆人说，你赶紧上他那屋里看看，他那痰吐哪里了，这一宿快把我恶心死了。仆人知道他这毛病，里屋外屋都找不见这口痰，也不能说没有，他就找了一片树叶儿说这痰吐这里了。倪云林说你千万别让我看见，三里开外你给我扔了去。佣人早上去回来的时候都中午饭了。他洁癖到什么程度呢？他这大半辈子不碰女人。后来有一次终于看上一歌妓，觉得这歌妓太好了，他带回家来了，带回家以后又不停跟人家说，你好好洗洗，洗完了以后又检查，他边检查边闻，觉得人家还是不干净，说不行还是有点儿味，您再洗洗，折腾到天亮，大家都没情趣了，歌妓感冒了。这人就得有癖，没癖他那个作品就不行，所以他作品特别的矫情，枯山水，简约疏淡，画法简疏，一看上去没画几笔，格调天真，以淡薄取胜，他画他们家那块太湖流域，画枯枝、庭院、竹石茅舍最简单的东西，干笔皴擦，用墨极简，研一点浅画的，所以他经常说他是有意无意、若淡若疏，形成了荒疏萧条一派。

　　我当年碰到书画界的鉴定泰斗，徐邦达先生、谢稚柳先生、刘九庵先生等这些老先生，一提起来倪云林都是那种无限敬仰，高山仰止的感觉。因为老听他们说，我二十几岁的时候就认为倪云林的画天下第一，我也不知道怎么高。后来等到 20 世纪 90 年代以后慢慢有了拍卖，拍卖的时候我就注意看有没有倪云林，他的作品不多，偶尔上来还卖不出钱去，大家喜欢的还是那艳俗的，为什么？这个市场有钱的人都俗，所以作品必须俗才卖得高，雅的都卖不高。过去老先生称赞倪云林，说笔法老到，现在人怎么说，说这墨都没了，这看什么呀，看不了这矫情。所以时代一过去，就老一辈的那些人，他们对绘画的认知还停留在古代那种矫情的范畴。

西方当代艺术中，大部分的作品都是属于矫情的，从什么时候开始呢？从 19 世纪后半叶开始，我们都知道印象派、野兽派、立体主义、达达主义都是矫情。印象派、野兽派他们早期的作品相对来说还容易理解些。比如立体主义、达达主义的东西全是歪七扭八的，英国女王对这个毕加索的理解就是，我实在看不清楚这脸冲哪边儿。西方现代派的作品就是要表达一个观点，就越来越矫情，只有这种很矫情的表达才能让他作品有风格。

最上面一层是非常态也叫病态，病态是美的。病态是一个中性词，但是它有时候确实在非常态的状态下，更加接近于你不能接受的那个状态。病态的这种审美一旦被公众接受，它会释放，一释放就成倒金字塔了，全部释放出去。其实我们古代的病态心理跟西方一模一样，比如说芭蕾舞，拿脚尖儿跳。过去西方人束腰，把腰勒得跟蚂蚁、马蜂似的，中间细腰两头大看着像个哑铃，并不好看。在 16 世纪、18 世纪的时候，欧洲最独特的艺人叫阉人歌手，看这孩子这嗓子哪儿都好，不能等他男性的性征出现的时候，就给他去了势，俗称"阉割"，然后要他保持像女高音一样的那个声音。妇女被禁止在教堂唱诗班里头舞台上演唱，只好用这些阉割了的男性歌者，这不是病态吗？可是文艺复兴以后非常的流行，在歌剧的发源地意大利，每年都有五千名男性加入这一行。那时候这种被阉了的声音大受观众欢迎，18世纪以后这东西就渐渐消失了。

中国的病态首先是什么呢？缠足。从南唐就开始，宋代就普及了，今天看起来不可理喻。我的外祖母，老了以后那脚都是窝着的，咱那手都窝不成人脚那样，把那个脚趾头全窝在脚心里。明清的大学者都无尽地赞美缠足，有的学者说这脚不仅是缠成一个粽子，什么香软一大堆评价，还说它闻着得有点儿味儿，这就是病态。

我们能理解的、能接受的病态是什么呢？盆景。中国的盆景没一棵树好好长，全是歪七扭八，越拧巴越好，可你如果没有盆景这个概念，你上山看一歪脖子树，说这树怎么不好好长。再说我们的金鱼，畸形的，身子很大，眼睛鼓着，眼睛不往两侧长往天上长。还有宫廷犬也叫北京宫廷犬，慈禧太后老抱着的那个，它是亲近结婚培育的，那眼睛跟先天畸形一样也往两边儿长，牙齿稀疏，非常依赖人，大家就觉得这狗有意思，跟我亲着呢，它没法儿不跟您亲，它就认您一个人，别人不认得。还有我们的京剧，中国京剧的最高境界是什么？人一说那肯定是梅兰芳的《贵妃醉酒》，梅兰芳在生活中是一个非常正常的男人，但是他去表演的时候，他就一定要表现女性的状态，这属于男人的非常态。

病态美在文学表达中也是一个很高的境界，甚至是最高境界。文学作品的最高境界是什么？《红楼梦》。它最重要的男一号和女一号是贾宝玉和林黛玉，贾宝玉是什么？女性美。林黛玉是什么？病态美。中国文学对美的最高表达叫男子女性美、女子病态美。薛宝钗就不行了，不时髦，上来描写就不行，一上来就说"脸若银盆，眼同水杏"，这脸跟一大银盆似的，现在俗称"大饼脸"，肯定就不行。林黛玉就是"娇袭一身之病"，上来就描写这人跟病秧子似的，可是人家曹雪芹就把它当优点写了，这就是非常态、病态，突破了这个瓶颈，它就释放了。《红楼梦》以后，男子就追求女性化，包括今天的小鲜肉，我第一次听小鲜肉这词儿，以为说女孩儿呢，结果没想到是男孩儿，曹雪芹肯定不欣赏像施瓦辛格、史泰龙那样浑身强壮，八块腹肌、肱二头肌全嘟着的。

　　每个时代都有不一样的审美，审美没有天生的，一定是后天的学习，人天生不会审美，不知道何为美。每个人审美不同，所以如果不在一个系统中，这事儿是不能探讨的，你认为很美的，别人说这多难看啊，你认为美，但是他不认为美，他认为美你觉得太低俗，不喜欢。所以我们每个人都应该后天努力地去学习审美，你要学怎么审美，什么是好的什么是不好的。作为一个人，你不要拒绝你不懂的美。比如最近非常流行的宋代的建盏，一听哎呀这东西美呀，人要不告诉你，你就会说这破黑玩意儿有什么可美的。美是多个层面的，根本不能强求统一，这就是审美的真谛。

观 复 秀

讲审美必须看两件器物，第一件表达的是艳俗，四时花卉加花鸟，鸟都不一样，新粉彩画得非常的精致。这造型是现代的，过去没这种桶形的杯。这四只杯是按照传统的画片儿，传统花卉的画法，用新粉彩画的，画得比过去的粉彩瓷精致，过去真画不了这么精致，它受材料的限制。新粉彩还有一个好处是什么呢？是你可以拥有。

粉彩杯 当代

如果是雍正乾隆时期精致的一个粉彩的小杯，你即便拥有你也不好意思使，心疼舍不得，怕出了问题。而这种就想干嘛就干嘛，想喝酒也行，喝白酒估计事儿就大了，喝黄酒还行，喝茶也行，喝茶南方人一定嫌大，可是北方人太小的茶杯喝着不过瘾。

所以因人而异，摆在那儿也好看，把它摆在你们家书柜里，小灯儿一照，一进屋就它打眼，谁来了都说，哎哟这东西真漂亮、精美，我得看看。

在彩瓷的这个进化过程中，实际上是颜色越来越丰富。晚清时期，有很多粉彩瓷加了早期没有的颜色，比如群青色、藕荷色，早期都没有，现在的彩瓷由于技术的提高和材料的丰富，有很多色彩表达就比较丰富。这个颜色，不管你画在什么瓷器上，我远远一看就知道肯定不是过去的，过去形成不了这种颜色。今天的人因为受过很好的训练和审美，所以画起来颜色搭配也比较好，这鸟的调子都比较偏冷，另外一个调子比较中性，兼获了画面之间的一个关系。

我们每个人去接近古代文化，不一定非得接近古代的东西，这是我岁数大了才开始想明白的道理，年轻的时候觉得东西一定是古代的比现代的好，现在我们可以看到有很多突破，我们这个时代 13 亿多人，又是一个经济发达信息畅通的时代，所以理应有更好的作品出现，像这种新东西给大家看一看，只是让大家知道现代人画的不一定输古人。这几个杯子就是艳俗，是审美的最大众的情绪，谁看谁都觉得美。

飞青到底是日本人创造的还是中国人创造的词汇，还是中国当年某一个人带到日本去的，现在都查不清楚。我觉得它还是符合中国的这种语言特征。青是它的本色，飞是飞了一块，它身上的褐斑是自然的流淌，这种褐斑就非常的矫情。褐斑在瓷器上的

飞青嘟嘟杯　当代

出现最初是一个偶然。比如工匠发了，就把它刻意地去做成这种审美。这种审美比较矫情，只有你通过学习，审美趣味比较高的人，你才能够欣赏它，如果你的审美趣味比较低，你就很难去欣赏它。其实审美不能要求统一，你要审美的各个层面，这也美不胜收，各有各的美。你心中对美认知的层面越多，你审美的快乐越多。

琉 璃 厂

琉璃厂最初怎么形成的呢？它是元世祖忽必烈在大都的南郊设立的琉璃官窑。"琉璃"是中国特有的一词儿，琉璃指俩事儿，第一个，我们往往把带色的玻璃称为琉璃；另一个就说的是烧制的琉璃瓦。今天你去故宫看，那琉璃瓦就是琉璃官窑烧制的。明代迁都北京以后建故宫，需要大量的烧制琉璃瓦，所以琉璃官窑厂就大行其道，简称"琉璃厂"。

元朝灭亡以后，大都城被毁得很厉害，建紫禁城的时候需要烧很多很多琉璃瓦，只好就在这地儿烧，它就成为明朝工部的五大官窑之一。清初的时候琉璃厂继续烧造。据说有一天，康熙上早朝往南边一看，看见上面黑烟滚滚就不高兴了，当时他当然不知道什么是 PM2.5，但他受不了。他就问这怎么回事儿啊，底下人回他说琉璃厂烧窑呢，康熙就下旨说，城内居民众多，不宜烧窑，于是干脆咱就停了，直接搬门头沟去了，所以门头沟有一个叫村琉璃渠村，就是后来的琉璃窑。移走了以后就出现一个什么情况呢？这地儿成了一空场，形成空场以后，就在此举行大型活动。正月十五晚上灯节，人山人海，灯会就用这么几天晚上，白天就开始有人在那儿做生意摆地摊，就逐渐形成了厂甸的雏形。

当时康熙做《古今图书集成》、乾隆时候编纂《四库全书》的时候，就需要大量的图书，全国各地的书就往北京汇流。南方书多，文化底蕴厚，所以大部分书都是从南方过来的。进了前门到琉璃厂，它地处城南，也面南，所以就在琉璃厂那地儿形成了书业，琉璃厂最初主要的业务是古旧图书，古旧书业推动了当时的贸易。这块儿但凡有贸易的形成与繁荣，那其他的附加的就出来了，金石文玩等这些事儿就渐渐地兴起了。

李文藻在编《四库全书》前，大概是在乾隆三十四年的时候，写过一本著名的书叫《琉璃厂书肆记》，他说的书肆，不是古玩铺，是桥居厂中间，北与窑相对，说得很清楚。当时有桥有河，桥以东街狭，卖眼镜、卖烟筒、卖一些日杂；桥以西街阔，街比较宽，除书肆外还有一些卖古董、卖法帖、卖字画、裱字画、雕印章等。按照他这个说法，东西琉璃厂的话，西琉璃厂比东琉璃厂重要。今天的东西琉璃厂跟原来不一样，它是 20 世纪 80 年代初依照当时的布局重新修建的，当年还获过建筑大奖，它沿袭了街道的那个宽窄没有动，包括街的走向。比如东琉璃厂街窄，歪七扭八的；西琉璃厂相对就比较宽，跟当年李文藻在200多年前的记载基本相同。

道光年间，徽班开始进京，我们的文化就开始有所复苏。最初徽班进京不是今天看的京剧那样儿，它是逐渐发展成熟的，京剧今天是我们的国剧，京剧的那些名角儿都住在琉璃厂，比如荀慧生的住宅就在西琉璃厂；还有袁世凯先生的宅子也在那边。当时很多的名角儿愿意在南城住，因为南城有商业氛围，商业发达的地方比较吸引人，汉代、唐代的时候，商住分开，但是后来就都混在一起了，有人居住就有商业，虽然拥挤一点儿，但是你生活方便，买个菜、买个针头线脑的都方便。为什么南城商业比北城发达呢？这很容易理解，因为南方经济就比北方好。当时的商品都是由南向北运的，就形成了南城的贸易比北城发达的状况。

民国初年，有个藏书家叫缪荃孙，写了一本《琉璃厂书肆后记》，其中列举的卖旧书的店大概有30家。20年后，琉璃厂又有一个人叫孙殿起，写了一本《琉璃厂书肆三记》，都不是同一个人，但是他接着这书写，就把当时东西琉璃厂以及个人经营旧书的一并列入，一共有多少家呢？200多家。在琉璃厂之外，全北京城还分布着80多家。抗日战争爆发前期，整个北京城的文化还是非常丰富的，大概古旧书铺有300家。再30年后，就是新中国成立以后了，孙殿起的徒弟叫雷梦水，又写了《琉璃厂书肆四记》，写的是抗战爆发以后，一直到1958年公私合营为止，当时东西琉璃厂周圈儿的书铺，由300家合并成了50家。大家都知道"纪大烟袋"纪晓岚的故居，就在琉璃厂往南一点，往东一偏，后来改成晋阳饭庄。

纪晓岚很受乾隆器重，他这人有时候耍点小聪明，当年就是犯了点小法，给他亲家爷爷通风报信，因为皇上要查他走私官盐。纪晓岚哪敢写信说皇上要查了，他要一小聪明，空信封里搁一包茶，搁一包盐，直接就告诉你这要查盐了，你要小心，结果这事儿东窗事发。纪晓岚就被发配到乌鲁木齐，但因为纪晓岚确实能耐太大，所以两年后就被召回了，我估计走一年才走到乌鲁木齐，接到指示又走回来了。回来以后呢，他不是马上复官，得回家待着去，他就到琉璃厂去买书。他就奔了琉璃厂东门外的声遥堂去了，他没复官，所以穿着就很平常，掌柜的和徒弟不知道他是谁，就客气地让他挑书，过去人也不一定非得知道你是谁就非常客气。他挑了几部书他就坐下来，抽着他那大烟袋，跟掌柜的闲聊，说前几年听说有位进士叫李文藻在你这儿买书，后来还升官了，说可见在你这儿买书还可能给人带来好处。这掌柜的说上我们这儿买书的人，文人学士当官的真的是不少，很多人是做大官的，但卖书人发财的不多，我就是一小买卖。纪晓岚不过瘾，这话没谈上几句，就要显示自己，说我选了几部书，身上带的钱不够，我给你写个欠条，行不行。掌柜的阅人无数，他不是凭你的穿着去判断你，那掌柜的客气地说您不用打条，您就把书拿走就得了，什么时候方便了，再把钱给我们带回来。纪晓岚说这我得给你写一欠条啊，心里想不写欠条怎么能落下我纪晓岚这名儿，让人拿一纸笔来。结果人家拿了一纸，说这纸小你给我弄大纸，人找一四尺整纸，大笔一挥写上"声遥堂"，声遥堂三个大字儿气派，然后换支小笔，写上纪晓岚。掌柜的一看就愣了，说敢情你就是纪老夫子啊，大驾光临不敢怠慢，说我们怠慢您了，多包涵，书您就拿走吧。过去很多人就耍这聪明，纪晓岚聪明着呢，就拿这仨字儿折了书钱了。

琉璃厂有专门刻匾的工匠，这掌柜的赶紧找人制一块黑漆金字大匾挂在那儿，把自个儿原来那块匾给弄下来，择一吉日，放鞭炮，敲锣打鼓，挂上纪晓岚的这匾，这琉璃厂就轰动了，人家真不白写这字儿。后来这纪晓岚升官以后，乾隆三十八年又做了这个《四库全书》的总编纂，悬挂纪晓岚写的这匾额的声遥堂买卖就好，你想想这么牛的人给我写的匾，我这买卖肯定就好。有身份能写好字儿的人到哪儿都白吃饭。当年郭沫若去前门都一处吃烧麦，那里的烧麦特别有名。我二十啷当岁的时候，要到都一处吃一回烧麦，激动好几天。郭沫若吃完烧麦没结账，说您拿纸和笔来我给你题一名儿，题一匾，上面写着"都一处"，钱就免了。

清末民初的时候，很多给古玩店题匾的人，各个如雷贯耳，何少奇、曾国藩、潘祖荫、张伯英、康有为、梁启超、翁同龢、樊增祥、祁寯藻、徐世昌，每个人都是牛人，今天你随便有他两字儿都值大钱。

民国时期，有个刻铜、金石大家张樾丞，鲁迅先生的藏书印就是张樾丞先生刻的。1949 年新中国成立前夕，当时要刻国玺，当时政务院总理周恩来就派人来接张樾丞，说新中国要成立了，您得给国家刻这国玺。他一下就设计了四个样子，最终选的是庄重的宋体字，刻在大铜玺上这么老大个儿，上面写着"中华人民共和国中央人民政府之印"。过去制印人有一规矩。就是说我把你这印章刻好以后，我必须打一样儿，我连着这印带这打样一块呈上，但张樾丞知道规矩，不敢干这事儿，他就在这个章的四个角，各留这么大一个柱，不动，这什么意思呢？说我现在没法盖，我也不能打这个章，我直接当着你的面儿，把这四个地方磨平，然后打第一个章让你看。

过去中国人以印为信，盖上章就有效，到今天中国人都爱说盖章有效，不爱说签字有效，为什么呢？中国人以玉为信。比如天降祥瑞，这瑞字儿就是玉，就斜玉边，天降祥瑞就是说话算数，所以以玉为信。

过去琉璃厂跟今天不同，过去琉璃厂文人多，今天基本都是商人。过去很多社会名流，比如有一个叫赏奇斋，赏奇斋是溥仪的父亲爱新觉罗·载沣出资办的，存在了 40 多年。有一商人很有意思，这人原来是一小买卖人叫张楼村，他开包袱斋，穷人做的买卖就是一包袱，把所有东西搁在里面，一系往身上一背，然后碰见谁打开看，看上了就成交，不买就重新包上。有一回，他走到后海，醇亲王府，今天的宋庆龄故居。看见前面八抬大轿过来了，前呼后拥不知道是谁。过去的人都知道自己的身份不行就得躲避，不像现在都往前拥。他一时躲避不急，就面墙而立，这事儿把他救了。醇亲王载沣看见了，就说这人很老实，去问问他干什么的，他老实交代说我这开包袱斋的，就天天卖点儿小古玩，那载沣说你都有什么古玩，你拿来让我瞧瞧。一打开载沣说，您这不叫古玩，这都叫坷垃玩。过去古玩行里有一词叫坷垃玩，就是一破古玩，说我让你开开眼看看我的，把我那珐琅彩拿出来，把我那金胎的、银胎的全拿出来让他开开眼，然后这个张楼村就说小人没见过这个，说老爷您这奇珍异宝，真让我们老百姓开了眼，功德无量。醇亲王就开始嘚瑟，说那你就把这盘子拿到琉璃厂，让同行看看，开开眼。张楼村就说，小人这是包袱斋，琉璃厂我都没店，我往哪儿放这东西，我担待不起，我不能干这事儿。载沣一看这人真老实，就说那么着，我出钱你开一古玩铺，你来当掌柜的。然后拿出9000两，天文数字，今儿听着不多，那时候人一听就晕了。

我们生活中特别想碰到这种贵人，你生命中一定有贵人，就是有时候你把机会给错过了。你那天如果迎面在那儿好奇地张望，您这贵人就错过了，所以人有时候得藏拙，不要过于张扬。后来张楼村开的赏奇斋，还是民国大总统徐世昌给题的匾。张楼村是个老实人，他遇到醇亲王是他的福气，是他的贵人，结果大概当了不到十年掌柜的，这人没那么大福气就去世了。

琉璃厂有很多传奇，我当年在琉璃厂待的时候听得多了。比如有一个店铺，它跟中国近代史上俩名人有关，这个店铺叫崇古斋，这个堂号曾经是一个叫陈昔凡的。陈昔凡在光绪年间做过一个不大不小的官，他是奉天新民的一个知府，到 40 岁的时候还没有孩子。过去 40 岁的男人没有儿子，那就是天大的事儿，结果他兄弟就把他的次子陈乾生过继给他了，说你也别着急了，我这儿子过继给你，你就等于有一个儿子。陈乾生就是后来中国共产党的创始人之一陈独秀。后来陈昔凡就在琉璃厂安度晚年，崇古斋前面是店，后面就是他的生活区，他也不问这经营的琐事，这人心大，就是你们去经营，我就在后面安度晚年。西琉璃厂的崇古斋就是原来观复博物馆最早的那个选址，我当年在西琉璃厂53 号选观复博物馆最初馆址的时候，就选中了这个地方。崇古斋做过很多很牛的事，最牛的事就是帮助张伯驹先生买下展子虔《游春图》。

我喜欢古董的时候经常去逛这琉璃厂，那时候逛东边比逛西边多，因为西边的都比较大，比如荣宝斋在路北占了快半条街了。荣宝斋店做得大，店大欺客，东西还齁贵，一进去一看那价钱就晕了，所以喜欢逛东琉璃厂。东琉璃厂有很多私人租的小店，有一东西跟过去不一样，过去琉璃厂没橱窗，都是窗户纸，一看字号推门就进，进去以后这一厅就摆着各种东西，你看上什么就跟人家聊。过去逛店是跟人聊天的过程，等我喜欢这事的时候有玻璃了，隔着玻璃看，因为你对古董不了解的时候，你不大敢进去，进去不知道怎么对话，手脚都不知道怎么放，隔着玻璃看就比较踏实。我原来写过，玻璃窗里有一件瓷器，特漂亮，我天天去看，买不起也看，隔一段时间就过去看，一到那条街上马上远处眺望，看那瓶子还在不在，这东西只要在，心里就特高兴。那时候古董跟今天不一样，一搁搁几年不卖是正常的，现在好东西摆上去就没了。我当时写了这样一句话"大有追求美人之乐"，这个过程特别有意思。

我那时候逛琉璃厂，对每个店都很熟悉，他是卖什么的，里头的人什么性格，有公家的、有私人的，公家的店是不能砍价的，没价钱有标签，赶上好日子打一九折，赶不上日子就这价钱，你愿意买就买，但好东西多，最多的时候那玻璃柜一打开，里头全是官窑，没包装。过去说您喜欢什么，说看看这个，"哗啦"一摞给你搁这儿了，每个都是官窑，打开一看有乾隆官窑，雍正的挨个儿看，哪个都喜欢，但没钱，不能每个都买。

1987 年东琉璃厂的虹光阁，有专门内柜只卖中国人，不卖外国人，专门一开张的那些日子全是官窑，雍正官窑最贵，凡是碗盘 500 块钱一个，乾隆官窑次贵，400 块钱一个，至于嘉庆、道光、咸丰、同治、光绪、宣统都不值钱，一大的光绪暗刻龙纹葱心绿大碗标价 160。我当时想买，老师傅跟我说别买这个，没用，这东西都是送人的。开张当天酬宾，所有东西都打九折，我咬着牙买了。那时候雍正洪福齐天的官窑盘子 500 块钱，打九折 450，买了一个。有一人特有钱，他买了仨，返过头来要买我这一个，我说我不卖，我留一个就够了。这些都是 30 多年前的事儿了。

30 年对于这个国家来说沧桑巨变，每个城市我们对文化的保留越来越少，包括琉璃厂。琉璃厂是 300 年来北京古董文化的一个缩影，但是它经营最好的时候已经过去了，比如清代的时候、民国的时候都非常的好，有无数的故事，但现在为什么不好了呢？因为变成了旅游景点了。什么东西一成旅游景点，就失去了个性，失去了魅力，就变成了一个可有可无的鸡肋。

观 复 秀

珐华梅瓶，耀目打眼，但不刺眼，很漂亮，它有三种颜色，紫色、白色和孔雀绿。珐华最接近于琉璃。山西的很多琉璃的影壁，就是珐华的前身。清代的时候有很多复制品，它就是清代景德镇复制的，也许是明末到清初，大约是 17 世纪，它上面用粉堆出来的沥粉现象就是堆出边廓，中间填色，孔雀绿流进这白色，就显得无比生动，如果这东西不流进来，全是白白的一大白花并不好看。它底部的文字是民国时期写的，当年黏在底下。民国人写的这字儿有意思，他说"绿地"，说得很准，颜色明明是蓝色，他却不说"蓝地"。我说过"春来江水绿如蓝"，最绿就是蓝色，孔雀绿，说孔雀蓝也可以，但是说孔雀蓝不如说孔雀绿专业。它上面写着"明代御用绿地，富贵连环花"，富贵连环花是

珐华缠枝牡丹纹梅瓶　明末

什么呢？就是缠枝莲。其实富贵就是牡丹花，下一句"发花窑梅瓶"，发花就是珐华，写一发花很有意思。

　　有一个加拿大人叫道格拉斯·瑞恩，跟白求恩是同事，他俩结伴而行到中国，支持中国人民的抗日战争。两个人都酷爱中国文化。瑞恩是著名的脑外科专家，在 20 世纪 50 年代初回到了加拿大，并且把他在中国工作期间收藏的大概 404 件瓷器全部运到了加拿大，1958 年他去世以后，这些东西一直搁在他们家车库。到二零零几年的时候，这些东西被北京一家拍卖行发现，拿到北京给拍卖了。我在那个拍卖会上买了大概十几件东西，这是其中一件。这个瓶子曾被瑞恩收藏，他天天跟白求恩在一起探讨医术和收藏，也许在那个战争年月，白求恩也曾抚摸过它。所以我经常说人亡物在，在文物面前，我们都是过客。

重　阳

　　重阳节什么时候有的呢？至少是从唐代起就正式定为了一个节日。一说起重阳节我们首先想到的就是王维那首著名的诗《九月九日忆山东兄弟》，"独在异乡为异客，每逢佳节倍思亲。遥知兄弟登高处，遍插茱萸少一人。"九月九日就是重阳节这一天，这诗里提供了很多信息，比如登高、插茱萸。王维当时17岁，一个人独自漂泊在外，据说是洛阳到长安之间，就是今天的西安，他家是在山西永济，当时叫蒲州，因为这个地方在华山的东边，所以他称为山东兄弟。他说"遥知兄弟登高处"，就是我在很远的地方，也知道我兄弟们都在家乡，"遍插茱萸少一人"少谁呢？就少王维自己。"每逢佳节倍思亲"这句诗流传甚广，我想几乎每个中国人都知道这句诗。

我们这一代人知道的关于重阳节最著名的诗句，其实是毛主席当年的《采桑子·重阳》，我们这一代人应该说人人都会背，因为采桑子这个词牌比较简单。"人生易老天难老，岁岁重阳。今又重阳，战地黄花分外香。一年一度秋风劲，不似春光。胜似春光，寥廓江天万里霜。"战地黄花分外香，分是读四声，比如毛主席还有一首词叫《沁园春·雪》，里面有一句："须晴日，看红装素裹，分外妖娆。"当特别强调的时候，一定读分（fèn）外，不是分（fēn）外，好多人都在这块儿读错了。黄花是什么花呢？是菊花，黄色是它最本质的颜色。秋天了，正是看菊花的时候，什么颜色的菊花都有，但是这些菊花都是后来逐渐培育出来的。毛主席写重阳的时候，当时他的处境并不好，但是他的格调非常高，一个伟大的人物心胸是不一样的。

重阳节什么时候有记载的呢？其实这个记载非常的早，至少汉代就有了。汉代的《西京杂记》是部非常重要的著作，它记录了当时汉代的很多民俗。当时上面就有这样的记载，就说"九月九日，佩茱萸"，那个时候就开始插茱萸了，"食蓬饵，饮菊花酒"，当时的人说能令人长寿。民间从那儿以后，在重阳节就有敬老、求寿的习俗，都希望自己健康长寿。直到今天，重阳节仍是一个敬老的日子。

到南宋时期，文人周密写的《武林旧事》，武林就是今天的杭州武林广场那个地方。《武林旧事》这样写道："九月九日重阳节，都人是月饮新酒，泛萸簪菊"，都人是城市人，泛萸就是茱萸，茱萸是可以泡酒的，它有强烈的气味，很刺激，簪菊就是把菊花插到脑袋上。当时《武林旧事》记载的这样一个风俗，我们现在基本上都见不着茱萸了，它可能区域很小。古代的时候也将茱萸称为月椒，它这个果实嫩的时候，呈现的是黄色，成熟以后就变成紫红色，一般说它是中药，有温中止痛理气等功效。中国的植物差不多都是中药，茱萸果实很小，味辛香，气味很强烈，能暖胃。这对我就比较好，我的胃就寒，所以就能用来暖胃。过去说相声老用这药开玩笑，叫十全大补丸，还有一个最普及的药叫六味地黄丸，几乎每个药店都可以买到，茱萸在这里都算一个重要成分。

一说这个药肯定要提药王孙思邈，他当时就有这种记载，说当年在重阳的时候，"必以肴酒登高眺远，为时宴之游赏，以畅秋志。"什么叫以畅秋志呢？春天是春意，秋天是秋志，春天的时候人都精神起来了，熬过了寒冬，要迎接一年最美好的日子，秋天的时候是一个收获的季节，秋天以后就逐渐转寒，这时候要注意自己身体的保养。所以，当时"酒必采茱萸，甘菊以泛之"，必须得喝醉了，古人那都叫小醉，我们现在的这个醉叫大醉，为什么叫小醉呢？过去古人喝的酒都比较温和，比如都是黄酒、米酒，醉不到哪儿去，这白酒醉得历害能要了命。

唐代以后，比如五代的时候，书上还有这种记载，"北人九月九日以茱萸研酒，洒门户间避恶。亦有入盐少许而饮之者。"
就是说将茱萸酒洒在门户之间驱邪避恶，也有的人搁点盐就喝
了。这个事有意思，我们今天喝酒的人没有人往里搁盐，喝茶的
人也没人搁盐。但唐代喝茶就是搁盐的，宋代才提倡喝纯茶，加
盐有什么好处呢？加盐最大的好处就是杀菌，没牙膏的日子里，
你拿盐水漱漱口就很舒服，过去手上拉一口子怎么办呢？直接拿
盐水洗。我们今天卫生条件好很多，万一你受点伤去医院，他给
你用酒精消毒，如果你觉得酒精消毒疼的话，那拿盐水消毒更
疼。所以用盐腌制的东西都不容易坏，不管是咸菜，还是咸肉、
咸鱼，只要腌制了它就不容易坏。

　　在我们传统的称谓中，农历的九月也叫菊月，菊花开的那个
月份。酒水因为喝着热，所以古人又认为它是阳水，古人认为重
阳节时用这个时期的水酿造的酒是最好的。为什么叫重阳呢？因
为九月九日是两个阳重在一起，九是阳数最大的数，所以就叫
重阳，也叫重九。《红高粱》里头有一首歌，那个歌不太像唱倒
是像吼："九月九酿新酒，好酒出自咱的手，好酒，喝了咱的酒，
上下通气不咳嗽，喝了咱的酒，滋阴壮阳嘴不臭，喝了咱的酒，
一人敢走青杀口，喝了咱的酒，见了皇帝不磕头"，前面两句是
广告，后面两句有点挑衅，然后说什么呢？"一四七三六九，九九
归一跟我走"，它说的就是这个重九，一四七、三六九这有点
问题，落了二五八。一看就是不打麻将的人说的，一四七、
二五八、三六九、十三不靠。另外还有一个口水歌，恐怕都得前

二十多年了，当时大街小巷走哪儿都听得见，现在听不见了，它叫《九月九的酒》，"又是九月九，重阳夜，难聚首，思乡的人儿，漂流在外头。又是九月九，愁更愁情更忧，回家的念头，始终在心头……走到九月九，他乡没有烈酒，没有问候……走到九月九，家中才有自由……"所以只有家里才有这个。

重阳节的时候我们要吃什么呢？吃重阳糕。重阳糕有很多种，有的地方叫花糕、菊糕、五色糕，它跟月饼不一样，月饼的做法就是中间必须有馅儿，但是据说现在也有没馅儿的月饼，它比较随意。这种花糕做的最夸张的就是有九层，像宝塔状，上面还得捏俩小羊表示重阳，中国人很喜欢使用这种谐音。还在上头插一小红旗，为什么要插一小红旗呢？中国人认为登高以后，一定要展一面旗帜才算到达。我记得我们小时候登景山，少先队还得拿一红旗，到上面挥两下，表示已经登上此山。现在登珠穆朗玛峰，上去以后都要从怀里掏出一面小旗子，什么国家的人就举什么国家的旗子，你不举起这面旗子，你就不算到达这个山顶。所以，九九重阳糕上面插一面小旗子，表明登高。

登高这事，其实在唐代的时候特别时兴，但是到了宋代的时候就没那么流行了，为什么？宋代民间还是很愿意登高的，但是它的都城地点有问题。我们都知道开封是黄河的冲积平原，一马平川上哪儿登高去，只好登个城楼。南宋的时候好，临安旁边就有凤凰山。所以过去土豪们、商贾之家自己就在家里建高楼，我们今天城市里全是高楼，那时候只有有钱人能盖比较高的楼，只要两层以上全叫高楼，盖个三层就不得了了。我们从出土文物中可以看到，喝完大酒上去玩耍，登高问题就一下儿迎刃而解。苏东坡在开封当官的时候，年年重阳都去巴结当朝驸马王诜，到他们家聚会。这驸马在城郊就盖了别墅，种了菊花，然后还有专门设置的高台、重楼，适合饮酒赏花，登高望远，文人就得写诗作赋。

重阳为什么要登高？宋朝有一个博物学家叫方勺，他做过这样的解释，说九九极阳，就是九九以后就到头了，它是阳数的两个最大数，阳极它一定是转阴，登高为调阴转阳也。我觉得是调阳转阴，因为你九九重阳以后，天气就一定是转凉了，九是阳数，所以阳上加阳就到了极点，到了极点就一定要调整，就是我们老说的物极必反这个道理。所以你什么事都不能走到头，走到头的时候一定要想办法调和一下，古人就认为阴阳调和那就百病不生。到了这天一定要爬到高处，其实也就是透透气，使自己心胸更宽阔一些，自己给自己找一个口实。我们的文化很大程度是心理作用，都是一种心理暗示。九月九日登高是全国各地普遍的一个民俗，当然也有一些小民俗，比如有的地方也叫女儿节，有的地方还叫风筝节，放风筝，这些都不妨碍九月九日的登高。登高也有敬老的意思。

《金瓶梅》《红楼梦》都写过重阳节。因为重阳节是非常重要的一个传统节日，它跟我们说的清明节，就是原来的上巳节是对仕的，一个三月三，一个九月九；一个是初春，一个是晚秋，一年中两个很重要的节点。《金瓶梅》前后写了两个重阳节，第一个重阳节的时候，西门庆就遇上了李瓶儿，他最喜欢的女人，比喜欢潘金莲还喜欢，这两个人偷情成功，但是老说人有旦夕祸福，第二个重阳节的时候，李瓶儿就奄奄待毙了。你想想一个人这一年中有多大变化都不知道，所以要珍惜每一天，珍惜每一个节日。李瓶儿实际上是谁呢？是西门庆结义兄弟花子虚的夫人，西门庆真是不规矩，我们现代这种人少。花子虚就住他们家隔壁，隔壁老王很危险。《红楼梦》第三十八回的时候写过，"林潇湘魁夺菊花诗，薛蘅芜讽和螃蟹咏"，这一回写的就是重阳节，宝玉、黛玉、宝钗、湘云等所有人都写了菊花诗。读文学著作的时候，如果你注意到中国的传统节日和与其相关的很多文化现象，那你再读的时候，会有不一样的感受。

重阳节是一个敬老的节日，我们周边的国家特有的风俗是什么呢？比如说日本吃栗子饭、吃茄子、祭菊花，中国的这种重阳节在唐代的时候传入日本，到今天日本还保留这种习俗。还有韩国吃菊花煎，你知道韩国人他不会做菜，除了煎就是给你凉拌，不是凉拌就是腌，他将糯米面团成圆形，就在上面慢慢搁上菊花花瓣，放入油慢慢煎。当然国际上并没有把中国的重阳节定为老年人节，因为这个日子不确定，它是以公历而论的。1990年联合国大会通过决议，将10月1日定为国际老年人日，从1991年开始每年的10月1日是国际老年人日。但这一天很容易被我们忽略，因为这一天是我们的国庆，对于中国人来说是非常大的一个节日，又是个大假。其实是不应该忽略的，全世界开始有国际老年人日，是因为我们全世界开始进入老龄化，人活的很长，但各个机能急剧衰退，人过了60岁、70岁、80岁以后的每一个节点，机能都会急剧衰退，但由于我们的医疗和卫生条件，包括饮食条件的改善，所以人活的比过去长，平均寿命要长很多，我们今天见到八九十岁的老人是很平常的一件事，百岁老人也不那么稀奇了，这在以前是非常罕见的。

1988年，中国政府将农历九月九日定为老人节、敬老节，我觉得这个定法儿意义很好，但是有点笨了，就应该叫重阳节，重阳节的精神内核就是敬老爱老，在2012年12月28日，全国人大常委会表决通过的《老年人权益保障法》，上面明确规定，每年农历的九月初九为老年节，并从2013年就开始实施。2013年的重阳节是中国第一个法定的老人节，在这一天倡导全社会，树立尊老、敬爱、爱老、帮老的风气。我真的希望有一天重阳节也作为我们的法定假日，为什么呢？春天，清明来了放一天，跟着俩月之后，就是端午节；秋天，中秋来了，跟着一个多月左右，再放一个重阳节，很匹配。宋代的时候，重阳就放假，那时候还放四天呢，我们就放一天，没有什么不可以的。如果重阳节在未来的日子里成为我们的法定节日，我们才会真正地重视我们自己这么传统的一个节日。

观 复 秀

　　下图是一个鸠杖，中间本来是有一根长长的木头。鸠，古代称之为不噎之鸟，就是噎不住它，它吃东西，土话叫狼虎，一个接一个，很大个的豆一下就吞下去。年轻的时候，尤其男孩子十几二十岁，饥极了一碗饭恨不得一分钟就吃完了，老人吞咽功能会下降，必须细嚼慢咽，吃快了可能会引发危险，我们确实有见

错金银嵌松石鸠杖　战国

到老人七八十岁以后，因为吃饭吞咽的时候，发生极端情况，人都走了。所以过去说"八十不留餐，七十不留宿"，就是说你留人在家吃饭的时候是很危险的。古人用鸠来表示对老人的尊重，过去皇上发老人一个鸠杖，就表明是敬老的意思了。

鸠在战国到汉代的时候是非常流行的。这件东西应该就是战国，最晚不晚于西汉。鸠杖作为过去官方奖掖老年人的一个标志，有很多形式，有玉器的、有普通铜器的，当然还有其他材质的。它是最豪华的形式，错金银、嵌松石，我们可以看到它身上这种细微的表达，红铜上嵌上这种金银是一件很不容易的事，我们今天没有多少人有这种手艺，可是在两千多年前我们中国的工匠能做到如此的完美。

重阳节这篇观复秀我们还找了两个大小不一的碗，为什么大小不一呢？小碗搁到大碗里正好是平的，大碗是九月，小碗是九

重阳套碗

日，九九重阳。这是新的碗，是我们仿宋代的耀州窑，耀州窑刀刻的痕迹比较深，纹饰也比较深，所以看起来非常漂亮。这上面的这个花卉是牡丹纹，这种牡丹猛一看有点像菠萝，古代表达层次没有我们现代那么立体、那么西化。古代的表达是你看见什么东西，你内心想怎么表达就怎么表达，所以它的花瓣是一层一层登高的意思。

九九重阳碗怎么用呢？很简单，一夫一妻用。一般情况下，妻子吃的比丈夫要少，也可以反过来，你说我们家就是女的吃得多，这没什么不行的，老婆使这大碗，丈夫使这小碗。这两个碗，父子、父女、母子、母女都可以使用。我们为什么拿出这样一个商品呢？是因为我们想了很久，怎么才能表达重阳节九九重阳的这份含义，就是大碗套上小碗，九九重阳碗。

写作的秘密

我们每天每个人都在写作，只要你动用手机写短信或者微信，都算一种广义的写作，我们从小学就开始做这种基础训练。原来的时候上小学一开始就两门课，一个叫算数，一个叫语文，算数培养的是逻辑思维能力，语是语言的表达能力，文是训练你的写作能力，语和文，指的是说和写两件事。我们今天说的能力都比较差，我们没这方面的训练，起码我上学的时候和我儿子上学的时候，学校很难让孩子逐个上台表达自己想说的话。西方这个教育就很普及，每个学生从小学开始直到大学，都要习惯于在公众面前表达。而我们的训练就是拿一个课本念，朗诵。所以今天碰到的小学生，他跟你说话的时候，就有点像念，就是最早期的训练的结果。

写也不是一个复杂的事，写就是把想的事给写出来，说出来就是语，写出来就是文，二者构成了语文。小孩说话都特别生动，他有他的一套逻辑，他这套逻辑没经过你训练的时候，他就走他的逻辑。比如我儿子小时候，他问我那瓷器上这什么花啊？我说这是梅花。他说这不是有花吗？我说这个花叫梅花。他说这不是有花吗？他有他的逻辑，你有你的逻辑，不在一个逻辑上是很难沟通的。而孩子上学以后就把写作这个事搞复杂了，我认为语文一定要比数学容易，语文是天天都在练习，天天要跟你的父母说话，跟你的朋友说话，跟同学说话，跟所有人说话，它就是一个强化的训练。中国人不用学语法，那语法都没有问题，都能说话，而数学是一个逻辑训练，它应该更难一些，但实际情况是大部分孩子接受完小学的义务教育都觉得语文难于数学。这种教育把我们一个与生俱来的能力给削弱了，这个很奇怪，你看一到中学，理科生就比文科生多很多，学生往往都不太怕数学，而怕语文，怕写作文。

现在我很久也没跟中学老师聊过了，所以我都不知道现在的学生作文的评判标准是什么。但是老师说这个学生的作文都写不好，大部分家长都苦恼的是辅导孩子作文，因为没有标准答案。我们现在的教学，为了应考就拟了很多标准答案，我认识的过去的中国最有名的几个作家据说帮孩子写的作文，到老师那都不得分，我当年小说都发表了，我要高考也不得分，没有办法，不知道它的标准在哪儿，那我们的评判标准大约都是告诉你怎么写好，怎么写不好，这是老师规定的一个标准。过去老师经常会说你这个作文哪儿写得不好，而很少说你的作文哪儿好，我认为小学的作文教育，一定要多鼓励，告诉他好在哪儿就可以了，不要委曲求全，没有必要，非得让孩子写出什么中心思想、段落大意来。

我记得我儿子上小学的时候，第一篇命题作文叫《我的铅笔盒》，那时候小孩儿都有一个铁皮铅笔盒，里头有尺子、橡皮、铅笔什么的，他作文前面是一套套话，最后他写了一句发自内心的话——我最喜欢铅笔盒里的小尺子，它能帮我把等号画直。如果我是老师，如果我制定教育评判标准，我就说只此一句为真实的表达，此作文满分，其他都不去考虑了，这样他就知道是因为这句真实的表达获得的满分，所以他以后越写越真实。但老师怎么说呢？老师说这句写得不错，但是前面这不好那不好，那孩子就不知道怎么去写了。为什么说这句话好呢，第一他有情感，他说我最喜欢什么，他情感是有准确的对象的，他不喜欢橡皮，因为橡皮老要去擦错字嘛。那么第二呢他有结果，这个结果是什么呢，帮我把等号画直，对一二年级的小学生来说画等号他会很慢，而且很难画直，所以他觉得尺子对他很有用。如果我们一开始的作文，只要求有一句真实表达就可以给满分的话，那我觉得我们大部分孩子都逐渐地会写作文，可惜我们小学生的作文逐渐就被训练成假大空。比如记一件好事，99%的学生都写扶奶奶过马路。我看到一个很有意思的作文，这作文这么写的，他说今天是雷锋日，我拾金不昧在公园捡了1亿元，全部都是10块的，有一本语文书那么厚，我把钱交给了警察叔叔，受到了表扬，老师的评语说你的语文书真够厚的啊。通过这样的作文你可以看到孩子都是在这种套话下，写出一个非常不真实的作文，所以这个作文从某种意义上讲是制造出来的，不是流露出来的，不是一个真实的表达，写作本来是人生很重要的一件事，但我们很容易把它变成一件瞎事儿。我有时候经常收到一些朋友的短信息，表达不清，有的要琢磨半天才知道他想说什么。

现在学校把作文分得比较清楚，分成什么记叙文、议论文、说明文、应用文等。什么叫应用文我也闹不清楚，我觉得我们吃药的时候，看的药单子都应该叫应用文。说明文和应用文什么意思呢，就是直接奔着目的去，容易达到效果。今天我们把文体规定得如此严格，真的是把简单的搞得复杂了，你就算会写作文，比如像我这样的人，你要让我写清这个记叙文、说明文、应用文什么的，我有时候都不会写，我写作的时候根本就不想写什么文体。我们早期也是有文体的，比如汉代写汉赋，六朝时期写骈文，这些文体的要求都非常的严格，但是到唐宋以后，很多学者、大文豪多写散文，我们现在的散文从某种意义上讲按照今天的归类偏向于记叙文。比如欧阳修的《醉翁亭记》，开篇写得清晰：

　　环滁皆山也。其西南诸峰，林壑尤美，望之蔚然而深秀者，琅琊也。山行六七里，渐闻水声潺潺而泻出于两峰之间者，酿泉也。峰回路转，有亭翼然临于泉上者，醉翁亭也。作亭者谁？山之僧智仙也。名之者谁？太守自谓也。

　　这里很有意思，我们老师教给你写这样的作文，尽量少使判断句，什么叫判断句呢，就是"是"这个字太多，什么是什么，判断句应用得过多，文章的表达就好像显得寡然无味，欧阳修就不听，通篇都使用了判断句，全篇四百零一个字，使用二十一个"也"，一个"也"就是一个判断句。古人认为欧阳修的《醉翁亭记》写得一唱三叹、摇曳生姿，就在于他的判断句，但我们今天如果把他的判断句换成大白话：四周全是山，西南方向那几座山非常的漂亮，你看着那个绿化最好那座山就叫琅琊山，你走了六七里路，听见这水声以后，看见两座山峰之间流下来的水，就叫酿泉，转过弯来看见有个亭子，跟飞着似的在这个泉下面的，那就叫醉翁亭，醉翁亭谁盖的呢？估计是一老头，谁题的这醉翁亭呢，我自己题的。这都是判断句。但是在古汉语和今天的汉语中是有很大区别的，尤其是它的文言的表达，非常的严谨，词汇使用准确，留下了千古名句"醉翁之意不在酒，在乎山水之间也"，文章写得非常的精彩。他其实并没有不符合我们今天老师的要求，如果我们今天的老师一看四百字的一篇文章，高考作文让你写八百字，这才写了一半，中间二十一个判断句，那基本上不给分了，所以文无定法就是这么一个原理。

大家比较熟的《兰亭集序》就算议论文，"仰观宇宙之大，俯察品类之盛"这些话都是议论啊，"欣于所遇，暂得于己"，这是过去收藏家最爱说的话，就是我欣然碰见这件东西，暂时在我这儿保存。过去有个大收藏家叫胡惠春，很多东西交给上海博物馆，后来有一批在苏富比、佳士得拍卖，他的堂号"暂得楼"，就来自这句话。《兰亭集序》开头"永和九年，岁在癸丑，暮春之初，会于会稽山阴之兰亭，修禊事也。"时间、地点、事情讲得很清楚，接下来"群贤毕至，少长咸集。此地有崇山峻岭，茂林修竹，又有清流激湍，映带左右。引以为流觞曲水，列坐其次，虽无丝竹管弦之盛，一觞一咏，亦足以畅叙幽情。是日也，天朗气清，惠风和畅。"写得非常流畅，如果用我们今天的大白话说就是某一年夏天来到的时候，我们汇聚在景山公园的万春亭，学习好的和不好的同学全来了，老师也来了，这没什么高山大河，就几个坡，还有几个死水潭，那水都发臭了，两棵歪脖子树，每人发一纸杯，倒点橙汁，也没有乐队来，咱们喝一口说一句也凑合了，这一天没有雾霾，刮着小风，你看这儿感觉很好的，所以你真实的表达非常重要。

写作第一要有一定的阅读量，阅读量越大越好，阅读不同风格的文字，阅读的时候要想一下，看到好的地方停一下，思考一下为什么好。你不能单独读一个学科的书，你最喜欢的书不管是哪个学科，也一定要读点其他门类的书，你看我们庄稼长起来也需要肥料均衡嘛。我们读书不是要一种感官的快乐，而是要多一份思考，要细心观察，抓住特征。比如我自己，我一年写很多文章，我今天翻我这些年写的手稿，我自个儿都吓一跳，你让我抄我肯定是抄不出来，我今天还是用笔在写作，我不是不会用电脑，而是用笔有一种特殊的快乐，而且我用笔不用选择，我的选择都在脑子里，用电脑有时有词蹦出来，你会选择，这种选择有时候可能不是你的本意，或者不是你的真实表达，所以用笔对我来说是一件很有乐趣的事。但是对后来者，对我们下一代人，基本上没有这种可能，用笔写字他经常想不起来这怎么写的，而我们从小就是受这种写作的训练。

我有一个很熟的朋友叫路东之，1984 年就认识了，前两年突然去世，去世的时候 49 岁，我比他大 7 岁。当年我们搞了一个国际青年征文大赛，他获一等奖，从那以后就认识了。他平时没事就给我发点他写的诗，自称路子，古人都称自己为子，孔子啊，庄子啊，老子啊都是子，他自个儿称他自己为子，写诗很真实，有时候读他的诗还是很有感触的。我朋友突然给我打电话说东之走了，心脏病发作，突然就去世了。我给他写了一篇悼文，我这些年没少写悼文，悼文的名字就叫《背影》，所有跟我接触过的亲人还有一些名人、普通人。走了的每个人，我就能写的都写一篇悼文，想着以后结集出版。我中间描述了路东之一小段，跟他很熟的很多朋友，给我打电话就说，那段太准确了，他就是那样一个人。我中间有一段是细节描写，我说：东之尽管与我很熟，尽管才华横溢，但是他每次跟你见面时，总是闪现着他惯有的羞涩，他是个很羞涩的人，他只看你一眼，第二眼就看着远方。没有远方也看着远方，他几句清晰的表达中，一定要夹杂着一句含混的字眼，他就是跟你说话，突然就嘟嘟囔囔一句，你也不知道他在表达什么。什么叫没有远方也看着远方呢？比如我们俩在一个屋子里相见，他第一眼看了你，他第二眼看窗子外面，如果小屋里没窗，他第一眼看你，第二眼就看墙去了，他是一个内心很羞涩的人。这种就是写他的细节，只有对他熟知的人对这个细节才有感触，对他生疏的人也能够通过这个了解这个人的一个特征，这就是写作中要注重细节。

　　我还有一个朋友，我们中国陶瓷研究的大家刘新园，景德镇陶瓷研究所所长。我跟他也认识二十多年，年长我十几岁，他去世的时候我写了一篇悼文。我的悼文写了几十篇了，每一篇对我都是一个挑战，你永远在回忆一个故去的人，你文章要写得每一篇都不一样，那我怎么写呢？写真情实感。我拎起笔来的时候对着这纸，我第一个反应是那一年是哪年，"那一年是哪年，我只清晰地记得是一个风雨如晦、凄冷森森的春日，我只记得是座宽而阔、高而深的古宅，穿过满是陶瓷碎片的过道，看见满是也似乎排列有序的国宝级的官窑残器，我忘了跟主人先打招呼，眼睛盯着瓷器一件一件的快速浏览，直到他拍我的肩头，我的目光才转向了他，我来前就知道景德镇陶瓷考古所所长刘新园，对于喜爱陶瓷的我来说，其名如雷贯耳。"这是我开篇的第一段，刘新园先生身份很高，我去见他就是到景德镇陶瓷研究所，穿过那个老古宅，你们今天如果去景德镇陶瓷研究所，你到门口你就知道我的那个感受了，非常宽阔的一个老宅子，高大、纵深，里头光线很暗。南方的春天阴冷啊，我在那样一个日子见到了刘新园先生，我就直接回忆那一年是哪年，我真的记不起来那一年是哪年了，那我最后怎么结尾的呢？我就说，谁知啊，人过中年后，每一次分手都可能是终生的分手，这是我一个强烈的感受。就是我有很多朋友，一去世我就想最后一次在哪儿见到他："回想起那一刻，顿觉心痛，更觉得值得心痛的是二十几年的相识弹指一挥间，记得细节，记不起具体，记得音容笑貌，都不记得说了些什么。"我们每个人都有这种感受，很多东西你记得住细节，但是你记不住具体是怎么发生的，你记得住这个人的音容笑貌，但是你不知道都说了什么，所以我就用"人生不可能让你记住所有，就像我初次见到刘先生那个凄美的春天，那一年是哪年。"做了本篇的结尾，后来有朋友看到文章说，怎么用一句重复的话做一个长文章的开篇和结尾了，因为这是一直环绕在我内心的一个问题，我跟他认识了二十多年，那一年是哪年，我想不起来了，它是萦绕在我内心的一个问题，构成了我整篇文章的一个框架。

细节比情节重要，情节比故事重要。我们过去都非常注重故事，说那小说写得好，故事好，觉得细节和情节好像不是那么重要，但是你注意，看电影的时候往往感动你的是细节，而不是整个故事。故事今天都会变得越来越枯燥，这些年我很难再被感动了，因为我们年轻的时候大量的阅读，感动的事太多，再加上我这个岁数，经历的事太多，所以很难再被感动。比如我去看《阿凡达》，故事很简单，一句话就说清楚了，拆迁与反拆迁的一个故事。最让我感动的是人物设计的是带有原始的尾巴的，我们本身都有一个尾巴，在进化的过程中人的尾巴就越来越短，到最后留下的就一截尾巴骨。这尾巴很有意思，它是表达情感的一个重器，我们今天人变得非常虚伪，你看不到他表达的内心，他全在脑子里，喜怒不形于色。但是你看猫狗就很明白，狗一见你就吧啦吧啦摇尾巴，那就是非常高兴，猫向你吧啦吧啦摇尾巴，那就是愤怒了。所以尾巴是个土话啊，它表达了重要的情感，人是没有尾巴的，人的情感全部被融化了，包裹在你的内心，很难让对方发现。

《阿凡达》就设计了尾巴，尾巴沟通就特别有意思，当看到阿凡达重要的内心表达都是通过那个缠绕的尾巴去表达的时候，忽然觉得我们人活着挺累，我们人的沟通靠语言，语言沟通中有很多是瞎话。最简单的一句话，男女双方能接收到的这句话，叫我爱你，他是不是爱你，你不知道，我们不好意思说的话就要靠眼神，所以我们老说情节比故事重要，细节比情节重要，是为什么呢？因为你记住的往往都是细节。

议论文最重要的是什么呢？是观点，最好的表达是所有人都感觉到了，但是表达不出来，被你说出来了，这就是最好的观点。大部分人都能感觉到，但是不知道怎么说，你一下给说出来了，如果写议论文写到这份儿上，那你就是老大。

　　我们今天流行一句话叫金句，今天的段子里都是金句，还有一个东西叫金线，金句是个段子，金线是一条拽住你作品往前走的最有力量却看不见的线。如果你的作品没有金线，这作品就没有力量，比如《西游记》，师徒四人西天取经这就是它的金线，这根金线拽着它往前走，无论遇到什么艰难困苦，都不能改变他们去的方向。侠义精神是《水浒传》的金线。金玉良缘是《红楼梦》的金线，所有的事情都围绕着宝黛钗这三角关系展开，这三角关系还一定是一男两女，如果是一女两男，关系就比较难处理了，生活中也是这样，男人也不容易处理这三角关系。

　　在金线以下就是金句，金句过去叫格言，但是你生活中不能老说格言，老说格言的人就别提多让人讨厌了，但是你作文中可以有，一个是引用格言，另一个是你是不是能够创造格言。格言有什么呢，"知识就是力量"，"学如逆水行舟，不进则退"，这都属于格言，但这都是最俗的一种格言。《红楼梦》有什么金句啊，贾宝玉说"女儿是水做的骨肉，男子是泥做的骨肉，我见了女儿我便清爽，见了男子我便觉得浊臭逼人"，这就是《红楼梦》中的金句。贾宝玉说的。你随便说一个人出场，我马上就告诉你，他出场怎么描写的，他为什么写得好呢，你要分析了曹雪芹为所有主角的出场时候的描述，会发现他是有偏心的，比如他写宝玉，他是由静态写入到动态，静态一上来就说"鬓若刀裁，眉如墨画"，最后写到动态"虽怒时而似笑，即瞋视而有情"，就说他发火的时候还像在笑，他责怪你的时候，还非常有情。但是他写到薛宝钗的时候就非常客观，叫"脸若银盆，眼同水杏，唇不点而含丹，眉不画而横翠"。但是写到什么王熙凤、林黛玉的时候，都有动态的描述，"两弯似蹙非蹙罥烟眉，一双似喜非喜含情目""态生两靥之愁，娇袭一身之病"说的是林黛玉。所以我们今天谈写作，不谈作文，每个人都应该要锻炼自己，即便你给朋友发一个短信，写完了看一下，修改好了再发出去，表示一种完美。那说明什么呢？说明写作本身就是一种态度，是一种表达，是思维方式的一种训练，我们要想把写作这个事情做好，就要多读书，我不反对模仿，所有人写作的初级阶段都是模仿，模仿别人怎么写，为什么要看范文，为什么要读名篇就是这个道理。写作实际上是我们一生中最需要的事情，除了语言的沟通，就是文字的沟通，而我们今天文字的沟通比语言的沟通越来越多，我们过去打电话很多，今天每个人的电话都打得非常的少，人和人之间主要是靠信息沟通，信息实际上就是一种写作，如果你想认真地写作，从自己发的信息开始。

观 复 秀

周敦颐，字茂叔，号濂溪先生，他最伟大的发明就是太极图——阴阳鱼太极图。我们一提宋代，一定提程朱理学，他是程朱理学的开山祖师，他是程颢、程颐的老师。"晋陶渊明独爱菊，自李唐来，世人甚爱牡丹"，唐代人喜欢牡丹，出去郊游的时候

红釉描金《爱莲说》诗文观音瓶　清·乾隆

脑袋顶上顶一朵牡丹，那时候插花不像现在插一朵小花，而是插一朵大花。左页图是乾隆年间珊瑚红釉的、泛白的观音瓶，瓶上全是字，写的是宋代周敦颐的《爱莲说》。它为什么选用红色呢？它采取的是一种拓本形式，以前的拓本一般都是墨拓，黑的。黑的拓本中最黑的叫乌金拓，漆黑无比，闪着光亮，但在拓本中最高级的都是这种朱砂拓的。用朱砂拓出来的那个拓本非常的漂亮，但古代人用朱砂拓的很少，是因为朱砂太贵，而墨便宜。这样一个观赏的观音瓶，就是仿造的朱砂拓做的。他这个字不是直接用毛笔写在上面的，是利用一种剪纸技术，就是做了个类似剪纸的工艺，喷上红釉以后，一撕下来这字就露出来了。

　　书写名拓的这种瓷器在康熙后期开始，一直流行到乾隆年间。18 世纪的那 100 年，是崇尚文化的 100 年，那时候满族得了天下以后，推崇汉文化，迅速向汉文化靠拢，所以当时的很多艺术品都以写碑文或者名帖作为一个时尚。这件作品就是著名的珊瑚红，珊瑚红釉康熙后期就有了，康熙后期、雍正乾隆时期非常流行。珊瑚红是一种低温红釉，它跟高温的琅琊红、季红、钧红都是不一样的，低温红釉比较收敛，所以比较适合做朱砂拓的这种感觉。当时为什么把这样一个名篇装饰在这样一件瓷器上呢？实际上也是不停地提示我们大家，名篇对于你写作的重要性。

民国四公子

　　民国四公子指的是谁，说法不一，但一般的说法是指这四个人，第一是袁克文，袁世凯的公子。第二是张伯驹，大收藏家，直隶都督张镇芳之子，他与袁克文是表兄弟。第三是张学良，张学良大家都很熟，东北奉系军阀张作霖之嫡长子，俗称少帅，读中学的时候一定讲"西安事变"。第四位说法比较多，一般情况下我们都认为是溥侗，清朝皇族，是恭勤贝勒载治之子。当然还有一说是卢永祥之子卢小嘉，还有一说是纺织业大王、农商总长张謇之子张孝若，但这些人名气相对来说不太大。我们就以最普遍的说法为准讲讲民国四公子。这四个人的共同点就是都在光绪年间出生，最大的是溥侗，最小的是张学良，但是他们活跃的时期都是民国时期。

先说张学良先生，1901 年出生，他到了民国才成人，大家熟知他的主要原因是西安事变，再有就是跟赵四小姐那段旷世奇缘。他还有一件正事就是收藏，这民国四公子无一例外都有收藏的爱好。你别看他行伍出身，我们今天都觉得行伍出身的那肯定都是大老粗呀，民国时期还真不是这样，张学良他收藏有很多古代书画。有多少件呢？有 600 多件，600 多件已经很多了，其中比较重要有的《墓田丙舍帖》，传说是钟繇写的后来王献之临的。再有就是小李将军的《海市图》，董源的山水图，郭熙的《寒林图》，这都是中国历史一跺脚三颤的收藏品，包括宋徽宗的书法，米友仁的绘画等都是真品。晚年的时候，张学良和夫人对他们在一生中艰难保存下来的这个遗产归宿有过很多方案。人岁数大了，钱最好处理，因为钱本身是没有情感问题的，随便写个遗嘱钱捐了怎么都好办，东西最难处理。比如有些东西不能切割，你说我俩儿子，我有一个《平复帖》，我不可能一裁两段一人给一半，自己收藏下来的文物就会有情感问题，有情感处理起来就比较麻烦，所以张学良曾经打算把他自己收藏的文物都交给他和赵四小姐的多年挚友周联华，他是台北士林凯歌教堂的一个牧师。1964 年的时候他已经 63 岁了，张学良受洗和结婚的时候见证人就是周联华先生，他同时又是台湾东海大学的董事长。张学良认为如果把这些文物都交给周联华牧师，放在大学收藏馆里无疑还是可信赖的，因为这些东西留下来不仅仅是一份有形的财产，还是一份重要的无形的财产。人的想法都会有变化，人活的岁数越长这个变化的可能性就越大，后来张学良就改主意了，他觉得国民党当局监视他这么多年，他把这些东西留在台湾有点不甘心，就想能不能把这些东西弄走，尽管到1990年的时候，他已经有了人身自由，可他都89岁了，他也不想自己的这份东西和人生的最后归宿是台湾。人到这个年纪，理论上讲是不会再有更多的想法，在哪儿就都凑合了，人张学良就不，在台湾虽然关了40多年，但仍旧不习惯，不习惯潮湿的气候，再有就是心理上的障碍，所以他就不想把这东西留在台湾了。后来他做了一个非常著名的口述历史，因为到老了写东西什么的都是有问题的，很多老年人肚子里藏的东西多写太慢而且累，那就不如口述。当时美国哥伦比亚大学的采访人员，就发现张学良不知道把他收藏的这批文物放哪儿为好，然后就不失时机地建议说你能不能把你所有的这些文物，连同你做的口述历史资料放在哥伦比亚大学的图书馆，可以在这里永久的放下去。陷入困境的张学良眼前一亮，当时国民党的党史馆、国史馆很多机关，这时候也盯着张学良，觉得这东西太重要，有些人在中间游说，就是说这东西还是搁在台湾好。人老了以后，他觉得自我辨识人的能力在下降，或者也没有心情辨识人的时候，就不再相信新来的人，比如我现在也是这样，我过去特别爱相信人，吃亏吃太多了，就慢慢开始警觉。张学良就对后来的这些人，尤其这些人都是带着任务从台湾来的，他就更没有好感，这东西就不想给台湾。尤其当年蒋介石曾经软禁过张学良，他心里还是有很大的抵触，美国人当时从某种角度上讲，是一个中间人，他跟台湾这些官方派来的人比起来比较中立，又何况哥伦比亚大学是世界知名大学，在民国以来尤其晚清民国以来，对中国近代历史人物都十分关注，当时有很多人，比如像胡适、李宗仁、顾维钧等人的口述资料，包括一些文物文稿都是送给了这所学校，这些人都还是张学良很熟知的，他就多了一份安全感，所以最后就把这东西给了哥伦比亚大学。

我们可以知道张学良漫长的人生大概可以分为四个部分，第一个部分就是他子承父业，第二个部分就是他出师中原，第三个部分就是震惊中外的西安事变，西安事变以后，历史改变走向，张学良自己的生活也完全不一样了，他由一个东北王变成一个阶下囚，被软禁起来长达几十年，我觉得他不调整好心态就没有后面的长寿。最后，当他能静下心来对待他一生的时候，他将口述历史史料、文物移交给哥伦比亚大学，无疑是张学良人生最重要的一个章节，把他能保留下来的东西都保留下来了。1993年的冬天，张学良跟赵四小姐，登上飞机告别了他生活几十年的台湾，飞往夏威夷永久定居。我们看到一些相关资料，晚年的时候他把自己收藏那么多年的上万册图书，都捐赠给了周联华牧师主办的东海大学图书馆。其他重要文物，比如能非常真实地反映当时的社会环境的手札、信函，还有一些字画、照片、日记等，装箱以后运往美国，这就是我们既熟悉又生疏的张学良先生的收藏生涯。

民国四公子的第二位——袁克文，袁世凯的公子。袁世凯有17个儿子，15个女儿，一共32个孩子，他为什么生这么多呢？因为他有一妻九妾，后来这17个儿子又为袁世凯生了22个孙子和25个孙女，这样算起来袁世凯仅三代就79个人，袁世凯的长子叫袁克定，是原配夫人袁氏所生，次子就是袁克文，他的母亲其实是三姨太，是朝鲜人，说起来袁克文还有朝鲜血统。他的母亲金氏跟了袁世凯生了袁克文之后，就把他过继给了非常受宠的大姨太沈氏。

袁克文酷爱收藏，他曾经收过宋朝王诜的《蜀道寒云图》，收到以后喜出望外，随后就改字为"寒云"。过去的人不能直接称人名字，不礼貌，必须称字，所以一般的人都称他为袁寒云。王诜是北宋驸马，也是著名画家，《蜀道寒云图》的真迹今天真是杳无音信，他的这幅画也许某一天突然就出现了，也许这个东西就永远销声匿迹了，收藏就是这样，有的历史上非常重要的东西丢了几百年以后突然就出现了，比如《玉版十三行》，宋代后就找不到了，结果到了"文化大革命"后期突然出现，中间消失了七八百年。

袁克文除了擅长书法、作诗、填词、写文章，还喜欢唱昆曲，小生、丑角都扮演得很好，他最拿手的戏就是《游园惊梦》。过去唱戏不为他们这种大家所容，袁世凯去世了以后，没了管束他就开始票戏，所谓票戏就是你不是专业的你却来唱，当了著名的票友，就是名票。有一年，那时候袁世凯已经去世了，他大哥袁克定就发现他弟弟在新民大戏院跟人家合演《游园惊梦》，就很生气，他认为当戏子这事有辱家风，他就找来了北京警察总监，让这总监帮一忙，把他这弟弟给抓了。警察总监惹不起他但又不能推托，这他想说这都是你们家内部的事，你让我行使公权不合规矩。于是他就直接去找袁克文，把他哥的意思说了一遍，过去尊重兄长是美德，我们五伦关系中兄弟是一伦，袁克文很知趣，就笑着说我明儿就还有一场了，唱完了我就不唱了，过去借台唱戏不挣钱，是自个儿拿钱唱，唱这两场戏得花好几千银圆，那时候有几百银圆。就买院子了，所以过去唱戏很贵的。

　　袁克文喜欢古董收藏，他不是投资，我们今天的收藏家十有八九都是投资，买了就是为了卖，过去的收藏家就没卖这概念，他就是一个有钱人的消费，买了的东西就是为了藏起来，来人给人显摆，让人看。过去的收藏家，尤其收藏纸本的，比如说收藏绘画、书法、图书的，他都刻一章，章的内容有的是什么曾过我眼，有的写珍藏，有的写宝物，或者曾在某家，就是曾经这东西在我们家，买完了以后都盖一章。袁克文也刻过一章，他这章刻的有意思，他说"与身俱存亡"，就是说我这东西跟我一块，生死都在一起。但是富家公子，花起钱来如流水，所以他下了决心不卖的东西，当他生活窘迫的时候，他总是要花钱的，还是拿来变卖。他收藏了那么多东西，很多东西就是过眼云烟，他这种消遣是在兴致上，比如一看这东西，眼前一亮，立刻知道这是好东西，就拿钱买，买完了以后，他倒不觉得什么了。袁世凯去世以后，袁克文分到了两份遗产，每份8万块，当时的8万块应该是够一个人活一辈子了，但架不住他挥霍，生活很快就衰落下去了，就把家里的一些很重要的收藏，就转让了。袁克文因为字写得很好，过去字写得好也有地位的人，很多人求字，今天也是这样，附庸风雅的人，都愿意求个有名的人的字挂墙上，因为他只知道这人是不是有名，不知道字好坏，袁克文当时就写过很多字，因为他有皇帝之子这样一个身份，所以有人高价求他的字。没钱的时候他就卖字。可惜1931年，九一八事变那一年，袁克文就病死了，正值盛年。

第三个我们再说说溥侗，溥侗是乾隆的六代孙，在他们家是第五子，算是末代皇帝溥仪的族兄。溥侗自幼在上书房按部就班地读经史子集，学作诗文。他精于制印，酷爱演戏，尤其喜欢昆剧、京剧，生旦净末丑全都会，对乐器也非常精通，比如笛子、二胡。清末民初的时候，每逢佳节，他就会约朋友们到西山大觉寺小住。大觉寺是古刹，寺里的柏树都特别大，溥侗通晓音律，弹一曲高山流水，绝尘脱俗。溥侗是清末贵胄，家里收藏自然多，比如《龙门二十品》，我年轻的时候就听说过《龙门二十品》，但当时不知道是啥，只知道是碑帖中的名品，所以溥侗的收藏态度就是信手挥霍、爱之必取，就是花钱的时候不在乎，但是喜欢的必须要买到。他这个态度不仅仅体现在他收藏文物上。讲一个小故事，当年他去京剧言派创始人言菊朋家里，他家有棵歪脖树，树长直了不好看，中国人都认为树得拧巴着，越拧巴这树越有意思，他一看这树真有意思，可以入画，就跟言菊朋商量说这树能不能卖我啊，言菊朋是有地位的人，没法直接回绝说我不卖你，只是婉转地说我是没打算卖这棵树，如果您特别喜欢，这树就送给您，意思就是您就别买了。但是溥侗可不这么想，说您送我就送我，言菊朋说那您怎么搬走啊，说这树要移到你们家种下去活不了，这不是让你白来了嘛，溥侗说没关系我有办法，然后就跑到护国寺请专业的工匠到他们家，说您给我看这棵树我能不能移走，人说能移，怎么移呢，说这棵树你要想活着移走，至少要先养护五年，因为这树本身长在那儿是个天然的，你要把它挖起来，一定要断它的根，树的根系非常发达，就要一点一点的把土断开，每年改变一点，不能全断，一次全断了弄不好它就死了，把它逐渐养成一个盆景，最后才能把它搬走，五年，您受得了吗？溥侗就说，五年就五年，然后就雇着人去养护这棵树。五年以后，他也不怕花钱，还把人家院墙和自个儿家的院墙都拆开，最后才把这棵树移植成功。这就是随性，现在叫任性，有钱任性。

溥侗跟袁寒云一样，都喜欢票戏，过去很多老先生也喜欢，当时的狗肉将军张宗昌一听说他会唱戏，觉得自己得光鲜一下，就请名家到他济南家里，有梅兰芳、余叔岩、程砚秋等，然后办了个宴会，一时兴起就开唱，其实他也不一定懂，就是喜欢，那时候喜欢有真喜欢有假喜欢，但是他们这种都属于半真半假的喜欢，你说他一点不懂吧他懂一点，你说他完全懂吧他不是彻底懂，但是他身份在那儿呢。有一次唱着唱着戏就来了兴致，就问梅兰芳，民国四公子中这袁二侗五的戏怎么样啊？什么叫袁二侗五啊，袁克文行排二，溥侗行排五，所以称为袁二侗五，梅兰芳说，那两位是行家中的行家，这话说的非常圆润，不得罪人，梨园界向来敬重这些行家，因为人家有钱，玩票的时候花很多钱，不是白玩。这时候旁边有个人上来就说，这事儿简单，不就是这俩人嘛，我拍个电报让他们俩来吧，结果这袁克文接到电报以后就跟溥侗商量说咱俩去吧，给人唱唱戏，咱这会儿都缺钱。溥侗，侗五爷断然就拒绝了，你别看他们俩交情好，这事还是拒绝了，他痛骂张宗昌，说他是个土匪，是个土鳖，是个反复无常的小人，爷是个正人君子，居然要让爷去给捧场，谁能跟他们为伍，就不给他赏这脸，就没去，他还劝袁克文说你也别去，可是袁克文手头缺钱，就自个儿去了。去了以后挣了一笔银子，当时还是跟程砚秋搭唱。唱完了以后张宗昌特别得意，说袁世凯的公子居然给我登台演戏，我多大面子啊。结果风光以后，没几个月北伐军就攻克了济南，张宗昌就成了丧家之犬，北伐军就追究，说他几个月前还在这儿弄堂会，问都谁来了，说来了好多人，梅兰芳、余叔岩、程砚秋都来了，这些人都没事，因为他们本身就是唱戏的，说还有谁来了，袁克文来了，袁克文又不是唱戏的，跑这儿拍什么马屁，就通缉他，所以袁克文就栽了。事后有人就说侗五爷牛啊，有先见之明，侗五爷自个儿说，我没啥先见之明，后面的事我做梦也想不到，我就是瞧不起张宗昌那德性，我就烦他那号人，我就不愿意搭理他，就这么个意思。溥侗晚景凄凉，晚年蜗居在上海，靠卖字度日，活到 70 多岁，新中国成立初期就去世了。

我们最后说一下大名鼎鼎的张伯驹，张伯驹的生父叫张锦芳，他后来过继给他的伯父张镇芳，张镇芳是满清最后一位直隶总督，1917 年还参加过张勋复辟，张镇芳张锦芳兄弟还是袁世凯兄嫂的弟弟。

张伯驹先生的收藏起源非常早，1927 年，他 29 岁，他无意中来到琉璃厂，看到一个古玩店，看到一写着"丛碧山房"的横幅，一问，是康熙皇帝的御笔，康熙皇帝的字，在清代皇帝里是写的最好的，惊喜之后他就决定买下这字，"丛碧山房"是人家的堂号，连人堂号都买，得给多少钱啊？回到家里，他越看越喜欢，后来自个儿还编了个书，叫《丛碧书花录》，记录了当时的一个心情，后来他把自己的居所也改叫丛碧山房了，后来为了筹钱收藏藏品，把这宅子也卖了。为了什么藏品呢？为了我们最重要的国画，隋代画家展子虔所绘的《游春图》。

1946 年，北平琉璃厂有个叫马霁川的古董商要卖《游春图》，开价 800 两黄金，民国时候一两黄金你能买一个院子。谈来谈去，最后只肯降到 240 两，240 两听着比那 800 两少了不少，但仍是很大的数字。凑巧，张伯驹当时刚刚用 110 两黄金买了范仲淹的《道服赞》，家产都用尽了，无奈之下就把丛碧山房卖给了辅仁大学，又让妻子潘素变卖了首饰才凑够了数。现在展子虔所绘的《游春图》收藏在北京故宫博物院。

潘素是张伯驹先生的夫人，1915 年生于苏州，是清朝著名宰相潘世恩后代，原名潘妃，她从小就是父母的掌上明珠，但是她父亲是个纨绔子弟，她母亲是当地的大家闺秀。潘素 7 岁的时候，她母亲就请了当地的名师教她学习绘画、音乐、诗文等，她还弹一手好琴。13 岁的时候她母亲去世，她父亲又娶了继母王氏，两年以后，她的继母就将潘素直接卖青楼去了。名门望族由盛而衰是一个无可奈何的事，潘素只能听继母的安排。张伯驹先生第一次见到潘素，一下就愣了，那气质不是今天人能够达到的，就说我要把她赎出来。过去要把妓女从妓院里赎出来，代价是非常重的，老鸨就会给你算，这孩子 15 岁，至少她能卖到 30 岁，这 15 年的钱你一笔给我，才能把人捞出来。过去有钱有地位的人到妓院把受苦的妓女捞出来，或者把心仪的妓女捞出来不丢人，张伯驹先生把潘素接回来的过程很曲折，后来就带着潘素回到了苏州，在那里明媒正娶了这位朝思暮想的美人。新中国成立以后，经历"文化大革命"，两人受了很多苦难，直到去世，两个人没有再分开，这算一个我们近代史上可圈可点的爱情。

1937 年，张伯驹先生想方设法攒了 4 万大洋，从当时跟张大千齐名的溥心畬那儿买了《平复帖》，就为了防止《平复帖》流向海外。几年后，张伯驹先生在上海开会的时候被绑架了，绑匪就是特务组织，向他夫人潘素要钱，300 万元，要不然就撕票。

潘素就想方设法去看张伯驹，张伯驹先生跟他妻子说撕了票也没关系，家里那点字画千万不能动，尤其是那《平复帖》。结果他跟绑匪坚持了多长时间呢？八个月，要搁我们早崩溃了，把东西赶紧给他，把我放出来。张家扛了八个月，最后赎金由300万元降到40万元，才得以脱身。可见张伯驹先生对藏品的重视程度真不是常人所能及的。

翻阅张伯驹先生的藏品目录，能把你惊着，除了刚才说的《游春图》《平复帖》，还有杜牧的《张好好诗》、李白的《上阳台帖》，这些藏品都是国宝。1956年，张伯驹先生与夫人潘素将《平复帖》《张好好诗》《道服赞》以及黄庭坚的草书《诸上座帖》等八幅书法作品，捐献给了故宫博物院，并婉拒了国家给予的20万元的奖励。1965年，他又把剩下的30多件珍贵的古字画捐献给了吉林省博物馆。张伯驹先生谈起自己的收藏，说不知情者谓我搜罗唐宋精品不惜一掷千金、魄力过人，其实我也是历尽辛苦，也不能尽如人意，因为黄金易得国宝无二，我买它们就不是为了钱，是怕它流入国外。张伯驹先生在他自己的书画录里写了这样一句话——"余所收藏，永固吾土，流传有序"，意思就是我的收藏不必完全跟着我一辈子，只要它能够属于我们这个国土，流传有序，我就心满意足了。

我们回过头再看四公子相同的地方，第一都出身豪门，第二都受过良好的教育，嗜好风雅，喜欢收藏。他们所处的民国时期，是一个动荡的时期，风云剧变，社会很多东西重新易主，比如古董，很多古董过去都是宫廷的，最后散落到民间，才有机会去收藏到它。不同的是结局，物的结局，归公是最好的结局，不知下落是最坏的结局，张伯驹先生把大量的东西都捐给了国家，张学良先生的东西也都有了归宿，袁克文、溥侗晚年都靠变卖为生。我们再看看四个人的人生结局，张学良先生活了101岁，张伯驹先生活了84岁，度过了"文化大革命"时期的黑暗，溥侗先生活了76岁，袁克文先生活了42岁。我们每个人的起点差距不大，但结局会有很大的不同，才构成了我们精彩的人生。

观 复 秀

右页图是青花瓷雕，反映的是一个成语，鹬蚌相争，渔翁得利。这只鸟是鹬，鹬是一种水禽，水禽有两种，一种叫游禽，一种叫涉禽，游禽就是带蹼的，鸭子、鹅、鸳鸯都属于游禽。涉禽就是有爪子的，有短腿的有长腿的，长腿的有仙鹤，中腿的有鹭鸶，短腿的有鹬，爪子很大，可以在河滩上走。鹬和蚌相争，夹住了嘴，两个人相持不下，你看这渔翁站在岸上，脚下是湍急的水流，看着鹬蚌相争。

它跟我们民国有什么关系呢？民国帝制灭亡以后，中国立刻四分五裂，军阀混战，天下大乱，整个社会形成鹬蚌相争这样一个局面，谁得利？渔翁得利。这个湍急的水流，就代表了民国时期的社会形态，有暗礁，有旋涡，有不可知的风险。民国时期，

青花鹬蚌相争摆件　民国

发生了很多场战争，中间还夹着国际战争，就是抗日战争，各地民不聊生。这件东西就是民国时期的雕塑家曾龙升做的。这个雕塑做的非常生动、夸张，为什么夸张呢？这个蚌不可能这么大个儿，要跟这鹬比起来这个儿也忒大点了，但是鹬蚌的这个比例，可以充分反映鹬蚌相争的这种内涵。渔翁这个动态很生动，他的胡子很细，是一个既等待又要出击的一个态势。这件东西刻画得也非常生动，青花颜色是民国时期那种很鲜艳的蓝色，今天找到它很不容易，用它来表现民国时期复杂的社会动态我觉得再恰当不过。

民国四大美女

民国时期，社会发生了很多变化，第一个变化就是两千年的帝制崩溃，崩溃以后很多人就找不到精神支柱了，因为各说各的。第二个变化就是军阀混战，谁也不服气谁，咱就先干一场，最后决出老大来。第三个变化就是妇女解放，妇女一解放，就出现了民国四大美女。古代四大美女，沉鱼落雁、闭月羞花，照着这个句式说，民国四大美女应该是推窗关门、开嗓亮相。为什么这么说呢？推窗，林徽因写过散文《窗子以外》，关门，陆小曼闭门思过，周璇是金嗓子，金嗓子就是开嗓，阮玲玉是个演员，就是亮相，所以是推窗关门、开嗓亮相。

我们先说林徽因，很多人最熟悉的就是《你是人间的四月天》，关于《你是人间的四月天》，有两种说法，第一个说法是悼念徐志摩而作，另一个说法是为儿子梁从诫出生而作，就是说林徽因究竟是为情人而写还是为儿子而写，不得而知。为什么起名叫梁从诫呢？宋代生活富足以后乱盖房子，官方就不大高兴，认为这房子盖起来得有标准，我们今天叫建造标准，过去叫营造法式。《营造法式》是宋代的建筑学家李诫在大概 900 年前写成的，后来得到官方认可，由皇帝下诏颁行，所以宋代以后一直按《营造法式》盖房，搞建筑的人不可以不读此书。

林徽因和梁思成先生都是中国建筑史方面的专家，二人曾经一起用现代的科学方法，研究勘察中国古建筑。当年他们去山西，勘察仅存的几座唐代建筑，学术成就举世公认。梁思成先生写过《中国建筑史》，所以想让儿子继承他们的事业，所以给儿子起名梁从诫，"诫"就是《营造法式》的作者李诫，表明对儿子的希望，同时也是对古人的一种尊敬。

林徽因是南方女子，光绪年间生于杭州，因为她的父亲林长民在北洋政府就职，所以举家就迁往了北京，就读于英国教会办的北京培华女中。她在欧洲游历期间结识了她父亲的弟子徐志摩，所以就有了大家津津乐道的那些八卦。1921 年，16 岁的林徽因在英国遇到了留学的徐志摩，当时的徐志摩已经有一个两岁的孩子了。徐志摩也算是一个情种，他首先看上林徽因的美丽，后看上了才华，为林徽因写过很多情诗，按照徐志摩的说法，他

20岁以前与诗完全不相干，遇见了林徽因以后就激发了他的新诗创作。他就在这一年跟他的发妻张幼仪提出离婚。此后林徽因父亲就带她回国了。徐志摩可以说是中国近代史上非常有个性的一个诗人，他最著名的诗句大家比较熟的就是《再别康桥》：轻轻的我走了／正如我轻轻的来……我挥一挥衣袖／不带走一片云彩。写的非常有意境。泰戈尔1924年访华的时候，徐志摩和林徽因共同担任他的翻译，徐志摩向老诗人泰戈尔吐露了心声，他说他暗恋林徽因。泰戈尔看见林徽因后就忍不住想当月老，可惜这事儿没成，为此泰戈尔还专门作了一首诗，叫《天空的蔚蓝》：天空的蔚蓝／爱上了大地的碧绿／他们之间的微风叹了声／哎。之后徐志摩就陪泰戈尔去了日本，林徽因和梁思成就到了宾夕法尼亚大学。四年后，当徐志摩后来跟林徽因再见面的时候，林徽因已经嫁给了梁思成，他通过别人介绍认识了已嫁做人妇的陆小曼，俩人就相恋了。1931年11月19日，徐志摩准备参加林徽因的演讲会，结果遭遇空难去世了。徐志摩对林徽因的影响很大，应该说他是林徽因在文学道路上的引路人。人在年轻的时候，尤其女孩儿，如果能碰到一个有才华的男人，对她终生都会有影响，林徽因也对自己的儿女说，徐志摩当初爱的并不是真正的我，他是用一个诗人浪漫的情绪，想象出来了一个我，而事实上我不是那样的一个人。

　　我也不知道林徽因为什么要说这番话，其实她应该说事实上我就是那样一个人，只不过当时阴错阳差，所谓阴错阳差就是她碰见了梁思成，她跟梁思成是郎才女貌，门当户对。林徽因的父亲林长民是段祺瑞内阁的司法总长，梁思成的父亲梁启超又是熊希龄内阁的司法总长。林徽因随她父亲游历欧洲时，房东是个建筑师，她受到了房东的影响，就立下了攻读建筑学的一个志向。而梁思成学建筑多多少少也受林徽因的影响。林徽因跟梁思成同赴美国宾大攻读建筑学，因为建筑学过去还是有歧视的，不收女生，所以林徽因当时注册的时候不是建筑系，是美术系，美国的学校都比较开放，她就选修了建筑系的所有的课程，实现了自个儿的志愿。1927年的夏天她毕业以后，又到了耶鲁大学学了半年戏剧舞台美术设计。1928年，林徽因跟梁思成到了渥太华，二人在中国总领事馆举行了婚礼。新婚之夜，梁思成问林徽因，你为什么选择我？林徽因很巧妙地回答说，这个问题我要用一生来回答，你准备好听我的回答了吗？民国范儿的女孩子都比较矫情，我如果是林徽因，我就会回答说这问题我也在问苍天呢。

梁林结婚以后，梁思成对林徽因呵护备至，我们能看到一些照片，林徽因还是比较瘦弱的。婚后二人致力于他们最热爱的建筑事业，考察了中国15个省，走了将近200个县，考察测绘了2738处古建筑，很多古建筑就是通过他们的考察得到了世界、全国的认识，从此加以保护。比如像河北赵州大石桥、山西应县木塔、五台山佛光寺等。也正是因为他们夫妻二人的努力，使梁思成破解了中国古建筑结构的奥秘，完成了对《营造法式》的彻底解读。抗战胜利后林徽因全家于 1946 年回到北京，当时是北平。1952 年，梁思成和刘开渠先生主持设计中国人民英雄纪念碑，林徽因被任命为人民英雄纪念碑建筑委员会委员，她当时抱病参加了设计工作。林徽因身体一直比较弱，后来病情急剧恶化，最后拒绝吃药救治，1955 年 4 月 1 日，林徽因病逝，享年 51 岁。林徽因辞世后，金岳霖等好友共同题了这样的一副挽联：一身诗意千寻瀑，万古人间四月天。

谈林徽因不得不谈金岳霖，他是哲学家、逻辑学家，执教于北大清华，是林徽因家的邻居，这哲学家和逻辑学家做事儿就跟别人不一样，他是梁思成夫妇家里的座上客，文化背景相同、志趣相投交情也深，长期以来毗邻而居，一辈子都暗恋着林徽因，终生未娶。金岳霖很有意思，他对林徽因的长相才华都是倾慕之至，就是对自己有点残忍。梁思成和林徽因一吵架就找这个哲学家、逻辑学家来给判断，因为他比较理性、冷静，金岳霖就来仲裁他们俩的爱情。在这一点上我们真的尊敬金岳霖先生，他能做到以自己最高的理智驾驭自己的情感，爱了一个女人一生不出格。不像现在全是隔壁老王、隔壁小李，这叫隔壁老金，一直是个邻家大哥，人家有金玉一样的品质。

再说说和林徽因虽然没有直接关系也有间接关系的陆小曼。陆小曼是江苏常州人，是近代女画家，她师从刘海粟、陈半丁、贺天健等名家，晚年成为专业的画师。陆小曼还擅长戏剧，跟徐志摩合作创作过五幕话剧《卞昆冈》。陆小曼最有名儿的事儿就是跟徐志摩的婚恋。陆小曼很早就结婚了，她当时结婚的这个人叫王庚，王庚其实也算是一代名流了，他1911年清华大学毕业后就去了美国，后来在美国密歇根大学、哥伦比亚大学、普林斯顿大学就读。后来又去了西点军校，1918年，他在西点军校137个毕业的学生里排第12位，成绩优秀。

王庚回国以后就在北洋陆军部任职，以中国代表团武官的身份参加巴黎和会，后任交通部副司令。当时王庚跟陆小曼结婚。1922年，19岁的陆小曼离开学校奉父母之命与王庚结婚，她在这段婚事中比较被动，蜜月过后，归于平静，她发现自己不快乐。结婚第三年，王庚被任命为哈尔滨警察局局长，夫唱妇随陆小曼随同前往哈尔滨，可陆小曼一到哈尔滨就不习惯，就跟王庚开始两地分居，王庚又特别专注于自己的工作、前途，陆小曼一想去玩，他就说我没空，让志摩陪你去玩吧，就这样徐志摩跟陆小曼在陆小曼丈夫的首肯下一起玩耍，日久生情，王庚根本就没想到这样处理问题会产生他自己的婚姻危机。王庚为什么这么放心让徐志摩陪陆小曼玩儿？是因为他跟徐志摩在美国就认识，二人很熟。有一次王庚又跟陆小曼发生大的争执，陆小曼在众人面前受到了王庚的辱骂，这夫妻之间第一是不能动手，动手基本上不能挽回。辱骂也是个问题，尤其不能当众辱骂，所以陆小曼就说我今生不回你王家，当然陆小曼家里也比较支持她，最终1925年就跟王庚离婚了。次年，徐陆二人顶住了很大的社会压力结婚。徐志摩的父亲徐申如是浙江省海宁县当地的一个富绅，他认为儿子离婚已经是大逆不道了，再娶有夫之妇更有辱门风，徐志摩只能南下先跟父亲商量，他的父亲就说你要再婚得征得你的前妻张幼仪同意，结果他的前妻通情达理，同意了。但他父亲还是心里不痛快，最后就通过人去斡旋周旋，徐申如才勉强同意。徐志摩第二次结婚，梁启超是证婚人。梁启超一开始觉得这事儿对封建这所谓的礼仪礼教还是有突破的，他还是比较同情他们俩的这种婚姻，但是在这个大喜的日子里，梁启超还是对这二人进行了一顿训斥，这顿训斥非常有名，令两位新人啼笑皆非。

后来徐志摩遇难，陆小曼悲伤到什么程度？郁达夫都觉得难以描写。陆小曼清醒以后坚持要去山东党家庄接徐志摩的遗体，结果被家人劝住，最后让徐志摩和张幼仪所生的儿子去山东接回了徐志摩的遗体。在现场找到了一件遗物，这件遗物就是陆小曼1931年创作的一幅山水长卷，是她早期最重要的作品，她把作品送给了徐志摩，徐志摩一直带在身边。陆小曼看到这个画卷想到徐志摩种种的好，潸然泪下。徐志摩去世后她再也不出去，拒绝交际，忍受外界对她的任何批评和指责，她在给徐志摩的挽联中是这样写的：多少前尘成噩梦，五载哀欢，匆匆永诀，天道复奚论，欲死未能因母老；万千别恨向谁言，一身愁病，渺渺离魂，人间应不久，遗文编就答君心。她怀念徐志摩，用了几十年的时间整理出版徐志摩的遗作，其中的苦辣酸甜一言难尽。徐志摩与陆小曼的婚姻是冲破封建束缚的自由结合，其间虽也曾彼此伤害，但也深深相爱。

　　陆小曼的后半生非常长，她后来身边还有一个人叫翁瑞午，是个医生，擅长推拿，他给陆小曼按摩。翁瑞午很喜欢陆小曼，后来跟她厮守了几十年，这几十年也循循善诱劝导她、排解她的精神苦恼，我想没有翁瑞午出现，可能陆小曼后来也活不了那么长，他们俩在徐志摩去世以后相守将近 40 年，1960 年翁瑞午去世，1965 年陆小曼逝世。

　　周璇 1920 年生于常州，原名苏璞，璞是未经雕琢之意，取天然纯真的意思。她们家有兄弟姐妹八个，她是老二。1923 年，她被抽大烟的舅舅偷偷拐骗卖给了一个王姓人家，改名王小红，王家夫妇离异以后又把她送到了上海一周姓人家，改名周小红。周家家境后来日益贫困，养父吸食鸦片，她的养母被迫给人家当佣人，养父就把周璇卖到了妓院，养母对她很好，及时把她赎了回来。周璇是金嗓子，自幼喜欢听人唱歌，很有天赋，一哼就会。1931 年周璇加入了一个明星歌舞团，到那里就担任主演，又灌唱片，很快崭露头角。民国所有的表演类的艺术家基本上都是艺名，不是真名，当时她唱了一个歌剧的主题曲叫《民族之光》，其中有句歌词叫"与敌人周旋沙场之上"，大家觉得这歌好，所以她就由周小红改成了叫周璇。1937 年，她主演了一部黑白故事片叫《满园春色》，后来还演了中国第一部广告歌舞片叫《三星伴月》，她同时演唱了其中最重要的一个插曲《何日君再来》，这歌一直传到现在，邓丽君也唱过。后来和赵丹演了电影《马路天使》，赵丹演过很多男一号，大家对他印象最深的一定是林则徐。他在《马路天使》中演的是底层小人物，周璇演的是一个歌女，她还唱了电影的插曲《天涯歌女》和《四季歌》，非常有名。周璇成名以后就随了一个叫严华的人远赴香港、菲律宾等巡回演出，严华是作曲家，也是演员。后来又出演了抗日救亡的话剧《保卫卢沟桥》。这以后一发不可收拾，周璇出演了大量的电影、大量的音乐会。1936 年的秋天，周璇跟严华订婚，1938 年在北京举行了婚礼，3 年后俩人离婚，从此周璇就再也没有结过婚。周璇第二段公开的恋情是跟丝绸商人朱怀德，1950 年怀有身孕的周璇从香港回到上海以后便在报纸上发表声明，跟朱怀德脱离同居关系，年底周璇的大儿子周民出生。周璇后来又有一个恋人叫唐棣，是美术教师，1952 年春天她准备跟唐棣结婚之际，唐棣被上海静安区人民法院以诈骗和诱奸罪名判处有期徒刑 3 年，同年周璇的第二个儿子周伟出生。一连串的刺激让周璇精神混乱，这个病好好坏坏维持了几年，1957 年在上海病逝，年仅 37 岁。

阮玲玉，祖籍广东中山，原名阮凤根、阮玉英，1910 年生于上海，1935 年去世。她出身极为贫苦，她的父亲是普通的工人，积劳成疾在她 6 岁那年就去世了，阮玲玉 7 岁的时候就随着她的母亲给一户张姓人家做佣人。过去佣人跟今天有点不同，今天都是临时打工型，过去这一做佣人有时候可能这一辈子就交给这家了，所以过去很多佣人在人家里就被视为一口人。张家的第四个儿子，比阮玲玉大 6 岁，后来跟阮玲玉产生了一系列感情纠纷。这二人一个是小康之家的少爷，一个是困顿不堪的贫民，差距非常大。当时的阮玲玉只有 7 岁，毕竟是穷人家的孩子，到富人家没有伙伴，行为还受约束，就形成了忧郁、拘谨、悲观的性格。这样的生活持续了一段时间，她母亲不愿看到天生聪慧的女儿步自己后尘，就希望女儿能去读书，就把阮玲玉送到一家私塾。但她的母亲觉得在私塾读的书都太旧、太过时，都是《三字经》《女儿经》之类的，就想要让她进洋学堂。那时候洋学堂穷人子弟都进不去，结果她母亲一打听，才知道张家老爷就是崇德女校的校董，她就去求张家老爷说我给您好好干活，您能不能让我这女儿优惠半费进入女校，张家老爷就答应了。

1925 年，15 岁的阮玉英情窦初开，跟少爷张达民互相产生了好感。张家知道了就反对，一怒之下就把阮玲玉和她的母亲赶走了。张达民就瞒着家里，找了一个住宅，收留了走投无路的阮玲玉母女，此后阮玲玉退学跟张达民同居了。张达民喜欢花天酒地又有钱，热乎劲儿一过去，就不安分了，就又回到原先自个儿的那个圈子里去了，给阮玲玉的生活费一天比一天少，阮玲玉这人性格比较好，她就觉得你不给我钱那我就出去工作呗，于是由阮玉英改为阮玲玉，去报考明星电影公司。结果一考就进去了，很快就有点名气了。当时在东南亚是个特别有名的富商叫唐季珊，电影公司就拉他入股，阮玲玉就在这个背景下认识了唐季珊。第一次见面的时候，两人也没有太多的交流，只是场面上的应酬而已，阮玲玉就一小女孩，不知道财主跟她有什么关系，也没有把见到唐季珊的这件事情放在心上，但是唐季珊见到阮玲玉以后，确实把阮玲玉放在了心上。唐季珊身边本有个美女，叫张织云，也是当时非常著名的女明星，张织云的这个气质和阮玲玉很相像，这事就很有意思。当时张织云已经都息影了，跟唐季珊是同居的关系，唐季珊老家还有老婆，本身娘家还特有钱，关系复杂，很难离婚。阮玲玉就不干，既不是明媒正娶，唐季珊还有其他人，再加上别人对她有误解，她因为压力太大，写下"人言可畏"四个字就自杀了。阮玲玉这样一个人，对待表演艺术刻苦勤奋，倾注了全部的热情，由于出身底层，对底层人的情感捕捉都非常的准确，颇有才华，但是禁不住流言。阮玲玉的经历后来屡次被拍成电影。

如果我们说四大美女应该起码像中国民国时候的四大公子一样，都是在一个层面生存，互相之间有个比较，但民国四大美女，两个知识女性，两个演艺明星，应该说很难比较，因为每个人所处的社会层面，是完全不一样的，但恰恰是这个不一样，反映了那个时代的特性。

观 复 秀

下页上图是一套妆奁。一个手镜，也称持镜，一把梳子，一面密，一面疏，梳理头发也是美容非常重要的一方面，我们今天

椭圆长柄电镀手镜　民国

白银柄龙纹梳　民国

梳理头发可以到发廊让发型师给你做，过去都是自己做。

　　下图是一个刷子，过去女人出屋的时候，要刷刷身子，把身上的这些毛毛，各种看不见的东西都刷掉，我们今天买一个大滚子各种粘，古人没这个。刷，多雅呀，现在粘呢，很粗俗，而且还浪费东西。

白银柄牡丹纹棕毛刷　民国

　　下图是一个白银椭圆喜上眉梢首饰盒，图案很传统，但形状是从西方学来的，这些东西都是当时民国时期非常流行的。

白银椭圆喜上眉梢首饰盒　民国

　　这个盒子是过去妇女梳头用的。有钱的人有梳头油，没钱的人就用刨花水，为什么叫刨花水呢，过去在城市沿街的木匠给人干活，推出刨花，到处都能看到，比如松树、柏树的刨花是含有油脂的，穷人就把刨花拿水泡着，用刨花水梳头，能把头梳得锃亮。这个盒子就是放刨花水的。别小看中国古代的这种梳头方式，过去妇女有时间每天早上起来拿这梳子蘸着刨花水梳头能梳一个小时，头发到老都是乌黑浓密的。我们现在明星想头发多，

黄铜油盒　民国

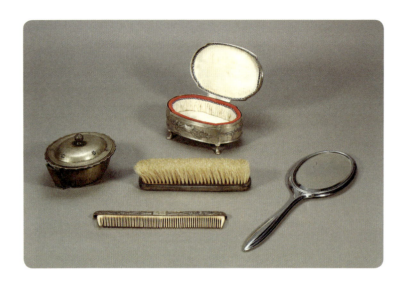

只有一个办法，不是接就是戴假发，过去全是自个儿的，就是因为这些东西的存在。这些在民国时期非常流行，甚至到我小时候还有印象，现在很少有人使了。

筷　子

在过去可以通过筷子的长短区分人的穷富，人越穷筷子越短，人越富筷子越长，有钱人吃饭筷子长，远处还有菜可以夹。我们简单地统计了一下，筷子至少有十多种功能，简单地说，有夹、搅、拌、挑、扎、分、截、拨、捅、引、划、刮。

夹，就不用解释了，大家用筷子就是为了去夹东西，所以最初的时候筷子也叫夹。搅，搅和什么呀，鸡蛋炒过吧，炒鸡蛋之前要把鸡蛋打到碗里，不停地搅，现在有一个西方人发明的东西叫打蛋器，他们没有筷子才发明了打蛋器，我们用两根筷子就代替了打蛋器。筷子还能搅麻酱，麻酱这东西太黏稠，必须澥开，怎么澥呢，就一点一点地加温水，用筷子不停地搅拌，这麻酱就澥开了。拌，拌什么呀，很多人喜欢生吃菜，倒上佐料，酱油、醋都搁好了，你需要拌，拌跟搅有什么不同呢，搅一般做圆周运动，拌要把东西挑起来，来回掀、翻、挑。

扎，可以试生熟，过去蒸红薯、土豆，蒸熟没蒸熟有时候一掀锅拿筷子一杵，就知道它熟了还是没熟。分，听着有点怪，分不是分菜，这个盘子里有点菜我分给你，这叫扒，扒拉，这里的分是把一个菜彻底地分开，比如分鸡蛋饼，我们总不能把一个鸡蛋饼夹起来直接往嘴里搁，所以一定要把它分开，杵住一点，然后用筷子把它分开，分下来一块夹起来搁到嘴里，这就是筷子分的功能。

截，就是把它截断，是吃饭中经常用到的动作，一碗面条一个人吃太多，所以要分成两碗，把一碗吃不了的面条搁到另一碗，就要不停地拉，然而永远拉不干净，那有什么好的办法呢？就是截，你只需把筷子拿过来以后，一头给一个辅力，面条马上就断了。再有一个功能，听起来很新鲜，叫捅，捅跟扎不是一个意思，我们说的捅一定是通的，比如吃大骨棒，吃不着骨髓着急啊，两头嘬也嘬不出来，怎么办呢，拿起来一根筷子捅过去，这就叫捅。

引，吸引的引，导流用的，比如炸完油饼，等油凉了准备倒回瓶子里，如果你没有漏斗，把筷子放在瓶子口，端着油锅，慢慢地顺着筷了就全都倒进去了。划，就是在表面上划，有时候为了入味，比如要在蒸的鸡蛋羹上面淋上酱油、香油，味儿进不去啊，就拿筷子划几下，味儿就进去了。刮，很多筷子的后半部都是有棱的，可以刮皮，有些比较嫩的西葫芦、黄瓜，甚至土豆皮可以用筷子刮。

我们这就说了十多种了，还有没有其他的功能？当然有，比如包，有包小烧麦的，拿一根筷子，挑馅迅速，这手里有一个皮，一杆一抓一拔，扔出去，这一个烧麦就包成了。隔，隔着，有个菜叫蓑衣黄瓜，蓑衣黄瓜怎么切来的，直接切的话估计老切断，我教你一招能切得特好，拿一根筷子，往桌上一搁，黄瓜放筷子上，黄瓜就切不断，因为下面有筷子隔着呢，隔着切，切完了调转过来再切，如果你觉得不把牢，我教你一招，俩筷子，保证你切不坏。点，北方大部分农村到了过年过节蒸的馒头上面都有红点，就是拿筷子点出来的。筷子还能干嘛呢？还能尝，过去有人特别喜欢尝，酱油也尝，醋也尝，什么东西都捅进去尝尝，还有过去那老爷子蘸点酒，塞到孙子的嘴里。

我们好像把中国的筷子的使用方法都说得差不多了，你要让外国人说，外国人说中国这筷子还有一招呢，叫缠，你看外国人吃面条，把那面条搁盘子里，转转转，缠成一疙瘩，呱嗒一下就搁嘴里了，中国人说这叫不会使筷子，小孩也经常缠，外国人拿筷子就跟我们的小孩一样。筷子的使用方法我们大概已经说了十七八种了，一定还有，我们不可能想全了，筷子是我们生活中最常用的工具，你既熟又生，你很熟悉，因为每天都在用，但你不容易想起来它有这么多的使用方法。

中国人凭借一双筷子可以打天下，其他什么都不用带。筷子还能干嘛呢？还能当工具，点穴、刮痧、盘头，有的女孩子买一双漆筷子，头发长了就盘起来"叭"一插，出去了以后说，哟，你这什么首饰这么时髦啊，其实就是筷子，急了就能拔下来吃饭。我有时候觉得夹东西是个乐趣，比如我出门住酒店，早上起来去吃早餐，现在这早餐基本上都是西式的，西式的有一道菜叫焗黄豆，拿西红柿酱炒煮熟了的黄豆，外国人吃这东西都是拿勺往嘴里搁，我觉得拿勺没意思，得拿筷子，所以就拿副筷子一粒一粒地夹着吃，体会夹的乐趣。

拿筷子是有讲究的，筷子不能拿太低，不能拿到前半部，要不然一副穷酸样，除了小孩，刚开始学控制不了筷子喜欢拿前半部，还有老外，很不雅，一看就是外国人，我们对外国人还比较宽容，我们自己一定要学会在 2/3 的位置，或者 3/4 的位置。

人类的饮食工具无非就三种，一种是刀叉，欧美人使用，另外一种就是筷子，东亚人都使筷子，第三种是手抓，印度和非洲都是手抓，其实人类吃饭一开始都下手抓，不是很文明。我们不是生下来就使筷子的，后来食物越来越软、越来越热，所以就用筷子代替手。我去新疆的时候吃过手抓饭，他们做的手抓饭确实很香，但是开始我下不去手，我本来想拿个勺，人说得入乡随俗，就得拿手抓着吃，手抓米饭确实不是那么太容易，拿起来的时候有点烫，往嘴里搁的时候觉得掉得到处都是，觉得特别不雅，但是人家习惯了，人家觉得手抓饭就应该手抓着吃。

印度人看不上我们，说你那多麻烦呀，你看我们一只手打天下，你拿一双筷子，那中国人说好啊，印度人你来吧，来了我们作为主人请你吃顿饭，你就用你的手，我就用我的筷子，吃什么呀？带你去吃麻辣火锅，麻辣火锅你拿手就吃不成了吧，等它凉了再吃也不行，所以你没招，而筷子什么都能干，除非你说这印度人练过铁砂掌，直接就下油锅了。

过去中国人吃饭一定不能下手，我们现在不怎么讲究这个了，我小时候，长辈都会认为这顿饭从头到尾都不许动手，我们今天已经很宽容了，比如餐厅里到处能看到人直接下手啃猪蹄子、啃小龙虾、啃鸡腿。我看到网上有一个非常附会的说法，说筷子要长七寸六。为什么要七寸六呢？代表人的七情六欲，我量了量我的筷子，有双筷子恰好一尺，代表什么呢？那就是代表十全十美，所以我觉得我们不必附会，筷子的长短其实是习惯决定的。没有规矩规定筷子非得是七寸六分别代表七情六欲，再说我们每个人也没那么全乎的七情六欲，筷子就是一个工具，只要使着好使，能够让你在进食的时候便利，而且这饭吃得高兴就行了。你看中国人跟外国人的区别在哪呢？中国人一进餐馆跟服务员说我们今儿加一人，添副筷子，或者说来双筷子，外国人不这么说，外国人说服务员，您给拿两根筷子。拿两根的全是外国人，说一副、一双筷子的，全是中国人，外国人一定要学会这句话，才能够在使用中文的时候畅通无阻。

我们为什么要练习使用筷子呢？正确使用筷子是一个人的基本修养。我们今天宴请的机会要比过去多得多，过去的人一生中可能只去一回餐馆，现在吃餐馆是常态，吃餐馆看别人有时候就把我气死了，比如有些人边吃边拿着筷子点我们，说话的时候拿筷子指指点点非常的不礼貌。中国人觉得出于礼节要给别人夹菜，给人夹菜一定要使用公筷，不要使用你自己的私筷，尤其不要在嘴里嘬，我就见过在嘴里嘬半天了给人夹菜的，你说你还吃不吃了。我见过最夸张的人就是拿筷子剔牙，在嘴里掏啊掏啊掏半天，掏完又把筷子拿出来在人一盘子里和和，和完了那盘菜没有任何人敢再动。还有就是咬筷子，咬筷子是非常没有礼貌的，但是我们有时候咬筷子是作为一个修养的训练，比如空姐要练八颗牙齿的微笑，就咬着筷子练习。我们在吃饭当中，有时候筷子没地方放，比如取自助餐，我就见过有人手里本来拿着一副筷子、一个盘，取的时候忽然发现筷子没地方放，直接搁嘴里咬着，这边顺手又拿一别的，手腾不出来归腾不出来，在餐厅你腾不出手的时候，宁肯把所有东西都放下，你也不能把筷子叼在嘴里。

老人们常说，你看一个人拿筷子吃饭就能看出人品来，比如我看到这样一个事，一个人要和朋友吃饭，正好他父亲来看他，就一块儿吃饭，他父亲不太爱说话，吃饭间就静静地看着他朋友。回家的路上这父亲就跟儿子说，儿子我觉得你这朋友不可深交，然后他就觉得很奇怪，说我这朋友还不错，合作几次印象还可以，他父亲说从吃相上看，基本上能估摸出他是个怎样的人，他夹菜有个习惯性动作，就是把筷子插在菜里翻上来，翻上来以后扒拉两下夹起自个儿的菜，根本不顾及别人，这种人就很自私，这儿子就说我倒不这么认为，说这人习惯不同，然后他爹就说一个生活很窘迫的人面对一盘美味佳肴吃相难看还能理解，但你这朋友不是啊，是一老板啊，生活上又不困难，这种吃相明摆着表明他自私、狭隘。隔了一段时间，这儿子就发现为了一点小利益，这朋友因利忘义，弃他而去，就验证了他父亲说的那个话。你看一副筷子，使用的时候能看出人品，能反映一个人的修养。

　　我们老讲筷子不成，筷子有一搭档叫勺，勺是个很土的话，是个俗语，讲得雅一点就叫调羹。今天的孩子拿个勺，基本上都是金属勺，一勺打天下，从小吃到大。我们中国的勺子其实出现得比筷子要早。勺子最初就叫"匕"。所以你看匙，就写个"是、匕"。那么勺子和筷子在古代就称为"匕""箸"，匕就是勺，箸就是筷子。使用筷子一定是手心45度朝上，绝对不允许手背朝上，手背朝上夹菜非常容易掉，因为你夹过来以后要翻手才能把东西搁到嘴里，勺也是45度，而古代的勺都是180度。我们过去分餐的时候，大勺分餐，小勺自用，勺跟筷子一样，都不能搁到嘴里含着，不能嘬，尤其不能当着人嘬。我过去认识一女文青，岁数挺大的老结不成婚，对男朋友要求比较高，男朋友修养得好，还得喜爱文学，还得有点小资，终于看上一个，哪哪都满意，终于去大饭店喝咖啡了，喝咖啡一个动作，那男的把自个儿的前程给葬送了，什么动作呢？到了五星级大饭店，要了一杯咖啡，会喝咖啡的人都不愿意多加糖，他加了两袋糖以后呢还拿勺子在里头搅和，搅和完了以后把这勺直接搁嘴里嘬，就这一动作，把自个儿的爱情给断送了。我们说了这么多，无非在说一件事，就是中国人应该深刻地了解自己的筷子的文化，应该从小养成使筷子的良好习惯，我们把话可以说得重一点，不会用筷子，枉为中国人。

观 复 秀

右页图第一个是战国时期的一把漏勺，很漂亮，很浅，这种漏勺是过去在汤里扚肉的。古代的勺跟今天的勺不一样，普遍比较浅，弧度都特别大，看这个勺像莲花瓣一样。

第二个是辽代的金属筷子，有铜的有银的，都比较细比较尖，有点像韩国筷子，韩国非常受辽代的影响，韩国的筷子跟辽代的筷子还真有点关系。

第三个是距今几百年的木鞘包银饰餐具筒，蒙古人随身带的，随身带的小刀是用来割肉的，表明生活很好，里面还有一副银头筷子。可见持有刀的这个人还是很讲究的，这都用银皮包着。游牧民族为什么用筷子呢？因为蒙古人有很多跟农耕民族接

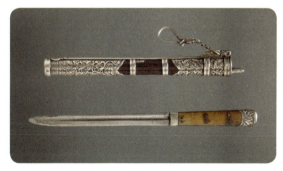

青铜错银镂空活环柄勺一对　战国

青铜竹节形六方筷子一副　辽代

木鞘包银饰餐具筒　清代

触的机会，学会了很多农耕民族的饮食习惯，比如涮，过去涮的时候直接拿叉子涮就完了，但是后来发现用筷子涮比叉子更方便，所以这种蒙古刀上经常带一副筷子，为了便于携带，刀上配的筷子比较短小。这刀是牛角把儿，摸一摸，还是很锋利的。这是一个人的吃饭的工具，随身携带，民以食为天，走到哪儿你都需要吃饭，我们看一看 2000 年以来筷子和勺子的演变，实际上是在了解我们自己，了解我们自己的文化。

知行合一讲礼仪

我们在公共场所经常感到不适，今天这个现象还越来越严重，为什么会感到不适呢？是因为礼仪的丢失。

礼仪是一个公德，还真不是私德，礼仪是做给全社会看的，不是你在屋里表演的，在家里随便，不讲礼仪也没有关系，但是走到社会上，一定要注重自己的礼仪，只有全社会每个人都注重自己的礼仪，这社会公德才会显得非常完备，才会让我们感到非常舒适。

比如排队，我们出国旅游会看到经常有人排队，整整齐齐、不紧不慢地向前移动，我们中国人一定要检讨自己，我们确实不会排队。我儿子出国学习一段时间回来，第一不适应的就是加塞儿，他问我，为什么我排队的时候总有人在我前面加塞儿呢？我说是因为你排队的诚意不足，中国人排队一定是前胸贴人家后背，恨不得抱在一起，别人才不能加塞儿，如果不是这样，你跟西方的那个标准，跟前面那个人保持一米距离的时候，很多人认为你不想排这个队了，所以自然而然地就加到你前面去了。

今天大家基本都知道了在公共场合尽量不加塞儿，加塞儿的人比过去少很多，但是我们依然不会排队，我们排的队经常排得乱七八糟。比如在机场过安检排队，这个队永远是后面比前面粗，呈一个楔子状，前面是一队，后面少的时候是两三队，多的时候是五六队，逐渐逐渐到前面加成一队。

我看到一篇文章，它是这么说的，它说中国人很有意思，在家做什么事儿都磨磨蹭蹭，但是出了门儿就特别着急，因为有这样一个心态，大家都不愿意老老实实地排队，一排队就心急，心急的最大特征就是脖子长，都伸着脖子往前看，恨不得永远你是第一个。如果我们知道排队也属于一个公德的话，那我们就应该抑制自己，不要去埋怨别人，我们自己能不能规规矩矩地去排这个队，调整自己的心态，我认为如果每个人都排队的话，那么这个道路就会变得比较通畅。

再有就是我们在公共场合大声喧哗，餐厅最明显，一般比较大的餐厅，一进去，就跟蛤蟆坑一样的在吵，每个人都拼命地喊，为什么要喊呢，因为左邻右舍都在喊，你不喊就等于没说话，中国人特别不吝惜自己的声音。你到国外去，尤其你到日本去，公共场合尤其是餐厅，每个人都尽量地压低声音，不影响别人，这就是礼仪。

我在高铁上也碰到过这种大声喧哗的极端例子，高铁跟飞机不一样，飞机要求你关手机，我真谢谢他们有这个规定，如果飞机上不关手机，有人在飞机上打电话的话，估计大家都得疯了。我在高铁里就碰到俩女的，一路谈生意，从北京谈到上海，那生意真是天大，到上海也没谈成。为什么高铁里不应该谈生意呢？第一它是封闭的一个空间，第二火车高速移动的时候信号不好，所以她就得不停地喊，喊得我脑袋都大了，我觉得高铁上可以办公、发邮件、发微信都可以，但是不应该大声地打电话。前一段时间还看到上海地铁有一个所谓的凤爪女，边吃边吐，你想想，这是不是不注重自己的礼仪，你让所有人都看到了这种丑行。

我们经常可以碰到一种行为，在最不该喧哗的地方喧哗，比如电影院。我看电影的时候，最怕碰到一个人拼命地讲电影，他看过一遍，他给他身边的人讲，注意注意，马上就要怎么怎么着了，他把所有的东西都给你提前剧透，你这耳朵也不能堵上吧，这样的人很烦。我们今天在社会上每个人都能碰到这种违反公德的现象，虽然自己很不愉快，但是我们自己更应该注意我们自己的举止，每个人只能要求自己，只要每个人都做好了，对别人就一定是有影响的。

中国人一出国，到哪个国家就随哪个国家，比如到日本、德国这种比较规矩的国家，中国人自己就会变得非常的规矩，到哪儿都会比较小心谨慎。但是到了意大利、法国，法国的礼仪都是上流社会的礼仪，但是法国很多旅游的地方也非常混乱，意大利就更加混乱了，中国人去了就是跟着一块儿混乱。我们特别适应混乱，不适应那种很规规矩矩、安分守己的社会，我们很羡慕人家有那样一个社会，但我们可能做不到，包括我自己。我有时候检讨自己，比如我有时候说话声也大，在国外别人就会告诉我声音小点儿，所以我慢慢慢慢地才改过来。有一年我跟着一个艺术家代表团去日本，结果一进一个大厅，有个艺术家就大声喧哗，我说，小点儿声，不丢人吗，结果这艺术家说他请咱们来的，咱们怕什么。人家请你上人家家吃顿饭，你就在人家家造吗？每个人的举止，其实是代表着一个民族的形象。我们今天很多中国人都有机会出国，出国的时候如果你做得极端恶劣，一旦被人拍成视频，你在全世界给中国人丢脸，所以我们每个人要加强自己的修养，遵守社会公德，注重个人礼仪。

再说说握手，握手怎么来的，据说历史上在战争期间，因为骑士们都穿着盔甲随时准备冲向敌人，如果示好呢就脱去甲胄，把右手伸出来，因为大部分人都是右手执兵器，没有兵器表示友好，这种握手就变成了一种礼仪。我们今天在社交当中，握手是第一礼仪，握手也有很多规矩，第一不能戴手套，戴着手套跟人握手不礼貌，除了个别场合的一些妇女允许戴半截纱的手套。第二个规矩叫顺序，就是谁先伸手，一是身份高的人先伸手，就是上级先伸手。二是主人先伸手，你到人家家去，主人先伸出手来表示欢迎，客人不要急急忙忙地人家一开门那手直接就塞进来要跟人握手。三是按照尊重妇女的原则，女子先伸出手来，当然这个女子是指地位基本平等的，比如这边是一个七八十岁的老者，你那边是个十几岁女孩儿，你也不要急于先把手伸出去。

这个握手是有讲究的，第一是握手的时间不要过于长，我们不去做硬性规定。第二是握手的时候力度要适中，不能过大也不能过小。我就见过手劲儿过大的，他认为好像手劲儿越大对你越好，握得你生疼。女人可以不使劲，但是不可以不握，别就伸出仨手指头比画一下，起码要有一种握的感觉。再有就是不应该摇晃，我见过很多人握着手老晃，晃来晃去不知什么意思，好像说我可找到组织了，握手上下抖动一下就可以了。握手的时候不要用另外一只手摸人家，你跟人家一握手，尤其是女子，你不能右手握上手以后左手上去摸人家。男的也不能摸，我就被摸过，一握手，人家不撒手，我心里没想别的，就想他怎么不撒手啊，但是也不知道怎么办，也不能甩啊，好嘛，正想着，人家那只手上来了，来回摸，这一摸我心里就别扭了。当然有的领导喜欢这样，有的大领导跟你握手的时候还喜欢用另外一只手拍你的手，为什么拍你，显得他德高望重嘛，因为咱也没当过大领导，被大领导拍也不是很多次，拍一次就拍一次吧。但是有的人跟你不熟，地位跟你差不多，甚至还不如你，他跟你握手的时候，还拍着你说，哎呀，你很不错啊什么的，这样就非常的不好。还有就是您那手不能太出汗，我握过湿漉漉的手，心里很不舒服，这种人往往握着你还不撒手，还愿意握手照相，比如说马先生咱们合个影吧，我都是来者不拒，人家看得起你跟你照相，但是架不住他非要抓住你一只手，然后搁在胸前照相，我一开始不明白为啥要这么照，人家告诉我国家领导人都这么照的，那你是国家领导人吗，国家领导人有时候握手是给记者一个机会，表明两国交好带有政治含义的，但是我们作为一般人没必要老拉着人家手照相。这握手是怎么普及的？后来我想了半天，感觉是歌星给普及的。我们过去看的那种各种晚会，歌星唱到一定程度上，一定从舞台上下来挨着排地跟每个人握手，边唱边握手，好像大牌歌星觉得这样特嘚瑟，后来这个东西都被小品挖苦过，所以我觉得握手就是生人或熟人之间相见的礼仪，生人相互示好，熟人表示问候。

中国人过去并不握手，而是抱拳作揖，我觉得挺好，抱拳与握手比较起来，起码他手如果湿漉漉的跟你没关系。过去我有一个朋友，跟谁都不握手，谁要跟他握手他就拒绝人家，他老觉得人家手脏，所以他作揖，我觉得作揖也挺好的，可以避免一些尴尬，尤其是男女之间，所以过去古代的这一套礼仪比较实用。标准的作揖姿势是右手呈拳，左手包住右手。为什么右手呈拳呢，它跟握手的道理一模一样，全世界通行握右手是因为大部分人右手都是攻击手，两个人打架，一定是右手先出拳，除了左撇子。右手握成拳以后，表明我没有武器，左手护住它，这就表示了我的善意，女子是反向的，但是不需要抱拳，压住手就可以。看小品、电影中女子也有抱拳的，这都是武林高手，您就不管她了，甭管是执掌还是抱拳都可以。

我们还有一种礼仪在今天的生活中很重要，就是照相礼仪。手机有了照相功能以后，我看我这真是没少照相，走到哪儿都有人合影照相。照相人怎么站是有规矩的，你得会站，双排的时候居前为上。按照我们的传统以左为上，左右问题比较复杂，一般的情况下我们今天还是尊左，古代官场上早期大部分都是尊右，比如左迁就是被贬官了，右移就是升官了，明清以后尊左，所以我们近代相对来说都比较尊左，高位的人在左侧出现，在这一点上我们今天不是很绝对，但是一般都应该有这个意识，比如你在家里，爷爷平时都坐在左位上，过去中国坐法都很简单，大堂屋中间两把太师椅，左边右边各一排，现在基本上都是沙发，沙发也没那么讲究，经常对着坐，也就把这些规矩都弄没了。

为什么说《红楼梦》是红学呢？就是很多东西它有学问，《红楼梦》其中有很细致的描写。比如第三回贾府接待林黛玉，它有个席次安排，你看它是这么描写的，王夫人带着黛玉穿过了一个穿廊，见王夫人来了，众人就开始设桌椅，贾母正面榻上独坐，中国人待客的最高礼仪是拉你上床，贾母她没坐在椅子上，而是坐在一个正面的榻上，就是在我们所谓的罗汉床上独坐，为什么要独坐呢？因为身份高。两边摆了四张空椅，王熙凤就拉着黛玉让她坐左边第一个椅子，黛玉就直接推让，然后贾母就笑了，说，你舅母嫂子们不在这儿吃饭，你就是客，理应坐此的。然后黛玉方才作了揖以后坐下了，坐下了以后贾母就命令这个王夫人也坐下了，迎春、探春、惜春姊妹三个挨着排的，就是右手一个，左二右二坐。这说明我们起码在清代的时候，在曹雪芹的笔下这些规矩是非常严谨的，我们今天也没那么讲究了，很少谁家里还有这样一个布局。

我们是一个尊南的民族，南位为正位，我们的建筑是坐北朝南的，地图上南在上北在下，我们的左侧就是东，就是日出的方向，右边就为阴，日落的方向，所以阳主生，阴主死。今天重要的名胜古迹，只要门口搁一对大狮子雄狮一定在左，雌狮一定在右，脚底下摁着一绣球的是雄狮，脚底下摁着一个小狮子的是雌狮，《荀子》上就有记载：男子行左，女子行右，我们到今天说的男左女右就是这么来的。

我们在生活中的礼仪还包括很多细微的地方，比如两个人对视，中国人双方聊天的时候，这眼睛都有点偏视，不能直勾勾地盯着对方。西方人认为说话眼睛必须看着对方，但是中国人眼睛看着对方心里总是有点小小的不适。有这样一种说法，男女如果对视一秒钟就是没什么感觉，如果两秒钟表明存在好感，三秒钟就可能心生爱慕，八秒钟以上这个关系就能进一步地发展。

人与人之间是有距离感的，这个距离感是心理距离，有一种理论叫气泡理论，每个人都有一个无形的气泡。有一个心理学家做过这样一个试验，一个大的阅览室里只有一位读者，然后他就坐他旁边儿，读者就心里很不舒服，没有一个人能忍受一个陌生人紧挨着自己坐，如果这个屋子里坐满了人，他就不觉得，你的气泡，你的心理防线就被攻破了。

我太太喜欢看电影，她看完电影回来经常跟我吹牛，说我今天基本上是看一专场，我说是你的大幸，是这个电影的不幸。终于有一天她回来跟我说看电影把我吓着了，我说怎么吓着了，说电影院就俩人，我和一个男的，这男的在我斜前方坐着，看一会儿电影，这男的站起来就往我这边挪几个凳子又坐下了，说整个这一场电影一只眼睛盯着屏幕，一只眼睛盯着那男的，那男的如果坐到她身边，她一定就吓个半死，不吓个半死心里也非常地难受，没有一个人能够在这样一个非常大的空间里允许一个陌生人靠近自己，人和人之间一定要有空间距离。

我们说话距离多远合适呢，那就看每个人的感受了，有的人敏感，距离就不要太近。有些人要超过1米，有的人80厘米不难受。如果说两个人很近距离地说话没有障碍，那这两个人可能有特殊关系。美国有一个叫霍尔的人类学家，他划分了四种区域，第一种区域叫亲密距离，就是我们老说的亲密无间，在亲密距离内人可以做到耳鬓厮磨，皮肤相接，感受对方的体温、气味、气息，这个距离一般就是15厘米。现在公共场合不提倡，不是很雅观，只能在私密空间。第二种就是个人距离，个人距离就得有分寸感，这个距离一般人认为是50厘米到80厘米，正好能够握手，能够友好交谈，但这是熟人的空间，生人这样进了一个空间会不舒服。生人的话距离就要继续扩大，大概是 80 厘米到 1.2 米。我们人的三层关系，就是亲人之间、生人之间和熟人之间，亲人要生、生人要熟、熟人要亲。比较好的一种距离，就是所谓的社交距离，一般都是 1.2 米到 2 米，2 米有点远，但是我们在社交聚会中，不管是安排座位，还是站着的酒会，大家不能凑得过近，除非这个地方非常拥挤，你被迫走近，如果比较宽敞的地方，一定要保持距离。不管是圆桌还是长桌，西方最正式的宴会人和人之间的距离都挺远的。西方人认为 2 米以上的距离，就是更加远的一种正式的关系。正式的圆桌会议，或者大的谈判，一定要保持这样一个一定的距离，要不然这个工作没法去进行。

我们其实从心里应该了解到随着性质不同，每个人保持的社交距离是不一样的。比如演讲者距离听众就要越远越好，5 米开外那最好。比如我有一次去北大演讲，因为屋子小，进去几百人以后，所有地方都坐满了，在我发表演讲的讲台下面就坐着一堆学生，我低着头看他们，心里确实不是太舒适，但是没有办法，整个屋里没有任何空间了。我在整个说话过程中就要不停地照顾他们，因为他们离我太近，而且改变了我说话的这种态势，我要不停地低头，要照顾他们，因为越近的人，你越应该照顾他们。我们要了解社交的这些距离其实是礼仪的一种体现，这种交流的空间距离不是固定不变的，它有伸缩性。比如我在国外参加过非常高档的宴会，但是由于参加的人太多，每个人坐得也并不是太宽敞，所以每个情况要灵活处理。

今天中国已经进入了一个汽车时代，几乎每个城市都堵车，不管开车还是停车，行车的礼仪就显得非常重要。我们开车的陋习太多了，不系安全带，接打电话，车窗抛物，开车随意变更车道，加塞儿，不打转向灯，路口不让人……所以导致中国人到国外特别不习惯人家的行车规矩。我们去国外，到路口老是先站住，那车就是老摆手让你先过去，我们不会，我们的车都是抢啊，所以到路口都要停下来站着。还有一种人，就是到积水下雨的时候加速，你走了人在背后一定骂你。

我觉得每个人在开车的时候，一定要有一种良好的修养。再有就是开车等人的时候一定要注意自己，不要把那双大脏脚从前车窗里伸出来，不要让人看到你那个袜子脏得要死还带一破洞，我最怕看见这个，看到这个一天的好心情都没了。这些都是我们生活中的小事儿，但是所有的小事儿集成了我们一个大的环境，我们生活中很多的愉快和不愉快都来自社会的公共礼仪。我们希望每个人在公共场合一定要记得礼仪对自己的一个重要性，你因为礼仪不好，人家会看低你。

比如去博物馆，博物馆是一个最能体现社会礼仪的地方，你到国外博物馆去看，里面都非常安静。去博物馆要注意一些礼仪，第一要衣冠整齐，第二绝对不能大声喧哗，第三千万不要触摸，我在国外看到中文都会很高兴，但是在国外有的博物馆里专门摆一个中文提示，"请不要触摸"，我看到这个提示就不高兴，这只写给中国人看。我去德国，博物馆所有的展品都是裸放的，比如佛像，我们一行进去不少人，几次触动了佛像的这种铃声，那个铃声非常刺耳，一伸手还没等碰上那佛像呢那铃一声巨响，每个人都吓一跳，觉得特别尴尬。我们觉得只要不拦上线、不隔着玻璃、不写上请不要触摸，摸它一下没关系，其实全世界任何博物馆里，都不允许触摸，不管它写还是不写。

在观复博物馆，我们为了让展品跟观众亲近，很多地方就是裸放的。我原来说，只有这样才能亲近文物，只有亲近文物才能喜欢文物。你知道最过分的人是怎么做吗？过去掐这个桌子，使劲掐，看它是不是紫檀，够不够硬，还有更过分的，把桌子翻过来看底下，蹲下来就可以看见，我实在不明白为什么要翻过来看。

礼仪是生活中很重要的一个组成部分，如果我们全社会都有极好的礼仪修养，我们每个人只要都提高一步，全社会都会比今天美好很多。

观 复 秀

右页图是康熙年间的五彩盘子，画得极为精致，盘子背面写着"大清康熙年制"楷书六字款，后面全素。这个盘子是我在美国拍卖会上买的，它甚至比一些很拘谨的官窑还要生动，主要用冷色调，蓝色、绿色、紫色占满了整个画面，只有这个窗棂画成

五彩庭院人物纹盘　清·康熙

是红色的，显然为艺术家故意所为。主体是一个穿蓝袍的主人，和一个穿紫袍的客人相见作揖，表示一种礼仪，他们之间有一种潜在的沟通。一个艺术品把两个人相见、互相问候的场面画成这样，显然这个盘子不是用来吃饭的，它反映了当时社会的一种状态，就是孔夫子提倡的"不知礼，无以立"，孔子的原意是说，你不知道礼就无法立身，那我们今天呢，依然是延续这个说法，一个人要知礼仪、知礼节、知礼貌才能在这个社会上活得更好。

炊具的智慧

现代人注重厨房的品质，我们就说说这炊具。我们现在装修，首先要有全套厨房的设计，厨房要大，有人讲究的还得分西式、中式，其实都是瞎讲究。一个好的中式厨房，最重要的一条，就是有一个好的灶。什么叫灶，今天就是煤气灶，煤气一拧，呼地那火就起来了，有的带好几个灶眼，灶眼的火可大可小，可极微的微火熬一宿都熬不干，也可极冲的大火。火一定要能控制，今天好餐馆的火都是能控制的，不能控制就做不成好菜。炊具，炊本身的意思是烧火做饭，部队有一个炊事班，负责给战士们做饭，炊事班是每个部队的必配组织，行军打仗后面的给养一定要跟上，吃饭随时都要吃，尤其中国人特别喜欢吃热乎的。烧火做饭，它就必须得有锅，锅也算是一个炊具，中国过去有八大传统的炊具今天基本上很多人都不知道，除了灶以外，还有鼎、鬲、釜、甑、甗、鬵、鬶等，这些字写出来基本上都不认得，不认得不丢人，因为没有一个中国人能认识全部的中国字。灶，左边一个火，右边一个土，土地上挖一坑，直接点上火，这就叫灶。最初古人可能就是在地上点火，把食物直接搁到火上烤。人类在文明进程当中发现把猎物烧熟了以后容易消化。所以就开始烧火做饭。烧火的时候忽然发现低洼的地方，比如一个坑，里头点上火就比较容易蓄温，能够燃烧的时间比较长，热力就比较均匀，也比较省柴火，所以逐渐就形成了灶。灶上再悬挂各种器物，这就是炊具。灶会有很多余热，北方一到冬天，灶的出气孔都是跟炕连着的，尤其东北，烧热炕，这边做饭那边炕就烧热了，古人就知道利用这种能源了。这种能源还能干什么呢，过去一家人就一口锅，甭管多少人，人多锅就大点，做饭、做菜、烧水都是它，过去把饭菜做完了，把锅刷干净，倒上一桶水，灶里有余温，这桶水到晚上就热了。过去那个菜没那么多油，一洗就干净了，把水淘出去，你知道这个锅里淘水淘啊淘剩下最后那点拿炊帚直接就扫出去了，然后倒上这个凉水，余热温水，所有的能源都用尽。

过去城市最早也有灶，后来慢慢现代化了，就使用蜂窝煤炉子或者煤球炉子，这时候灶就改变了，城市里的灶就叫炉子了。

炉，一个火一个户字，就是一家一户有一火。有灶有炉子，就得有锅。过去最好的锅，或者说最流行的锅，乃到今天有人认为最好的锅，一定是铁锅。为什么是铁锅呢，因为铁锅在炒菜、做饭中能释放出微量的铁元素，据说对人体非常好。

后来冶金业发达，出现铝了，有一阵大家都用铝锅，铝锅轻便，熟铝的做蒸锅，生铝的做炒锅，大家都觉得铝好，看着又白又干净，后来发现这铝不成，有科学家说如果摄入过量铝，人就傻了。小孩要是小时候老用铝锅，这脑子都迟钝，我过去比现在聪明，后来因为使用了一段时间铝锅，所以就傻了很多，要不然我更聪明。这铝锅后来不能用了，开始用不锈钢锅，这铝锅当时不叫铝锅，叫钢精锅，后来真出了钢锅就叫不锈钢锅。过去说锅，一家就是一口大铁锅，今天家里的锅多，有蒸锅、炒锅、不粘锅等等。每个人拿回不粘锅第一件事，就是先摊一个鸡蛋，看它到底粘不粘，一看真不粘，很有意思，它为什么不粘呢，是因为它表面涂了一层化学物质，这种化学物质一开始说是杜邦公司发明的，特别安全，后来我又看到一个资料说这个东西安全是有温度限制的，在250度以下才是安全的，温度高了它就会释放出一些致癌物质，也不知道真的假的。现在所有的事都是半真半假，闹不清楚，有些专家告诉你说它能释放出六种毒气、两种致癌物质，污染怎么怎么样，非常致命，吓得我们也不敢使了，不粘锅到底是好还是坏呢，不清楚，所以我们还是老老实实使铁锅吧。

告诉大家一个狭隘的经验，铁锅无须刷得很干净，对于不爱刷锅的人，铁锅是个福音，铁锅炒完菜拿水一冲，保留一点油脂，使那个铁锅永远保持一个最佳状态，如果你拿什么钢丝球弄上各种洗洁精使劲擦，擦完了第二天它准锈一层。

中国最早的锅是大家熟悉的鼎，一般人最熟悉的就是司母戊鼎，现在叫后母戊鼎，放在国家博物馆。鼎最初就是一锅，煮饭的，连饭带肉汤什么都在里头煮。我们后来形成了祭祀的文化，用鼎来祭祀，发展出很多与鼎有关的文化词汇，比如一言九鼎、山河九鼎、鼎力相助，为什么呢？因为民以食为天，天为大，所以说话就是一言九鼎、山河九鼎。再比如钟鸣鼎食，钟鸣就是敲的钟，鼎食是指富贵人家，听着钟声、锅里有肉，这就是富贵人家。鼎因为它最初就是一个炊具，后来演化成一个礼器，到现在代表中国文化，早年国家领导人出去的时候，送联合国的一些礼物，都是那种大鼎，代表中国文化。

跟它相关的还有鬲（lì），这个字大部分不认识的人就念隔（gé），念隔就念隔了，人家一说鬲我就知道是什么，一说隔我也知道是什么。这个鬲的典型特征是袋足，它底下的三个足跟大水袋子似的，里头像个口袋一样能搁东西，也叫乳形足。为什么做成袋足呢？因为它受热面积大，能够充分受热。过去能源不好，架着柴火烧，它最容易烧热。过去北方有一个东西叫氽儿，又细又长，过去使煤球炉子的时候，临时要烧点开水，直接就放那个炉子里一会儿就开，因为它受热面积大，拿壶烧慢，今天都没了，因为今天有热得快、随手泡啊，几分钟就开了，也用不着那东西。甑（zèng），到现在残存的陕西西安还有甑糕。甑就是一个盆，底下有孔，热量热气从这孔里散发出来，底下这个孔就相当于过去蒸馒头的箅子。甑是汉族古代的蒸食用具，甑可以与鬲通过镂空的箅相连，用来放置食物，利用鬲中的蒸气将甑中的食物煮熟。单独的甑很少见，多为圆形，有耳或无耳。甑一般要和鬲、鼎、釜组合起来才能用，它等于是现代蒸锅的上半截，我们的蒸锅都是分两截，下面搁水，上面是屉，甑相当于屉。我们今天蒸这个方法还是经常要用的，蒸菜、蒸鱼、蒸腊肉、蒸鸡蛋羹，所以蒸也是烹调技术中的一种。我在苏州吃过全蒸席，没有炒菜，没有拌菜，没有凉菜，从第一道菜起都是蒸出来的。为什么都是全蒸席呢？因为江南地区冬天特别冷，那时候人结婚都是在春节的空当，天气很冷，几百人要吃饭，如果炒菜，还没等端到桌子上就凉了，所以干脆大蒸锅，比如十桌，蒸十个大碗，特别热，端出来，在江南那种阴冷的环境中，显得热气腾腾。

笼屉，现在年轻人不一定听过这个词，为什么过去叫笼屉？是因为拿竹子编的，像笼子一样，它必须得有间隙，笼子就是有间隙嘛，所以这个屉就叫笼屉。我们过去的笼屉是用木头做框，这个木头可不是锯出来的，是抟出来的，所以必须用那种很软的木头，比如东北的椴木，华北地区常见的柳木，这种木头非常软，刨成薄板以后，用水煮，它可以抟过来。笼屉上面不管是做豆腐还是蒸馒头、蒸花卷、蒸窝窝头，都得搁一个屉布，这个屉布北京人俗称叫豆包布，有的地方叫豆腐布，是用粗纱编的。过去豆腐点完卤水以后捞出来就搁在这个豆包布上，用豆包布把水沥出去，这就是过去蒸锅中必备的一块布。

我们现在家里都是小蒸锅，也蒸不了多少东西，过去我下乡的时候在农村，140多个人，比一个连的编制还多，就是一个大蒸锅蒸馒头，一米多直径，好几层。馒头有两种，简单地说一圆一方，南方人有时候管包子叫馒头，管馒头叫包子，我也弄不清楚为什么，反正北方人说馒头就是实心的，里头没馅，圆的是揉的，方的是切的。过去包子标准是二两一个，今天馒头的标准一般都是一两一个，甚至半两一个，包子不用说，各类的包子很多，最小资的包子就是上海的小笼包，提溜起来汤都在里头，那吃的不痛快。过去北方大包子，老大个儿，一手抓五个。再有花卷，花卷有很多种，有椒盐的咸的，有芝麻酱的甜的，芝麻酱也可以做成咸的，怎么做呢？把发面擀开，擀得越薄就越费佐料，过去不敢擀得太薄，太薄料要放得多。然后把它卷起来，一个一个切好。切好以后两种方法，高手能把这花卷做得很漂亮，拿起来以后，俩手这么一夹、一卷，往上一掰，一大牡丹花就出来了，笨的就拿俩筷子直接穿过去一压，花卷就出来了。

所有的面食当中最难做的是菜团子，它比窝头难，窝头有个眼，过去有个俗语叫窝头翻跟头——现眼，有多大眼现多大眼，为什么不能跟馒头似的做成实心的，因为玉米面硬，蒸不熟，如果彻底把它蒸熟，它可能就蒸开了花了。这个眼是大拇指戳在上面，来回一转，这窝头就出来了。做主食最需要技术的就是菜团子，现在的菜团子经常是棒子面里加白面，有黏性，过去穷，没有白面，直接就是棒子面，棒子面本身没有黏性，菜馅又没有黏性，过去完全是素菜，甚至是野菜，也舍不得油，把菜搁在棒子面上，把它团起来，技术好的人蒸出来厚度一筷子这么薄，整个大团子里头全是菜。现在这个东西算高级东西，有时候上餐馆去当点心上来，过去吃菜团子都吃恶心了，粗玉米面拉嗓子，菜没有油，真不爱吃。

　　我们年轻的时候最爱吃的主食就是糖三角，俗称糖包，我记得我们那时候一块儿玩的小伙伴还有个女孩，长得甜甜的，姓唐，所以老叫她糖包。糖三角是这么做，擀一个皮，把糖搁进去，北方都是用红糖，俗称黑糖，南方有加白糖、加桂花的，那太香了，太奢侈了，把它包起来，包成三角状。有两个包法，第一个包法是捏出来，还有一种包法显得比较夸张，就是把这个大三角基本捏成的时候拿一筷子，直接插过两个片，拿手一捏这个筷子，筷子底下一碰撞，上面就翻唇了，特别性感，看着真是不一样。糖三角出锅的时候有一个特可怕的现象，就是流糖，包不好它就流糖。我记得在农村的时候，吃糖三角知青都高兴得不行，书记上手就拿俩，这一拿一捏糖就流出来了，糖顺手流，特别烫，那也舍不得扔，最后吃完这饭手都烫起白泡来了，为什么，那时候你扔了就是你的，你不可能说随便吃啊，不像现在这么浪费，我看我们现在各地的酒店餐厅永远是浪费状态，中国人浪费的东西我觉得救几百万人都没有问题。

我们刚才说的全是面食，其实米饭也是蒸的，米饭我们一般用电饭锅，现在就叫焖米饭，焖出来的。我们前面讲过，蒸有两种蒸法，一种蒸，碗、米、水搁那蒸出来，过去食堂就这么干，一碗是四两，一人拿一碗就是四两饭。还有一种蒸法是捞饭，就是先把水烧热了，米搁进去，到一定程度拿大笊篱捞，就是漏勺，捞出来以后搁到屉布上再蒸出来，这就是蒸米饭。还有一道菜，蒸鸡蛋羹。鸡蛋羹蒸出来很嫩，过去人一病了就给蒸一碗鸡蛋羹，鸡蛋羹用鸡汤蒸肯定好吃，更小资调的时候搁点蟹粉，更讲究的再搁点燕窝、冬虫夏草，真正的鸡蛋羹就是鸡蛋搁点葱花，香死你。

我们说了这么多厨具、炊具，还有一个东西必须说，就是饼铛。饼铛过去都是铁的，因为铁的受热很匀，饼铛带一个小边，圆圆的，烙饼用的。饼是一个很传统的食物，上古时期就开始有了，今天到欧洲、中东去，到处都有饼，饼也称为馕。饼的形式很多，最简单的形式就是把面烙熟了，面包要焖着烤，饼是裸着的，所以过去那种烙饼食摊上都是露天烤的，一会儿一张。过去每家每户都有一饼铛，这些年出来一个新东西——电饼铛，省事，温控，特别方便。我就不知道为什么这饼铛跑到市场里叫电饼铛（chēng），我听好多人说电饼铛（dāng），我说什么电饼铛（dāng），一看不就是饼铛（chēng）吗，铛这个字就念（chēng）。

饼为什么好吃，是因为它均匀地糊了一下，这糊的东西如果是米，那就叫锅巴，过去焖饭底下那锅巴最好吃。我在农村的时候，有时候晚上饭做完了，用那大铲子在那锅底下铲出来很厚的锅巴，因为锅大，一人吃半斤饭，一百多人七八十斤米，那锅巴都厚，咱们家里的锅巴不行，锅小锅巴就薄，厚锅巴脆的时候非常好吃。有一道菜非常有名，就是用锅巴做的，叫平地一声雷，新鲜的锅巴从锅里起出来，然后做各种调料，里头搁多少好东西都不嫌多，往上一浇，一声响，这就叫平地一声雷。

　　跟饼铛有点接近的一个东西叫鏊子，鏊子有点像饼铛扣过来，饼铛是平底的，鏊子有点弧度。我们用鏊子，每天早市上各个城市早点最多的就是摊煎饼，摊煎饼卫生、看得见。煎饼分两种，一种硬，一种软。把面拿出来在那儿一摊，酱、葱花、炸果子、辣椒油、鸡蛋，喜欢吃什么就放什么，最后一卷拿着上班去了，这是软的。硬的是山东那种煎饼，做完了以后专门一折叠，刚摊出来也是软的，一晾凉了就是硬的，那东西是干粮，放一年都坏不了。硬的煎饼可以救命，过去我们怎么赢的抗日战争和解放战争，就是靠这煎饼，带在身上，什么时候饿了就找根大葱一裹，吃一口，香的不行。鏊子这个东西，可能是从鳌来的，就是大龟，也是这种形状。1967年，泰安出土了一份分家的契约，这个契约上面写着鏊子一盘，煎饼二十三斤，那说的很清楚。蒲松龄的《煎饼赋》里就把怎么做煎饼、鏊子是怎么回事说得清清楚楚，有机会你可以去看看。

鍪子其实在北京也有，现在也有，就是烤肉宛、烤肉季，这种烤肉跟我们想象中的烤羊肉串是两回事，烤羊肉串是在明火中来回烤，烤肉宛、烤肉季就是一个倒扣的锅，这个锅的弧度还比较大，这肉搁上去以后实际上是翻炒，速度要快，如果速度一慢肉掉下来了，所以当时吃的人都没有坐着吃的，多热啊，都站着，一条腿踩一条凳。过去这么放开吃肉是很有钱的，把钱一交，一手拿筷子一手拿盘子，直接就在这个扣着的锅上吃烤肉。现在你要到烤肉宛、烤肉季说要一盘烤肉，那基本上都是炒好了给你拿上来的。北京这个名吃，基本上算是炒，但是这个炒由于不是用锅炒，就比较干，像烤肉。

前两年有一则中国煎饼进了美国的新闻，讲有一个中国留学生跑遍了纽约的大街小巷，做了很多调查，发现流动餐车各国的各种美食都有，比如墨西哥卷饼、韩国烤肉、土耳其炒饭、意大利面条、法国面包，但就是没有煎饼。这个留学生就跑到天津、山东、北京到处去找，去亲自尝试，去跟人家学，最后把煎饼美国化。什么叫美国化呢？就是佐料不一样，美国那辣椒油都是墨西哥的，比较生，不香，熬制的酱都有点甜，跟我们的甜面酱似的，把中国的什么宫保鸡丁、牛排、火腿、肉松、红烧肉等各种馅都弄好，最后拿煎饼一裹，这留学生就发财了。据说现在叫飞天猪煎饼，在曼哈顿开张了，被媒体报道每天都排队，营业额也非常多，这个小公司现在已经发展不错了，据说要把它做成世界级的连锁店。我们希望有那一天的到米，把麦当劳和肯德基给挤一边去，不过也别把人家挤死。

刀在炊具中是很重要的一个工具。中国这菜刀都个大，很宽，切的时候手指头不能往前伸，手要拱着，同时要按着所有要切的食材，刀蹭着这个手切，这样怎么切都切不到手上。但是用日本刀、西洋刀这么切就不行，那刀都窄，我看日本的刀法真是看的眼花缭乱。中国刀什么都干，外国刀都分工明确，中国大菜刀剁骨头，咣当一刀下来，一看稍微有点卷，杠两下就没事了。

炊具中我们讲了各种锅、菜刀，还有一个东西很有意思应该讲讲，这个东西叫笊篱（zhào li）。笊篱，笊一个竹字头一个爪，篱一个竹字头一个离，就说明最初是用竹子编的，竹子能劈得很细，就可以编织出像蜘蛛网状一样的大笊篱。笊篱我过去使过，捞饺子特别好使，一百多人吃饺子，一下去就好几十个上百个饺子，一下就上来了。这种竹笊篱后来就发展成铁丝编的，用铁丝编的大笊篱老大个儿，一个大木柄，中间有个粗的铁丝拉成骨架，然后一点一点编出来。这种铁丝编的笊篱沥水特别好，不管捞什么一下就捞上来，立刻就干了，过去有个歇后语，不是太雅，叫吃铁丝拉笊篱——肚子里编的。

今天这种铁丝编的笊篱广东师傅最爱用，广东师傅炒菜旁边老有一个笊篱，很多东西油炸完了哗一倒，或者从油里一下就扒出来。30年前北京人吃饭，所有的菜严格来说都不是炒出来的，都是咕嘟出来的，我们家门口有个小馆开始引进广东菜，有一个菜叫清炒生菜，炒出来的菜又鲜亮又好吃，还很脆。菜市场有卖生菜的，我们就买回来自个儿在家炒，每回炒出来的菜都是塌的，生菜因为太鲜嫩一受热就出水，加上一锅汤，又是水又是汤又是菜的，也不好看，吃着也不提气。老去吃嘛，就到人家厨房偷艺，也没看出什么道道来，就问师傅说您炒的这生菜怎么跟我炒的不一样，我炒出来怎么那么多汤，您炒的怎么没汤啊，那个大师傅说我有绝招，上菜前把那汤都过沥出去了，我才发现这大师傅炒完了他不直接上盘，就倒在笊篱里，再倒在盘子里，就这一下，把汤全过滤出去了，动作极快，一气呵成。我们过去都认为炒锅里所有的东西都得放到盘子里，所以炒出来的那菜就不好看。

我们谈了半天炊具，炊具是我们每个人生活中都要接触的，生活中炊具不管使得多么娴熟，如果没有好的厨艺，还是做不好饭。中国人学炒菜，第一个菜不用问，一定是西红柿炒鸡蛋，西红柿炒鸡蛋有三大流派、九大支派，外加一野路子，所以你别以为西红柿炒鸡蛋是个很容易的菜，只不过我们这次只谈炊具，不讲厨艺，以后有机会再说。

观 复 秀

右上是一个小鼎，金的，这鼎为什么这么夸张呢，足那么高，因为它是具有象征意义的，从纹样到饰样都是元朝的。鼎是

云雁纹冲天耳三足金炉　元朝

银鎏金镂空六瓣花形漏勺　辽代

铁梁石铫子　金代

长足，底下要可以加柴烧热，要求底下是架空的，所以我们看到的不管是方鼎还是圆鼎，足都要足够长。鼎，圆鼎一鼎三足，方鼎一鼎四足。

还有一个是辽宋时期一个漏勺，银的，中间有一点鎏金，漏勺是一个花瓣形，特别雅，我们通过这个勺可以知道贵族怎么生活了。我们今天看到这勺都觉得很怪异，这个柄本身就是弯的，它不是一个直柄，有几个有记录出土的这种勺都是这种弯柄，可见当时这种弯是一个时尚。

第三件器物叫铫子。这个东西我找了很多年才找着一个完整的，类似的我见过几十件，只有这个带柄，柄都锈蚀了，这个已经有一个柄断掉了，再不注意就彻底断掉了。铫子在宋代的时候严格来说不是炊具，它是茶具，唐诗宋词中大量提到铫子，这种东西十有八九都是石头制的，过去就是烧水的，不是做饭的，为什么用石头烧水呢？因为喝茶的时候要防止有异味，如果用铁锅烧水就会有异味。金元以后，这个茶具逐渐演化成炊具，到现在北京有一道名菜叫炖铫子，那个铫子就是一个砂锅，没有流子，因为它演化成炊具以后流子存在就没有意义了。这件东西是一个实用物，当年就是一个还算比较讲究的一个炊具吧，我想它应该还是茶具，它的柄前面做成 M 形的，跟燕飞似的，很优美。我们很希望能看到一个完整的文物的式样，能够看到几百年前乃至千年前中国人使用的东西是怎样一个状态。过去我们在书上看到，只有台北故宫有一个比较完整的东西，是当年从北京故宫运到台北的。我后来又有机会碰到一个完整的石头制的带有铁柄的一个铫子，大家看一看也了解一下炊具的演变过程。

读书有什么用？

读书有什么用？各种答案语焉不详。只不过，春天，看到了盛开的桃花，明白了什么是"桃之夭夭，灼灼其华"。冬天，西风凛冽，天空阴沉，行人都急匆匆地奔走，洋洋洒洒地下起了雪，知道了什么是"晚来天欲雪"。夏天，去湖里玩，小舟在荷叶中穿过，知道了什么是"接天莲叶无穷碧"，什么是"水光潋滟晴方好"。秋天，凉风乍起，梧叶飘黄，知道了什么是"老树呈秋色"，什么是"苒苒物华休"。世界原本是扁平的，所有一切都是代号。可是当我们阅读，知道了这朵花背后的花海有着千年的历史，这滴水的背后凝聚着汪洋大海。海里有亿万无穷的游鱼和探险者的骸骨。这个世界将不再是冰冷的扁平的代号，它有了宽度，有了深度，有了温度，也有了表情。

如果我告诉你读书80%是没有用的，最多只有20%有用，甚至只有10%有用，那你还读书吗？现在问题是我读完这书，却不知道哪20%或者哪10%是有用的，所以我们要读书。我们所学到的这个知识，就跟我们盖房子一样是一块砖一块砖地盖起来的，哪块砖都没用，但是哪块砖都有用，这房子少哪块砖都能盖起来，但是问题是没有砖是盖不起来的。宋真宗就这么说，"书中自有颜如玉，书中自有黄金屋"，这个价值观跟今天还是挺相同的。什么叫书中自有颜如玉，你学习好，考上了清华北大，你就容易找到一个漂亮的女孩，那也不一定，或者说你是一个漂亮的女孩，你考上了清华北大，那你自然就有人追了，那是肯定的。书中自有黄金屋，我们历史上肯定是这样，学而优则仕，有钱的人、有社会地位的人一定是读过书的人，今天虽然不是这样，我们今天有很多土豪、土财主，赶上时代变革，就凭一时兴起，发了大财，但是在未来的日子里，当社会进入正轨的时候，你一定要有知识，才可能获取更大的社会利益，所以说"书中自有黄金屋"这道理跟今天也差不多。

我们读书实际上是读两类书，第一类叫教科书，教科书从某种意义上讲不算书，算课本，教科书都是教条，书上教给你的都是规定的。所以读书还有另外一类书就叫杂书，只要不是教科书一类的都叫杂书。我们学习实际上是在学习一种方法，并不是要你获取知识，只要你学会了方法，知识随时都可以获取。但我们今天的教育，更多的是注重知识的传授而不注重方法的传授，所以我们今天教育界、社会界有点怨声载道。我记得毛泽东主席写过一本书叫《反对本本主义》，说的就是不要太教条，那我们今天为什么还是依然要上学呢，我们的教育有三个体系。

第一个教育体系是家庭，你的父母是你的第一任老师，父母的言传身教非常重要。

第二个教育体系是学校，过去是私塾，很难进，需要有钱。今天是九年义务教育，之后你可以选择教育的途径，你可以读高中、读大学，甚至读硕士、博士、博士后。

第三个教育体系是社会，它是有价值观取向的，我们好多人觉得现在的价值观不好，好多人都奔着钱去，没有理想了。

在社会三大体系中，家庭、学校和社会，各赋其功能，学校担任最基础的教育，这个教育第一是科学的，不是人文的，比如数理化，在中国古代的教育当中，不太注重数理化的教育，科学的精神不足，过去注重的是人文教育，注重读"四书五经"。我们今天的人文教育主要是语文、历史和政治，那么数理化的教育对你的好处是什么呢？是对你的逻辑思维的一种训练。人文的教育是对形象思维的一种训练，我们人一定要有形象思维，可以生发想象空间，而不囿于某一个范围之内，所以史书读得多，你的眼界就宽阔，文学书读得多，表达就顺畅。古人说读杂书，首先重视的是人文类，我们现在说的杂书，是今天这种教育体系以外的都视为杂书。古人认为"四书五经"都是正经的经典读物，我们今天读经典很难，我们跟那个文化距离比较远，真得潜下心来认真地读古代的人文教育中非常重要的一点，它是先教你做人，后教你做事，先建立你的道德水准。

做人、做事、相处、学习是人成才的四个标准，做人就是道德水准，道德水准还跟你文化程度无关，过去有很多农妇不识字，但是有极高的道德标准，我们今天也是这样，不是因为你上了大学你道德水准就比别人高，所以今天的教育跟道德水准没有必然的关系。

读书人在过去是社会的上层，所以一定要让读书人建立最高的道德标准，我们知道的很多名家名流，都是那时候的道德最高标准。我们今天的教育把重点都搁在数理化上，忽略了道德的培养，所以我们今天的社会问题就变得非常严重，比如骗子非常多，多到什么程度呢，多到每个人都遇到过。我们小时候就没碰见过骗子，说句瞎话都得挨家长呲儿，今天你的手机一整天不收到诈骗信息就算你很幸运了。我们现在的人文教育中基本都是死记硬背，政治、历史、地理，背下来就完了。人过去读经典也要求背，5 岁到 15 岁的时候就是诵读，背下来就为过关，所以古代凡是参加科举的人，"四书五经"都是倒背如流的。15 岁到 25 岁的时候要求学贯，就是你这时候学习要学会贯通，不要读什么就是什么，要和旁边的学科想办法沟通。25 岁到 35 岁的时候是涉猎，就是要读更多的书，把眼界打宽。我们今天说要读史，必须具有史观，要不然读史是没有意思的，你记住它不重要，你跟人掰呼说这事我知道，人家说你对这事怎么看，说我没看法，那等于白学。你看毛泽东主席读了十七遍《资治通鉴》，还每次都做批注，每次都受益匪浅。

中国有两部书，《史记》《资治通鉴》都是充满了辩证法的智慧，写得非常的精准，给后人有很大的启发，尤其对统治者。所谓统治者不是说一国之君，包括你做一个企业、管一个地方，都应该更多地读一些这种史书。人得有史观。

我们今天说的全是科学的教育，这种科学的教育，学完了毕业没几年就彻底扔给学校。比如好多年前我碰见一有意思的事，是有人要卖给我一根木头，这大木头长 27 米，大头 2.2 米，小头 1.6 米，我得到这消息的时候正好赶上食堂吃饭，我就跟大家说谁能给我算算这体积是多少，如果中学生考这个题，我估计立马就算出来了，结果一屋子人没一个会算，其实这个把公式找来一套马上就知道了，那问题是为什么我们学的东西都扔给老师了。

台湾过去有一个娱乐节目，叫小学生考倒大学教授，就是出题的全是小学生，出题范围不出小学六年级的教育，上去应考的全是大学教授，大学教授的表现不能算丑态百出，基本上是妙趣横生，小学生出的各种题，甭管是科学题、算术题还是一般的文学题，大学教授都答不出来，为什么答不出来，这个东西用不着就答不出来。我看到今天很多家长辅导小学生做作业，都嗑牙花子，为什么？题太难，小时候好像学过，现在不知道怎么算。据说这个节目当时想引进大陆，不过夭折了，为什么呢？说我们的大学教授都怕丢丑，没有人敢上台。

今天说读书，更重要的是读杂书，你说我是医生，我除了医学书其他书都不看，你这不算读书，你说我是一个医生，我读的是史学书、哲学书、美学书、文学书，这叫读书，读书一定要杂。我小时候逮着什么读什么，比如我小时候在医院翻了一本书叫《内科学》，喜欢得不行，也不懂，也没有什么想法说以后想学医，拿来以后马上翻，先翻到妇科，就先读妇科。我对女性的了解，是从这本医学书开始的。再比如问你人有多少块骨头，这事简单吧，书上一查、网上一搜，206块，我们东亚人，包括中国人、日本人，有的人少2块，204块，这都是在生物的角度上讲。那我问下面一个问题，婴儿有多少块骨头，你一下就傻了，除了搞医的人能明白，人们都不明白，我那会儿看完这个都惊着了，婴儿305块骨头，比大人差不多多100块，它边长边闭合。我好多年前写过一篇博客叫《睾丸》，没错，就是男性有女性没有的睾丸。你看人都是对称的，两眼睛、两鼻孔、两耳朵、两手、两脚，可这睾丸不是对称的，这睾丸一高一低、一大一小，有的人一辈子都不知道自个儿睾丸一高一低、一大一小。但我去古希腊看到所有的雕塑，睾丸都是一高一低。艺术家就关注到了这一点。大部分人左边低，比右边低1厘米，九成人这样，跟左撅子一样。为什么人的左低右高，动物为什么都是平衡的，我想了好多年才想明白，是因为人站立起来，俩睾丸没地儿待，在两腿中间挤得慌，所以它就必须一高一低，那为什么左边低呢，是因为人平时左腿先迈，先把这地儿腾出来了，所以逐渐逐渐就进化成这样了。我到比利时最牛的订西装的店，给我量衣服的外国人，上来就问你左边右边，我听不懂，我问那翻译啥意思，什么叫左边右边，翻译说就是问你是左边低还是右边低，这裤子裁的有一丁点不同，这才叫专业，我们裁缝都没问过这话，就没有这事，你爱挤不挤。

　　我们今天读科学的书，好处是让你变得非常的理智，科学的知识你掌握越多，你判断事物越冷静和理智。比如说如果你是一个非常有科学精神的人，你会吃那增高药吗？你说我这身高不高，才一米六几，我想长个 10 公分，有一个卖增高药的人来了，你看那人比你还高不了多少呢，再一看，人家还穿一个增高鞋，你说一穿增高鞋的人来卖增高药，你信这事吗，你不信可有人就信。今天为什么那么多人被骗呢，生活中碰到好多事你觉得特可笑，可有些人为什么信这事，就因为没有科学精神。生活中我们怎么去判断事物的对错利弊呢，就是靠你的科学精神，那读文学有啥用，没什么用，但是你可以变得多一份情感，让你的情感变得非常的细腻，文学不好的人词汇非常贫乏，就会说一个字，好，别的词说不出来，要不然就是大海真大、长城真长。比如过去我就看过一老专家，老专家就是小时候没读过书，后来熬成专家了，人家看这个鼻烟壶，说这鼻烟壶好，真好，他不说怎么好，那我就得问，我说您说好怎么好，老头儿想半天没词，就说跟个小肉丸子似的，这就是词汇贫乏，所以多阅读文学书表达就不一样，表达不一样你吸引人的程度就不一样。我总说文学帮了我很多忙，我年轻的时候文学书甭管好赖，逮着就读，不读完不算完，世界名著乃至中国名著都读过，又当了10年的文学编辑，所以我在表达文物故事的时候就觉得比较自如。读书的好处是慢慢慢慢显现的，你文学书只要读得多，比如诗词类的，曲赋类的，都会给你很多养分，让你语言变得非常的生动。文学书不仅仅让你的语言变得生动，还会让你感情更加丰富，比如有的人就多愁善感，读了《红楼梦》不能自拔。过去说老不读"三国"少不读"水浒"，什么意思呢？就是老了要读《三国演义》会显得非常世故、精于谋略，少年的时候读《水浒传》，全是行侠仗义、容易出事。但是文学书是你生活中非常重要的一份营养，年轻的时候读读文学书没什么坏处。

你没有史观就别读史学书，背它是没有意义的，我今天看很多人，上来就给你讲历史，其实都是背的，就是头天看的，第二天记性好给你说一遍，这没用，没有史观，没有判断。中国的重要的文学著作《三国演义》《水浒传》《西游记》，都是章回体小说，都不是作家直接写的，过去全是评书人说出来的，经几百年评书的人，一次一次地演化才成了现在的这个样子。

所以像《西游记》这种组合，包括情节的推进，几乎是无懈可击。评书，就是边说边评，这故事底下的人都耳熟能详，为什么愿意听你去说呢？因为你能评论它，你评论的高度或角度跟别人不同，人愿意听。你怎么能评论它呢？你就要具备更多的知识，包括更多的观点。

哲学书读起来确实累得慌，但你生活中如果读两本哲学书，你再回过头，不管看经济问题，还是看其他的社会问题，相对来说都会变得清晰一点。比如我自个儿前两年写过两本书，本来想写三本，结果有一本拖到今天也没写成，就是《瓷之色》《瓷之纹》《瓷之形》，这三本书都有从哲学高度的思考。比如说颜色，站在哲学的角度，为什么它出现这个颜色，站得越高说得就越透彻，包括纹饰，什么时代有什么样的纹饰，是什么样的社会左右了它出现，或者左右它不出现，从哲学的角度、从美学的角度、从文学的角度、从科学的角度都能从这本书中看出奥秘，我们所追求的创作一定要写成这样，叫深者看深、浅者看浅。你浅，你看它就看一个乐，你深，就能看出很多道理来，那就要求我们自己更深地去读一些书。读书一定要趁年轻，岁数大了不行，到我这岁数读不了书了，精力很难集中，而且眼力不够，我年轻的时候不懂，听岁数大的人说这书看不动了，我就听不明白，我说书有什么看不动的，我年轻的时候经常睡前捧一本书，等合上书的时候天就亮了，看书从来不会困，现在是打开书就困。从宏观和微观之间很多人就不懂，比如鉴定这事最主要的是宏观的把握，其次才是微观，我开放鉴定日的时候，很多人来了就跟我探讨微观问题，老跟我上来就说你看这锡斑吧，你看这气泡吧，你看这个什么五色光吧，全都没用，单一个宏观出了框以后，微观已经变得毫无价值，他不一定懂，所以跟他说的时候说不通。科学的道理很容易讲，物理这个是可以再现的，比如明朝初年的青花，当时青花的钴料是从海外进来的，叫苏麻离青，也叫苏泥渤青，它呈现锡斑，深入胎骨，清代和民国的时候想仿制，仿制不出来，所以大家说只要出现锡斑就是真的。今天经过分析都知道含有各种元素，只要把元素配在一起一烧，它就会出现这个锡斑，科学就是这样，同一现象一定呈现同一结果。比如我们的水在一个标准大气压下 100 摄氏度会开锅，谁烧都开锅，不是明朝人烧开锅，我们今天烧就不开锅，这就叫科学道理，但社会学不延续这个道理，社会学同一现象，不一定呈现同一个结果，社会学现象的成因和结果之间的关系非常的复杂。你听人跟你白话股票，没有一个人能说准，要能说准他就不给你说了，他直接上股票市场买去了，股票市场是个社会学的现象，因为社会环境，每一分钟都会发生变化，相互之间都会有作用，它的结果就不是你原来的那个结果。

　　我觉得年轻人应少读一类书，就是成功学的书。成功者我认识多了，不管他是商业上的成功，还是事业上的成功，还是艺术上的成功，都不是读成功学读成功的、才成功的。我看到过一本书，这书名比较蛊惑人，叫《赚钱不难》，我说这作者肯定什么钱都没赚过，他就蒙你来买他的书，赚这一道钱，他赚你的钱，这确实叫赚钱不难。千万不要想象赚钱是个简单的事，你把别人的钱合理合法地掏到你自己兜，是天下第一难事儿。今天大家都认为成功的唯一标志是有钱，其实这是一个很狭隘的标志，我们今天成功的标准很多，比如家庭美满和睦、平平安安，就是个成功，不要一定非得说做企业上市才叫成功。

读书一定要读杂书，科学类的、文学类的、美学类的、哲学类的，各种史学类的书、社会学类的书，乃至玄学，都可以读，你要读一点你没兴趣的领域的书、跨领域的书，年轻的时候一定要读书够量，两个够量，第一个要多读，每天多读一小时书，我觉得不难做到，上床以后拿一本书看看，读一个小时以后再睡觉。第二个要多读一些其他门类的书，营养要均衡，比如你沉溺于某一类型的书，你可能就不能自拔，我见过读文学书读得如痴如醉，以为自个儿是林黛玉了，以为自个儿是贾宝玉了，这都不成。我觉得年轻人读书跟岁数大的读书有一点不同，年轻的时候，我们读一些书很容易进去，就是把自己认为是书中之人，但岁数大了，再看书就看得非常冷静，尤其我做过职业编辑，当职业编辑的时候，就必须冷静地去判断。每个作家都有自己的创作风格，有非常沉重的、有非常俏皮的、有谐谑的，每个人的风格都不一样，对人生的态度也不一样，作为一个编辑，就需要甄别，需要把各种类型的作者挑出来，推荐给读者。有的稿子你一打开就能看出来不一样，有的稿子读了半天，你也不知道这人在写什么，写书和读书之间还是有很大差距的，但是没读书的人一定写不出书来，写作的人跟他读过的书理论上讲是成正比的，书读得越多写作就相对来说越容易。

读书有什么用呢？我可以告诉你读书有好多用，如果不读书，你就是一个没用的人，我们讲一个读书人的故事。这个故事的主人公叫朱买臣，汉武帝时期的人，这个人家里特穷，但是他喜欢读书，就靠砍柴赚钱，这人读书有点意思，他经常一边挑着担子，一边大声诵读，他老婆认为这是很耻辱的事，说你这么穷了吧唧还读啥书，读书还弄这么个动静，就制止他，还羞辱他。朱买臣岁数挺大了，他就跟他老婆说，我50岁时，一定能大富大贵，说我现在都40多岁了，你跟我真的受了不少苦，你能不能等我富贵了，富贵了我一定报答你。他妻子根本就不信这事，说你少跟我来这套，像你这样最后一定得饿死。朱买臣就写了休书递到妻子手里，这个妻子也不留恋他，离家就走了。后来经同乡推荐，朱买臣得到了汉武帝的召见，朱买臣跟汉武帝谈《春秋》、讲《楚辞》，这人本事大，书读得熟，汉武帝对他刮目相看，委以重任，让他做会稽郡的太守。然后回到家乡任职了，他离了婚的妻子又结了婚，前妻后夫在路上迎接衣锦还乡的朱买臣，朱买臣停下车载着他的前妻和他前妻后来的丈夫一块儿回到太守府中安置在后院，供给他们饮食。乡里乡亲的人就说他这前妻真是有眼无珠、嫌贫爱富，有的甚至说得更八卦，说她早早地就跟这个现任丈夫私通了，所以才离开了朱买臣，结果他的前妻受不了闲言碎语，最后羞愧难当就上吊了事，朱买臣把她厚葬了，又给她后来的这个丈夫一些钱。我们不去评价故事中人物的行为，就是举一个由读书改变自己境地的例子。

观 复 秀

王羲之的第五个儿子王徽之，路上遇到桓伊，桓伊会做曲子，王徽之请人对桓伊说，想听他演奏。史书记载，桓伊居胡床，胡床是什么？就是我们说的那个马扎，居就是盘腿坐着，桓伊坐在胡床上，为他奏了三调，就是三支曲子，奏完以后上车就走了，整个过程两人没有多说一句话，这就叫桓伊三弄，代表了典型的魏晋风度。

苏东坡写了这样一个曲子，这曲子是个酸曲，年轻的时候还就真没心思背，只不过后来看到这枕头，跟人讲这个枕头，讲几遍就记住了：

磁州窑绿釉诗文瓷枕　金代

谁作桓伊三弄，惊破绿窗幽梦，新月与愁烟，满江天，欲去又还不去，明日落花飞絮，飞絮送行舟，水东流。

文学的力量就是这样，它可以很有力地传播，把一件很简单的事变得非常的美丽。

贩卖国宝的人

　　我们要讲一人，这人大部分人都不知道，没什么名儿，这人叫卢芹斋，原名卢焕文，很中国化的名字，他 1880 年出生，77岁在法国去世，活的岁数不能算太短，这个人是干什么的呢，用通俗的话说他是一个倒腾古董的，用官方的话说他是文物大盗，现在有些人为他平反说他是中外文物交流家，反正说什么的都有。民国时期有好几个有名的倒腾古董的人，我们今天就讲这卢芹斋。

　　卢芹斋做的最有名的一件事儿跟"昭陵六骏"有关。六骏，唐太宗的六个坐骑，当年唐太宗拿下天下，屁股底下就是这六匹马，六匹马有四匹马是按颜色论的，"什伐赤"这马是红的；"白蹄乌"这马是黑的，蹄子是白的；"青骓"不用问，青灰色的；"飒露紫"这马是紫色的；剩下的两匹是"特勒骠"和"拳毛䯄（guā）"，"拳毛䯄"估计那个毛是卷着的。古人尤其军人认为这马的重要性不亚于人，所以把马作为陪葬是很正常的，"昭陵六骏"就是等于把唐太宗的功绩刻在了墓碑上，有点像我们今天的中国人民英雄纪念碑，它上面的汉白玉雕刻是当时中国革命的一个记录。

"昭陵六骏"从唐太宗下葬一直到了清末，横跨1200年以上，啥事儿没有，结果让这卢芹斋看上了，他就把这东西给卸下来，古代运输不像现在有现代化的设备，都是拿马车、驴车运，东西又体量太大，为了运输方便，所以都把它打碎了。但是他只运出去两个，宾夕法尼亚大学的博物馆当时筹到了一笔钱，就通过卢芹斋把"飒露紫"和"拳毛䯄"买来了，怎么买的，花了多少钱，档案很清楚。它当时花了125000美金，在一百多年前，1916年，当时的125000美金比今天的1250万美金还多，当时一美金就能买国宝了，卢芹斋就靠这件事发了一笔大财。1909年，有个叫爱德华的法国学者，在原址看到"昭陵六骏"，还拍了照片，仅仅几年后眼瞅着就到美国了。

宾夕法尼亚大学博物馆有一个登记员叫周秀琴，她是中国人，她在大学的档案管里发现了1921年的一封信，这封信是法国的一个艺术经销商叫保罗的写的，他声称已经通过北京的一个中介寄去了一大笔钱，那个中介又派遣了另外一个人设法将六骏运走，寄了多少钱我们不清楚，就是这笔钱导致我们"昭陵六骏"的灭顶之灾。

　　大概在1913年也就是辛亥革命以后两年，"昭陵六骏"浮雕就从昭陵被卸下来，打碎了，在搬运当中据说搬运者还跟当地的农民发生了冲突，农民不干啊，农民说这东西都在这儿上千年了，你凭什么把它给弄走啊，其中据说还有一块给扔到断崖之下。在运输当中有两骏和后来那四骏就分开了，两件浮雕就被运到了陕西当时旧的总统府，过去军阀混战，谁有枪谁就有本事，所以就运到了当地的驻军，袁世凯因为曾经掌管过陕西省的军阀，他就把这个东西正式运往北京了。

　　卢芹斋嗅觉很灵，从这一刻起，就开始跟"昭陵六骏"有了联系。过去运输没有现代化的运输工具，都是拿马车运，运得特别慢，"昭陵六骏"中的这两个浮雕在运往北京过程当中就下落不明了，失踪了很长时间，当时国民政府就不干，说"昭陵六骏"这事儿全世界都知道，这突然哪儿去了？后来说这东西就是从陕西往北京运的路途当中被外国人盗窃了，其他的不清楚了，到了1918年这几件浮雕已经在大都会博物馆展出了。你想想多可怕一个事儿，这中间几年究竟什么过程并不是很清楚。卢芹斋当时就提出来把这两件东西租借给宾夕法尼亚大学博物馆，而且提出来说免租借费，卢芹斋是个很精明的商人，他免费租借就是打后面的算盘，后面要卖给它。卢芹斋后来就抬高了价格，称自己是冒了入狱的风险，甚至生命危险才把这两件东西运往费城。当年的 5 月 8 日"昭陵六骏"中的这两骏就抵达了宾夕法尼亚大学，那么宾夕法尼亚大学当时为浮雕筹款下了很大功夫，最后碰见一位财主，就是"胜利留声机"的创始人。美国一战二战以前的富翁对买艺术品都有狂热的热情，而且他们遵循一个原则，就是专家原则，我们今天很多富翁也有对艺术品的热情，但他们不遵循专家原则，很多富翁买一大堆全是假的。他们找到这个富翁就付了 125000 美金，这个价钱据说协商了很久，要不然留名儿，要不然我获利，这个富翁就将自己的名字要留在这浮雕之下。当时有一个研究亚洲艺术的研究员评论这两匹马，就说没有任何存世的马像这两匹马那么著名，中国历史上画马的画家也很多，像阎立本、韩幹、任仁发，但是都没有这个这么著名，为什么？因为这是雕塑，西方人认为雕塑比绘画还高级，因为它是立体的。

　　我数次去过宾夕法尼亚大学博物馆看展出的"昭陵六骏"，很多年前去的感受没有我前两年去的感受深，因为随着年龄的增长对文物的认知是不一样的，我们小时候去看距离我们很远的文物石雕什么的就觉得个儿大，但跟自己关系不大，等到了我这个年龄，又对文物有所了解的时候，再去看就会感慨万千，你就想啊，一块石头，平白无故地凿成一个艺术品，然后在一个帝王的陵墓前一待待上千年，突然又被别人卸下来，打碎了给运到一个远隔一万里以外、跟你不着边儿的地儿展出，就是因为这个国家它有钱，所以这个卢芹斋一直认为自己就是个中间人，不是一个文物大盗，但我们都知道中间环节，尤其在那个兵荒马乱的时代，如果我们每个人都遵循对祖宗敬畏的原则，就不该卖这东西，就不该动手砸这东西。比如昭陵六骏，比如大英博物馆里的隋代大佛，都是过去从制作出来一直在原地没挪过窝，最后被远渡重洋到其他国家博物馆里展出，这些文物确实代表我们那个时期最重要的文化，但是它们走出国门的这一步并不光彩。

卢芹斋是浙江湖州人，他并不是出身豪门，早期的日子并不富裕，他就是天生聪颖，长相还有点异相，我第一次看他照片时以为他是个外国人，有点儿混血的样子，但他就是一土生土长的中国人。对卢芹斋的评价有很多种，我们早期对他的评价就是文物大盗，西方人认为他是中国艺术品的一个使者，所以对他比较尊敬，我们这些年有点说不清楚。卢芹斋的命运从某种意义上讲比后来国内很多没有出去的大古董商的命运要好很多，他早期的生活很模糊，他不愿意提及，对家乡也没有什么眷恋，他至死包括他后人都没有回过家乡。

2013年的时候出了一本关于卢芹斋的传记，作者曾经在佳士得拍卖公司主管过瓷器，对卢芹斋还比较了解，他通过一手的史料和访谈讲述了卢芹斋很多不为人知的故事。芹斋是一个斋号，并不是本名，他原名叫卢焕文，小时候家里特别穷，年幼的时候他母亲自杀，不久他父亲去世，从某种意义上讲他就是孤

儿，被一个远亲抚养大。身世不幸的孩子都会很早地敏锐地感觉
到生存的艰辛，就特别努力，尤其在过去的社会，过去的社会没
有人照顾你，后来卢焕文就碰到他一生中的最重要的一个贵人张
静江。张静江比他大不了几岁，就把他给带入了古董行。卢焕文
最早在张静江家给张静江的父亲张定甫做小工。张静江是个才
子，后来还当过国民党首任的党主席，张静江是双料名门之孙，
他的祖父和他的外祖父都非常有名，就跟今天的李嘉诚、霍英东
似的。

　　卢焕文开始就在张家后厨帮忙，厨房苦力活多，卢焕文吃苦
耐劳干活利索有眼力劲儿，很快就被张静江叫到跟前劳动，你知
道跟主人贴得越近发财的机会就越多。张静江小时候患过病，他
有点瘸，好像右眼视力有点差，身体有缺陷的人都或多或少的会
有一点自卑，卢焕文就特别照顾他身体上的缺陷，他就因此获得
了张静江的好感。1902年，清朝政府任命25岁的张静江为驻法
国使馆的商务参赞，今天当一个使馆的商务参赞没45岁都当不
上，当时允许他带一个仆人，这仆人就是卢焕文。随行的当然还
有张静江的夫人以及苏州有些有钱的商人，其中有的人后来也成
为古董商。

　　张静江到法国后弃官从商，他家有钱，当时就出资30万创
办了一个叫运通公司的企业，经营湖州传统的商品，丝绸、茶
叶、湖笔之类。张静江的舅父也非常有名，是一个大藏家，叫庞
莱臣，他就提供古代书画的货源，古代书画当年在欧洲特别容易

赚钱，因为中国画跟西方画比较，中国画道术深，特难懂，所以中国画在西方很容易获得赚钱的机会。就比如过去认为倪云林的画值钱，外国人看就没画几笔。卢焕文比较聪明，跟着张静江结识一老大叫孙中山，后来成为终生挚友。孙中山在辛亥革命前后特别爱去世界各地游走，张静江有钱就愿意资助他，从某种意义上讲当时卢焕文和张静江的公司实际上就是国民党建党前夕的一个幕后财神。在这期间，他们一边做生意一边资助国民党，然后在中间又打通了各个贸易环节，赚了很多钱，张静江后来就越来越喜欢革命这事儿，对倒腾古董没什么兴趣了，就把这事儿扔给了卢焕文，说你自个儿成立一个公司专门倒腾这事儿吧。还替卢焕文改了一个雅致的名字叫卢芹斋。卢芹斋原来是个斋号，外国人开古董公司全是人名儿，外国人认为人名儿就是品牌，叫人名儿没人仿你，外国人就认为你卢芹斋就是一人名儿，所以他这名字就给叫响了。

卢焕文他很有生意头脑，很会结识人，法语也学得很快，有时候有文化的人学外语不如没文化的人，没文化的人没障碍，张嘴就说，很快就学会了，这语言就是你敢张嘴你就会了，所以他就一步一步在法国古董界冒出来了。法国人对艺术是有追求的，天性追求艺术的是法国人、意大利人，英国人是绅士的那种，美国人就干脆不懂。

卢芹斋在法国巴黎站稳脚跟以后，都30岁了，得找媳妇，30岁今天单身的男的多了去了，可是那个年代30岁已经是大龄中的大龄了，基本上就跟娶不着似的，这时候就看上一女孩儿，这女孩儿15岁，其实当时还真不是他看上这姑娘了，他先看上这姑娘她妈，她这妈就比他大个三四岁，是他的情人，但这妈脚踩两只船，咱踩两只船就给踩翻了，她踩不翻，她踩这两只船的时候看着这卢芹斋说，我还是对你很有好感的，尽管我这边儿还有一人儿，但是我又不想跟你分开，那怎么办呢，我把我女儿许给你。卢芹斋跟这女孩儿结婚以后赶紧生育，结果生了四个全是女儿，中国人的旧观念是"不孝有三，无后为大"，没儿子有点不提气，所以卢芹斋多次跟人说我自个儿没孩子，这表述很有意思，今儿的人不敢这么表述。他虽然一生中很幸福，四个女儿都很爱他，后来在法国巴黎还买了很大的产业，但是他就是没一个儿子，就觉得人生不圆满。

国民革命初年，大约1912年到1915年的时候，卢芹斋每年都是乘火车经西伯利亚到中国进货，因为火车能载重，你买多少东西都能拿，所以每次进货要坐很长时间的火车，非常不便，后来他就让人在北京和上海开设商号，这边坐地收货，他来出钱把东西弄走去赚钱。他跟一个叫吴启周的上海古董商合作，开了个卢吴公司，这个卢吴公司就成了中国近代史上最牛的私人古董出口公司，都不是进出口公司，就是出口，把中国的东西往外运。

他前面发大财的这段时间，都是社会比较安定的时候，1914年第一次世界大战爆发之前他就赚了很多钱，他1880年生人，1914年他34岁，34岁在今天看着还不算大，但是在旧中国34

岁的人是很大岁数，所以说起来就已经功成名就了。第一次世界大战爆发以后英法等地古董生意一落千丈，这古董是个富生意，生活平静了古董就值钱，生活一动荡古董就不值钱，我喜欢古董的时候社会比较动荡，古董根本不值钱，给钱就卖，你不买人还追着你要卖给你。卢芹斋非常聪明，就在这个时期把视角离开了欧洲，因为我们都知道欧洲是两次世界大战的主战场，美国比较平静，他就奔去美国了。今天美国麦迪逊大街和57街的那个街角，就是他当年的分店。美国的第一代富翁都对艺术极为感兴趣，大都会博物馆的建立跟所有博物馆不一样，几个商人攒在一起说我们国家太没文化了，太土鳖了，我们得做一个博物馆，所以大家攒钱买艺术品建了大都会博物馆。美国人办博物馆没有障碍，不像中国的所有的博物馆都是自己的东西，外国的东西少之又少，我们上海的观复博物馆里就有一个东西馆，它每一件文物要具备东方和西方两个要素才能在这儿展览，如果全是西方的要素，我们也好像不怎么接受，所以在中国这么大的国土上，你找不到一个西方艺术的展厅，博物馆就更找不到，我想在未来的一百年内，中国一定要有一个展示西方艺术的博物馆。我们今天想看西方艺术，不是去欧洲就是去美国。

美国什么文化也没有，哪个国家它都不排斥，欧洲的、美洲的、亚洲的全能进来，所以美国买了很多中国的文物。当时卢芹斋了解全球化，这也是他的商业策略，他是第一个全球化的古董商。他在中国找来货以后直接拿到美国和欧洲去卖，当时不像现在信息传播这么流畅，全球的拍卖同一时刻在全球任何一个点都能看到，艺术品到底值多少钱上下差距不是很大，过去差价非常大，你在中国看见的文物跟在美国看见的文物可能会中间差价一百倍，当时卢芹斋的钱都是这么赚的。他在北京、上海两地设分号，全国各地去找货源，每次都是看货、取货、订货，拿到西方去卖，回来再结账，再押着你一点钱，所以他的一生中的事业横跨欧洲、亚洲、美洲三大洲。

20世纪的二三十年代，中国的艺术和考古活动进入一个高峰，因为过去大多数人的居住环境还是在一个比较有限的范围之内，而民国期间活动范围扩张，大量修铁路、修公路，就涉及墓地了，所以许多文物出土了。这时候他的货源非常多，门类也多，软片儿像字画，硬片儿像瓷器、青铜、古玉，他就大量的发往欧洲、美洲，哪儿喜欢什么哪儿价钱高，他就送哪些东西，民国不像现在，海关管理非常松，随便给点儿钱，基本上就出去了。

整个民国期间，卢芹斋的一个最大的金主就是张静江，因为他跟张静江的关系处得很好，张静江给他提供资金，加上他自己的天资聪颖，人又机灵，所以发了财。在西方人眼里这个人是个亲善大使、文化大使，把中国的好东西全给他弄那边儿去了，站在我们的角度就认为像"昭陵六骏"这样的国之重宝绝对是不允许运输到国外，所以卢芹斋就背负了很多骂名。

美国当时很多博物馆和收藏家都把他请为顾问，他每拿到一个好的东西，都找出价最高的人或者博物馆。当时美国的博物馆，包括今天美国的博物馆都非常有钱，有很多人愿意赞助，他也分得很清楚，把最好的东西卖给顶级博物馆，把一般的东西卖给差一点儿的，其实那些所谓差一点的博物馆现在看来也非常好，比如纳尔逊博物馆、西雅图博物馆，这两个我都去过，那里收藏的东方艺术品，今天看都是顶级艺术品。

巴黎是卢芹斋的福地，1925 年他在富人区蒙梭公园附近买了一个拿破仑三世时期建造的公馆，耗时 3 年改成了一个五层的中式红楼，今天还是巴黎市区唯一的中国风格的建筑。红楼当时被人戏称为中国的卢浮宫，空间很大，摆满了艺术品，卢芹斋在这里一方面招待客人，一方面做生意，风光无限，真是革命生产两不误。1947 年，68 岁的卢芹斋生病后，把这个红楼交给他最喜欢的小女儿佳宁来经营。

1949 年新中国成立就算断了他的财路，他在中国的两个采购点统统被查收，做古董生意没了货源就没生意可做，他就被迫开始出售库存，也做一些其他的生意，元气大伤，身体也每况愈下，他就写了一封信，就说自己从此退出古董江湖，他这个信其实是为自己的前半生作一个辩白，因为他对自己的前半生的评判他自己心里有数。1957 年的时候，他的女儿带他去瑞士疗养，病逝后葬在自己的家族墓地，就没有回到大陆来，据说他的后人也没有去老家看一看。

2003 年，红楼的一层、二层、五层和地下一层被巴黎市政府列为文化遗产，不能随意改建，改动必须得经过政府同意，红楼因为体量大、日常开销大，他们家族的协会就想将红楼出售，现在红楼已经变成一个常年举办亚洲艺术的集散地了。

卢芹斋这个名号在国际古董市场，或者说在一百年以来的艺术品交流中是非常有名望的，我们近些年在国际拍卖场上也能看到经他手卖的一些艺术品，很多东西都是善物善价。新中国成立以后，他的合伙人都被定为反革命分子，他留在国内的文物全部被没收，当时很多文物贩子比如有一个叫张雪庚的倒卖青铜器1955年就被判了终身监禁，比如卢吴公司的北京代表被判终身劳改。

卢芹斋的这一段儿历史是中国近百年来的一个写照，列强从清末进入中国，对中国文化非常感兴趣，在这之前西方人对中国文化就是感觉神秘，其他一无所知。

从清朝末年开始，大量的中国文物以洪水般的态势流往欧美，是因为我们过去文化的强大，也是因为我们清朝末年的国力衰竭，两个因素导致西方人对中国艺术趋之若鹜。我们今天在全世界各地博物馆看到重要的中国文物，几乎都是这一个时期流出去的。

很多人在全世界各国的博物馆里看到大量的中国文物的时候，都希望把这些东西收回我们国家，其实我们不一定是这个态度，中国的文物今天在全世界任何一个博物馆展出的时候，都代表中国最优秀的文化，大量的外国人是通过博物馆来了解中国的，所以中国文物不管它是通过什么途径"走出去"的，在全世界各地今天依然宣传着我们自己的灿烂的文化。

观 复 秀

骆驼过去在老北京口中不叫 luò tuo，叫 lè tóu，过去北京城里骆驼遍地。《清明上河图》能看见大批的驼队，丝绸之路就是靠这动物帮我们疏通的。骆驼，能负重、耐饥耐渴，能长途跋涉。我骑过骆驼，很舒服，就是气味儿比较大。把骆驼做成艺术形象，表明了人类对它做出的贡献的一个认知。

图片中是双峰驼，还有单峰驼，不知道有没有三峰驼。古代器物的运输主要靠畜力，马的负重是有限度的，跟骆驼的负重是完全不一样的，但是拉车就对道路有所要求，所以你看丝绸之路上大量使用驼队，骆驼身上直接背负货物，一个骆驼负重几百斤很正常。

骆驼做成了这样一个错金银的工艺，错金银是什么意思呢，就是它有一个基体，这个基体是铜铸造的，然后利用特殊工艺把金银镶嵌在里头，所谓错就是这个意思。做得如此精美，表明了当时的人对骆驼的敬重，我们今天的艺术品很难把骆驼做得如此精美，大家觉得汽车比动物重要，其实我们人类的文明中长时间的依赖于动物，人类培育狗大概有 16000 年的历史，培育的牛帮我们干活，马帮我们打仗，骆驼帮我们运输，这些动物都有几

铜错金银骆驼　汉代

千年的历史。在机械文明到来之前，动物在人类文明的推动上做过很多贡献。

我们今天对艺术品的认知依然不够，还停留在小学时代，只有到来中学乃至大学时代，你才能够对这样的艺术品有更深层次的了解，我们希望那一天尽快到来。

节 气

　　先来一段《节气歌》：春雨惊春清谷天，夏满芒夏暑相连，秋处露秋寒霜降，冬雪雪冬小大寒。你说这没什么了不起的，我也会背，下面还一段呢：上半年是六廿一，下半年逢八廿三，若是节气有变化，顶多相差一两天。这东西有用没用呢，特有用，很多时候我一说这什么节气要到了人说你怎么知道，就因为我会背这首节气歌，这东西很实用，你要年轻你就趁着年轻赶紧把它背下来，然后隔一段时间嘟囔一遍，你就很快记住它了。

　　"春雨惊春清谷天"说的是春天，"夏满芒夏暑相连"说的是夏天，"秋处露秋寒霜降"说的是秋天，"冬雪雪冬小大寒"说的是冬天。二十四节气是中国人很细腻的表达，东西方对这个气候感受不一样，西方人粗放，就四个季节春夏秋冬。我们划分成二十四个变化，就叫节气，节就是节点，气就是气候，所以你看中国人添衣减衣都特勤，外国人就迟钝。

为什么我们这么注重节气？因为节气对农业非常重要，我们是个农耕民族，用过去的话说就是靠天吃饭。我们每个季节有三个月，每个月里有两个节气，比如春天，春天这仨月叫孟仲季，孟春、仲春、季春，古人信中写丙申年孟春，那就是丙申年春天的第一个月。孟仲季表示季节，我们今天生活中很少用，诗歌中有，孟郊的《游子吟》："谁言寸草心，报得三春晖。"这里的三春一般说是三年，有人认为就是春天仨月。李白有诗："一叫一回肠一断，三春三月忆三巴。"

物候，我们今天不关心这词，也不说这词，但古人特别关心物候，古人通过物的变化感觉气候对应的变化，物候的候相包括了所有的生物，比如植物春天的发芽、开花、破土，动物始震、始鸣、交配、迁徙，还有非生物的比如上冻、解冻、初始打雷，这些都是物候景象。古人认为一年中有七十二候，五天一候，三候就为一节，就是一个节气，两节就是一个月，六节就为一季。今天年轻人对季节感受不是特强烈，尤其春秋两季乱穿衣，比如你秋天还死扛着呢，然后你妈老让你穿衣服，这就是流行的那句话——有一种冷是你妈觉得你冷。过去有一句老话叫"春捂秋冻，不得杂病"，春天得捂着点，多热都少脱，脱急了容易感冒，秋天冻着点是增强你耐寒的能力，那天我看到一个让孩子抗冻的小知识，就是你一定把他的腹部保温，穿一个棉背心，四肢不怕冻，越冻越健康。

古人对物候为什么敏感呢，是因为没有现代化的设施补充，我们今天有现代化的设施补充，就是空调，屋子又盖得很舒服，而过去屋里屋外是一个温度。唐代诗人杜审言有一句诗："独有宦游人，偏惊物候新。"上来就说"物候新"，就是他很在意物候的变化。为什么"独有宦游人"呢？"宦游人"就是出去做官的，中国古代对官员的规定严格，为了防止裙带关系，要求官员离开家乡做官，还不允许你带家属，独自一个人到外地为官就对那个地方的物候非常在意，他对物候的这种很细致的感受表达了一种思念。

有很多人说这节气不准，跟这实际怎么老不吻合，为什么不准？我们国家太大，而节气变化以黄河流域为准，小节气基本都以这个地方为准，你不能拿着别的地方说，比如你在北京，说这立春了怎么还这么冷呀，那黄河流域比如河南已经变得很暖和了。大节气都很清晰，比如立春、立夏、立秋、立冬。春天一来植物会发芽，过去人对植物发芽这事比我们今天关心，因为好多植物嫩的时候可以吃，我小时候吃过很多东西，比如榆钱，榆钱是榆树春天长出来的那种圆形的东西，味道很甜，摘下来能直接吃，我曾经一次吃一大包，今天不敢这么吃，今天那榆钱太脏。植物可以直接入口的还有什么呢？还有槐花，北方到处都有那个槐树，开花的时候满树泛白，一嘟噜一嘟噜的，吃起来非常好吃，还可以跟玉米面和在一起去蒸饼子。很多人不知道柳叶也能吃，柳树刚开始发芽的时候拿热水焯一下，把苦腥味去了以后，可以凉拌着吃，柳叶本身就可以入药，消炎利尿。这些现在都不敢吃了，现在污染太严重，这植物尤其城市附近的都太脏了。过去一到春天挖野菜，包荠菜馅包子，如果再搁点肉丁就香得不得了。那夏天来了干什么呢？我们那个时候夏天来了很重要的一个事就是游野泳，今天到处都插着禁止游泳的牌子，自然水域除了有些海滩没有什么地儿让游的了，我们小时候到处都能游。你看北京特别著名的八一湖，很多有名的人谈恋爱就是在那谈的，我们都在那游，那水多脏都不嫌脏，那水说句实在话就是浑，不脏，今天的水是假干净，那游泳池的水看着清澈见底，可早晨和晚上这水池子里含氨量是不一样的，什么是氨呢，尿里就含氨。

过去夏天一到晚上，城市有一景叫纳凉，人都从家里出来了，都在大街上纳凉，铺一凉席，聊天儿、嗑瓜子，有时候小孩子睡着了爷爷奶奶还拿大蒲扇给扇着。北京只要到了立秋的日子，风刮过来就不黏了，这感觉很奇怪，瞬间就变得非常干燥，所以北京的秋天经常入文人的笔下，老舍就写过《北平的秋》，《北平的秋》写得非常的好，说天是那么的高，那么的蓝，那么的亮，有什么东西都是好吃的，然后就说北平之秋就是人间的天堂，也许比天堂更繁荣一点呢，现在有人就依着老舍的这话就继续说现在北平的秋全是雾霾，不是天堂也是天堂。

我们小时候城市的生态非常好，可以看得见各种各样的昆虫，夏天一下完雨，连胡同里都是低飞的蜻蜓，漂亮极了，每天上学的路上都可以看到蝴蝶，最多的一种是白蝴蝶，偶尔能看到黄蝴蝶，非常罕见的是那种大花蝴蝶，我们一看到大花蝴蝶就追，特别漂亮。下雨以后操场上到处是爬出来的蚯蚓，大蚯蚓特长，现在看不见了。一打雷一下雨树林的地下知了猴（学名金蝉）全爬出来了，我们就拿着手电筒去抓，还有人炸着吃，我没怎么吃过，不知道好吃不好吃。我抓回来以后把它搁在纱窗上，看着它一点一点蜕变成知了，那是小时候的乐趣。

我小时候看到美国有人离开城市到乡下去生活，不喜欢城市的生活，愿意享受乡村的安宁，当时特别不理解，但我们现在特别能理解人家那种生活，我有时候都想逃离城市生活，尤其当雾霾满天的时候，当这个城市推开窗户什么都看不见的时候，当路上昏暗得像地狱的时候。

我们小时候冬天是比较难熬的，冷啊，我们穿棉衣、棉袄、棉鞋、棉帽，一身棉花，还得穿上一大棉猴出去，弄得跟个包子似的，我记得小时候经常手脚都被裹在里头，暖和归暖和但特别不灵便，所以当有羽绒服的时候觉得羽绒服这东西好，又轻又暖和，还显得很神气，今天羽绒服都做得很薄了，20 年前的羽绒服个个都跟气球吹着似的。现在人为什么不觉得冷了呢，有几个原因，第一个原因是吃得好，吃得好就不冷，吃多了羊肉，燥热。第二个原因是整个城市的热岛效应，观复博物馆建在城市边上，它就比城里头低好几度，城里温度的确高，从汽车结霜的情况就能看得清清楚楚。第三个原因是现在确实赶上了暖冬，冬天没有过去冷，过去北京极限温度零下二三十度都是有的，白天高温到零下十度八度都很正常，现在一般情况下最低也就零下十度八度，白天经常能攀到零度以上。再加上我们今天在城市里随时可以进入温暖地带，比如你去坐车，车里有暖气，进入地铁，地铁也是暖和的，实在不行随便就进入一家商店、一栋写字大楼，都可以取暖，缓过来再走。过去不行，过去人早上出去，晚上再进屋就回家了，中间几乎没有什么地儿取暖，为什么呢，都小商小店，你进去就俩人，人就卖一瓜子的买卖你在里头取暖，等于挡人家买卖，而且过去大公共空间很少，北京真正大的就是一百货大楼，过去觉得大得不得了，今天去过现代化的购物中心，回头看那百货大楼显得并不大。

春夏秋冬物候非常清晰，它跟节气都有直接的关系，我们有文化特征的节气最典型的就是清明，清明既是一个节气又是一个节日，源于寒食节和上巳节，寒食节是为了纪念春秋时期的介子推，形成后来扫墓的风俗，当然蜀地的百姓都说是祭祀诸葛亮。把清明作为节日是唐玄宗的时候，因为寒食节和清明都挨着，所以它就放假，唐宋时期放假放得长，一放放 7 天，宋朝放少点减了 3 天。我们现在对传统文化又开始重视，对扫墓这事越来越重视，过去有一段时间都不怎么重视，我们就把祭祀文化往前推动一下，清明和寒食节二节合一。

节气中的大节日还有一个今天好像不是太重视，就是冬至，今天冬至好像就剩下吃饺子一事，所有人到这天都告诉你吃饺子，不吃饺子冻耳朵。先秦时期，冬天十一月就开始是正月了，以冬至为岁首过新年，现在听起来有点怪，为什么冬至为正月呢，就因为冬至这时候大家都闲着，能干点闲事。立冬和冬至之间将近两个月的时间，冬至不是冬天到来的意思，而是冬天最冷的时候，盛极必衰，否极泰来，所以古人认为冬至这一天大吉，从冬至这一天起天地阳气渐强，代表下一个循环的开始。冬至这一天是白天最短的一天，过了冬至这一天白天就一天一天加长了，我们这个习俗演化到后来就形成春节祭祖、家庭聚会等习俗，冬至还有个特征，从冬至这天开始数九，九九八十一天，那就是春天彻底来了，过去有《九九歌》：一九二九不出手，三九四九冰上走，五九六九隔河看柳，七九河开，八九燕来，九九加一九，耕牛遍地走。

汉武帝时期实行夏历以后才把正月和冬至彻底地分开，所以冬至今天依然可以算一个节日。冬至这一天大约是在 12 月 21 日、22 日，离春节最近还得有一个月，甚至一个半月，你想想提前过一个年是多好的一事，所以我们希望有一天，冬至这一天变成一个非常喜庆的节日，我们把冬至这一天当个小节过。汉代以冬至为冬节，到了唐宋时期冬至是祭天、祭祖的日子，皇帝在这一天要到郊外搞祭天大典，老百姓在这一天要向父母、尊长去祭拜。到了明清，皇帝在冬至这一天均有祭天大典，宫内百官有向皇帝呈递贺表的仪式，这个仪式非常隆重，表示新的一年即将开始，就跟元旦一样。元旦这个概念过去就是指春节，我们今天说的公历的1月1日元旦是挪用外国的，过去跟我们一点关系都没有。

物候特征特别明显的节气有夏至，至就是极，夏至就是夏天到了最热的时候了，所以我们说夏满芒夏暑相连，到了最热的时候，小暑、大暑就一块来了。

《红楼梦》第七回有个冷香丸的故事，周瑞家的与薛宝钗的对话，薛宝钗说，不用这方还好，若用了这方真的把人琐碎死，什么意思，就是这事忒麻烦，一大堆东西凑在一起，她要用春天开的白牡丹花蕊十二两，夏天开的白荷花蕊十二两，秋天开的白芙蓉花蕊十二两，冬天开的白梅花蕊十二两，前面三个都还好办，到冬天找十二两白梅花蕊难为人，将这四样花蕊在次年春分这天晒干，和在药末里一起研好了以后，要用雨水这天的雨水十二钱，雨水那天要是不下雨就急死你，说来这事起码要用三年工夫，《红楼梦》里周瑞家的就问，倘若这雨水日不下雨呢，该怎么处理呢，薛宝钗就笑了，所以说这里说巧嘛，说如果没雨呢只好再等，等白露这天的露水十二钱，霜降这日的霜十二钱，小雪这日的雪十二钱，然后把这四样水调匀了，和了药，再加上十二钱蜂蜜、十二钱白糖，做成龙眼大的丸子，装在旧瓷坛内，埋在花底下，发病的时候拿一个，用十二分黄柏汤煎了服下。这太折腾人了，这病得越来越重了。《红楼梦》这酸劲儿就酸在这，很多人就钻在这里头研究《红楼梦》，曹雪芹真的是一个高手，你看他写这冷香丸就能把人折腾死，我不知道当时他写的时候是不是特得意，我相信没这药，这是一个文学臆想的药，如果有红学家非得说有这冷香丸，还能治病，那这红学家还就真是个红学家。

节气本来是我们农耕民族为农业生产画出来的一个物象表，这个物象表逐渐融进了很多文化内容，它从定名开始就是这样，比如小暑大暑、小雪大雪就非常的文学化，比如白露、寒露它有什么区别呢？寒露肯定比白露更冷一些，白露是颜色的感觉，寒露是身体的感觉。二十四个节气非常有价值，每一个节气都代表自己的一个准确含义，只不过我们生活中每天不注意一年二十四个节气，每半个月就一个，大家记得比较清楚的是节日，元宵节、端午节、中秋节、重阳节，这些都是节日并不是节气，节气的"节"这个字很有意思，我们今天说过节就是节点，节气是每一个气候的节点，这个节点包含了很多农业的含义。

我们今天城镇化进程加快，大部分人跟农业没直接关系，或者说你就是个农民你也不自个种地了，所以对节气的感受并不强烈。我早年在农村的时候，对节气的感受还是比较强烈的，因为农民一看白露了就说该收了，就是天凉了什么事都干不成了，一到立春就说得准备播种了。农民的原话，你误地一时，地误你一年，就是你在播种当中如果耽误了时辰该播种的时候没有播种，这一年庄稼都长不好，影响你的收成，所以农民对气候的感觉非常的准。我们今天不是太明白，就是机械往前推进，每天的日子就是这么过。

　　过去没有公历这个概念，今天公历给我们的是什么概念呢？第一有休息日，一到周六、周日就休息了，第二有节假日，一到节假日就不上班了，古人尤其农民没这概念，立春开始我就开始干活了，一直到冬至这天才能休息，平时都在劳动没有休息。中国传统文化根植于我们自己的农耕文化，产生了二十四节气，把一年切成了二十四节气，五日为一候，一个节气里还有三个候，共七十二候。七十二候过去古人全能分辨出来，古人通过这七十二候把一年的时间很好地计划出来，为生产做好准备，所以日子就过得好，在农业的社会中我们是全球过得最好的民族。在汉以后明清以前这段时间，我们在全世界的生活都是高等级的，欧洲长时间处于中世纪的黑暗，在这些方面远不如我们，当然我们知道古埃及地区当时的农业远比我们发达，可那是比较远的时期，从秦始皇到爱新觉罗家族这一段时间中，我们的日子过得很好，就源于我们是农耕民族，源于我们农耕民族生发出来的这些农业文明，这些农业文明当然包括二十四节气。

　　今天这二十四节气在城市中已经逐渐地变成一个一个小小的生活状态，我们今天大部分人已经远离了农业，那我们今天跟节气还有什么关系吗？大多数是文化关系，比如一到新节气到来的时候，马上就有人发微信，大雪有大雪的笑话，小雪有小雪的笑话，立冬告诉你吃饺子了，等等。那么这种现代化的网络不停地把我们传统的二十四节气提示给你，你不要以为可有可无，它非常重要，因为它有文化的内容。

观 复 秀

过去冬天屋里取暖主要靠的是手炉，文人搁在案头，里头搁上红炭，红炭不是直接搁在手炉的，红炭直接搁在手炉里头烫得就拿不起来了。手炉里头是布满了灰、炭灰，炭搁在炭灰里，拿炭叉扒拉开以后，那种红色特别的诱人。

手炉可以捂手，手非常暖和，古人写字的时候手会冻麻，所以要隔一会捂一捂。我们这篇观复秀里的这个手炉还算比较大的，上面有清初的画片。这是用一个整铜板锤揲出来的，上面的图案是鹿鹤同春，图案非常细致，为什么把一个手炉做得这么细致呢，是因为这东西就搁在人跟前，如果做成一个素的，就缺乏很多生活中的乐趣。

手炉上面是镂空的，是因为镂空氧气才可以进去，让它有燃烧的可能，如果盖死了就灭了，但手炉炉体一定不能镂空，镂空炭灰就会渗漏出来。盖子看上去非常薄，是透亮的，这么薄完全是錾刻出来的，用手工完全錾出来今天没多少人能干这活了，因为很麻烦。边缘很圆润地包过来，怎么包过来呢，就是一个铜皮经过不停地锤揲就成型了，成型以后再一点一点錾刻。

清代中晚期以后手炉大部分是白铜的，白铜比较脆所以选它铸造的比较多，纹饰相对比较简单，这种红铜的手炉一般情况下都是明末清初的，年代都比较久，这件东西大约是康熙

铜透雕炉方手炉　清·康熙

年间的，提梁是竹节状的，注重了细微的表达。300多年前的一个手炉也不知道哪个文人使过，没准是一个大文人呢，跨过300年的时空今天这东西只能作为一个装饰物了，你用它取暖是不太可能的，为什么不太可能呢，因为现在屋子不行，今天的屋子不透气，用手炉尤其大号手炉取暖容易中煤气，古人屋子到处漏风所以就中不了煤气。我们这些年很少有人用煤来取暖了，所以煤气事故越来越少，我年轻的时候几乎是每年冬天都能听到煤气事故的新闻，很可怕，很多人因为煤气中毒在睡眠中离开了这个世界。

　　我记得大概 20 年前去杭州，还看到有人在炭火盆里养育炽红的炭，我用的词是养育，那个炭非常有意思，它搁在炭灰里，从冬天的第一次点燃，一直到春天才把它灭掉，使用者就要养着它，一块块续上它，这是一个技术，没有耐心是做不到的。

规　矩

　　我们讲讲规矩，规矩这事用讲吗？用讲。我有天在去博物馆的路上，有一个路口，红绿灯坏了，结局是什么呢？结局都是你们可以想得到的，就是四面八方的车全插在一起，最终下来一堆人瞎指挥，然后大家谁也别过，就这么僵持半个钟头。这是我们今天的社会经常碰到的场面，比如，我过去最愿意开车进北京胡同，进胡同看看街景是很乐的事，现在我不到万不得已，我是绝对不能开车进胡同。进了胡同的下场是什么呢，就是堵死在里头，我几次为了抄近路走胡同，自以为我熟知的胡同，全部都不可以通行了。这胡同一旦变成单行，对面只要来一车，这就堵死在里头了。外地也是这样，外地没胡同也有街巷，到处乱停车，你说过不去吧，你蹭着蹭着一点一点的也过去了，你说你过得去吧，这过得非常的难。

我们今天在公共场合，看不见什么规矩。比如你在北京挤地铁、上公交，甚至上下电梯，都没有规矩。坐电梯人多的时候要排队，人少的时候也不要站在正中，规矩是先下后上。这规矩简单吧，很多人不懂。我也就不明白，先下后上是我们从小要知道的，一个最基础的规矩，你坐公交车，也得让人家先下来的人下来，你再去上，你不要瞎挤。你说一个电梯，我不下来你能上去吗？你上去这电梯能开吗？那你为什么非要往上挤呢？我见过多少次，就是你从电梯上想下来，下面的人就拼命地先挤上去。再有，我坐电梯，经常是这电梯里没人，但是有烟味儿，非常重的烟味儿，这个电梯空间本身就小，有很多电梯又没有抽风的设备，你一旦在里头抽了烟，别人就得吸你那二手烟。电梯里不能抽烟，这是一个基本的规矩，为什么就不能去遵守？你看前两年，网上还有一个视频，有一个男的在电梯里抽烟，一个女的就跟他说你不要抽烟，他还打她，你说这人是不是不仅没有规矩，还没有法律观念？我们现在大型的公共空间，比如你去车站、医院、商场，都有扶梯吧，那怎么站呢，你应该站在右侧。你看有时候这一大扶梯就俩人，这俩人并排站着，就挡住了你的去路，为什么你要站在右侧呢？是因为如果有人有急事，可以从你的左侧上去或者下去。你看国外很多地方，每个人坐这种扶梯，都自动的站在一侧，不挡别人的路。

　　排队这件事真的是不需要说，但我们真得说说，很多人不愿意排队。有一年我去荷兰，下了飞机以后去取行李，西方人都很规矩的，离着远远的等着行李出来，上前去拿下来。只有我们这一个旅游团，就拥到跟前，恨不得爬到行李带上等着它出来。我们为什么那么急？你看中国的电梯，一进去磨损最厉害的是关门键，进去以后使劲按，门关不上你都快急死了。如果到欧洲去，到日本去，那些电梯上就没有这个键，人家只有开门键，用来等人，比如有人要赶过来，我按着开门键等他一下，让他上来这个电梯。我看很多人到了国外坐电梯，都到处找那个关门键，嫌人家门关的慢。

　　我们经常因为一个人不守规矩，导致大家都在等。比如上飞机，我碰到过好多次了，飞机不开，为什么不开呢，说有一个人没到，我说为什么他没到，空乘说他也不知道为什么没到，他就是没到。那飞机就等啊等啊等啊，等个 10 分钟 20 分钟都很正常，错过这 10 分钟 20 分钟，那其他飞机起飞了，你就再重新排队，所以一下就弄个一个钟头、两个钟头就过去了。国外的航空公司，为什么非常准点，是因为所有的人都按规矩走。有一年我们一个团，第二天要去法兰克福机场坐飞机，所以头一天就住在了法兰克福机场的宾馆。由于大家都离着机场非常的近，就认为第二天不可能迟到，所以每个人在屋里磨蹭，卡着点出来，结果安检特别缓慢。去过法兰克福机场的人都知道，非常的大，就是你过完安检，再走个 10 分钟 8 分钟都非常正常，我就看着那个登机口就往前走，走着走着我就觉得有问题了，我觉得时间不够了，我们就开始跑，跑到登机口，我登上飞机，我知道我们同队还有很多人还在安检，肯定赶不上了，就让他们德文说得好的人去跟空姐求情。我说你们千万别说在安检，你跟他打感情牌，你就说你老婆孩子因为拉肚子在厕所呢，能不能等等。这空姐听完了以后冷着脸说，只等 1 分钟，给你 1 分钟，到点就关门，关门就起飞，把你行李给扔了。所以你到德国去，没有人敢在机场都办完了机场手续，还在那儿不按规矩登机。今天你到机场去，天天有人广播，某某某航班登机了，还差两名旅客，什么张三李四王二麻子的一通叫。你如果是这趟航班的人，你坐在飞机上肯定心里不愉快，所以我们每个人都一定要知道社会上所有的规矩是对每一个人公平的，如果你不遵守这个规矩，你自己就会深受其害。

我们生活中的规矩大致有两类，一类叫明规矩，一类叫暗规矩。明规矩就是人家写在纸上让你看得见，人家用喇叭广播了让你听得见。但我们基本上不听这明规矩，写的不看，广播的不听。有一年夏天的时候发生了一件大事，众目睽睽之下老虎把人咬了。我看了那个录像，这女的从副座下车绕到这个司机的位置，要跟她丈夫换驾驶，这老虎一点都不温柔，一把就把这女的薅到看不见的地儿去咬了，结果这女的亲妈冲出去，为了救自己的亲生女儿，命丧虎口。我们在现代社会里，在城市里命丧虎口，听着真是新闻了。一段时间以后，等她慢慢恢复了一点的时候，她就讲了当时的经历，尽管这个有这样那样说的，各种不符合事实的细节，她说呢，不是那个细节，我不是跟丈夫吵架，我是晕车等等等等，自个儿讲了很多自己的道理。她被咬得那么重，我很同情她，这个后果代价太重，我们很同情，先说这个前提，希望不发生这个事，但是她讲的道理我一点都不同情，你为什么被虎咬了以后，还想自己找一个借口呢。我有问题我先不找我的，我先找别人的问题，我一定要赖在别人身上，我自己心里才能得一个解脱。我看到当时野生动物园的救助已经是非常非常及时的，大概几秒钟那车就冲进镜头了。人家拼命地广播不让你下车，你非要下这个车，你首先就是多年养成的一个不守规矩的习惯。你说我平时是一个非常守规矩的人，我也相信，我相信这个被老虎咬的女人平时是一个非常守规矩的人，为什么在这一刻不守规矩了呢？是因为潜意识里，认为守规矩没有什么好处，不守规矩也没有什么坏处，所以就不守规矩。那么不守规矩的恶果你自己独吞。那么惨痛的事件对全社会有一个好处，就是起了警示作用，我估计起码在近几年之内，谁进虎园都不敢下车，起码我这样的想都不想，我还得把门锁上。这说的是明规矩，我们生活中明规矩有很多了，你比如说博物馆，"请勿触摸"，"请勿拍照"，很多都是明规矩。拍照有的博物馆允许拍，有的博物馆不允许拍，有的博物馆不允许开闪光灯拍，它都是规矩。

暗规矩是什么呢，我们先讲一个故事。当年杜月笙在上海，一跫三颤，大亨。当时上海的流氓大亨有仨人，杜月笙、黄金荣、张啸林。张啸林在上海解放前夕一次酒会散席时让人迎面一枪给崩了。解放军解放上海的时候，大兵压境，杜月笙和黄金荣说，咱哥俩走吧，黄金荣说我舍不得我自个儿的这份产业，我这么多不动产，我走了谁管呀，杜月笙说你不走我走，自个儿就走了。当年杜月笙在上海是呼风唤雨，很多人有事就求他，比如有一个赫赫有名的富公子，喜欢跳舞，跳着跳着，看上一舞女，跟这舞女就好上了，然后这舞女就怀上了，怀上了以后这舞女说，你看我这肚子里是你的骨肉怎么办呢，那公子哥一看这错误是自己犯的，得认，就给钱，隔段日子又要又给钱，再隔段时间又要又给钱，没完没了的老要，这下就没辙了，这个就由一开始的补偿变成了敲诈。他自个儿搞不定了，怎么都不行了，就通过关系求到杜月笙，杜月笙就问了两句话，第一句话，这个按规矩办了吗？底下人马上说办了，双份儿。什么意思呢？就是说我们按规矩，犯了错误要补偿，我们把钱给了，不仅给了一个行情价，还给了双份儿。那么杜月笙就说了第二句话，他就说那就按规矩办吧，第二个规矩是什么呢？是暗规矩，就是你按照第一个规矩，你执行完毕，依然没有效果，那就采取第二个规矩，就让手下的人把这舞女装到麻袋里，给扔黄浦江里去了。

　　这种暗规矩，我们生活中今天也有，当然不是像我们说的上海滩这种黑社会的规矩。我们现在暗规矩，比如不能随地吐痰、不迟到、不早退、走路行右边、电梯站右侧，这些都不需要去说了。我们年轻的时候，特别在意的一件事叫约会，今儿约会根本就不准时，无所谓，你早到了，你的约会对象没来，拿着手机还跟他聊，到哪儿了，怎么回事啊，要不然看看新闻看看八卦，时间就消耗了。我们年轻的时候没这个，你跟人约会是写信约的，电话都没有，写信约的某年某月某日，在某个路后的电线杆子底下，就这么约。如果约会的对象迟到，只要迟到一分钟，你马上就胡思乱想，说怎么回事，是没接到消息还是出了事儿了，还是怎么着，你心里会非常非常地焦虑。所以我们从小就养成一个习惯，跟人约会不迟到，要不然你别答应，答应了就不能迟到。

我那时候跟人家约，就是甭管是谁，跟谁约，包括谈恋爱约会，你迟到我就走人，到点我准走，我肯定不等，朋友说都看见你了，你怎么转身就走了，我说你到点没到，我们约的几点，看着表到点了我转身就走，不等了。这古人都叫抱柱信，就是你得有信誉，我们现在人不讲究这个。我其实改变过很多人，就是跟我在一起的人，往往都有遵守时间的习惯，比如我原来有的朋友，就特别不遵守时间，你跟他约了，约了以后他到点不来，你给他打一电话，你说兄弟出门没有，他说哎哟我在路上呢，眼瞅着就到了，然后你就听"哗"一声，冲厕所呢，在家还没出门呢。那你只能惩罚他，就是你跟他约会，只要他到点不来你就走了，让他白跑一趟，慢慢慢慢他就改变了自己这恶习，这就叫暗规矩。

暗规矩也是一种规矩，我们过去老说入国问禁、入乡问俗，你到一个地方去，要遵守人家的风俗习惯，你不懂，要问清楚应该怎么做。比如你到日本去，日本有很多地方是要脱鞋的，所以你的鞋袜卫生就要特别讲究。我觉得现在中国人脚臭的少了，过去我们年轻的时候，真的是怕有的人进屋脱鞋，这一脱鞋，这一屋子人别说说话，喘气都有问题。我当年去日本，就碰见过一个旅游团在一个日本餐厅吃饭，那个旅游团里的很多人本身就不太注意卫生，又跑了一天了，再脱鞋吃这日本菜，屋里那个气味，甭说吃饭了，待着都受不了。所以这些就要懂，这是一个规矩，你自己注意自己的个人卫生，是一个文明的规矩。有人说你说这规矩，是不是潜规则呀，不是这意思，潜规则不是规矩，规矩是需要遵守的，潜规则是需要破坏的。现在潜规则都快成了动词了，说他又潜规则我了，那意思就是说，他又按照另一种规矩把我给治了。

规矩的价值在于什么呢？在于执行，如果规矩不能执行，这规矩是没有意义的。比如我们历史上有个故事叫细柳营，我记得元青花中还有画过。细柳营说的是汉代文景之治时候，匈奴大量地侵入边疆，有个将军叫周亚夫，文帝到军营慰问，到了门口那士兵就不让他进去，人说将军有令军中必须下马，你这不能随便进去，你必须给我证件，文帝就只好持自己的节，相当于证件、出入证，给他看，门卫才把他放进去。当然皇上还是很高兴，说军中真是无戏言，军中这规矩就该这样。

古人说："不以规矩，不成方圆"，换成我们今天的大白话，就是说没有规矩不成方圆嘛！规矩是什么呢？规就是圆规，矩相当于画方块的角尺，没有圆规和角尺，你就画不成方和圆。我们进入了一个现代化的社会，最重要的一点就是规矩的形成，我们刚才讲了有明规矩、暗规矩，其实所谓的暗规矩也是由明规矩演化过来的。我们生活中，中国、美国都是行右的，开车人都在右边，英联邦国家、日本是行左的，所以中国人到英国、日本第一反应就是在路上有点紧张，因为它不在同一边。

今天的这个社会所有的规矩，都是因为现代化社会的产生，人口密集，你必须形成良好的规矩，要不然你没法提高效率，还影响每个人在社会中的心情。如果大家都朝着遵守规矩的方向去努力，如果都遵守了规矩，你会觉得这社会很舒服。比如我到加拿大去，看人家那车一见人就停下来，因为全世界的规矩都是车得让人，尤其没有红绿灯的路口，车一定停下来让你人通过，而中国的规矩就是人得让车，我们的汽车永远跟行人去抢路。我有一个朋友的姐姐，在国外生活了很多年，好久不回国了，到北京以后不适应北京的交通，就在红灯亮的时候，走人行横道让汽车给撞飞，撞成植物人，一辈子就定格在那一瞬间。她的意识中过马路行人为大，汽车为小，我们今天的马路上汽车永远为大。所以我现在过马路都特别谨慎，左右看半天才过去，这里不仅是要防范大车，还要防范小车，现在那种无声的电动车速度极快，据说这种车每年导致的交通事故比人车还多，因为它速度快、无声，大家又不守规矩。我们为了社会上进一步形成规矩，就加栏杆、加路障，现在我们家门口，我上班的这沿途上，这 10 年以来加了无数个路障，依然不管用。不守规矩的人没有受到什么惩罚，所以他就继续不守规矩，导致全社会的心态不好。

我最初去香港的时候，不适应它那车速，那么窄的路开那么快。我当时就跟司机说，你开那么快不怕出问题吗，司机说出不了问题，我说怎么出不了问题呀，他说这么快的车，谁会横穿马路啊。我们现在就有这个问题，我们有无数个案例，比如北京，有人半夜在二环路穿行被车撞飞，撞飞以后还要判司机承担一部分责任。我们由于法律的这种判决，导致有些人视别人的生命、视自己的生命为草芥，车辆在夜间、在高速行驶的时候，你居然能够在马路上横穿，你这简直是自己不要命了。我们很难看到今天的交通在出现死亡事故的时候有明显的判例，就是全部由死亡者自己承担，没有，怎么它也有对方一点责任，就是所谓的主要责任和次要责任。比如一个人在封闭的高速路上正常驾驶，有人横穿，我把他撞了，我怎么还要承担部分责任呢？那警察会告诉你，你注意力不够集中，你的车速还是快了，说我车速快归快，但我没有超过上限，所以让这些没有责任的人，承担一部分责任，就导致我们今天的社会，都对这个规矩漠视。

规矩，其实是一个抽象的问题，但在我们生活中是非常具象的。每个人生活中，每一天都会遇到规矩给你带来的快乐与烦恼。

观 复 秀

在 3000 年前的商代，一尺大约是 17 厘米，一丈是十尺，也就是 1.7 米，所以我们有个词儿叫"丈夫"，大丈夫就是身高一米七。到了周代以后，这尺子就变长了，大约有 23 厘米。这个趋势很简单，尺子是越来越长。秦朝的时候基本上延续周制，长度差不多，就是 23 厘米，汉代的时候长了点。三国时候尺子就变成 24 厘米了，又长了 1 厘米。到了南北朝时期，大概到了二十五六厘米了。再往后，到了隋代，尺子大约 30 厘米。唐代的尺子 30.7 厘米。宋元时期的尺子又增加了 1 厘米多。明清时期都差不多，三十一点几厘米多。民国以后的市尺就是 33.33 厘米，公制 1 米就是市尺三尺。尺是古代到今天都有的，就是一个长度单位，这走了 3000 年，一尺的长度基本翻了一个跟头。

右页图是一把银鎏金的唐代的尺子，正面是非常漂亮的花卉，背面是珍珠地儿。正面十个格就是十寸。第一格是鸟，第二格是花卉，第三格又是鸟，第四格是花卉，然后又是鸟、花卉、鸟、花卉、鸟、花卉，这里有形态、姿势不一的五只鸟，隔一个格一种花卉，有五种花卉。存世唐尺并不多见，金属的尺子很容易锈蚀。这个唐尺上面虽然有一些锈迹，但能够保存到今天很难得了。

唐代的金属加工工艺非常发达，它受游牧民族的影响，我们

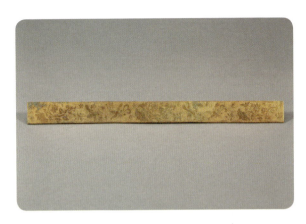

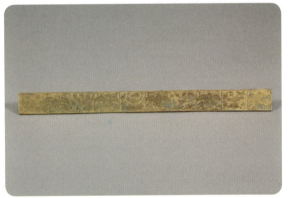

银鎏金錾花鸟纹长尺　唐代

可以通过这把尺子看到叹为观止的唐代錾刻技艺。这样的一件文物在一般收藏中是很少见的，一般的收藏市场都会忽略，只有博物馆能够留心这样的文物，这就是我们做博物馆的一个初衷。

元帅金印出水记

　　有关张献忠的宝物，本来是个民间传说，正史里并没有记载，可是我每次在四川地区跟人家聊天，提到张献忠就有人说，哎呀，他有一堆宝物啊，有多少船多少船的宝物全部沉在这江里，过去我们都认为这就是一野史，是老百姓津津乐道的八卦，但是没想到370年后，传说变成了事实。

　　张献忠，这个人《明史》中是有记载的，和李自成是同年生人，但是他读过几年书，崇祯三年，就是1630年，张献忠积极响应王嘉胤反明的号召，在陕西米脂起义，绰号八大王，王嘉胤死了以后张献忠和李自成就一块儿归附了高迎祥，高迎祥最初就称为闯王，我们不要以为李自成是闯王，李自成成为闯王是后来的事，最初高迎祥是闯王，闯王手下有两个闯将，就是张献忠和李自成。后来高迎祥死了，张献忠跟李自成谁也不服谁的气，有点像司令死了，俩军长闹掰了。

高迎祥部本来是一股非常大的力量，是非常有可能把明朝干掉的，但是闹掰以后一股力量就变成两股，各自的力量就削弱了，李自成就盘踞在黄河流域，张献忠就盘踞在长江流域，一人守着一条大河。后来的事我们都比较清楚，李自成进京称帝以后，张献忠很愤怒，自个儿在成都也称帝，这两人一北一南，各自为政，北边这叫大顺，南边这叫大西，这两个政权在中国的正史当中基本上都不认。

明朝末年的时候有三支力量都想统一中国，干掉明朝，这三支力量分别是东北的满清、残余的南明，再有就是张献忠和李自成，但是他们俩一掰，掰成了四支力量。当时比较起来满清的力量比较弱，所以有很多学者就认为满清是最没有能力最不该统一中国的，满清首先是兵力不足，另外入关的时候有强大的文化抵触，毕竟不是汉文化，但最不可能统一中国的满清反而统一了中国。

李自成进京是1644年，甲申年，李自成进城以后烧杀掠抢，称帝不足40天失败了。明亡是亡于1644年，300年后，到1944年正好是抗战的后期，我们马上就要胜利了，这一时期郭沫若写了一篇著名的文章叫《甲申三百年祭》登在当时的《新华日报》上，连续刊载了4天，毛主席对文章特别重视，就说我们未来要进城的，一定要记住明亡的教训，要记住李自成的教训。

我们今天经常说这人说张家长李家短，这个俗语据说就是跟张献忠有关，张献忠当年治理成都的时候，派兵大街小巷来往巡查，天天的听别人说什么啊，当时据说有两口子在城墙边搭了个草棚居住，过去居住的环境没有现在这么好，现在棚户区都比过去那草棚居住好，所以一到晚上说话都听得见，这男的喝了两口酒以后就东一句西一句没完没了，妻子听着就比较厌烦，上来就开骂说这深更半夜的，你还张家长李家短地说个不停，你说什么呢。谁知这夫妻的这段对话被巡逻的兵丁就听见了，有点不知前因后果，直接就把这俩人给抓进官府了，这张献忠就听汇报，问他们都说什么呢，回答说他们说张家长李家短，张献忠听完了以后就特高兴，哈哈大笑，就说这全是好话啊，这说的是我呀，是说我家长李家短，李家就是李自成他们家嘛，说这是我家胜李自成之谶，我们过去老说"一语成谶"，这就跟算命差不多，说这人是个良民，发饷释放，直接就把人给放了，于是"张家长李家短"这句白话就流传至今。

在民间，关于张献忠的宝物的传说非常多，成都民间一直流传着一句民谣叫"石牛对石鼓，银子万万五"，就说这石牛跟石鼓对上了以后就能找到很多银子。四川这个地方很有意思，它是一个盆地，是西南地区最富饶的地方，历史上战争很难波及这儿，但是一旦波及这儿都非常惨烈。

清军入关的时候四川境内连年混战，张献忠不得不退出成都，相传张献忠兵败退出的时候把大西国的金银财宝给秘藏起来。为什么要秘藏起来呢，留得青山在，不怕没柴烧，这些银两带着非常不方便，我们今天带着钱财非常方便，用手机随时可以转移你的财产，当时不行，所有的东西都是明着的，金银财宝必须随身携带，如果多了就非常不方便，大西军为了将来还能够找到就设计了一个所谓"石牛对石鼓"作为藏宝记号。"石牛对石鼓"究竟怎么对，是脸对着还是侧身对着，还是有角度呢，谁都不知道，只是知道有这么一句民谣。过去在水下藏东西一定要有坐标，今天不需要，今天有全球定位系统，过去有人藏东西爱往水里藏，尤其湖泊，湖泊里水不怎么流动，藏东西比河流里稳定，下去的时候，一定要看左右两个坐标，找到交叉点就能找到你藏东西的位置。"石牛对石鼓"肯定是位置，但是这个位置究竟是在哪儿就不清楚了，这句民谣后来为四川地区尤其成都地区的老百姓津津乐道，都希望找到大西国的神秘宝藏。

传说张献忠当时携带的金银珠宝从成都顺水南下，到了四川地区彭山县江口镇有个叫老虎滩的地方，这水比较湍急，在这一带就遭到川西官僚杨展的突袭，大部分的金银财宝随着船队直接就沉了，当时沉宝可能是临时的一种应急措施，反正不能让你夺去，我先沉了，将来有机会还能再捞回来。根据现有的资料显示，张献忠是被流矢，就是流箭命中丧生的，究竟是不是这么丧生的谁也不清楚，有人认为他可能得病而死。过去人对尸体特别重视，我们现在就是人死了一烧，过去不是，人得有全尸。张献忠死后，他的部下为防止他的尸体被清军发现，就将他的尸体藏于凤凰山，但是后来还是被清军搜出来了，并在成都将尸体斩首。我们今天好像觉得人死了你斩他有什么意义，当然有意义，这是精神胜利法，所以过去戮尸是一种很残酷的刑法。

今天还是可以确认四川的凤凰山就是张献忠归老的地方。四川有西充县还有南充县，西、南这都是位置，西充县凤凰山就有张献忠的墓，这个墓里我想应该不是张献忠的尸骨，可能是他的衣冠冢。在古代，如果一个人死了没有尸体，那就做一个衣冠冢纪念故去的人。

张献忠去世以后，有关他的沉银地的故事一下就风靡开来。由于这个传说，很多百姓都希望去盗掘，跟盗墓有点不同，盗墓是个未知，墓葬里到底有什么不知道，历史上有很多大墓葬反复被盗掘，你费劲巴拉地把它挖出来，一看里头什么都没有了，但是这个直接是银子。清政府当时还直接组织官兵去打捞，据说一共打捞出金银大概有 3 万余两，后来因为水太急也就算了。国民政府的人也曾经组织人去打捞过，但是打捞出来的金银很少，由于他们打捞过，这个传说就变得越来越实，百姓就特别相信这件事儿，就总有人隔长不短地去捞捞。

一直到了 2005 年，彭山县开建引水工程，施工队在岷江"老虎滩"河床上就用挖掘机挖铺，结果就挖出了 10 个银锭，这银锭上面写着"崇祯十六年八月，纹银五十两"。年号跟张献忠沉银时候的年号是吻合的，初步鉴定这个东西就是明代的官银。过去银子有两种，一种是官方铸造的官银，还有就是私银，这就为破解张献忠在此"千船沉银"找到了一个证据，这个证据多少就有点考古的含义了。这次挖掘出来的银锭，无论是从银锭本身，还是从它的包装，跟历史上非常吻合，370年前关于沉银之说到了今天就变成了一个事实。那之后10多年，离张献忠沉银地最近的这些村庄不断地有文物出水。

张献忠的千船宝藏诱惑太大，村民们，还有远来盗宝的，就组织起盗宝集团，据说最多的时候有百十人同时在江面上摸宝，是摸宝还是摸鱼并不清楚，反正他心里是在摸宝，表面上像在摸鱼，也不能抓他，据说当地的媒体还有报道，就说到了冬天水都特冷了还有一60岁的老头在那摸呢，有些人很执拗，他就坚定地认为这底下就有东西，坚定地认为自己能捞出来，据说后来这村里的人买了豪车又租了商铺，说这盗宝者一夜就变富了，成了街头巷尾热门的谈资。这种事儿就怕渲染，一渲染就变得非常的大，断断续续大量的人就涌入到张献忠沉银地捞宝。后来眉山市民警就组织抓捕队，对六个盗掘团伙同时抓捕，抓获了31个人，扣押"西王赏功"钱币27个，银锭39个，各类钱币逾千枚，总价值人民币约3亿元。

"西王赏功"钱币在收藏钱币的群体中，算是一枚非常有特色的钱，非常有名，个头大，存世量不是很大，跟宋朝钱、明朝钱、清朝钱比那差很多。这钱跟过去政府发的钱不一样，过去政府发的钱就写上"开元通宝""康熙通宝"，那都是当时的标准货币，"西王赏功"有点像政府发你一张支票，这钱值钱。按照我们警方说的话，主要文物都被追回，主要的犯罪嫌疑人都被起诉，这起案件是 2016 年大文物案之一。

追回的文物里非常重要的能证明是张献忠的，就是虎钮永昌大元帅金印，这东西当时卖了 800 万，犯罪嫌疑人年龄不大，34 岁，有 11 年的潜水经历。这个人可能酷爱此事，2013 年清明节的晚上，他就到江口镇对面的岷江河畔，在夜色的掩护下穿着潜水服就下去了，这之前指不定下了多少趟了，这趟下去，水下也就是 3 米深，摸着一个金疙瘩。手上一拿就很重，我们都知道金子的比重非常大，拿到手里感觉是不一样的，结果出来一看，自个儿给自个儿吓一跳，是一金老虎，就很高兴，马上开始询价。过去的盗墓者和今天的盗墓者还有点不同，过去的盗墓者出来以后，不问是什么东西，将本求利，我最近缺 3 万块，谁给我 3 万块我就卖了，不管这东西值钱不值钱，现在大家都多少知道些文物知识，大家拿着东西以后第一个反应是想这东西到底值多少钱。他就通过中间人打听说这东西值多少钱，宁可要跑了不可要少了，先往高了要，先看谁给的高，结果有一人给 80 万，高了就有点犹豫，如果他想的是 200 万，你给出 80 万，他说你给再加点我能卖给你，他想 50 万你给 80 万，他就想这东西这么值钱，暂时先别卖，所以他说再等等。

没等几天，他又穿着潜水服下去了，结果离这个金老虎大概十来米的地方，又摸到一金属的东西，方的，摸起来沉甸甸的，拿着出来一看惊呆了，上面写着"永昌大元帅"，黄金的。文物只要是黄金的，一定不可小觑，历史上黄金比现在的黄金值钱，现在手头有点金子没什么大不了的，古代手里有点金子是一大事。这又是一大块，上面写着"永昌大元帅"，这东西肯定重要嘛，一了解发现东西跟张献忠有关，很兴奋。还有更兴奋的，这事怎么就那么巧，这老虎和这印是一块的，老虎当时是焊接在印上头的，在水里不知道什么外力的作用下分成了两块，往上一搁，这可丁可卯的四个虎足就严丝合缝了，虎钮的印章就坐实了。这一下就不得了了，"虎钮永昌大元帅金印"，80万的金老虎配上一金印，翻身十倍，800万，中间人就把"虎钮永昌大元帅金印"的金印和金册一起打包以1360万的天价卖给了西北某省的一个商人。

这桩买卖好像就到此为止了，捞的人也不负自己这番苦心，捞了这么多年终于把这最重要的文物捞出来了，但他卖掉了文物的消息不胫而走，公安人员就迅速追踪，把这文物扣押，经过文物专家的鉴定，这就是张献忠当年最重要的一件文物。这件文物上面有字，有字的文物都比较重要，有字是最直接表达含义的，当时彭山区文管所所长吴天文就说这个金印是张献忠沉船文物中的核心文物，对考证沉船的重要性最为关键。

这方印上还有信息，信息显示金印是1643年的农历十一月铸造的，当时张献忠并没有称帝，所以他刻的是永昌字样，还自个儿说自个儿是大元帅，再过几年如果他再铸金印，他一定说他是大西皇帝。这枚金印上的字不是特别好认，它用的是九叠篆，九叠篆是中国官印的标准字体，字体来回拐弯，装饰性极好，一般情况下只有官印，而且是够等级的官印才用九叠篆。张献忠当时并没有称帝，根据他用的这种材质、金印、篆书等来看，张献忠本人当时就已经有称帝的想法了。现在有专家认为从江口河道里打捞上来的沉银最多可以证明这个地方是张献忠沉银的地点之一，绝非全部，你说这事看热闹的都不嫌事大，要说就这一地儿，那么大家就死了心了，说还有好多地儿，岷江的流域里到处都有可能。

为什么文物一定要国家考古队去打捞呢？因为国家考古队是一种科学考古，如果这方"虎钮永昌大元帅金印"是国家考古发现，那它的重要性比现在通过公安人员追踪回来要大得多。张献忠的这批水里捞出来的东西，因为是经过很长时间才被缴获，到底流失了多少我们也不清楚，我想公安人员也不是很清楚。

过去我们都认为传说就是传说，但是今天突然发现传说就是事实。正史它会回避很多问题，不光彩的事都会回避，过去梁启超说过二十四史无非是皇帝的家史，他自个儿的丑事不往上写，不利于政府稳定的也不写在正史中，像张献忠沉银地的这种传说，300多年来一直是传说，但是到今天终于变成了一个史实。

观 复 秀

右图是官印，这九叠篆看着像城墙垛子似的，什么都看不明白，这上面有十二个字，其实背面有楷书刻着"亲军虎卫左镇火攻二营关防"，要不然认起来就非常费劲。我们明代的官印和清代的官印制式是最简单的制式，首先是铜的，第二呢有一个柄，这个柄呈现锥样的，底下粗上面细，拿着非常舒适。上面写的礼部，礼部发的，有可能是郑成功发的，郑成功的亲军虎卫左镇可能是一官职。明末清初的时候，有一个叫何义的人参加了郑成功抗清的队伍，郑成功看这人身材魁梧、相貌凛然就封他为偏将。过去人打仗都是往前冲，有一个

郑成功虎卫印　明代

词叫身先士卒，你得冲在当兵的前头，所以你个头得大。后来郑成功打仗，有一次溃退，何义就不退却，掩护主子撤退，郑成功得以安全撤退以后，见何义英勇无畏就提拔他为左虎卫将军，并将自个儿的表妹许配给他。我是在厦门买的这方章，有可能是从台湾地区流散过来的，当年卖这个章的人并不是很清楚它的重要性，这方章在中国的明清历史上非常重要，跟台湾的历史有关，我们将来宝岛收复的时候，我们还得拿这章好好盖一个。

张献忠的沉银就右图这样，捞出来有 50 两的，这个是 15 两的，它上面写着呢。这是明嘉靖六年政府发的薪银，就是发薪水的，跟饷银差不多，饷银是军队发，这是官方发的。15 两的银锭在明朝的时候能干不少事呢，出门的时候有钱也挺

和州嘉靖六年十五两银锭　明·嘉靖

麻烦，要随身带着 150 两银子呢，就这么十个就很重了，要带 1500 两，基本上就拿不动了，所以过去有钱人出门也有一苦恼，就是钱太重。

清代光绪年间，左宗棠督办新疆军务，他为了发饷便利，铸造了湘平饷银。袁大头后面一定写着"库平七钱二分"，这上面写着什么呢？很容易读，钱币上的字有悬读和十字读，这是十字

一两饷银　清·光绪

读，这银圆上面写着"一两饷银"四个字，比七钱二分多 28%，足两的，所以厚。左宗棠当时率兵打到新疆遇到的最大的问题就是给养问题，由于他的钱值钱，比别人的多 28%，当地的人有东西就愿意卖给他，所以他在军队的后勤就省了很多钱。当时有一种说法叫赶大营，所谓赶大营就是赶着跟着军队的营房走，军队走到哪儿生意就做到哪儿，所以左宗棠就利用这个办法，多花了 28% 的货币解决了所有的军事给养问题。

责任编辑：薛　晴

文字编辑：徐　源　薛　晨

图文统筹：崔雪凝

责任校对：吴容华

封面设计：滢　心

版式设计：胡欣欣　严淑芬

封面摄影：汪　阳

封底视频剪辑：赵子元　白　玉　袁梦琪

市场运营：薛　晴　白萌萌　张　婧　仲　诚

图书在版编目（CIP）数据

观复嘟嘟：上、下：视频书／马未都　著．—北京：人民出版社，2019.8

ISBN 978 - 7 - 01 - 020877 - 0

I.①观… II.①马… III.①随笔 - 作品集 - 中国 - 当代 IV.① I267.1

中国版本图书馆 CIP 数据核字（2019）第 101710 号

观复嘟嘟

GUANFU DUDU

马未都　著

人民出版社 出版发行

（100706　北京市东城区隆福寺街 99 号）

北京华联印刷有限公司印刷　新华书店经销

2019 年 8 月第 1 版　2019 年 8 月北京第 1 次印刷

开本：880 毫米 × 1230 毫米 1/32　印张：19

字数：350 千字

ISBN 978 - 7 - 01 - 020877 - 0　定价：118.00 元（上、下册）

邮购地址 100706　北京市东城区隆福寺街 99 号

人民东方图书销售中心　电话（010）65250042　65289539